Chez le même éditeur

Romans et récits du terroir

Les romans et récits du terroir font vivre la mémoire collective à travers l'histoire d'une famille ou d'un village de nos régions. Ils permettent au lecteur de retrouver les souvenirs de sa jeunesse ou de reconstituer une tranche de vie de ses aïeuls. Les destinées se croisent, les sentiments se mêlent et nous offrent une saga vivante, témoignage précieux en ce tournant de siècle.

Le Pain de Lamirand, Jean Anglade
Le Milhar aux guignes, Alain Aucouturier
Le Dénicheur d'enfance, Alain Aucouturier
La Tourte aux bleuets, Alain Aucouturier
La Mère-Nuit, Alain Aucouturier
Aux innocents les mains pleines, Alain Aucouturier
Tintinou, paysan d'Auvergne, Justin Bourgeade
Un de là-haut, Marie-Nicole Cappeau
Les promesses du haut pays, Maurice Chalayer
Clémentine, Jean-Louis Chantelauze
Compagnon du rail, François Cognéras
L'Odeur des noisettes, Gilbert Dalet
La Fleur de sang, Anthonie Delauze
Le Sentier aride, Marie de Palet
La Tondue, Marie de Palet
L'Enclume et le Gouyat, Jean-Marc Dété
La Demoiselle du presbytère, Yvette Frontenac
La Vallée des forges, Joseph Gourgaud
Les Locatiers de Beauvoir, Suzanne Lavisse-Serre
Le Soleil de Monédière, Antonin Malroux
Jeantou, le maçon creusois, Georges Nigremont
Le Maître des étoiles, Paul Perrève
La Pierre levée, Paul Perrève
Le Sac à musique, Georges Rey
Marie des solitudes, François-Paul Raynal
Les Cornes du Diable, Armand Toupet
Le Pain de cendre, Paule Valette
Les Lentilles vertes, Henri-Antoine Verdier

Le printemps d'Antonia

« Trop heureux les hommes des champs
s'ils connaissent leur bonheur ! »
Virgile
(*Géorgiques II*, 458-459)

« Amère et drue, verte, antique et nouvelle,
l'Auvergne est notre dernier réservoir de fraîcheur. »
Alexandre Vialatte
(L'Auvergne Absolue)

« Je ne comprendrai jamais
ces villages auvergnats qu'on voit perchés
sur la montagne dans le vent et les hivers qui en ont blanchi
l'église à la façon d'un os de seiche. Ils laissent toujours sur
un tourment... »
Alexandre Vialatte
(L'Auvergne Absolue)

Josette Boudou

Le printemps d'Antonia

De Borée

Diffusion : De Borée, 35 rue des Frères-Lumière Z.I. Le Brézet 63100 Clermont Ferrand
Achevé d'imprimer dans la C.E. en mai 2000
Dépôt légal 2e trimestre 2000
ISBN 2-84494-032-3

En hommage à Antonia, ma grand-mère

I

Avec l'odeur des pommes

LA CUEILLETTE DES POMMES venait de s'achever. Leur odeur un peu surette, qui planait sur toute la campagne, avait envahi la maison. Tenace, acidulée, elle rôdait dans lcs angles, imprégnait les rideaux, se faufilait sous les meubles, pour stagner enfin au ras des poutres enfumées de la salle commune.

Il était tôt encore. Le jour se levait sur les pommiers jaunes, orphelins de leurs fruits. A leur pied, dans l'herbe drue, des dizaines de pommes commençaient à pourrir, imprégnant l'air encore un peu humide de leur parfum aigrelet. On y mènerait bientôt les cochons. Les bêtes se régaleraient et, ainsi, rien ne serait perdu.

A l'extrémité de la cour de la ferme, sur le pré encore bien vert, le grand pressoir était dressé. Jean Raynaud, Gabriel son père et les domestiques qui n'étaient pas occupés aux soins du bétail venaient de vider à même l'herbe rase le premier tombereau de pommes à cidre.

Le jeune fermier que tous appelaient Maître, alors qu'on nommait le patriarche, Père Raynaud et plus souvent l'Ancien, ne pouvait se défendre de retrouver en pensée la chambre de sa femme Eugénie.

Les douleurs l'avaient prise vers le milieu de la nuit. L'enfant serait leur quatrième. Hélas, seule leur restait Julienne, l'aînée. Ses deux petites sœurs, chétives et maigrichonnes, n'avaient l'une et l'autre vécu que quelques jours. Jean les avait portées au cimetière dans la tombe familiale, tandis qu'Eugénie, en larmes, serrait farouchement contre elle la petite Julienne. Muette, effrayée par la douleur maternelle qu'elle ne comprenait pas, l'enfant fixait le vide.

« Maintenant, disait souvent Eugénie à sa fillette, les petites sœurs sont deux anges du Bon Dieu. Il les garde avec lui dans son paradis parmi les plus belles des fleurs. »

Aussi, certains jours d'été, Julienne croyait voir, sur un nuage blanc suspendu comme un gros abat-jour dans le bleu du ciel, deux bébés blonds aux ailes duveteuses de colombes. Les fillettes lui faisaient signe en souriant, et puis tout s'évanouissait, et le nuage effiloché filait vers l'horizon clair.

Jean Raynaud espérait bien cette fois un garçon. Il l'appellerait Antoine, du nom de son grand-père paternel. Son fils hériterait du domaine que sa famille tenait depuis trois générations au moins dans ce petit hameau du Vernet, commune du Valbeleix, dans le canton de Besse-en-Chandesse.

Le jeune maître de la ferme blottie au creux d'un vallon, à l'abri des vents coulis porteurs de froid et de gel, venait de prendre ses trente-six ans.

Grand et fort, il portait une belle barbe noire taillée court, soigneusement lavée et brossée chaque matin. Sa large chemise sans col découvrait un cou robuste. Sévère mais juste, dur à l'ouvrage et respecté de tous les siens, il en imposait, comme on dit. Ses voisins l'appréciaient grandement car il n'était pas homme à chercher chicane, au contraire. C'est à lui, bien souvent, malgré sa jeunesse, que beaucoup venaient demander conseil à l'occasion.

Contrairement à bien d'autres, Jean avait voyagé. Au tirage au sort, il était tombé sur un mauvais numéro. Aîné d'une grande famille, il lui avait fallu partir. Si la ferme des Raynaud était d'un bon rapport, son père n'était pas assez riche pour lui payer un remplaçant.

Pendant sept longues années, Jean avait donc servi l'Empereur. Après la défaite et l'opprobre de Sedan, libéré de l'armée qui l'avait mené hors des frontières, il avait enfin regagné le Vernet. Il atteignait alors ses vingt-sept ans. Mais l'année suivante, par nécessité, Jean repartait déjà loin de son Auvergne natale.

Ses deux plus jeunes frères et la dernière de ses sœurs n'avaient pas encore quitté la maison. A la ferme vivaient aussi ses grands-parents paternels. Du printemps à l'automne, avec les domestiques loués pour les gros travaux, la maisonnée comptait une bonne quinzaine de bouches à nourrir.

Au mois d'avril qui suivit son retour de la vie militaire, Jean gagna la Champagne pour se louer dans une immense ferme au milieu des blés verts. Il y fallait beaucoup de bras robustes pour les travaux des moissons. Aussi Jean Raynaud n'était-il pas le seul émigré, d'Auvergne ou d'une autre province pauvre, à venir de loin pour y gagner sa vie. Certes, il aurait eu sa place à la ferme du Vernet. Mais, dans cette riche plaine, il recevrait à lui seul plus que le salaire de tous les domestiques réunis de Gabriel Raynaud, son père.

Parmi les valets nouvellement engagés, la haute taille de Jean, ses yeux bleu clair au regard attirant et volontaire, sa discrète amabilité le firent très vite remarquer des femmes de la maison. Les servantes lui faisaient les doux yeux et se disputaient le plaisir de sa compagnie.

Eugénie elle-même, la fille unique des patrons, ne paraissait insensible ni à sa belle prestance, ni à ses regards éloquents. De beaux cheveux châtain, les yeux sombres, Jean la trouvait bien à son goût. Elle n'avait que dix-huit ans mais, sous une apparence assez menue, fragile même, il la voyait vaillante à l'ouvrage. Malgré sa voix frêle, elle savait commander les servantes aussi bien que sa mère.

Quand Jean quitta sa place, l'automne venu, les jeunes gens étaient promis. Ils se séparèrent à grand-peine. Le jeune homme revint l'année suivante. Et, lorsque le 30 septembre amena la fin des travaux d'été, Eugénie le suivit en Auvergne. Leurs noces avaient duré une semaine pleine.

Venus pour le mariage, les parents de Jean, ses sœurs et frères repartaient avec eux. Bientôt Eugénie, fille des grands espaces, des champs immenses où la vue porte si loin, devint la maîtresse de la ferme grise dans le petit vallon. Le père de Jean n'attendait qu'une bru pour céder sa place à son aîné.

Douce, effacée, presque timide, Eugénie fut aussitôt adoptée par la famille de Jean et tout le voisinage. Comme elle n'entendait rien au patois d'Auvergne, son mari exigea de tous l'usage du français chez lui. A la longue, cependant, pour converser avec les gens d'âge — le français étant pour eux presque une langue étrangère —, la jeune femme retint assez de patois pour les échanges quotidiens.

Etienne et Pierre, les deux plus jeunes des Raynaud, la considéraient tout à fait comme une sœur cadette. Quant à Octavie, la benjamine, elle en fit très vite sa meilleure amie et sa confidente. Il faut dire qu'elle n'avait qu'un an de moins qu'Eugénie et que, depuis le mariage de sa sœur Emma, la compagnie de filles de son âge lui manquait passablement. De toute la famille, elle avait été de tout temps la plus gâtée.

Depuis quelques mois, Octavie « fréquentait ». Aux noces d'Emma justement, célébrées dès le retour de l'armée de son frère Jean, elle était tombée follement amoureuse de son cavalier. Ce beau brun, frisé et moustachu, dansait divinement le quadrille et la mazurka, alors que la plupart des jeunes paysans de la région ne martelaient encore que des bourrées vite lassantes et ennuyeuses.

Gabriel Raynaud avait d'abord été réticent devant cette idylle naissante. Frédéric Duteil était un garçon de la ville, et le père aurait préféré donner sa fille à un fermier. Comme sa sœur aînée, Octavie avait été élevée pour mener un domaine. Qu'allait-elle faire à Issoire, dans un chai ? Car les parents de Frédéric étaient vignerons. Leur vignoble s'étageait juste à la sortie de la ville, sur la route de Parentignat. Fils unique, le jeune homme en hériterait donc et, si Octavie l'épousait, elle aurait une vie qu'elle ne pouvait même pas imaginer.

Les fiançailles pourtant eurent lieu l'année qui suivit l'arrivée d'Eugénie. Après les derniers travaux d'automne, les jeunes gens s'unirent dans l'église du Valbeleix.

Malgré le bonheur qu'elle laissait éclater, la jeune épousée pleura en faisant ses adieux à sa belle-sœur Eugénie. Cette dernière avait le cœur serré. Elle se sentait encore étrangère dans cette Auvergne dont elle ignorait tant de coutumes. L'affection d'Octavie compensait un peu l'absence des siens, perdus pour elle, si loin là-haut dans la Marne. Elle lui manquerait douloureusement.

Jean s'en aperçut aussitôt. Le soir, dans l'intimité de leur chambre, il regarda tendrement sa jeune femme.

« Je sais que tu as de la peine, ma petite Génie. Je t'ai emmenée loin des tiens, égoïste que je suis, mais c'est que je t'aime tellement, tellement… Aujourd'hui, tu perds celle qui était devenue ta sœur, c'est dur, je comprends. » Et, la serrant contre lui, il prit soudain un ton enjoué.

« Sais-tu ce que nous allons faire, nous deux ? Un beau garçon ! Avec lui, tu seras comblée, je te le promets, et tu ne t'ennuieras plus jamais, jamais ! »

Bientôt naissait la petite Julienne. Deux ans plus tard, hélas, la mère de Jean rendait son âme à Dieu. Les grands-parents s'étaient suivis de près dans la tombe alors que le jeune homme moissonnait en Champagne. Etienne et Pierre s'étaient tous deux établis. Ils étaient partis gendres, l'un à Espinchal, l'autre à Saint-Diéry.

Sept ans avaient passé depuis l'arrivée d'Eugénie au Vernet et, en cette belle matinée d'automne 1880, Jean ne songeait qu'à la naissance toute proche. A la demande de sa femme, un peu avant trois heures, il avait appelé deux voisines qui, à chaque naissance, l'assistaient pour ses couches. Depuis, le jeune fermier n'avait pas regagné son lit et, bien avant le lever des domestiques, il s'affairait autour du pressoir.

Dans la salle commune, les voisines, la vieille Honorine et Mariette, avaient rempli d'eau le gros chaudron noir et activé le feu dans la grande cheminée. Puis elles avaient préparé tout le linge nécessaire pour la mère et pour l'enfant. Garnie depuis longtemps par les soins d'Eugénie, la bercelonnette attendait son futur locataire.

Mariette avait réveillé et habillé la petite Julienne alors âgée de cinq ans et demi. Elle l'avait emmenée, encore toute ensommeillée et émue de la naissance imminente du petit frère, chez une cousine de la mère de Jean. La brave Gervaise vivait seule à la sortie du hameau. Une fois de plus, elle s'était offerte à garder la petite le moment venu.

Absorbé par son travail, Jean était trop proche de la maison pour ne pas s'inquiéter du silence. Il avait souvenir, et cette pensée lui était affreusement pénible, des cris aigus d'Eugénie qui, chaque fois, le rendaient fou. Un malaise sournois l'habitait, mais son amour-propre l'empêchait de laisser là son vieux père et les domestiques pour courir à la ferme.

Ses gestes un peu trop saccadés le trahissaient pourtant et une sueur inhabituelle baignait son front, collait sa chemise à sa peau. Les cris du coq qui, ce matin-là, ne cessaient d'éclater dans la basse-cour, l'irritaient sans raison et lui portaient sur les nerfs. Il se dominait de son mieux, s'acharnait dans son labeur, donnait des ordres brefs. Le jus de pommes coulait régulièrement, épais et jaune, dans la grande cuve de bois.

Vers les neuf heures, les hommes n'osèrent pas, à leur habitude, gagner la salle commune pour le casse-croûte. Mais ils virent soudain Mariette s'avancer vers eux. Elle s'essuyait les mains au pan de son tablier et prenait bien soin de ne pas faire claquer ses sabots sur les dalles de la cour. Les cinq hommes avaient en même temps suspendu leurs gestes. Une appréhension qu'il ne pouvait maîtriser étreignit Jean Raynaud : ce silence inexplicable, la venue de Mariette... Mais sa peur était vaine.

« Vous pouvez venir, j'ai trempé la soupe, disait la brave femme. Les choses n'avancent pas. L'Honorine dit que la pauvre Eugénie en a peut-être pour la journée, et elle s'y connaît, l'Honorine ! »

Et, devant le visage inquiet de Jean :

« Faut pas vous tourmenter, Maître Raynaud, c'est seulement que le petit se trouve bien là où il est, il a sans doute décidé d'y rester encore un peu ! »

Elle rit en écartant une mèche de son front et tourna les talons.

Jean, le visage crispé, était parvenu à la remercier d'un sourire. Il avait confiance en la vieille Honorine. Sans être sage-femme, elle avait assisté tant et tant de jeunes accouchées dans les douleurs. Aucune habitante du hameau ni même des alentours n'aurait voulu se passer de sa rassurante présence. Calme et efficace, Honorine les rassérénait par sa compétence et ses bonnes paroles. Une naissance était alors une épreuve redoutable ; la fièvre puerpérale faisait des ravages, et les femmes songeaient toujours avec terreur à telle ou telle de leurs connaissances morte en couches. Alors, avec ferveur, elles priaient Dieu et surtout la Vierge-Mère.

Les hommes étaient entrés dans la salle commune. L'un après l'autre, ils se lavèrent les mains à la petite fontaine de cuivre rose placée à gauche près de la porte. Puis ils s'attablèrent en silence devant la soupe de pain bis trempée de bouillon de raves. Après le fromage détaillé en petits cubes et mangé à la pointe du couteau, le Patriarche fit claquer la lame de son laguiole. Tous, alors, firent de même et l'on retourna au pressoir.

Mariette rajouta deux bûches sous le chaudron où l'eau bouillonnait tout doucement. Aucun bruit ne venait de la chambre où la vieille Honorine restait enfermée avec Eugénie.

La matinée s'avançait. Depuis un moment, une petite brise s'était levée. Arrachées aux pommiers, les feuilles jaunies voletaient ça et là. Après quelques zigzags autour des troncs, elles rejoignaient dans l'herbe les pommes un peu moisies. A travers les branches presque dénudées, les rayons du soleil étaient encore chauds. Le cidre nouveau moussait dans les cuves prêtes à déborder. Jean et son père en avaient déjà rempli plusieurs tonnelets tandis que les domestiques s'activaient toujours autour du pressoir.

Soudain, vers midi, un grand cri, un seul, cloua sur place les cinq hommes. L'instant d'après, d'énergiques vagissements leur apprirent que l'enfant était né. Jean se précipita vers la maison. Comme il atteignait la porte, Mariette parut, rouge et souriante, le bonnet un peu de travers.

« Maître Raynaud ! C'est une fille, une belle petiote, forte et vigoureuse ! Honorine dit que ça fera une sacrée gaillarde ! »

Et comme Jean semblait hésiter sur le seuil :

« Allons, venez la voir !, ajouta-t-elle, toute réjouie. »

Le jeune père s'essuya les mains au torchon qui pendait près de la fontaine et s'avança jusqu'à la chambre. Eugénie lui souriait faiblement. Laissant ses sabots à la porte, Jean s'approcha du grand lit de merisier. Il prit la main de sa femme, la pressa doucement. Puis il se tourna vers le bébé qu'Honorine essuyait soigneusement après l'avoir lavé à l'eau tiède. C'était bien vrai qu'elle avait l'air robuste, cette drôle-là !

Certes, il ne s'y connaissait pas beaucoup en nouveaux-nés, mais c'était bien la plus vigoureuse des quatre filles qu'il avait vues naître chez lui. Julienne elle-même, la seule qui ait survécu, était loin d'être aussi grande et rondelette en venant au monde.

Honorine lui mit dans les bras la petiote enveloppée dans une serviette blanche qui avait tiédi près de l'âtre. Jean contempla les joues rondes, les menottes potelées, le petit menton volontaire, le front bombé déjà têtu, et il eut brusquement un grand rire heureux.

« Antoine viendra la prochaine fois », dit-il en regardant affectueusement Eugénie. Puis, baissant à nouveau les yeux vers sa fille, il ajouta :

« Toi, je t'appellerai Antoinette, en attendant ! »

La petite se mit alors à pousser des cris perçants ; elle gigotait en brandissant ses petits poings sous le nez de son père.

« Donnez-la donc à sa mère, jeta Honorine, vous voyez bien qu'elle a faim ! En voilà une qui veut vivre, c'est moi qui vous le dis ! »

Encore épuisée par de si longues heures d'efforts, Eugénie tendait les bras vers sa fille. Le bébé se mit aussitôt à téter goulûment. Jean eut très envie de mettre un baiser sur le petit front, mais il s'en abstint, par pudeur masculine. Il se pencha seulement vers la petiote et dit doucement :

« Tu seras belle, mon Antonia ! »

Après un long regard tendre à sa femme, il sortit de la chambre. Son père attendait dans la cour. L'Ancien mit une tape affectueuse sur l'épaule de son fils en le raillant :

« Tu n'auras pas la loi mon gars, avec toutes ces femmes ! »

Jean se mit à rire et se dirigea à grands pas vers la maison de la cousine Gervaise. Il lui tardait d'annoncer la nouvelle à Julienne.

C'était le 29 Septembre, jour de la Saint-Michel.

Antoinette-Marguerite-Marie, dite Antonia Raynaud, ouvrait sur le monde ses yeux couleur de noisette. Il faisait beau. L'air tiède sentait la pomme mûre. L'automne s'installait tout doucement sur la campagne paisible. Un char attelé de bœufs à la robe acajou roulait lentement sur l'unique chemin du hameau. Et, dans la basse-cour, ce satané coq n'arrêtait pas de chanter.

II

Le loup

ACCROCHEE AU TABLIER DE JULIENNE, Antonia marchait docilement près de son aînée. Les fillettes venaient de porter le repas aux faneurs.

Suffocante, la chaleur de juin pesait sur la ferme et le vallon. Pour le quatre heures des hommes et des servantes, Julienne avait préparé le pain bis et le fromage, l'omelette froide fourrée de lardons et le petit-lait coupé d'eau qui désaltère si bien.

Dans la touffeur accablante de l'été, la poussière d'herbe sèche piquait désagréablement les narines et desséchait les gorges. Par ces temps lourds, les faneurs ne se risquaient à boire ni cidre ni vin qui leur aurait plombé la tête. Ce soir seulement, au souper, ils pourraient savourer le vin frais tiré avec la soupe chaude qui repose si bien les corps engourdis de fatigue. Après le fromage, le maître déboucherait le cidre pétillant dont la mousse légère déborde des verres épais.

Les deux fillettes entrèrent dans la salle commune où régnait une relative fraîcheur. Tandis que Julienne s'empressait de ranger panier, assiettes et torchons, Antonia s'approcha du fauteuil en retrait dans l'ombre du *cantou*. Mariette ranimait les braises pour mettre la soupe à cuire au ralenti. La voisine avait proposé ses services, le temps des foins. Jean et Eugénie lui en étaient reconnaissants ; les deux servantes n'étaient pas de trop pour aider à la fenaison. Le fermier craignait des orages, il ne voulait pas perdre l'herbe qui avait bien séché ces derniers jours. Et puis sa femme était si fatiguée...

Dans le fauteuil dont les accoudoirs patinés par le frottement des vieilles mains brillaient dans la pénombre, le grand-père Gabriel fascinait la petite Antonia. Depuis près de deux ans, il n'y voyait plus. Bien avant, à ceux qui s'étonnaient de le voir passer la main à son fils, il disait avec un demi-sourire :

« Dans une maison, le maître doit avoir l'œil à tout. Et moi, voyez-vous, mes yeux sont devenus trop mauvais pour que je fasse un bon maître ! »

La vieille Honorine, qui soignait un peu par les plantes en plus de ses talents d'accoucheuse, avait préconisé des compresses d'eau de bleuets et aussi d'airelles. En infusant longuement dans l'eau, fleurs et fruits séchés servaient à confectionner une décoction apaisante. Chaque soir, l'Ancien en baignait ses pauvres yeux malades. Sans résultat, hélas !

Longtemps aussi, il avait appliqué des compresses avec l'eau de la source miraculeuse de Vassivière, mais la Bonne Vierge était restée sourde. Sa vue était devenue si mauvaise que, peu de temps après la naissance d'Antonia, il voyait tout juste se conduire. La douceur et la patience de sa belle-fille et de Julienne mettaient du baume au cœur du grand-père. N'empêche, certains jours, lorsque son fils l'installait dans son fauteuil à l'ombre d'un pommier, l'odeur de la terre, de l'herbe nouvelle, des fruits mûrissants, lui tiraient d'amères larmes de regret. Inutile, il était inutile, pas même bon, comme les enfants, à ramasser l'herbe aux lapins ! Pourtant il se résignait. Il fallait bien.

La petite Antonia grimpait sur ses genoux, passait ses menottes douces sur le vieux visage tendu avidement vers elle. L'aïeul caressait les longs cheveux blond foncé, épais et lisses, toujours bien nattés. Et la petite voix touchait son oreille comme un chant d'oiseau :

« Racontez-moi le loup, grand-père, celui de quand vous étiez berger ! »

Un sourire détendait le visage de l'Ancien. Ce sourire s'adressait à la fillette dont le regard lui resterait toujours inconnu.

« Mais tu la connais par cœur cette histoire, je te l'ai racontée plus de vingt fois !

– Ça ne fait rien, je veux l'entendre encore, s'il vous plaît !

Alors, tout heureux, il racontait :

– Le loup, commençait-il, ne nous avait encore jamais mangé de mouton. Moi, j'avais neuf ans et j'étais berger. Mon patron ne me payait guère, une pièce d'argent à la Noël et c'était tout.

Mais il me nourrissait, m'habillait, et me fournissait chaque année une paire de sabots. C'était un brave homme, je l'aimais bien le père Gaurel. Pour le froid, sa femme Constance m'avait donné une cape grise rayée de bleu, bien chaude, avec un capuchon bien commode pour le froid de l'hiver et les jours de pluie.

Vois-tu, ma petiote, mes patrons n'avaient pas d'enfant, et ils étaient bien braves avec leur petit berger. Oh !, je trimais dur, mais il fallait bien ! A la ferme, il y avait un vacher et des aides pour le gros bétail. A moi et à Fanfare, le chien, on avait confié les moutons.

Au printemps, quand naissaient les agneaux, j'étais heureux. Et pourtant, c'est là qu'il y avait le plus d'ouvrage. Il me fallait surveiller de près les mères et les petits, sans compter le reste du troupeau. Un petit agneau, tu sais, c'est doux comme un petit enfant mais fragile, ah oui ! Ça se casse une patte comme de rien. Le soir, je devais souvent porter le plus faible dans mes bras pour le ramener à la ferme.

– Mais le loup, grand-père, dites-moi le loup !

– J'y arrive, ma petitoune, j'y arrive ! Ce jour-là, j'étais dans le pré du haut avec mes bêtes. C'était un pré en pente, à la cime il y avait un petit bois. Les arbres avaient mis la feuille et l'herbe était déjà haute. J'étais assis sur une souche, en train de creuser un sifflet de sureau avec mon couteau. Je me méfiais pas. Fanfare était couché à mes pieds, tranquille.

Tout d'un coup, le voilà qui se lève, tout hérissé et hargneux. En même temps, il tremblait. Jamais je ne l'avais vu comme ça. Il regardait vers le haut de la pâture, et dans ses yeux, je voyais la peur. Je me dressai d'un bond pour apercevoir la masse sombre d'une bête près de la première rangée d'arbres. Fanfare grondait, poussant parfois des petits cris plaintifs.

Mon sang n'a fait qu'un tour : j'avais compris. Un autre chien n'aurait pas mis le mien dans cet état. Cette bête là-haut, sûr, c'était un loup ! Jamais d'ordinaire, à la belle saison surtout, les loups ne s'approchaient si près des gens. Il avait sans doute senti les agneaux et l'odeur l'avait tiré de sa cachette. N'empêche, c'était pas normal, il aurait dû chasser bien plus loin, au plus profond des bois. Les loups y trouvaient assez de gibier pour éviter le voisinage des fermes. Enfin c'était comme ça, et moi j'étais cloué par une peur comme j'en avais jamais eu de ma vie.

Le loup a commencé à descendre la pente, lentement, en hésitant. Il ressemblait à un chien gris assez maigre, ses yeux jaunes brillaient. Les brebis avaient senti la bête ; toutes bêlantes, suivies de leurs agneaux inquiets, elles se sont éparpillées dans le bas du pré.

Fanfare, heureusement, restait près de moi qui aurais bien voulu m'enfuir à toutes jambes, derrière mes moutons. Mais un berger doit défendre ses bêtes. Je serrais si fort mon bâton que je sentais plus mes doigts, même mon bras me faisait mal. Et je tremblais sur mes jambes, et le cœur me battait comme un tambour ! Je n'étais pas fier, ah non !

Le loup a fait encore quelques pas et j'ai vu qu'il boitait. J'ai alors compris qu'il devait avoir du mal à chasser. Voilà pourquoi il venait si près de la ferme. J'ai levé mon bâton et j'ai crié :

« Fanfare, attaque ! »

Le chien n'en menait pas large mais il s'est placé devant moi en découvrant ses crocs et en grondant plus fort. Le loup se rapprochait quand même en sautant sur trois pattes. Moi, je me suis mis à hurler :

« Maître, Maître, au secours ! Au loup, au loup ! »

Je faisais des moulinets avec mon bâton. Tu penses si le loup s'en moquait ! Comme d'une guigne il s'en moquait, oui ! Alors, Fanfare s'est jeté sur lui, ils ont roulé dans l'herbe tous les deux en grognant et en se mordant. Ils se démenaient comme des diables. J'avais affreusement peur que le loup tue mon brave chien. Tu sais, il était mon seul compagnon, mon seul ami pendant les si longues journées au pré, par tous les temps.

La bagarre continuait furieusement. Le pauvre Fanfare paraissait avoir le dessous. Je ne pouvais pas me servir de mon bâton, je ne voyais qu'une boule de poils tachée de sang qui se secouait en tous sens. Soudain Anselme, le vacher, est arrivé en courant, armé d'un gros gourdin.

Il hurlait à tue-tête pour effrayer le loup et le faire fuir. Par chance, il m'avait entendu crier. Il revenait d'un pacage en hauteur et traversait le bois. Une vache était sur le point de vêler, Anselme venait avertir que, pour la veiller, il ne rentrerait pas cette nuit.

Vite, il avait coupé une branche, et il se mit à taper comme un sourd sur l'échine du loup. Il était temps car mon brave chien n'arrivait plus à se dégager. Enfin, le loup est parti sur trois pattes en couinant, du sang plein son poil gris. Le chien saignait beaucoup, lui aussi.

"Rassemble tes bêtes et rentre vite, petit !" a dit Anselme.

Puis il a pris le pauvre chien dans ses bras et l'a emporté à la ferme pour le soigner. Tant bien que mal, j'ai retrouvé tous mes moutons. Là, Fanfare me manquait bien, tu sais. Enfin, j'ai compté mes bêtes, elles y étaient toutes, avec les agneaux affolés qui bêlaient toujours en tremblant, serrés dans les pattes de leur mère.

Pour me remettre de mes émotions, la maîtresse m'a fait boire deux grands bols de lait tiède. Après, j'ai dévoré une énorme tartine. La peur m'avait donné de l'appétit ! Ce loup, je ne l'ai jamais oublié. Longtemps j'ai tremblé en gardant mes bêtes. Mais c'est la seule fois que j'en ai vu un de près, heureusement ! Mon brave Fanfare avait guéri de ses blessures, après ça, on était encore plus amis, lui et moi. »

Bouche bée, les yeux ronds, la petite Antonia ne quittait pas du regard son grand-père perdu dans ses souvenirs. Elle n'avait pas tout à fait quatre ans, peut-être bien qu'elle ne comprenait pas tout de l'histoire. Mais elle saisissait l'essentiel et en redemandait sans cesse.

« Grand-père, vous dormiez où, à la ferme du père Gaurel ?

– Je te l'ai dit, ma petiote, dans la bergerie, dans le foin d'une crèche. Ça piquait un peu mais j'étais bien au chaud sous ma couverture. Et puis les moutons me tenaient compagnie, et j'avais Fanfare. Il se roulait en boule sur mes pieds, avec lui je ne craignais rien.

– Mais alors, vous dormiez tout habillé ?

– Que oui ma petitoune, bien sûr !, répondait l'Ancien en riant. Et, en plus, ma cape me faisait une deuxième couverture. L'hiver, il fallait bien ça ! »

Antonia mettait un rapide baiser sur la joue ridée du grand-père et sautait par terre pour se glisser dans la chambre de sa mère. Doucement, sur ses bas de coton, elle s'approchait du berceau de bois, le *brès,* où dormait la petite sœur.

Depuis quelques jours, en effet, la famille comptait une fille de plus. Mais la petite était chétive, elle manquait d'appétit. Mal remise de ses couches, la pauvre Eugénie se désolait. Elle songeait sans cesse aux deux petites qu'elle avait perdues. Pourvu que Marie se sauve ! Tout bas, elle suppliait la Vierge, dont elle avait donné le nom à l'enfant, de lui laisser sa petite fille.

La jeune mère ne quittait pas le lit. Sans Mariette si dévouée, qui aurait tenu la maison, préparé les repas, donné les soins au grand-père aveugle ? Les servantes avaient tant à faire durant la belle saison. C'est vrai que Julienne allait sur ses dix ans ; elle s'occupait seule d'Antonia et rendait quantité de petits services.

Quelques jours plus tard, en se levant un matin, Jean Raynaud découvrit la petite Marie toute bleue dans la bercelonnette. La petiote respirait péniblement et le jeune père prit peur.

Il courut chercher la vieille Honorine, puis il attela la jument et s'en fut en toute hâte au Valbeleix chez le médecin. Lorsqu'ils revinrent tous deux, l'angoisse défigurait Jean : n'allait-il pas retrouver sa petite fille morte, comme ses deux sœurs à quelques années de là ?

Dans la chambre, Honorine, assise sur une chaise paillée, tenait contre elle le bébé enveloppé dans une couverture de laine. Le petit visage avait perdu cette affreuse couleur bleuâtre, mais le souffle était court ; un peu de sueur perlait sur le front lisse. Les yeux étaient clos, on aurait dit une pauvre poupée de cire.

Du regard, Jean interrogea Eugénie qui, en chemise, se tenait assise sur le bord du lit, toute pâle, les yeux fixés sur sa petiote. Honorine voulut le rassurer.

« Je crois qu'on la sauvera, Maître Raynaud, mais faites donc place au docteur ! »

Ce dernier ausculta la nourrissonne qu'on avait allongée sur le lit de ses parents. Les bronches étaient prises. Le docteur prescrivit des enveloppements et une potion à donner dans un flacon dont on entourerait le goulot d'un chiffon propre.

Honorine offrit de rester pour soigner Marie, et Eugénie accepta avec reconnaissance ; l'angoisse lui avait ôté son peu de forces. Jean suivit le médecin dans la salle commune.

« Elle est perdue, n'est-ce pas ?, demanda-t-il.

– Non, je ne crois pas, enfin je ne peux rien affirmer, mais le mal est pris à son début, elle devrait se sauver. Pour votre femme par contre, il faut un repos absolu et une bonne nourriture pour qu'elle puisse continuer à allaiter. »

Jean remercia, paya le docteur et le fit raccompagner par le grand Marcelin, son premier valet en qui il avait toute confiance. Il suivit un instant des yeux le cabriolet qui s'éloignait avant de virer sur le chemin, puis il se tourna vers le verger. Là, au bout de la cour, assise à l'ombre d'un arbre, Julienne attendait, Antonia sur ses genoux. Sans rien dire, les deux fillettes se serraient l'une contre l'autre.

Alors, le père s'approcha de ses petites en se forçant à leur sourire. Julienne leva vers lui son regard bleu ; elle n'osait rien demander, mais dans ses yeux perçait une grande inquiétude.

« Honorine va soigner la petite sœur, dit Jean, et on la gardera, le médecin en est sûr. Allez voir Mariette maintenant, mais sans faire de bruit surtout ! »

Les fillettes s'étaient levées ; main dans la main, elles se tenaient devant lui. L'une après l'autre, il caressa leurs cheveux.

Quelque chose de très doux lui gonflait la poitrine ; mais ce quelque chose, il ne savait pas l'exprimer.

En ce temps-là, on ne montrait pas ses sentiments. Pour un homme surtout, la plus grande pudeur était de mise, en toutes circonstances. Jean Raynaud, le maître du domaine, devait toujours se montrer fort, insensible même. C'était ainsi. Et si son cœur débordait de tendresse pour ses filles, il ne les avait jamais embrassées.

III

Une nouvelle grande sœur

APRÈS CHAQUE NAISSANCE, c'était au père que revenait le soin d'avertir parrain et marraine. Très vite en effet, il fallait organiser le baptême ; tant de nourrissons ne dépassaient guère une semaine de vie. La maman, elle, gardait encore le lit, elle n'était pas « relevée » et n'irait pas à l'église. De sa chambre, elle aurait cependant quelques échos de la fête au moment du repas de famille.

La petite Marie à peine remise, Eugénie avait prié Jean de faire le nécessaire. Au village, il avait vu le curé et commandé les cierges. Son cousin Victor, le maréchal-ferrant du bourg, avait depuis longtemps accepté d'être le parrain. Pour la marraine, Eugenie avait pensé à Mariette.

Depuis la naissance de Julienne, cette bonne voisine se dévouait tant pour les petites Raynaud, on lui devait bien cet honneur. Et puis les prénoms s'accordaient si bien : Marie, Mariette...

Toute la parenté des environs fut conviée au repas de fête après la cérémonie. Quelques voisines vinrent prêter la main aux servantes. Mariette avait pris le plus grand soin pour vêtir les petites. Cheveux bien nattés, ornés de roses en tissu blanc, bottines du dimanche, robes de drap et châle fin croisé sur la poitrine, Julienne et Antonia attendaient sagement le moment de grimper en voiture pour se rendre à l'église.

« Allez vite embrasser votre maman ! » jeta Mariette, toute affairée.

Celle-ci impressionnait les petites filles qui la voyaient pour la première fois en costume de fête. Elle avait troqué son bonnet rond de dentelle contre un immense chapeau. Ce chapeau surtout, roue de paille noire tressée, subjuguait la petite Antonia.

Sur le côté de cette coiffure monumentale était perché un oiseau gris et blanc, plus vrai que nature ; il se tenait en équilibre sur une grappe de fleurs mauves. Mariette ne cessait de s'agiter et, à chacun de ses mouvements, le volatile semblait près de s'envoler. Sûr, pensait Antonia vaguement inquiète, il va battre des ailes et filer droit dans le ciel !

Enfin, tout le monde fut prêt. Mariette portait fièrement sa filleule dans ses bras. Par-dessus le bonnet et la longue robe de dentelle immaculée, elle avait enveloppé le bébé dans un grand châle de laine bigarré dont les franges tombaient jusqu'à terre.

« Relevez bien la capote de la voiture, Maître Raynaud ! Notre petiote est si fragile... »

Antonia leva les yeux vers son père. Jamais elle ne l'avait vu vêtu de si belle manière. Jamais il ne lui avait paru si grand, si impressionnant. En costume de drap noir à gilet, en col glacé blanc et large cravate sombre, Jean, debout sur le seuil, son chapeau à la main, était pour sa petite fille le plus beau de tous les hommes.

Cette admiration pour son père, Antonia l'éprouverait toujours. Sa vie durant, elle garderait pour lui une véritable vénération. Aujourd'hui, ses souliers noirs brillaient comme des soleils. Et, par-dessus sa courte barbe brune et lisse, son regard bleu brillait aussi, de joie et de fierté.

Cette fois encore, Antoine, son fils, avait oublié de venir. Mais, comme ses aînées, la petite Marie comblait son père. Eugénie était jeune encore, elle aurait bien le temps de lui donner un garçon, le futur héritier du domaine.

L'une après l'autre, Jean souleva ses filles pour les installer dans la voiture. Mariette lui confia la petite, le temps de grimper à son tour. Un claquement de langue et la jument prit le petit trot.

Au village, les cloches sonnaient à toute volée. Parrain, marraine et leur famille, oncles, tantes, cousins, tout le monde attendait sous le porche. Dans la pénombre, Antonia, fascinée, entrevit la lueur des cierges, les ors de l'autel et des vêtements du prêtre, les statues aux couleurs vives, les prie-Dieu recouverts de velours grenat.

Quand l'eau sainte coula sur son front, la petite Marie se mit à pleurnicher, et sa marraine la berça doucement dans ses bras. Le curé et les enfants de chœur se mirent soudain à parler une langue étrange qui, Antonia en était sûre, n'était pas du patois. Le parrain et la marraine prononçaient eux aussi des mots mystérieux. Mariette était bien étrange ce jour-là ; la petite fille n'en revenait pas.

Enfin, la cérémonie fut terminée. Devant l'église s'étaient attroupés des curieux. Les cloches se remirent en branle, assourdissantes cette fois. Des dames inconnues s'approchèrent pour voir le bébé, embrasser les fillettes. Antonia se sentait toute étourdie. Elle chercha son père des yeux. A le voir là, plus grand, plus imposant que tous les autres, elle se sentit soudain merveilleusement heureuse. Victor, le parrain, lança quelques poignées de dragées aux enfants empressés, et ce fut la bousculade.

A l'église, Antonia devait y retourner peu après avec sa mère et Julienne. Un mois environ après leurs couches, les jeunes mères assistaient à une messe payée tout exprès. C'étaient les relevailles.

Eugénie avait enfin quitté son lit et repris des forces. Après la messe d'action de grâces, elle remit un don au curé pour la paroisse. Puis, devant l'autel de la Vierge, elle fit brûler quatre cierges, pour elle et pour chacune de ses filles. Le premier, elle l'offrait doublement : la Sainte Vierge l'avait protégée lors de son accouchement, et elle avait guéri sa nourrissonne de cette terrible fluxion de poitrine. Elle espérait que cette protection ne serait jamais retirée à ses petites.

Peu à peu, Eugénie reprit ses travaux habituels. Bientôt, elle et son mari accompagneraient Julienne à la pension des sœurs, à Besse. La fillette avait dix ans. Son père voulait la faire élever comme toutes les filles de gros fermiers ou de négociants de la région. Au Valbeleix, l'école avait appris à Julienne les rudiments de lecture, d'écriture et de calcul. A présent, il lui fallait, d'ici l'âge de quinze ou seize ans, acquérir d'abord une bonne éducation religieuse.

Comme la plupart de ses contemporains, Maître Raynaud pensait que la jeune fille deviendrait ainsi une bonne épouse et une bonne mère. Elle apprendrait aussi l'histoire et la couture. Ces dames lui montreraient à gérer sa maison, à cuisiner, à tenir un livre de comptes, toutes choses indispensables à la future maîtresse d'un domaine. Jean ne doutait pas que Julienne, et ses sœurs après elle, ne soit un jour appelée à épouser un gros fermier des environs ou de la petite Limagne, à quelques lieues de là.

Douce et timide comme sa mère, Julienne appréhendait la pension. Elle ne rentrerait au Vernet que pour les fêtes. Pour la consoler, son père lui promettait quelques visites. De temps à autre, il se rendait à Besse pour voir le notaire, assister à une foire ou un gros marché.

« Et puis, disait-il, tu auras avec toi ton amie Philomène ! »

Julienne alors se rassérénait un peu. A l'école du Valbeleix, Philomène était sa confidente, sa « presque sœur ». La chance voulait que ses parents l'aient elle aussi inscrite au pensionnat. Pourtant, la fillette savait qu'elle s'ennuierait de sa famille, de sa mère tout particulièrement, et surtout, surtout d'Antonia. La petite, vive, espiègle, volontaire mais si affectueuse, Julienne s'en occupait bien plus qu'Eugénie, trop sollicitée par ses tâches multiples. Oui, elle lui manquerait. Antonia la questionnait sans cesse, sur tout. Elle essayait d'imiter la grande sœur en tous points, lui racontait ses joies et ses petits malheurs. Julienne, si raisonnable, éprouvait pour sa sœur un attachement quasi maternel. Si elle ne s'en plaignait pas, cette séparation lui paraissait extrêmement cruelle.

De son côté, Antonia en voulait à ses parents d'éloigner l'aînée de la maison. Sa notion du temps était encore toute relative ; malgré ses efforts, elle ne pouvait imaginer combien de jours, de semaines, s'écouleraient avant le retour de Julienne.

« Tu m'aideras à m'occuper de Marie, disait sa mère, peinée du chagrin si visible de sa fille. Tu feras avec elle comme Julienne a fait avec toi, ça te plaira n'est-ce pas ? »

Non, ça ne lui plairait pas, elle en était sûre. Marie n'avait que quelques mois. C'était un bébé ficelé dans la bercelonnette, qui sentait la sueur et le lait caillé. Quand sa mère l'allaitait, Antonia touchait parfois sa petite main ; c'était doux et tiède, seulement, que faire d'autre avec une petite sœur qui ne sait ni parler, ni marcher ?

L'été s'achevait. Après la fenaison, la moisson, septembre ramenait les travaux du verger. Antonia aidait de son mieux à la cueillette des pommes. Près de sa mère qui devait surveiller la petite Marie, couchée à l'ombre dans une panière à linge recouverte d'une mousseline, la fillette apprenait à trier les fruits tombés. On gardait les plus beaux, juste mâchés, pour cuire des tartes et des compotes.

« Fais bien attention aux guêpes, petiote ! », disait Mariette.

Elle aussi aidait à récolter les pommes mûres couchées dans l'herbe du verger. Un ronflement continu signalait la présence des guêpes, plus affairées encore sous les pruniers. En compagnie des frelons, elles se gorgeaient du jus sucré des mirabelles, si bien qu'on interdisait aux deux petites de cueillir les prunes dans l'herbe piétinée.

Les hommes dressaient les échelles, grimpaient parmi les branches si lourdement chargées qu'elles ployaient sous le poids. Julienne, pourtant craintive, aimait les suivre. Elle s'asseyait au creux d'une souche, tendait la main pour sentir dans sa paume la rondeur d'un fruit rouge comme une joue d'enfant.

Le moment venu, elle aidait aussi à récolter les pommes à cidre, mais son plaisir était moins vif. Plus petites, moins charnues, ces pommes-là, dans sa main, ne lui donnaient pas le même bonheur. La récolte finie, les fruits à conserver étaient alignés sur la paille dans la resserre, à côté de la grange. Ce seraient de là les desserts de l'hiver.

Il y avait aussi les poires, les Louise-Bonne, douces et fondantes, un vrai régal. Enfin, on gaulait les noix. Les trois noyers, gigantesques, feuillus et respectables, impressionnaient les petites filles. Leur père ou les domestiques frappaient le tronc et les branches de leurs gaules démesurées. Une pluie de grosses billes vertes s'abattait alors sur l'herbe avec un lourd bruit de grêle.

Le soir, après le souper, on écalait les noix. L'enveloppe verte tachait les doigts pour longtemps. Un brou tenace, brun foncé, imprégnait chaque pli, chaque sillon de la peau.

Eugénie et ses filles enfilaient de vieux gants, alors que les voisines, habituées depuis toujours à cet inconvénient passager, ne protégeaient jamais leurs mains dures de paysannes, rêches et hâlées.

Avec la pointe d'un couteau, Julienne épluchait quelques noix fraîches dont Antonia raffolait. Puis, inlassablement, la fillette cassait les noix avec un petit marteau. Mariette l'aidait, mais Antonia, encore bien maladroite, ne pouvait d'un coup sec, fendre net la coquille. Sous ses coups impatients, l'amande s'écrasait. Le plus souvent, elle se contentait de trier débris et cerneaux. De ces derniers, son père confectionnait quelques litres d'huile parfumée à l'aide d'un petit pressoir ; il paraissait toujours un peu ridicule à Antonia en comparaison du grand pressoir à cidre.

Eugénie et Mariette cachetaient les bouteilles à la cire verte. Julienne y collait des étiquettes découpées dans du papier fort. En gros chiffres tracés à la mine de plomb, elle y inscrivait la date : 1883, 1884... Enfin, on rangeait toutes les bouteilles dans le cellier.

Comme le voulait la coutume au village, Jean Raynaud invitait les voisins à déguster le cidre nouveau. Les femmes confectionnaient d'énormes tartes aux pommes ou aux prunes dont s'empiffraient les enfants. Eux aussi étaient autorisés à goûter le jus de pommes pétillant. Antonia y trempait le bout de sa langue et riait du picotement léger des petites bulles.

Autour des tables dressées dans la cour, les fermiers discouraient de leurs récoltes, des dernières foires, tandis que les femmes allaient et venaient pour les servir.

Ainsi, chaque soir, chez l'un ou l'autre des habitants du hameau, on savourait le cidre de l'année. Ces réunions se terminaient presque toujours par des chansons, parfois même par un bal improvisé. Sur l'herbe rase, on dansait bourrées ou polkas. L'orchestre était inutile : chanteurs et chanteuses se relayaient, c'était bien suffisant.

Installée sur les genoux du grand-père qui dodelinait en mesure, Antonia ne voulait rien perdre du spectacle. Sa mère devait se fâcher un peu pour l'emmener au lit.

« Tu tombes de sommeil ma poulette, allez viens ! »

Antonia protestait encore mais, à peine la tête sur l'oreiller, elle dormait comme un loir, ses rêves peuplés de chansons.

Le lendemain à son réveil, une multitude d'odeurs l'accueillaient ; celle doucereuse des pommes ; celle plus aigrelette du cidre répandu ; celle des noix écrasées, tiède, entêtante ; celle de l'herbe gorgée de rosée et du jus sirupeux des prunes tombées. Et surtout, le parfum chaud de la pâte friable quand les femmes, déjà, cuisaient les tourtes aux fruits à la croûte vernie de sucre. Par-dessus toutes ces senteurs délicieuses flottait un relent âcre : celui du brou de noix.

Avec toutes ces occupations et des soirées de réjouissances, le temps avait passé trop vite, beaucoup trop vite. A présent, Antonia, désolée, regardait Julienne faire ses bagages. Dans une petite malle, elle rangeait bas et chemises, jupons et caracos.

Soigneusement, Eugénie et Justine, la plus jeune des servantes, pliaient les taies brodées et les draps blancs chiffrés : J .R, au milieu d'une rosace de feuilles et de fleurs.

Au moment du départ, serrée dans les bras de son aînée, Antonia ne pouvait s'arracher à Julienne. Enfin, le visage baigné de larmes, elle se détourna pour se jeter contre le tablier de Mariette. Longtemps, sans regarder, elle écouta le pas de la jument résonner sur les pierres. Puis, résolument, elle essuya ses yeux et rentra dans la salle commune. Du haut de ses quatre ans et demi, elle déclara fermement aux servantes :

« Maintenant, c'est moi la grande sœur ! Je ferai tout comme faisait Julienne, tout ! »

IV

Au fil des jours et des saisons

LES PREMIERS SOIRS, dans le lit-clos, Antonia s'ennuyait de Julienne. L'heure venue, elle se déshabillait rapidement et, en chemise, courait s'agenouiller près de sa mère pour la prière du soir. Debout derrière elles, son père ne priait pas. Il se contentait d'un signe de croix pour conclure les dévotions d'Eugénie. Après elle, Antonia répétait :

« Bonne Sainte Vierge, protégez-moi, protégez tous les miens : le grand-père Gabriel, mes parents, Julienne et Marie, ceux qui vivent sous notre toit, toute notre parenté et nos voisins. Amen. »

La fillette souhaitait la bonne nuit à tous. Sa mère brossait et nattait ses longs cheveux ; elle l'aidait ensuite à grimper sur l'arche, cette haute marche de bois qui courait au pied des lits, servant à la fois de banc et de coffre où ranger les habits.

Au fond de la salle commune s'alignaient trois lits-wagons. Fermés par de lourds rideaux rouge foncé, ils avaient longtemps abrité les frères et sœurs de Jean. A présent, pour que les fillettes ne soient pas seules, Eugénie y logeait Justine et Rosa, les deux servantes de la ferme. Mariette rentrait chaque soir dans sa petite maison, à deux pas de là. Veuve depuis de longues années, sans descendance, la brave femme travaillait maintenant à la journée chez les Raynaud où elle gagnait sa nourriture. Marraine de la petite Marie, elle faisait à présent partie de la famille et on la traitait comme telle.

Les trois lits étaient séparés par des cloisons de bois et, sur le devant, par de larges panneaux bien cirés. Un linteau, du même bois patiné où s'accrochaient les rideaux, surmontait ces couches profondes, aux couettes de plumes douillettes, recouvertes d'énormes édredons jaune d'or.

La maison d'habitation comprenait aussi, derrière la salle, deux chambres : celle du grand-père et celle des maîtres où dormait la dernière née. A côté, le salon, fierté des fermes aisées dans toute la Haute Auvergne. Meublée d'un imposant buffet à deux corps, d'une table carrée, d'une douzaine de chaises dont les coussins s'ornaient de dentelle au crochet, cette pièce s'ouvrait seulement dans les grandes occasions.

Malgré son nom, ce salon servait surtout de salle à manger lorsqu'on recevait des hôtes de qualité. Le curé de la paroisse y était convié à boire la goutte lors de ses deux ou trois visites annuelles.

C'est là également que se réglaient les affaires d'importance : signature d'un testament, demande en mariage... Il s'ouvrait quand on mariait l'une des filles de la maison. Au fur et à mesure de leur arrivée, tôt le matin, les invités de la noce y buvaient le café en dégustant des biscuits de ménage et des pâtes de coings.

Dans la salle commune se dressait la grande cheminée à crémaillère, haute et profonde. Le coffre à sel, qui servait de banc, et le fauteuil de l'aïeul étaient toujours placés là, près du foyer, dans le *cantou*. Des trous plus ou moins larges ménagés dans le mur, à l'intérieur, abritaient divers ustensiles. Un petit pot de grès rempli de graisse de porc pour cuisiner y trouvait aussi sa place. Sur le rebord du manteau de cheminée, la lampe à pétrole, des bougeoirs toujours garnis, les boîtes de café et de sucre, quelques blocs de savon noir, un crucifix de bois sombre sur un socle en étain.

Entre les deux premiers lits-cages, l'horloge peinte de guirlandes de roses s'encastrait dans l'arche. Les petits enfants, à chaque génération, restaient toujours fascinés par le disque doré du balancier qui se prenait pour le soleil. Il battait, inlassable, comme un gros cœur brillant, au fil des jours et des saisons.

Depuis bien longtemps sans doute, on avait placé un petit bénitier de faïence bleue entre les deux autres lits. Un brin de buis bénit, renouvelé chaque année après la messe de bénédiction des Rameaux, trempait constamment dans quelques gouttes d'eau bénite.

La maîtresse de maison rapportait toujours de l'église une grande bouteille de cette eau miraculeuse. Des compresses aideraient à soulager les douleurs des gens et aussi, à l'occasion, des animaux de la ferme. Plus efficaces sans doute étaient les frictions de « blanche », l'eau-de-vie de rasin dont on allait se fournir dans la région d'Issoire. Mais, pour plus de sûreté, on utilisait généralement les deux à la fois.

Près de la cheminée, la souillarde. Dans cette pièce minuscule, toujours ouverte sur la salle, on faisait la vaisselle sur la pierre d'évier. Les eaux usées coulaient à l'extérieur par un simple trou dans le mur. On rangeait là fait-tout et bassines, casseroles, marmites, poêlons, pots de terre, louches, écuelles, paniers d'ail et d'oignons.

La souillarde donnait sur la laiterie, petit bâtiment rapporté, accolé au corps principal. Les servantes y caillaient le lait et pressaient ensuite les tomes pour le fromage de Saint-Nectaire.

Contre le troisième mur de la grande pièce, deux grandes armoires aux portes sculptées au couteau abritaient l'une verres, bols, assiettes, couverts, denrées d'épicerie, l'autre le linge nécessaire aux trois lits-clos, les torchons à vaisselle, des serviettes nids d'abeilles et des tabliers de cuisine en toile noire ou grise.

Près de la porte, la petite fontaine de cuivre aux robinets de laiton en forme de têtes de cygne était posée sur un petit coffre où les femmes rangeaient fils et aiguilles, pelotes de gros coton, crochets, ciseaux, rubans pour les coiffes et autres babioles.

A gauche de la porte, un très long coffre bas recouvert d'une épaisse étoffe vert sombre servait surtout de banc aux enfants de la maison ; les deux chiennes à leurs pieds, Julienne et Antonia aimaient s'y blottir. C'est là que l'aînée contait les histoires de fées, de bêtes magiciennes, de loups-garous dont la petite était si friande.

Enfin, occupant tout le milieu de la pièce, une table massive, étroite et longue, était flanquée de deux bancs sans dossier où pouvaient prendre place au moins vingt personnes. A l'un des bouts, la chaise de paille du maître. A l'autre, la panetière, lourd et profond tiroir ; on y conservait les tourtes de pain bis pour une ou deux semaines.

Ainsi enfermé, le pain rassit moins vite. Essentiel de la nourriture, il était sacré. Avant d'entamer une tourte et de couper pour chacun une large tranche, le maître de maison y traçait une croix de la pointe du couteau. Même les plus infimes miettes étaient soigneusement recueillies par les servantes et distribuées aux poules.

Sous le plafond étaient suspendues deux planches reliées par de solides bâtons. Là, on étalait à sécher quelques fromages, un morceau de lard maigre, des saucissons. Le père d'Antonia y avait aussi accroché deux vessies de porc gonflées de tabac noir ; il plaçait toujours à l'intérieur une carotte pour que les brins restent bien frais.

Un couloir étroit desservait le salon et les chambres. Au fond, celle du grand-père possédait une porte rarement ouverte. Elle donnait sur l'étable et, autrefois, servait à profiter de la chaleur des bêtes. De l'odeur aussi, bien sûr ! Mais l'odeur du bétail, très vite on ne la sent plus. Cette porte n'avait pas été condamnée. Par les grands froids, elle pouvait servir encore pour surveiller une bête malade, une vache sur le point de vêler.

Sous le manteau de la cheminée, un petit poêle noir à deux ronds avait été tout récemment installé. Eugénie l'avait demandé à son mari. Mariette et Rosa pouvaient y mitonner la soupe des petites ou de l'aïeul. A côté, selon les jours, mijotait un ragoût, un pot-au-feu, une soupe aux choux et au lard. La grosse marmite pendue à la crémaillère permettait d'avoir toujours de l'eau chaude. On y cuisait aussi les pommes de terre pour les porcs.

Ce poêle moderne étonnait les visiteurs admiratifs. De l'avis de Jean, son tuyau noir coudé déparait un peu la grande salle.

« Mais, faisait doucement remarquer Eugénie, on ne peut que rarement concilier le beau et le pratique, tu le sais bien. »

Son mari souriait avec indulgence ; il était toujours heureux de lui faire plaisir.

La plus satisfaite de cette acquisition, c'était peut-être bien la chatte qui, l'hiver durant, ronronnait, tapie sous le petit poêle, roulée en boule et presque invisible. Les chiens, eux, se tenaient comme autrefois au plus près de l'âtre ; ils savaient choisir la bonne distance pour ne pas recevoir d'étincelles quand l'une des servantes fourrageait dans les braises avec le grand pique-feu.

Le matin au lever, maîtres et domestiques se retrouvaient autour de la table pour la première fois de la journée. Derrière les rideaux tirés du lit-clos, les petites dormaient encore. Première levée, Rosa passait le café en attendant l'arrivée de Mariette. Justine disposait bols et cuillers, cassait le sucre avec un petit marteau.

Les hommes, le Val Grand en tête, arrivaient ensemble de la fenière où ils dormaient. Tous attendaient que le maître prenne place ; alors seulement, ils s'asseyaient sur les longs bancs de bois. Tandis que Justine les servait, Eugénie et Rosa levaient et habillaient l'aïeul. Une fois installé dans le *cantou*, sa bru le nourrissait comme un enfant, de café au lait où trempaient des croûtons de pain blanc.

Dès que Jean et les valets avaient bu le café sucré accompagné d'une large tartine de pain de seigle, chacun partait à son ouvrage. Il revenait à Marcelin, le Val Grand, de distribuer les tâches.

Dans sa chambre, Eugénie allaitait la petite Marie. Justine partait nourrir les lapins et la volaille. Rosa tapait les lits, balayait la salle et, généralement, commençait aussitôt à éplucher les légumes. En été, avec les ouvriers saisonniers, il y avait tant de bouches à contenter qu'elle y passait facilement la moitié de la matinée.

Si Julienne se trouvait en vacances, elle s'occupait d'Antonia, sinon ces soins revenaient à Mariette. Quand il faisait beau, la petite, impatiente d'aller jouer dehors, était vite prête. Mais, par temps de pluie, elle traînassait, jouait avec la chatte, suivait sa mère dans sa chambre pour assister à la toilette de sa petite sœur. Ensuite elle s'installait près du grand-père et réclamait des histoires.

Contrairement aux coutumes de la région où les femmes ne prenaient pas place à table, Eugénie et ses filles s'asseyaient à droite de Jean ; le premier valet, toujours à la gauche du maître. Tout au bout, le berger.

Le vieux Théodore commençait à peiner pour accompagner et surveiller le troupeau dans les pâtures, mais ni Jean ni Eugénie n'auraient eu le cœur de le renvoyer.

Il était sans famille, ou c'était tout comme. Veuf, il avait confié sa fille unique à l'une de ses belles-sœurs. Devenue grande, cette fille, Clémence, s'était placée à Issoire puis à Clermont. Elle semblait avoir oublié son père, ne le visitait jamais, ne lui écrivait pas. Il finirait ses jours à la ferme, soigné comme l'était à présent l'Ancien ; il avait bien servi la famille Raynaud et savait que les maîtres s'occuperaient de lui jusqu'à son dernier souffle.

La chienne Mirza le secondait pour garder les bêtes. Depuis peu, Jean avait dressé Follette ; il l'avait prise toute jeune. Mirza, plus expérimentée que sa compagne, achevait son éducation sur le terrain. Vaillantes et dociles, les deux chiennes aidaient efficacement le vieux Théodore. Sous l'autorité de leurs gardiennes à quatre pattes, les vaches filaient doux.

Depuis que son père n'y voyait plus — trois ans déjà —, Jean avait pris un autre chien : Tonnerre. Celui-là ne gardait pas au pré. Il avait été dressé pour surveiller l'aveugle et les enfants quand le travail appelait les habitants de la ferme à l'extérieur. Le grand-père n'aurait pu chasser un importun, un vagabond mal intentionné invisible pour lui. Jean et sa femme avaient l'esprit tranquille de savoir Tonnerre à la maison.

C'était un bas-rouge énorme, aussi intelligent qu'un humain. Doux comme un bichon avec les gens de la ferme, il se montrait hargneux et irascible envers les étrangers. Encore savait-il faire la différence entre un voisin bienveillant et un chemineau ou un rôdeur animé d'un mauvais vouloir.

Quand les deux chiennes rentraient du pré, on enfermait Tonnerre. Mirza surtout, la plus ancienne, risquait de déclencher des bagarres. La chatte Moumoune, par contre, avait réussi on ne savait comment, à faire la conquête du monstre. Quand elle allait et venait dans les jambes des femmes pour mendier un morceau, lui, tout simplement, l'ignorait.

Vers les neuf heures, tous, sauf les bergers, rentraient pour le casse-croûte. Les servantes, qui prenaient leur repas debout près de la cheminée, versaient à pleines louches la soupe bien chaude dans les écuelles. Pour finir, les hommes se taillaient un bout de lard froid ou de fromage. Mariette avait sa chaise paillée dans le *cantou*, près du fauteuil de l'Ancien.

A midi, par temps froid, encore de la soupe, mais plus légère. Puis du *fricot* : tantôt du ragoût de mouton aux pommes de terre, de l'omelette, des choux et des côtes de porc salé. Le pot-au-feu était réservé aux dimanches. Les jours de fête, on sacrifiait deux ou trois lapins ou quelques volailles. Le filet, ou blanc, était pour l'aïeul et les fillettes, pour la maîtresse aussi quand elle nourrissait sa dernière née.

Les rations des femmes étaient toujours moindres que celles des hommes, appelés à de durs travaux. La viande leur était généralement réservée. Avant chaque repas, devant tous les siens recueillis, le maître récitait le Benedicite, puis traçait une croix sur le pain.

Le travail de Rosa s'était bien allégé depuis que Mariette restait tout le jour à la ferme. C'est elle qui donnait ses repas à l'aveugle, elle aussi qui cuisait la mitonnée des petites. Cette panade mijotait tout doucement sur le coin du poêle. Mariette émiettait de la miche de froment — un luxe — dans de l'eau salée où avait bouilli un bel oignon blanc. Au dernier moment, elle y jetait quelques dés de fromage et une petite louchée de crème. Le tout, bien amalgamé à la cuiller en bois, formait une sorte de bouillie très épaisse ; l'aïeul, dont les dents faisaient défaut, et les petites filles s'en régalaient.

Vers les quatre heures, c'était encore le fromage et le saucisson avec du vin de Limagne, épais et noir. Le soir enfin, après une longue journée de travail, les hommes appréciaient le dernier bol de soupe. On prenait le temps de casser quelques noix, de peler une pomme ridée ou une poire un peu confite. Les bergers se régalaient plus encore que les autres, eux qui emportaient le casse-croûte dans leur besace quand la pâture était trop éloignée de la ferme.

L'hiver, on faisait la veillée, mais en été, la journée était trop longue, trop pénible. Il fallait se lever à l'aube ; aussi, le repas terminé, chacun partait au plus tôt s'allonger pour une courte nuit de sommeil, harassé.

Après le départ de Julienne pour le pensionnat, Antonia avait trouvé les journées bien monotones. Sans jamais y parvenir, elle tentait d'imaginer la vie que sa sœur pouvait bien avoir là-bas. Elle n'avait jamais visité que des fermes du voisinage et quelques boutiques du Valbeleix.

Peu à peu pourtant, elle s'habitua à l'absence de son aînée. Entre le grand-père, sa mère, Mariette, Rosa et Justine, elle trouvait toujours une compagnie. Tonnerre, si impressionnant, était un complice extraordinaire pour toutes sortes de jeux. Mais Antonia savait que ses parents, bien à tort d'ailleurs à son avis, craignaient pour elle quand elle courait avec le molosse. Aussi attendait-elle leur départ pour faire avec lui quelques gambades dans le verger ou de folles promenades le long de la couze.

Pour rien au monde elle n'aurait voulu quitter la ferme et rejoindre sa sœur dans cet endroit inconnu et redouté. Et dire que, le moment venu, on l'y enfermerait, elle aussi ! Mais ses dix ans lui semblaient loin, très loin... une éternité !

« C'est bientôt la foire à Besse, maman ?

– Bientôt oui, la semaine prochaine.

– Combien de jours alors ?

– Six. Et si tu es sage... mais je ne t'en dis pas plus, tu verras... »

Antonia ignorait que son père lui réservait une surprise qui, lorsqu'elle l'apprit, la mit en joie. Le jour de la grande foire d'automne, ses parents feraient une visite à Julienne au pensionnat. Et, pour la première fois, elle aussi serait du voyage.

V

Premier jour d'école

IL FALLAIT une bonne heure et demie de voiture à cheval pour aller du Vernet à Besse. Dans le matin frisquet, Cabriole trottait vaillamment sur la route. Serrée entre son père et sa mère, Antonia était au comble de l'excitation. Elle croyait partir pour le bout du monde. Le petit vent d'octobre rosissait ses joues et le bout de son nez.

La veille, Eugénie avait préparé les beaux vêtements. A l'aurore, elle trouva sa fille assise au bord de l'arche, en chemise, tant sa crainte était grande de n'être pas prête à temps.

« Vite, maman, dit-elle, il ne faut pas faire attendre le Papa ! »

Enfin, après la toilette, la soupe qu'elle avala en se brûlant un peu, Antonia, fière comme une mariée, grimpa près de son père qui, déjà, tenait les rênes. Il était vêtu comme pour le baptême de Marie, toujours aussi élégant aux yeux de sa petite fille. Eugénie avait coiffé un chapeau beaucoup plus sobre et moins volumineux que celui de Mariette. Il s'ornait simplement d'un large ruban grenat à deux coques. La jeune femme portait une robe de fin lainage gris foncé et une jaquette assortie. Des gants de filet de coton noir lui donnaient une élégance certaine, alors assez peu commune au Vernet et dans les villages environnants.

Mais, à n'en pas douter, la plus belle c'était elle, Antonia. Un béguin de velours bleu bien emboîtant se nouait de rubans sous son menton. Sur sa robe brune finement rayée de blanc, sa mère lui avait mis un mantelet qui avait appartenu à Julienne. Des bottines neuves qu'elle ne cessait d'admirer complétaient sa toilette.

Dès leur arrivée à Besse, Eugénie voulut faire une prière dans l'église Saint-André. Elle y entraîna Antonia ; toutes deux s'agenouillèrent devant le maître-autel. Là, derrière le tabernacle, trônait la statue de Notre Dame de Vassivière. Après trois Ave, trois cierges allumés et quelques génuflexions, la mère et la fille retrouvèrent Jean près du beffroi, vieille tour fortifiée des siècles passés.

La fillette leva les yeux vers la tour carrée à machicoulis, surmontée d'une tour plus petite et d'un clocheton à girouette. L'un des pans de la grosse tour portait l'horloge qui sonna gravement la demie de neuf heures.

Dans les rues étroites se pressaient beaucoup de gens venus pour la foire. Antonia n'avait jamais vu une telle foule. Elle s'accrochait fermement à la main de sa mère, craignant à chaque instant de la perdre.

Elle ouvrait des yeux ronds sur toutes choses : la maison de la reine Margot flanquée d'une tour impressionnante, les devantures de pierre moulurée qui conservaient encore leurs étals, les petites statues dans les niches des murs, les blasons sculptés au-dessus des portes, les fenêtres à vitraux en losanges ou rosacés...

Jean les quitta bientôt pour gagner le champ de foire. Eugénie désirait acheter quelques étoffes et de la mercerie. Antonia la suivit avec bonheur dans les boutiques et sur les petites places où s'étaient installés les marchands ambulants. Sa mère lui offrit un petit tablier bordé d'une dentelle. Elle choisit un châle de couleur violine où couraient des arabesques noires ; elle le destinait à Mariette, en remerciement de tous ses bons services. Pour Rosa et Justine, ce furent de larges rubans rebrodés pour leur coiffe du dimanche, un vert pâle orné de roses, et un bleu tendre où courait une fine guirlande de marguerites à cœur jaune.

A l'heure dite, Antonia retrouva son père dans une auberge bondée et bruyante. On leur servit une soupe aux choux, du lard de poitrine et une large part de fromage dont la croûte grise et duveteuse s'ornait de « fleurs » jaune d'or. Le bruit étourdissait la petite fille, l'odeur du vin rouge et du tabac la grisait un peu.

Antonia était impatiente de voir sa sœur. Après le repas, tous trois se rendirent à la pension des religieuses. L'énorme porte de bois épais portait un judas et un heurtoir en forme de main de femme. Quand Jean le laissa retomber, la fillette eut peur tout à coup. Après le brouhaha de l'auberge et des rues animées, cette grande maison de pierre noire austère, comme toutes les vieilles demeures du bourg, l'effrayait par son silence.

Le judas s'ouvrit, Jean se nomma et la porte s'entrebâilla sur un large couloir sombre. La sœur qui les accueillit leur rendit gravement leur bonjour avant de les précéder vers le parloir. Intimidée, mal à l'aise, Antonia s'assit sur un banc près de ses parents. Elle fit du regard le tour de la pièce. Celle-ci était nue, à part un bureau et une chaise, les bancs le long des murs et un très grand crucifix placé face à la porte.

Une autre religieuse entra bientôt, suivie de Julienne. A la vue de sa sœur en longue robe noire à col blanc de dentelle — l'uniforme de la pension — Antonia, bouche bée, hésita. Puis, incapable de se contenir plus longtemps, elle courut se jeter dans ses bras.

L'aînée n'avait pas été prévenue de cette visite ; sa joie en était d'autant plus grande. Après de longues embrassades entre les deux sœurs, ce furent des baisers plus réservés à la mère.

A son tour, Jean étreignit sa fille, puis tous quatre s'assirent. Sœur Thérèse du Sacré-Cœur, ainsi disait Julienne, annonça qu'ils disposaient d'un quart d'heure pour la visite et sortit en refermant la porte sur elle. Soulagée, Antonia retrouva sa voix et son entrain pour raconter le voyage et la foire à sa sœur. Ensuite, Eugénie la pressa de questions :

« Est-ce que tu apprends bien, petite ?

La pension, ce n'est pas trop dur, les maîtresses pas trop sévères ?

Tu manges suffisamment au moins ?

Ton amie Philomène est-elle bien habituée ? »

Antonia s'étonnait de ce que sa sœur parût en tout satisfaite. L'idée d'être cloîtrée ici, dans cette odeur de cire et de renfermé, lui donnait des envies de fuite, d'évasion vers le verger tout vêtu depuis peu de jaune et de rouge, vers les prés où séchait le dernier regain, vers le chien Tonnerre et leurs équipées au bord de la couze.

Jean ne disait rien, mais il regardait attentivement sa grande fille, approuvait d'un signe de tête ses explications. Julienne demanda des nouvelles de tous, du grand-père surtout et de la petite Marie.

Il fallut se quitter. Heureusement, la Toussaint était proche ; pour quatre jours, Julienne regagnerait le Vernet. Les retrouvailles alors, Antonia en était certaine, seraient plus chaleureuses. Eugénie glissa des biscuits et quelques pâtes de coing dans les poches de Julienne, et ce furent les adieux.

Avant le départ, les Raynaud allèrent saluer des cousins, un couple de vieux paysans retraités. Eugénie leur portait un fromage de Saint-Nectaire et de la gelée de mûres. Ils burent le café chez ces braves gens, puis retrouvèrent Cabriole et la calèche.

De retour à la ferme, Antonia raconta par le menu sa journée à l'aïeul et à Mariette. Rosa et Justine étaient déjà dans la laiterie à préparer les ustensiles pour le moment où, la traite finie, les hommes ramèneraient l'immense « baste » pleine de lait encore tiède.

Toute heureuse, la fillette remit à chacun son cadeau. Pour le grand-père, trois mouchoirs à carreaux bleu et blanc et une boîte de pastilles à la violette. Le vieux Théodore reçut un paquet de tabac gris.

En lui souhaitant la bonne nuit, Antonia confia un secret à l'Ancien :

« Surtout n'en dites rien à personne, grand-père, mais le jour où l'on m'emmènera à la pension des sœurs, je me sauverai ! Là-bas, on étouffe ! »

La vie reprit son cours. Les semaines, les mois, deux années passèrent. Julienne étudiait bien à Besse. Les veilles de rentrée, elle avait un peu le cœur gros, mais au pensionnat elle s'était fait beaucoup d'amies. Sa sagesse, sa docilité, ses bonnes notes la faisaient apprécier des religieuses. Elle ignorait les punitions.

Antonia eut six ans l'avant-veille de la rentrée des classes. Le premier octobre 1886, un jour gris, déjà froid, elle entra à l'école primaire du Valbeleix. Elle se souciait beaucoup de cette vie nouvelle, son souvenir de la pension des sœurs ne s'était pas estompé. Mais elle se consolait en pensant que chaque soir elle retrouverait les siens.

Justine la conduisait au village tous les matins et venait la reprendre à quatre heures. Sa mère l'avait voulu ainsi pour les premières semaines. Après, elle ferait route avec les autres enfants du hameau. Trois grandes filles d'une douzaine d'années se chargeaient de veiller sur les plus petits. Par les matins d'automne embrumés, ils étaient ainsi une quinzaine d'écoliers à cheminer sur la petite route de terre.

Chacun emportait son ardoise et son syllabaire, ainsi que le panier contenant le repas de midi. Eugénie ajoutait toujours une gourmandise pour sa petite fille qu'elle sentait un peu chagrine de quitter la ferme familiale : une pomme rouge, des noix décortiquées, quelques éclats de sucre, un carré de pâte de coing...

L'école laïque, gratuite et obligatoire, en était à ses balbutiements. L'école élémentaire de filles comprenait deux classes. D'abord le cours préparatoire mixte et, dans la même salle, les filles de sept à dix ans, soit environ quarante-cinq élèves. A côté, la grande classe, celle des cours moyens. La scolarité, à cette époque, se terminait à douze ans, l'âge du certificat d'études. Un grand mur séparait les deux cours de récréation : de l'autre côté, c'était l'école des garçons.

Le premier jour, pour l'inscription, Eugénie avait accompagné sa fille. Muette, intimidée par la directrice à l'air sévère, Antonia se serrait contre sa mère. Enfin, elle se laissa entraîner par la jeune maîtresse des petits.

« Viens voir notre classe ! », avait-elle dit en lui prenant la main.

La petite fille ouvrait des yeux ronds. L'école, Julienne la lui avait un peu décrite, mais elle ne l'avait pas du tout imaginée ainsi. Le plancher sombre était passé à l'enduit gras, les murs recouverts de tableaux noirs et de panneaux pour elle indéchiffrables ; une douzaine de pupitres à quatre places, noirs aussi, et une armoire meublaient la pièce. Il y avait aussi, dans un angle, une estrade où trônait une table-bureau surchargée de piles d'ardoises. Sur une étagère, des mesures en bois, des poids en laiton, une petite balance à plateaux de cuivre.

Dans un coin, deux balais de genêts et un petit arrosoir en fer-blanc. Antonia se demandait s'il était destiné à abreuver l'énorme bouquet de feuilles d'automne aux couleurs vives placé sur l'étagère près de la balance.

Une autre chose l'intriguait beaucoup. A même le sol, installée à environ soixante centimètres du plancher, une longue caisse était remplie de sable de rivière.

Dès l'entrée en classe, le premier matin, elle comprit son usage ; elle-même d'ailleurs allait l'expérimenter. Les débutants venaient s'asseoir devant la caisse, six par six. Guidés par la maîtresse qui leur tenait la main à tour de rôle, ils s'essayaient à former du bout du doigt la lettre qu'elle-même avait tracée à la craie sur le tableau.

Les jours suivants, ils répétèrent les mêmes exercices à l'aide d'une petite baguette de bois. On pouvait les refaire tout à loisir ; il suffisait d'égaliser le sable pour obtenir une surface lisse. Ce procédé économisait passablement craies et ardoises.

C'est ainsi que les petits apprenaient d'abord les voyelles ; plus tard seulement, ils avaient droit à une belle ardoise lisse où, discrètement, ils effaçaient les lettres « ratées » du bout de leur index mouillé.

Peu à peu, Antonia prit goût à sa vie d'écolière. Elle jouait avec les filles. Quelques garçons seulement, parmi les plus jeunes, participaient lorsque l'on faisait une ronde.

« Sur le pont d'Avignon,
L'on y danse, l'on y danse...
Parfois, on chantait :
– Nous n'irons plus au bois,
Les lauriers sont coupés...
Ou bien :
– Il était une bergère,
Et ron et ron, petit patapon... »

On jouait aux fagots, au mouchoir, aux gendarmes et aux voleurs. La récréation finie, il fallait rentrer sagement en classe, en rang par deux, les mains dans le dos. Bientôt, toute fière, Antonia sut écrire son prénom. Un soir, de retour à la ferme, elle sortit son ardoise et sa craie. Laborieusement, elle traça : *Antonia Raynaud.*

A l'heure du souper, elle fit admirer son œuvre à toute la maisonnée. Un peu gênée, car l'aïeul ne pouvait pas juger de sa belle écriture, elle s'approcha de lui, grimpa sur ses genoux et lui dit à l'oreille :

« Grand-père, je sais écrire mon nom toute seule ! »

Emu, il la serra contre lui, tapota ses cheveux.

« C'est bien ma petiote, c'est bien, je suis fier de toi ! »

Sa sœur, un peu jalouse, voulut lui arracher l'ardoise qu'elle tenait toujours à la main. Assez grande pour ses trois ans, Marie était fluette, toute en bras et en jambes. Depuis qu'elle était sevrée, elle avait un appétit d'oisillon, selon l'expression de Mariette, fausse d'ailleurs car aucune créature n'est plus vorace qu'un oiseau.

La brave femme entourait sa filleule des soins les plus vigilants. Elle s'en occupait d'autant plus que sa mère, ces dernières semaines, gardait souvent le lit.

Eugénie était à nouveau enceinte ; après trois mois et demi, sa grossesse commençait plutôt mal. Elle avait des nausées, et surtout des vertiges qui l'obligeaient à s'étendre aussitôt. Son mari était soucieux pour elle, pour son fils aussi. Après tant d'héritières, cette fois, plus que jamais, il attendait un garçon.

Marie ne dormait plus dans la bercelonnette depuis longtemps déjà ; elle y aurait été trop à l'étroit. Son père avait installé pour elle sommier et couette dans un coin de la chambre, mais, en l'absence de Julienne, Marie préférait dormir sous le gros édredon jaune avec Antonia.

Celle-ci se leva d'un bond, sautant des genoux de l'Ancien pour courir mettre à l'abri la précieuse ardoise. Marie se mit à pleurnicher :

« Je la veux, je la veux ! »

Mais son père fit les gros yeux, et elle se précipita vers Mariette pour cacher son visage dans le tablier de sa marraine.

Quelques mois plus tard, Eugénie accouchait prématurément d'une fille minuscule. La vieille Honorine prit peur, aussi bien pour la mère que pour le bébé. Sur ses conseils, Jean envoya chercher d'urgence le médecin du Valbeleix. Lui-même était si angoissé devant l'inquiétude de la sage-femme qu'il songea à peine au fils qui, décidément, ne viendrait jamais.

La survie de cette nourrissonne si chétive, perdue dans le *brès* pourtant bien étroit, lui importait, certes. Mais son anxiété était surtout vive pour sa femme, son Eugénie bien-aimée.

Il s'était bien rendu compte que les derniers mois de sa grossesse avaient été presque un calvaire. Il ignorait pourtant qu'Honorine avait confié ses craintes à Mariette : elle redoutait que l'enfant ne fût mort-né et que l'on ne puisse réussir à sauver la mère.

Pendant que le médecin donnait ses soins à la maîtresse, toutes deux priaient dans le *cantou*, près de l'Ancien. Pressentant la mauvaise tournure des choses, celui-ci baissait tristement la tête vers le foyer.

Il n'y eut pas un miracle mais deux : on sauva la petiote et, après une longue convalescence, Eugénie reprit enfin sa place dans la maisonnée. Le docteur Chandezon avait pris Jean à part le jour où il avait failli perdre femme et enfant.

« Pour cette fois, mon ami, nous en sommes quittes pour la peur. Mais je vous le dis formellement : une nouvelle grossesse serait fatale à votre femme. Sans doute auriez-vous désiré un héritier pour le domaine, mais vous avez une belle brochette de filles, bientôt vous aurez des gendres ! »

Sur le moment, Jean n'avait retenu qu'une chose. Sa Génie revenait de bien loin, il ferait tout pour la garder. Fils ou pas, peu importe. La peur qui l'avait saisi ce matin-là ne désarmait pas. Sa femme, sa douce compagne depuis quinze ans déjà, si aimante, si obligeante avec tout un chacun, Dieu merci, était sauvée.

Julienne était à la pension, Antonia et Marie chez la vieille tante Gervaise. Le surlendemain, les petites purent venir embrasser leur mère et faire connaissance avec la petite sœur. On l'appellerait Octavie-Paulette ; Jean lui avait choisi sa propre sœur pour marraine. Prévenue, elle arriva bien vite d'Issoire avec son mari.

Eugénie ne cacha pas sa joie de la revoir. Elle qui était encore si lasse, se sentit revivre au contact de sa belle-sœur toujours si enjouée. La vie pourtant lui avait jusqu'à présent refusé la joie d'être mère. A trente-trois ans, elle ne comptait plus guère sur l'enfant tant souhaité. Frédéric ne s'en consolait pas. Mais que faire ? En compensation, tous deux gâtaient honteusement leurs petites nièces.

« Ma filleule remplacera un peu le petit qui ne veut pas venir », dit Octavie. Et, toute émue, elle se pencha sur le bébé endormi dont le souffle ténu était presque imperceptible.

Un bonnet de tissu de lainage protégeait son petit crâne couvert de duvet blond, plus fin que celui d'un poussin frais éclos. De la petite fille, on ne voyait qu'un minuscule visage aux yeux clos. Par-dessus les langes et la bourrasse, la couverture piquée à ramages rouges et bruns l'enveloppait tout entière. Pour maintenir le tout, d'étroites bandelettes de toile se croisaient, fixées à de gros boutons de bois placés sur les bords de la bercelonnette.

Cette nouvelle petite sœur n'intéressait pas beaucoup Antonia. Marie lui suffisait amplement. Elle constatait avec agacement qu'elle n'était pas comme Julienne à qui elle aurait tant voulu ressembler. Son aînée se montrait un ange de patience, attentive et douce avec les petites alors que la nature impétueuse d'Antonia lui faisait trop facilement perdre son calme.

Elle était pourtant très attachée à Marie ; dès son retour de l'école, elle la cherchait pour lui apprendre quelque nouveau jeu.

Mais, plutôt que la petite Octavie, elle aurait préféré un frère ; ils auraient eu d'autres amusements, beaucoup plus hardis et, pensait-elle, mille fois plus attrayants. Tant pis, elle serait une fois encore condamnée à jouer aux poupées.

VI

Aurélien

La servante Rosa, de son vrai nom Rosalie Mazurel, était entrée au service des Raynaud du Vernet quelques mois seulement avant la naissance d'Antonia. Originaire d'un hameau proche de Compains où vivaient encore sa mère et son fils Aurélien, elle avait à l'époque juste vingt ans.

Deux années plus tôt, Rosa s'était éprise de Gaston, l'un des domestiques de son patron du moment. C'était un fort gaillard de la région de Chidrac. De caractère ombrageux et d'humeur changeante, coureur de filles de surcroît, il ne restait guère en place et changeait de patron presque chaque année.

Pour son malheur, il s'était mis en tête de séduire la jeune Rosalie. C'était alors une belle brune, grande et agréable, avec des yeux bleus de myosotis. Beaucoup de garçons lui tournaient autour, mais elle n'avait encore jeté son dévolu sur aucun d'entre eux.

Avec Gaston, c'était tout différent. Très vite, elle avait été sous le charme de ses regards appuyés pleins d'admiration. Le dimanche, elle aimait danser avec lui qui, souple comme un chat, était sans conteste le cavalier le plus prisé des filles du village.

Peu à peu, Rosa avait accepté des rendez-vous galants. Gaston était beau parleur et elle le croyait. Il ne fut pas long à lui promettre le mariage. A son corps défendant, elle se laissait piéger de jour en jour. Puis vint le moment où elle lui céda. Elle l'aimait pour la vie, lui pour une passade sans lendemain.

Les regains terminés, son galant était reparti avec la promesse de revenir la chercher bien vite ; il la présenterait à ses parents, puis on organiserait les fiançailles. Après ça, plus de nouvelles.

Le père de Rosa était mort depuis longtemps ; sa mère se désolait. Elle lui conseilla d'entreprendre des recherches du côté de Chidrac, mais la jeune fille refusa farouchement. Elle était enceinte et il le savait. Enceinte et abandonnée. Son fol amour s'était tourné en haine ; elle se jura de ne jamais renouer avec lui même si, un jour, il revenait. Son enfant n'aurait pas de père.

Puis Aurélien était né. Les deux femmes vivaient chichement. Aussi, le petit sevré un peu avant ses deux ans, Rosa avait cherché une place. Elle servait maintenant chez les Raynaud, des bons maîtres qui la considéraient. La grand-mère s'était chargée du petit. Un dimanche sur deux, Rosa leur rendait visite.

Depuis son malheur, elle était devenue sombre et triste, quoique toute dévouée à ses patrons. Toujours compatissante, Eugénie plaignait la jeune femme qu'elle savait malheureuse. Bien souvent, elle lui confiait un menu cadeau pour Aurélien. Un matin que Rosa partait pour la visite aux Chaumes-Noires, la maîtresse demanda :

« Aurélien doit avoir près de neuf ans, si je me souviens bien ?

– Il les a eus aux cerises, la semaine passée.

– Sais-tu, reprit Eugénie, l'idée qui me vient ? Ton fils est grand et, nous pourrions le prendre pour arrêter les bœufs pendant les foins. Il seconderait un peu aussi le vieux Théodore.

Notre pauvre berger pâtit bien à présent pour mener les bêtes tout seul. Qu'en dis-tu ? »

Le visage de Rosa s'était éclairé. Comme à toutes les mères, son petit lui manquait. L'avoir là, près d'elle tout l'été, serait une bien bonne chose. Et puis il serait nourri, autant d'économisé.

« Il en serait heureux Maîtresse, et moi aussi. Je vous remercie d'avoir eu cette pensée, mais... le maître ?

– Je lui en ai touché un mot hier au soir. Si tu es d'accord, il le sera aussi. »

Il fut décidé qu'Aurélien prendrait sa place au Vernet deux semaines plus tard. Il manquerait un peu l'école, les vacances n'étaient données qu'au 14 Juillet. Mais, partout dans les campagnes, c'était la coutume. En âge d'aider aux multiples travaux de l'été, les enfants quittaient la classe dès le mois de juin ; le plus souvent, ils n'y retournaient qu'après la Toussaint. Les enseignants fermaient les yeux, ils étaient compréhensifs. La vie était dure, deux bras de plus n'étaient pas de trop.

Le dimanche dit, Antonia et Marie guettaient le retour de Rosa. Leur mère les avait averties de l'arrivée du jeune garçon ; elle leur avait bien recommandé de se montrer bonnes avec lui. Antonia se réjouissait : enfin un compagnon de jeux digne d'elle ! En même temps, elle l'appréhendait un peu. Comment serait cet Aurélien ? Peut-être ne s'entendraient-ils pas du tout.

Marie, de son côté, ne s'en préoccupait guère. Assise sur le seuil de la salle commune, elle habillait sa poupée, cadeau de sa marraine Mariette, en chantonnant :

« *Gentil coquelicot, Mesdames,*
Gentil coquelicot nouveau ! »

Elle en était à :

« *Un rossignol vint sur ma main...* », quand un bruit de pas l'arrêta brusquement. Rosa et un garçon grand et costaud débouchaient de derrière la ferme. Marie se leva en criant :

« Maman, ils arrivent ! »

Eugénie parut presque aussitôt. Comme elle donnait son dimanche après-midi à Justine, elle venait seulement de débarrasser la table du quatre heures après avoir nourri la benjamine. Elle eut des mots aimables pour le garçon, intimidé, qui l'avait saluée gauchement.

« Tu as un beau gars grand et fort, Rosa, je t'en fais compliment !

– Merci maîtresse, dit Rosa qui, pour la première fois, paraissait heureuse. »

Antonia n'avait rien dit. Aurélien baissait le nez. Il portait un petit baluchon et paraissait très mal à l'aise.

« Voici mes filles, reprit Eugénie, Antonia qui a sept ans et Marie qui en a quatre. Il y a aussi Julienne mais elle est en pension, et Octavie qui est encore un bébé. J'espère que tu te plairas chez nous. »

Elle se tourna ensuite vers Rosa :

« Va donc installer Aurélien avant le souper. »

Le garçon suivit sa mère du côté de la grange. Antonia n'osa pas leur emboîter le pas ; elle rentra tenir compagnie un moment au grand-père.

A table, la maîtresse fit placer Aurélien près de Théodore. Ce premier soir, après le souper, le garçon s'écartait pour laisser sortir les hommes lorsque Jean l'arrêta. Il lui posa la main sur l'épaule et le regarda avec bienveillance :

« Alors petit, tu t'habitueras au Vernet ?

– Oui, Maître Raynaud. »

Aurélien avait parlé bas. Tout embarrassé de ses mains, il fixait la pointe de ses sabots.

« C'est bon, dit Jean, allez ; va ! »

Eugénie s'était approchée.

« Attends, Antonia va te faire visiter la ferme.

Apprends-lui aussi les bêtes, dit-elle encore en se tournant vers sa fille, mais surtout ne revenez pas trop tard tous les deux. »

Antonia ne pouvait pas désobéir à sa mère, pourtant elle n'avait nulle envie de s'embarrasser de ce garçon à l'air farouche, avec sa tête rasée et son regard vert insaisissable. Mais, une fois dans la cour, elle ne put réfréner son désir de questionner son compagnon silencieux.

« Où tu habites ?

– Aux Chaumes-Noires.

– C'est loin ?

– Encore assez.

– Et qui s'occupe de toi ?

– Ma grand-mère.

– Je sais, oui », fit Antonia agacée par ces réponses brèves, prononcées d'un ton maussade et contraint.

Pourtant la curiosité fut la plus forte. Elle insista :

« Et qui d'autre vit avec vous ?

– Personne.

– Mais tes parents ? »

Aurélien lui jeta un regard en-dessous.

« Eh bien, dit-il en haussant les épaules, ma mère travaille chez vous, elle peut pas être en même temps aux Chaumes-Noires, pardi !

– Bien sûr, mais ton père ?

– J'en ai pas ! »

Antonia secoua la tête et ses nattes dansèrent sur ses épaules.

« Tiens donc, tu te moques de moi ! C'est obligé que tu aies un père, tout le monde en a un, voyons !

– Pas moi, j'en ai pas, répliqua Aurélien d'une voix forte. Tu peux demander à ma mère, c'est vrai !

– Qu'est-ce qu'elle a dit, ta mère, quand tu lui as demandé ? Parce que tu lui as demandé, je suppose ?

– Oui. A ma grand-mère aussi. Et toutes deux ont répondu pareil : tu n'as pas de père, tu t'appelles Aurélien Mazurel comme s'appelait ton grand-père, c'est tout !

Antonia n'était pas satisfaite.

– Et tu y crois ?

– Non. Ce que je crois, c'est qu'elles veulent pas me le dire.

– Pourquoi ?

– J'en sais rien, rien de rien. »

Brusquement, sans raison particulière, Antonia le trouva sympathique. Elle lui prit la main, une main grande et carrée.

« Viens, dit-elle, on va faire la visite. »

Elle lui montra la laiterie, le cellier et les deux pressoirs, le hangar ouvert où s'alignaient les tombereaux, les chars, la calèche, l'écurie de Cabriole, bien sage dans son box, l'étable enfin.

Mirza et Follette, les deux chiennes de berger, avaient suivi les enfants. Leur présence inhabituelle à cette heure inquiétait les vaches.

« Couchées ! » ordonna la fillette.

Aussitôt, les chiennes s'aplatirent près de la porte et, le museau sur les pattes, se tinrent tranquilles. Pourtant, prêtes à bondir à son appel, ni l'une ni l'autre ne quittait des yeux la petite maîtresse. Celle-ci présentait les vaches à Aurélien.

« Voilà Blondine, la Rouge, la Barrade, Princesse, Cerise, Maraude, Ferrande, Coquine, Blanchoune, la Frisée, la Noire, Mignarde... »

Les présentations continuèrent. Antonia connaissait parfaitement toutes les bêtes. Les veaux pas encore sevrés se serraient contre le flanc de leur mère. Couchées sur leur litière, les vaches ruminaient paisiblement.

« Comme tu peux voir, Blondine porte une cloche au cou, c'est elle la plus vieille. On la détache la première. Aussitôt, elle mène la troupe, et les autres n'ont pas intérêt à essayer de lui passer devant, elle baisserait les cornes, sûr ! »

Antonia se mit à rire et Aurélien rit avec elle. Tous deux sentirent qu'ils s'entendraient bien. Vint le tour des bœufs.

« Regarde disait Antonia, celui-là, c'est le plus fort, il s'appelle Tempête. Tu le verras tirer les chars de foin bientôt. On le met sous le joug avec Clairon, ils font une sacrée paire, je te le dis ! »

Il y avait encore Blanchet, Morvan, Toscan, Briard... A l'écart, le taureau, marqué de blanc et de rouge. Les enfants le contemplèrent d'assez loin bien qu'il soit à l'attache et entravé.

« Loriot a un pré pour lui tout seul. Faut faire attention, il est mauvais ! »

Pour finir, elle entraîna Aurélien dans la grange. A cette époque de l'année, la provision de foin était restreinte, mais, sous peu, l'herbe sèche grimperait jusqu'aux poutres.

« D'ici un bon mois, quand la grange sera remplie, on viendra faire des pirouettes. Tu aimes ça au moins ? »

Aurélien était complètement déridé. Il lui sourit en clignant de l'œil.

« Sûr que j'aime ça ! Mais c'est pas tout, ta mère a dit de rentrer tôt. »

Ils repartirent vers la maison, les deux chiennes dans les jambes. Il faisait encore grand jour mais le calme régnait déjà sur le hameau.

« Là-bas, au fond du pré, c'est la couze, dit Antonia en tendant son bras gauche. Ma mère le défend, mais je m'y baigne les pieds quand il fait très chaud. On ira ensemble, si tu as le temps. »

Antonia pensait que c'était bien d'avoir un compagnon à peu près de son âge. Julienne était trop grande pour jouer encore avec elle, et Marie avait peur de tout. Finalement, cet Aurélien lui plaisait, il avait l'air franc.

Cet été là, le garçon arrêta donc les bœufs durant toute la fenaison. Il avait le sérieux d'un domestique chevronné, malgré ses neuf ans et son manque de pratique. Il savait d'instinct parler aux bêtes et s'en faire obéir.

Eugénie avait déniché pour lui un grand chapeau de paille car le soleil tapait dur. Le char stationnait de longues heures dans la chaleur desséchante qui suffoquait. Les hommes chargeaient le foin à grands coups de fourche. Derrière eux, les servantes râtelaient, éparpillaient l'herbe pour la faire sécher ou formaient des petits tas réguliers avec les brins tombés autour du char.

Quand les hommes fauchaient, ou bien les jours où le foin mouillé ne pouvait être rentré, Aurélien secondait le berger Théodore. Jean Raynaud n'envoyait pas ses bêtes à l'estive. Malgré les fenaisons, il restait toujours assez de pâtures pour le troupeau. Certains pacages, cependant, se trouvaient loin de la ferme. A la belle saison, on y installait des parcs et le bétail passait la nuit à la belle étoile.

Antonia avait été un peu déçue. Il restait à Aurélien très peu de temps pour jouer. Quand un char débordant de foin partait pour la grange, la fillette grimpait tout en haut avec Julienne et Justine. L'odeur chaude et entêtante la grisait un peu. Elle s'amusait du balancement de la masse parfumée et piquante où elle s'enfonçait tout entière. Un caillou sur le chemin irrégulier et le char tanguait bizarrement, lui arrachant des rires.

En écho tintait le rire de Justine, juchée près d'Antonia au sommet de la mouvante montagne de graminées et de fleurs flétries mêlées aux brins d'herbe. Beaucoup plus réservée, Julienne se contentait de sourire à sa sœur, mais elle était heureuse de la voir autant s'amuser.

De temps à autre, Antonia jetait un coup d'œil à Aurélien. Il avançait lentement devant le char, se retournait tous les deux ou trois pas pour encourager les bœufs d'une voix ferme :

« Tempête *vène* ! Allez Clairon, *vène* ! »

Il touchait le joug de son bâton ferré, désireux de soutenir l'effort des deux bêtes au pas pesant et régulier. La fille des patrons pouvait bien se prélasser tout en haut du char, le garçon ne s'en souciait pas. Il s'appliquait seulement à bien mener ses bœufs. Dans le regard de sa mère, il lisait qu'elle était fière de lui, et il était content.

Certes, le soir, la fatigue pesait dans ses épaules et ses jambes, mais il était heureux de faire un travail d'homme. La soupe avalée, il regagnait son lit, ou plutôt ce qui lui en tenait lieu.

Comme dans toute ferme, sur le côté de la grange, celui juste au-dessus de l'étable, un passage étroit percé de trappes longeait le mur du fond. C'est là, tout au bout, qu'on logeait les domestiques loués pour l'été. Leur couche rudimentaire n'était qu'une paillasse jetée sur une litière de foin. Chacun avait son coin sous les poutres de la soupente mansardée ; il y rangeait ses vêtements, ses souliers pour le dimanche, son petit bien. On y étouffait, certes, mais la fatigue était telle que le sommeil vous prenait aussitôt.

L'hiver seulement, les trappes s'ouvraient pour nourrir les vaches. Elles correspondaient exactement aux crèches en-dessous. On y glissait des brassées de foin que les bêtes mastiquaient longuement. En été, on couvrait de planches les trous inutiles.

Au chant du coq, quand Marcelin, le Val Grand, secouait son monde, Aurélien aurait bien aimé feignasser un peu. Bien entendu, il n'en était pas question. Sa fierté le faisait se lever d'un bond. Marcelin et le maître se montraient contents de lui. Il ne fallait pas les décevoir, ni sa mère qui trimait dur pour les nourrir, lui et sa mémé Hortense.

La fenaison finie, et malgré les moissons, Aurélien eut un peu plus de liberté en août. Il trouvait parfois le temps de courir au ruisseau avec Antonia. Tous deux s'essayaient à déloger les truitelles sous les pierres, mais elles leur glissaient des doigts et toujours, ils étaient bredouilles.

Parfois aussi, ils s'éclaboussaient en riant, et le bas de la jupe longue d'Antonia était trempée. Quand on appelait de la ferme, ils rechaussaient en hâte leurs sabots. Eugénie et Rosa leur interdisaient de courir pieds nus dans l'eau trop froide. Interdit qu'ils transgressaient avec délice.

« Où tu es passée encore, se lamentait Mariette, vois ta jupe toute dégoulinante ! Tu veux te noyer, dis, garçon manqué. Allez, approche qu'on la change avant que ton père arrive ! »

Les jours de pluie, tous deux couraient faire des pirouettes dans la grange. Le foin sentait très fort ; ils se saoulaient de son parfum. La masse blonde touchait le faîte du toit. Accompagnés parfois de Marie, les enfants escaladaient cette montagne meuble et profonde où ils s'enfonçaient à mi-corps. La petite renonçait rapidement et, en deux roulades, elle se retrouvait en bas en criant :

« Aïe, ça pique trop ! »

Antonia et Aurélien, alpinistes d'un genre nouveau, persévéraient jusqu'au sommet. De là :

« Un, deux, trois ! »

Ils partaient ensemble, tête première, en poussant de grands cris. Il leur fallait ensuite se secouer, s'épousseter mutuellement pour faire tomber de leurs vêtements les brindilles tenaces. Ils riaient encore, complices, heureux.

L'été passa. Vint septembre, la récolte des fruits, les regains. Aurélien reprit sa place devant les bœufs attelés.

Trois jours avant la rentrée des classes, il fit son bagage et sa mère le ramena aux Chaumes-Noires. Il y était retourné à quatre reprises seulement pour visiter sa grand-mère qui trouvait le temps bien long sans lui.

Le matin de son départ, il fit ses adieux à toute la maisonnée. Le vieux Théodore lui mit dans la main un petit couteau à lame double ; le garçon l'avait bien secondé et le berger lui était reconnaissant. Pour Aurélien, c'était un cadeau royal. Le maître lui donna deux pièces d'argent, les seules qu'il eût jamais possédées.

Antonia l'attendait devant l'étable. Rosa terminait ses préparatifs ; elle devait rester partie une petite semaine. Les enfants se regardaient sans trop savoir quoi se dire. Antonia semblait contrariée. A la fin, il se décida :

« Bon, eh bien, au revoir alors ! »

Il était tout gauche, presque autant qu'à son arrivée. Il avait beaucoup grandi. De son côté, Antonia avait fait une belle poussée, mais avec deux ans de moins, elle restait bien sûr la plus petite.

« Tu reviendras l'année prochaine ?, demanda-t-elle.

Aurélien haussa les épaules.

– Je sais pas, c'est pas à moi de décider.

– Qui, alors ?

– Ton père, tiens ! Et puis ma mère, aussi.

– Mais si tu devais décider toi tout seul, tu reviendrais ou non ?

– Sûr ! »

C'était le cri du cœur. Malgré le travail très dur pour un garçon de neuf ans, la vie à la ferme du Vernet était bien plus gaie que dans son hameau de quatre maisons, où le seul gamin de son âge était un pauvre simplet. Certes, il aimait sa mémé Hortense, mais les Chaumes-Noires ne souffraient aucune comparaison avec ce qu'il avait connu ici.

« Alors, au revoir, fit Antonia, à l'année prochaine ! »

Elle était certaine que son père reprendrait Aurélien, et que Rosa n'aurait rien contre. Justement, celle-ci arrivait. La fillette l'embrassa, n'osa pas faire une bise au garçon, répéta : « Au revoir ! » puis partit en sautillant du côté du verger.

VII

La lenteur de l'hiver

La petite Octavie fit ses premiers pas au début des vacances de Noël. Julienne était de retour depuis peu. Ces deux années de pensionnat ne l'avaient pas changée ; elle se montrait toujours aussi accommodante, aussi patiente avec ses sœurs. Déjà très dévote, à l'exemple de sa mère, elle l'était devenue plus encore au contact des religieuses.

Cette fête de la Nativité, toute proche, la réjouissait. Elle avait obtenu de son père d'assister à la messe de minuit, à moins qu'une neige brusque ne vienne boucher la petite route menant au Valbeleix. C'était assez peu probable.

Depuis la fin novembre, d'ordinaire pluvieuse et ventée, un grand froid vif régnait sur les campagnes. S'il les réchauffait à peine, le soleil d'hiver illuminait tout le jour les prés jaunis et désertés. Avides de lumière, les arbres du verger tendaient les bras noirs et nus de leurs branches ramifiées en pattes d'oiseaux vers les rayons diffus dans un ciel bleu dur, mauve à l'aurore et violet d'encre à l'approche du soir.

Malgré ce temps clair, la nuit tombait tôt. L'eau de l'abreuvoir comme les bords du ruisseau était prise en glace. Les domestiques cassaient la croûte brillante dont les éclats coupants miroitaient longtemps sur les pierres autour du bac. Après le passage des bêtes, piétinées telles des brisures de verre, quelques parcelles épargnées de ce cristal étincelant fondaient doucement vers l'heure de midi. Le soir, à nouveau, elles reprenaient leur dureté première.

Vaches et bœufs buvaient longuement l'eau glacée. Audessus de l'abreuvoir, la buée de leur souffle formait des petits nuages de vapeur floconneuse. Puis, étroitement surveillé par Mirza et Follette, le bétail regagnait docilement la litière épaisse dans la tiédeur de l'étable.

Ce matin-là, Julienne faisait déjeuner le grand-père. Assise sur un petit banc, à ses pieds, elle le nourrissait en lui parlant de sa voix douce. Pour distraire le vieil homme, elle racontait le pensionnat. A sa demande, elle nommait ses amies. Certains noms étaient connus de l'Ancien.

« Cette Jeanne Duchêne, sa famille ne serait pas de Saint-Floret, des fois ? J'ai connu un Duchêne autrefois, Justin je crois il s'appelait... Une Pascaline Charbonnier de Saint-Pierre-Colamine, tu dis ? Attends, j'ai dû acheter des bêtes à son père, à son grand-père plutôt. Ah ! Je confonds les générations maintenant, pauvre petite ! Tu as quel âge toi, ma Julienne ?

– Quatorze ans dans huit mois, grand-père.

– Déjà ! Eh, tu es demoiselle alors ! Il va falloir que ton père songe bientôt à ta dot. »

Julienne eut un petit rire. Le repas continuait, parfois interrompu par une réflexion de l'un ou de l'autre.

Pendant ce temps, Antonia et Marie faisaient marcher la petite Octavie de long en large dans la salle. Chacune tenait fermement ses petites mains tièdes pour l'aider à assurer ses pas. De la table à l'horloge, de l'armoire à la fenêtre, la petite chancelait un peu. Chaussés de botillons de feutre, ses pieds se croisaient par moments et, sans la poigne d'Antonia, elle serait tombée. Mais si ses sœurs, lassées de ces continuels va-et-vient, faisaient mine d'arrêter la promenade, Octavie se rebiffait, tirait sur leurs doigts, et il fallait repartir.

Parvenue à quelque distance du fauteuil de l'Ancien, la petite parut s'intéresser au groupe formé par Julienne et le grand-père. Lâchant soudain la main de ses sœurs, elle se dirigea vers eux, bras écartés pour tenir l'équilibre. Après quelques pas, elle se jeta en riant contre les genoux de l'aïeul, s'agrippant au pantalon de gros velours côtelé.

« Qu'est-ce qui se passe ? C'est toi, Marie ?

– Non grand-père, c'est la petite Octavie qui marche toute seule. Elle vient juste de se lâcher. »

Et Julienne donna un baiser affectueux à sa petite sœur toujours riante, heureuse de son exploit.

« Octavie, ma petiote... »

La sœur aînée se demanda si son grand-père ne confondait pas la petite avec la plus jeune de ses filles à lui. Mais non.

« Elle lui ressemble à l'autre Octavie, sa marraine ? »

Perplexe, Julienne ne répondit pas. Elle n'avait aucune idée de la ressemblance de sa petite sœur avec quiconque. Mais Antonia répondit vivement :

« Oh, ça oui, on peut le dire, elles se ressemblent comme deux gouttes d'eau ! »

Sur le vieux visage ridé, les fillettes purent lire un sourire de satisfaction.

« Ce qu'elle était belle, ma petite Octavie, belle, vraiment, une princesse ! »

Il passa doucement le bout de ses doigts sur le minois levé vers lui, caressa les cheveux fins qui, sur le front, dépassaient du bonnet.

A cet instant, Eugénie sortait de sa chambre. Elle les trouva là, Antonia et Marie toutes surprises encore que la petiote leur ait lâché la main, Julienne aux pieds de l'aïeul, et celui-ci qui palpait avidement les traits de la benjamine qu'il ne pouvait voir.

« Elle marche toute seule ! » dit Marie.

Eugénie souleva la petiote, lui mit deux baisers sur les joues et l'installa sur les genoux de son beau-père.

Julienne emporta bol et cuiller dans la souillarde. Déjà, Antonia et Marie jouaient sur le banc le plus proche de l'âtre. Quand Jean et les valets qu'il gardait l'hiver entrèrent avec Théodore pour le casse-croûte de neuf heures, l'aïeul faisait sauter la dernière née sur ses genoux. Elle s'accrochait à lui en riant.

« A dada sur mon bidet,
Quand il court il fait un pet !
Au pas, au trot, au galop ! »

Le surlendemain de Noël, le temps se mit à la neige. La veille, l'air s'était radouci d'un seul coup. Le ciel avait pâli avant de se charger de lourdes nuées grisâtres, comme d'énormes édredons rebondis. La couche de glace sur l'abreuvoir s'était amincie, et l'Ancien avait dit à Mariette :

« Je n'y vois pas, mais je le sens, c'est un temps à neige. Quand la porte s'ouvre, il vient de l'humide. »

Les flocons étaient tombés serrés, par vagues successives poussées par le vent d'ouest. Dans la cour de la ferme, tout disparaissait. Théodore et Léonce, le second domestique, avaient dégagé la porte de l'étable et ménagé un passage jusqu'au bac.

Aveuglées par la multitude de mouches blanches et froides, les bêtes se bousculaient autour de l'abreuvoir. Leur piétinement changeait en boue gluante la neige mêlée de terre gorgée d'eau. Quand Marcelin et Léonce portaient la grande baste pleine à la laiterie, ils tapaient leurs sabots sur le seuil ; une peluche d'une blancheur brillante tombait de leurs vêtements.

« Fermez vite, qu'on gèle !, disait Justine. Si ça continue, le lait caillera tout seul ! »

Et elle éclatait de rire, toujours gaie, toujours contente.

A travers le rideau mouvant que sans cesse la neige déployait sous leurs yeux, Antonia et Marie, derrière la fenêtre de la salle, contemplaient un monde nouveau, tout en rondeurs blanches.

L'avalanche dura deux jours pleins et encore une nuit. Quand tout s'arrêta, le ciel resta bouché, aussi livide que le sol enseveli. Les petites filles n'avaient pas envie de quitter la chaleur de la maison pour aller courir dans la neige.

L'hiver avait ramené les veillées. Antonia profitait, pour peu de temps encore, de la présence de Julienne. Assise parmi les femmes au plus près du poêle qui ronflait allègrement, sa grande sœur exécutait à merveille une dentelle au crochet.

Eugénie apprenait à coudre à Antonia, encore bien maladroite. Marie se tenait sur un petit banc avec ses poupées, aux pieds de Mariette qui tricotait des bas à quatre aiguilles. Ils étaient destinés aux petites, de laine brune, épaisse et rêche, pour tous les jours, de laine blanche à peine plus fine pour les dimanches. Rosa et Justine ravaudaient quelques pièces de linge ou les vêtements de travail des hommes.

Assis à la table, sous la grosse lampe à pétrole, Jean Raynaud lisait le journal. Parfois aussi, de ses mains habiles, il tressait l'osier pour des panières ou des lanières de cuir pour le joug des bœufs.

Un peu à l'écart, Marcelin et Léonce réparaient une roue de brouette, une fourche ou quelque autre outil. Ils fabriquaient aussi des balais de genêts et de branchettes liées. Marcelin était habile pour ferrer les sabots ; il les consolidait d'une bande de fer-blanc lorsqu'ils étaient fendus.

Assis sur le coffre à sel, Théodore se tenait près du grand-père, au plus profond du *cantou*. Les pieds de l'Ancien reposaient sur une chaufferette remplie de braises. Les deux hommes fumaient d'épaisses cigarettes de tabac noir et odorant.

Avant de s'installer pour la veillée, les servantes avaient bassiné les lits des chambres. Avec une petite pelle, elles versaient les braises au creux des grandes bassinoires de cuivre à long manche. La bonne chaleur sortait par les trous ménagés sur le dessus et les côtés pour tiédir les gros draps de chanvre. Par très grand froid, elles plaçaient aussi au fond des lits humides des briques bien chaudes qui avaient séjourné dans l'âtre.

Les occupants des lits de la salle commune étaient mieux lotis que les autres en hiver. Eugénie enveloppait tout de même une brique d'un chiffon épais pour la couche de ses filles.

La leçon de couture finie, Antonia s'approchait avec soulagement des deux patriarches. Les travaux d'aiguille demandaient beaucoup de patience, et la fillette en manquait passablement. Elle préférait écouter son grand-père et Théodore ; tous deux évoquaient les souvenirs de l'ancien temps.

Bien souvent, ils baissaient la voix pour converser en patois. Antonia n'y entendait goutte, mais, à force, elle finit par comprendre le sens de quantité de mots. Son père et sa mère étaient bien loin de s'en douter.

Le berger était beaucoup plus jeune que le Père Raynaud. Il atteignait ses soixante ans alors que l'Ancien allait gaillardement vers les soixante-dix-neuf. Ils avaient cependant des souvenirs communs.

Théodore était né à Saint-Anastaise, tout près de Besse, où il avait vécu longtemps. Or, l'aïeul avait été berger dans ce coin là, dans son jeune temps bien sûr. Tous deux se rappelaient les familles de ce canton, les grandes foires, les pâtures d'estive. Antonia n'en perdait pas une miette. Un soir, elle demanda :

« Dites, Théodore, vous le savez, vous, pourquoi les vaches ne comprennent pas le français ?

Les deux hommes sourirent à cette question inattendue.

– Ma foi, dit le vieux berger, je crois que je n'en sais trop rien. C'est peut-être tout simplement que personne ne le leur a appris.

La fillette insista :

– Mais sans plaisanterie, vous le savez bien, quand même, vous qui êtes tout le jour avec elles ?

– Ah, petite, quelle tenace tu fais ! Eh bien, voilà mon idée, mais je te la donne pour ce qu'elle vaut... Dans les temps, les gens parlaient seulement le patois, et donc ils le parlaient aux bêtes puisqu'ils ne connaissaient pas autre chose. Après, on a gardé l'habitude, tout simplement ! Qu'est-ce que vous en pensez, père Raynaud ?

– Tu as sûrement raison Théodore, en tous cas, je ne vois pas d'autre explication. »

Pour taquiner Antonia, le berger ajouta malicieusement :

« Les vaches, elles ne vont pas aux écoles, elles ! Tu les vois chez les sœurs de Besse, en robe noire et col bien blanc, en train de réciter le Pater à l'entrée de la chapelle ? »

L'idée que Blondine ou la Frisée, ou une autre des vaches de la ferme puisse porter l'uniforme du pensionnat fit rire Antonia aux larmes. Pourtant elle suivait sa pensée.

« Mais les chiens, eux, ils comprennent les deux !

– Ah, ça c'est vrai ! Si je dis à Mirza ou à Follette : *vè las quar !* (va les chercher) quand les vaches s'éloignent trop, elles comprennent très bien. Et si je dis : la paix, Follette, couchée maintenant !, elle m'obéit aussitôt.

– Les chiens doivent être plus intelligents que les vaches, constata Antonia.

– Ça doit être ça, oui ! »

La grande joie de Marie et d'Antonia, c'était lorsque des voisins venaient faire la veillée. Toutes deux passaient alors d'un groupe à l'autre, glanant une phrase ici, une autre là. Elles appréciaient par-dessus tout la venue de Félicie, la meilleure conteuse du hameau. Après s'être fait quelque peu priée, celle-ci commençait l'histoire de Mathurin le simplet et de son âne. Ensuite, on ne l'arrêtait plus. Elle disait le conte du marchand de cochons noyé dans la couze, la légende du lac Pavin, celle du farfadet qui embrouillait les pelotes, et bien d'autres encore.

Avant de se séparer, Jean Raynaud offrait à ses hôtes le cidre bouché. On l'accompagnait de noix, et surtout de châtaignes, grillées dans la braise chaude ou bouillies dans l'eau d'une marmite sur le poêle.

Ces jours-là, les petites restaient plus longtemps autour de la grande table. Parfois, le sommeil prenait Marie, et sa mère l'emportait toute habillée sur son propre lit. Dans la bercelonnette, la petite Octavie dormait depuis longtemps.

L'hiver, les semaines passaient plus lentement. Le travail allait au ralenti, les hommes soufflaient un peu. Le 3 février, c'était la Saint-Blaise, la grande fête des domestiques et des bergers.

Le saint ermite, protecteur des troupeaux, était à l'honneur ce jour-là. Vachers, valets, bergers, tous avaient congé. Quel que soit le temps, ils se rendaient à la messe au village, chargés de tourtes de pain et de gros sel enfermés dans des sacs de toile de jute. A l'issue de l'office, le curé bénissait ces précieuses denrées.

De retour à la ferme où la maîtresse avait amélioré le repas, chacun recevait sa part de pain bénit ; on y mordait gravement, avec un grand signe de croix. Il revenait ensuite au Val Grand de le distribuer aux bêtes. Toutes, sans exception, en avait un morceau. La jument, les porcs, les lapins, aucune n'était oubliée. A la fin, les miettes régalaient les poules.

Marcelin avait aussi rapporté de l'église un cierge bénit. Le soir de la Saint-Blaise, en présence de toute la maisonnée, il récitait la prière dans l'étable. La lumière faible et tremblante du petit cierge allumé, fiché dans une écuelle d'étain posée à même le sol, mettait sur le mur, au-dessus des crèches, les ombres des gens et des bêtes, étranges et démesurées.

Antonia se disait que les vaches, peu habituées aux dévotions, devaient s'étonner de ce rituel. Naturellement, elles n'en disaient rien. Mais, paisiblement couchées sur leur litière chaude, elles semblaient se recueillir, elles aussi.

La prière terminée, c'était au maître du domaine d'officier. Solennellement, Jean Raynaud s'emparait du cierge pour tracer sur le plafond bas une grande croix avec la cire coulante. Enfin, pour les protéger des maladies et des mauvais sorts, il versait trois gouttes de cette même cire sur la hanche droite de chacune des vaches, de chacun des bœufs.

La cérémonie terminée, on regagnait la maison. La maîtresse conservait précieusement le reste du cierge. On l'allumerait en cas d'orage particulièrement violent, de maladie d'une bête, ou de la naissance difficile d'un veau qui se présentait mal.

Quant au sel de Saint-Blaise, on le faisait durer. Une petite poignée aidait à guérir les bêtes malades. Aussi le conservait-on à part, pour ne pas le gaspiller, jusqu'à l'année suivante.

Encore quelques semaines et l'hiver s'achevait. Avec mars arrivait le redoux. Parfois pourtant, les giboulées de neige et de grésil engourdissaient à nouveau la campagne. Sur le chemin de l'école, Antonia et les autres enfants du hameau pataugeaient dans les flaques de neige fondue, sous le vent aigrelet.

Enfin, avril était là. Au chant du coucou, l'herbe reverdissait, les bourgeons éclataient, les anémones éclairaient les talus de leurs fragiles étoiles blanches. De minuscules violettes coulaient leur regard mauve entre les brins d'herbe et les premiers pissenlits.

Dans l'étable, les vaches impatientes secouaient leurs chaînes : il leur tardait de retrouver leurs bonnes pâtures d'herbe tendre. Le vent printanier s'était glissé sous la porte. Amicalement, il leur faisait signe.

Rivières et ruisseaux débordaient en chantonnant. Les oiseaux, joyeusement, pépiaient dans les pommiers presque fleuris. Antonia et Marie couraient entre les arbres en chantant pour fêter à leur façon le renouveau.

VIII

Un drôle de manège

A LA FOIRE de la loue de printemps, Jean Raynaud avait engagé le jeune Léonce Rouchy. C'était à Besse, un an et demi avant le dernier Noël. Léonce était né dans une famille très modeste d'un village de Chidrac. Il avait trois sœurs et son père n'était que journalier. Sa mère prêtait la main à droite et à gauche pour les repas de fête, les grosses lessives de printemps, les fenaisons, la cueillette des fruits.

Chez les Raynaud, le garçon passait souvent inaperçu tant il était discret. Marcelin l'appréciait, il était « pas de bruit » et travailleur. L'automne venu, le Val Grand avait suggéré au maître de garder Léonce.

Le jeune domestique était secrètement tombé amoureux de Justine. La jeune servante était tout son contraire. Dans ses yeux bleus, toujours une trace de joyeuse malice. Pas très grande, un peu rondelette, elle cachait sous le bonnet de beaux cheveux blond pâle. Elle faisait presque toujours sa besogne en chantant des refrains enjoués. Elle riait avec les petites, et son rire surtout avait conquis Léonce. Les contraires souvent s'attirent, comme chacun sait.

Justine plaisantait volontiers Léonce sur sa mine maussade et son éternel mutisme. Longtemps, il fit semblant de ne pas l'entendre ; puis, peu à peu, il se dérida.

Du jour où il sourit à son tour, la jeune servante découvrit qu'il était beau. Ses cheveux, blonds comme la paille mûre, frisaient sur son front. Elle lui trouvait un beau regard gris d'ardoise, un visage agréable, bref, il commença à lui plaire.

Les mois passaient et le valet ne se déclarait pas. En son for intérieur, Justine soupirait ; elle se demandait s'il ne la trouvait pas à son goût, ou si la timidité seule l'empêchait de l'aborder. Ce n'était pourtant pas à elle de faire le premier pas. Elle essayait bien de l'entraîner à la danse le dimanche, mais il se dérobait sans cesse. Il se croyait bien trop maladroit pour se mêler aux bourrées ou aux quadrilles ; il se contentait de regarder de loin les autres s'amuser.

Les choses en étaient là lorsque Léonce devint subitement jaloux. Un valet de chez Mège, voisin des Raynaud, se mit à tourner autour de Justine. Il faisait le joli cœur à la sortie de la messe. Ce nommé Germain passait bien plus souvent que nécessaire devant la ferme. Quand le bal commençait à l'auberge de Louis Pouzadoux, Léonce le voyait chercher Justine des yeux parmi les jeunes filles attroupées près de la porte. Alors il l'invitait ; la jeune servante paraissait prendre tant de plaisir à la danse que le cœur du valet se serrait de dépit.

A la fin de l'automne, il s'enhardit jusqu'à saisir en cachette la main de Justine, alors seule dans la basse-cour. Il l'avait guettée et rejointe au grillage. Quand elle se retourna, la corbeille emplie de graines serrée sous son bras gauche, il s'empara de sa main droite en rougissant.

« Qu'est-ce que tu fais, là ?, demanda la coquine sans lui retirer sa main.

– Je fais que je t'aime, et que ce Germain qui te tourne autour, je le supporte plus !, dit-il d'un coup. »

Justine eut un petit rire satisfait.

« Alors il faut que tu sois jaloux pour oser te déclarer enfin !

Léonce était penaud, étonné aussi de sa hardiesse.

– Ne te moque pas de moi, je suis bien maladroit sans doute, mais si tu voulais... »

Justine voulait bien. Dès lors, ce furent des rendez-vous en cachette, dans la grange le plus souvent, ou bien au fond du verger. Les jeunes gens ne croyaient pas se trahir ; en présence des autres habitants de la ferme, ils prenaient une mine détachée. Beaucoup trop.

Eugénie riait sous cape de les voir faire. Léonce entrait dans la salle et Justine se détournait. Elle le servait à table et il baissait le nez dans son assiette. Rosa, Marcelin, et même le vieux Théodore, personne n'était dupe de leur manège. Quant au maître, à qui rien n'échappait, il avait sûrement été le premier à s'apercevoir que ces deux-là faisaient trop les indifférents pour n'être pas amoureux.

Un soir, après quatre heures, Antonia était grimpée dans son arbre préféré, un gros pommier aux branches frangées de lichens gris qui lui faisaient quantité de barbiches de chèvre. C'était encore un interdit qu'elle bravait là. Sa mère le lui défendait depuis qu'elle l'avait surprise à escalader un frêne près du ruisseau.

« Antonia ! Descends tout de suite ! Tu n'as pas honte de grimper ainsi, comme un garnement ! Regarde Julienne : est-elle jamais montée aux arbres ? Si ton père te voit... »

Antonia s'était bien gardée de répliquer que sa sœur grimpait bien aux pommiers pour cueillir les fruits. Evidemment, c'était tout autre chose. Julienne prenait l'échelle, et elle était sous la surveillance de ses parents.

Ce jour-là, la fillette avait soigneusement replié sa robe et rentré ses pieds sous ses fesses. Tapie dans le feuillage encore épais, elle était sûre que d'en bas personne ne pouvait la voir. Soudain, des bruits de pas la firent se serrer davantage encore contre la grosse branche qu'elle enlaçait.

Du haut de son perchoir, elle reconnut Justine. La servante avait ramassé la lessive étendue au bas du verger. Antonia pouvait voir, à travers les feuilles, la grande panière d'osier pleine de linge plié abandonnée dans l'herbe. Tout à coup, quelqu'un sortit de derrière le tronc d'un noyer. Elle aperçut Léonce et, stupéfaite, elle vit Justine se jeter dans ses bras.

Le jeune domestique lança son chapeau derrière lui et se mit à poser des baisers sur tout le visage de sa compagne : les joues, le front, le cou aussi. Il l'embrassait avidement et elle faisait de même. De sa place, Antonia ne perdait rien de la scène. Elle retenait son souffle tant elle craignait d'être surprise.

Et voilà que Léonce embrassait maintenant Justine à pleine bouche. Il paraissait vouloir lui manger les lèvres. Dans son arbre, la fillette entendait battre son propre cœur, d'étonnement, de confusion aussi. Elle voyait avec effarement les mains de Léonce palper la poitrine de la jeune femme à travers son corsage de cotonnade. En même temps, il ne cessait de lui embrasser la bouche. Justine, toute frémissante, lui avait noué les bras autour du cou.

Un grand trouble avait envahi Antonia. Elle faisait là une prodigieuse découverte. Jamais elle n'aurait pu imaginer de telles choses, jamais ! Elle avait huit ans et l'occasion d'être le témoin d'une scène aussi renversante ne s'était jamais présentée. A cette époque, les démonstrations de tendresse d'un couple, dans n'importe quel milieu, ne se manifestaient pas en public. Les enfants étaient tenus dans l'ignorance la plus totale des choses de l'amour.

Ce soir-là, dans le lit-clos, Antonia ne trouvait pas le sommeil. Elle revoyait tous les gestes des jeunes gens, elle entendait leurs soupirs, les mots d'amour échangés. Elle se demandait si d'autres hommes et d'autres femmes se comportaient ainsi, si ses parents eux-mêmes... Vite, elle repoussa cette idée qui l'horrifiait. Près d'elle, Marie dormait paisiblement.

Enfin, elle sombra dans un sommeil peuplé de rêves étranges où des milliers de couples s'enlaçaient sans fin. Le lendemain, elle s'attendait à voir Justine toute changée. Il n'en était rien. La servante travaillait avec sa vivacité et sa gaieté coutumières. Quant à Léonce, lui non plus ne paraissait pas différent. La petite fille finit par se persuader qu'elle avait seulement rêvé.

Ses doutes pourtant se dissipèrent bientôt. Dans la quinzaine qui suivit, elle eut l'occasion, par deux fois, d'assister à des scènes semblables.

La première fois, elle était avec Marie. Elles cherchaient des mûres sur les ronciers, au bord du chemin du domaine de Lagoual, chez les Dumazier. Justine et Léonce, enlacés, avaient débouché du virage de la petite route de terre. Ils s'étaient alors arrêtés pour s'embrasser.

Par chance, Marie était accroupie de l'autre côté de la haie. Antonia s'était détournée vivement, feignant de s'absorber tout entière dans sa cueillette. Un coup d'œil par dessus son épaule, Justine avait disparu. Seul Léonce continuait son chemin, de son pas régulier. Il avait une pelle sur l'épaule.

« Alors, fit-il, vous en trouvez beaucoup ?

– Assez, oui, répondit Antonia qui n'osait pas le regarder. »

Curieuse, Marie avait pointé son nez. Reconnaissant le domestique, elle demanda :

« Tu vas où comme ça, Léonce ?

– A la ferme, tiens ! J'étais à curer les rases du pré de la Tsadère. Allez, à ce soir ! »

Et il repartit tranquillement, en sifflotant un air de gigue.

La dernière fois où elle avait surpris les amoureux, Antonia s'était réfugiée dans la grange après une remontrance sévère de son père. Remontrance amplement méritée, elle le reconnaissait avec la plus grande confusion.

Marie l'avait tant exaspérée par ses jérémiades qu'elle s'était vengée en lui arrachant sa poupée. Sans le vouloir, elle avait déchiré la robe de la demoiselle de cire. Sa sœur s'était mise alors à pousser des cris d'écorchée vive, ameutant Eugénie et Rosa occupées à cailler le lait pour les fromages de Saint-Nectaire. Mariette elle-même était accourue du potager ; elle y coupait quelques choux d'hiver et déterrait des poireaux.

Le grand-père avait cru que Marie s'était blessée tant ses cris étaient aigus. L'aveugle appelait les femmes au secours en frappant le sol de sa canne.

« La petite, vite, il lui est arrivé malheur ! »

Tonnerre, le chien de garde, avait, lui, très vite jugé la situation. Il avait ouvert un œil pour le refermer aussitôt. Vertement tancée par sa mère, Antonia l'avait été davantage encore par son père qui rentrait juste à ce moment. La fillette, furieuse, s'était sauvée en courant.

Une fois dans la grange, elle avait escaladé la montagne de foin pour se blottir tout en haut, ruminant sa rage et réfléchissant au moyen de se venger de sa peste de sœur.

Peu après, Justine et Léonce étaient entrés tout doucement. La porte soigneusement refermée, ils avaient recommencé le même manège que dans le verger. Pire : malgré les protestations, assez molles à vrai dire, de la jeune fille, Léonce avait entrepris de déboutonner son corsage.

De son abri, là-haut sous les poutres, Antonia voyait la tête blonde et frisée du garçon pressée contre la poitrine rebondie de Justine. Un appel soudain de Mariette au-dehors — elle cherchait partout Antonia — fit se séparer à la hâte les jeunes gens.

La fillette, par contre, se tassa plus encore dans son nid d'herbes sèches.

Léonce s'était avancé en silence vers le passage des trappes au-dessus des crèches pour s'y dissimuler. Justine, elle, restait plaquée au mur. Si par hasard Mariette ouvrait la porte, elle serait invisible derrière le battant replié.

L'alerte passée, la servante et Léonce repartis en hâte, Antonia avait pris une grande décision. Aux prochaines vacances, elle demanderait l'avis de Julienne sur le comportement tout à fait anormal de Justine et du valet. Sa grande sœur, elle en était certaine, aurait forcément une explication. Cette idée la rasséréna. Dès lors elle essaya, sans y parvenir vraiment, de ne plus penser à ces extravagances tout à fait incompréhensibles.

Mais, quand elle put enfin interroger Julienne, la fillette fut bien déçue. Elle qui, d'habitude, répondait patiemment à toutes ses questions, resta évasive, l'air gêné. Rougissant légèrement, elle conseilla à sa cadette d'oublier au plus tôt ce qu'elle avait vu. Et comme Antonia insistait :

« Tu es bien trop jeune pour t'occuper de ça, crois-moi. Essaie de ne plus y penser. »

Mais Antonia voulait savoir.

« Toi, tu as déjà vu des gens faire des choses pareilles ?

– Eh bien oui... mais pas souvent, enfin je n'y prête pas attention, je ne suis pas une curieuse comme toi.

– Mais pourquoi ils font ça, dis, pourquoi ?, demanda la petite d'un ton indigné.

– Oh, mais tu m'embêtes à la fin ! C'est qu'ils ont envie de se marier, voilà ! Et maintenant, parle-moi d'autre chose, ça suffit, je ne te dirai plus rien ! »

Antonia ouvrait des yeux ronds.

« Envie de se marier ? Ça alors, j'aurais jamais pensé... Si tu veux le savoir, moi je trouve ça répugnant, oui, répugnant !

Et en plus je vais te dire : s'il faut le faire pour se marier, eh bien moi je me marierai pas ! »

Justine et Léonce, eux, se marièrent quelques mois plus tard. Malgré ses affirmations, Antonia fut tout heureuse d'assister à la noce. Les parents de Justine n'avaient qu'une toute petite propriété à Escouailloux. Ils firent pourtant une belle fête pour le mariage de leur fille aînée. Ils en avaient une plus jeune et aussi un garçon. Depuis ses dix ans, ce dernier était loué comme berger au-delà de Besse, du côté de Saint-Victor-la Rivière.

Jean Raynaud avait dû s'enquérir d'un autre valet et aussi d'une servante. Sur les conseils de Mariette, il embaucha Sidonie Coudeyrat, une jeune fille du Vernet. Son père n'était pas propriétaire mais seulement fermier. Elle était l'aînée de quatre enfants. Costaude pour ses quinze ans, elle se montrait déjà dure à l'ouvrage.

« Vous verrez, avait dit son père à son futur patron, elle est de bonne commande, et rien ne la rebute. »

Sidonie ne logeait pas chez les Raynaud et rentrait chaque soir à la ferme de ses parents. Les filles d'Eugénie, comme tous d'ailleurs, regrettaient l'entrain perpétuel de Justine. Bientôt pourtant, tout le monde s'accorda à dire que Sidonie était une « crème », entendez par là une personne des plus accommodantes.

Grâce à leur ancien maître, Léonce et Justine purent louer une petite maison à Vauzelle. Le jeune marié s'employait comme journalier chez un propriétaire du hameau, le père Auzannat.

De son côté, Justine n'avait pas eu le temps de chercher une place. Très vite enceinte, elle mit au monde une petite Eléonore ; en attendant de sevrer sa fille, elle s'occupa seulement de son ménage. Elle cultivait un potager, élevait des lapins et de la volaille que Léonce allait vendre chaque semaine dans les auberges du Valbeleix. A ce petit cheptel, ils ajoutèrent deux cochons. L'un était destiné à leur consommation personnelle, l'autre serait vendu une fois bien engraissé.

Le hameau de Vauzelle était tout proche du Vernet. De temps à autre, Justine allait rendre visite à ses anciens maîtres. Assise sur une couverture, la petite Eléonore servait de poupée vivante à Marie et Octavie. La benjamine des Raynaud avait un peu plus de trois ans, et toute la maisonnée cédait devant ses caprices.

Le jeune couple Rouchy ne roulait pas sur l'or, mais Justine parvenait cependant à faire des petites économies. Elle pensait surtout à sa fille. Elle aurait tant aimé, le moment venu, la faire élever chez les sœurs de Besse comme les petites Raynaud. Le pensionnat revenait cher. Pourtant, d'ici qu'Eléonore atteigne ses dix ans, sa mère espérait bien avoir amassé un pécule suffisant pour le trousseau.

Elle et Léonce s'entendaient bien, ils étaient heureux. Eugénie s'en réjouissait, son mari également. Tous deux avaient de l'estime pour ces jeunes, travailleurs et sérieux.

Voyant l'ancienne servante toujours aussi gaie, plus encore peut-être depuis ses noces et sa maternité, Antonia commençait à se dire que, tout bien réfléchi, le mariage n'était sans doute pas une si mauvaise chose. Certes, elle avait bien le temps d'y songer : après tout, ces affaires de grandes personnes ne la concernaient pas. Elle attendait impatiemment son premier pèlerinage au sanctuaire de la montagne de Vassivière.

IX

La première Dévalade

En septembre 1889, Antonia allait prendre ses neuf ans. L'année suivante serait celle de son entrée au pensionnat, alors que le début de l'été verrait la fin des études de Julienne. Les deux sœurs étaient appelées à toujours se séparer. Le sort, leur différence d'âge surtout, le voulaient ainsi.

Dès le mois d'août, le maître du Vernet décida d'emmener toute sa famille à la fête patronale de Besse. Les Bessards célèbrent Mathieu, leur saint patron, le dernier dimanche de septembre. Le même jour, c'est la Dévalade de Notre-Dame de Vassivière. Julienne y avait assisté plusieurs fois depuis son entrée chez les religieuses. Sous l'uniforme du pensionnat, elle et ses condisciples suivaient la longue procession qui ramenait la Vierge à Besse.

Un an après la naissance d'Antonia, Jean Raynaud et sa femme avaient participé aux grandes fêtes données en l'honneur de la statue miraculeuse. En 1881, en effet, le pape Léon XIII venait d'accorder les honneurs du couronnement. Une foule de trente mille personnes avait défilé, plusieurs jours durant, devant la Vierge noire et l'Enfant-Jésus souriant, assis sur ses genoux.

Vêtus pour la circonstance d'une chape de soie blanche toute rebrodée d'or, la Mère et l'Enfant avaient reçu, des mains d'un cardinal, une couronne d'or sertie de brillants. De nombreux évêques encensaient l'image sainte. Des milliers de cierges brûlaient nuit et jour, non seulement dans l'église, mais tout autour.

A son arrivée en Auvergne, Eugénie ignorait tout de ce pèlerinage, vieux de près de quatre cents ans. Sa Vierge à elle, celle qu'elle priait depuis l'enfance à l'exemple de sa mère, c'était Notre-Dame de Chartres. La statue vénérée régnait dans sa magnifique cathédrale dressée sur la plaine, au milieu d'une mer de blés infinie.

Maître Raynaud, son beau-père Gabriel, avait demandé à Marie, sa femme, de conter à leur bru l'histoire merveilleuse de la Vierge noire des solitudes, là-haut dans les montagnes d'estive. Marie était fidèle aux deux plus grandes fêtes données en son honneur : la Montade, le premier dimanche de juillet, la Dévalade, fin septembre. C'est bien volontiers qu'elle accepta de retracer pour sa belle-fille les origines lointaines du pèlerinage :

« En 1547, commença-t-elle, un marchand de Besse se rendait à une foire à La Tour d'Auvergne en passant par les montagnes ; il suivait les raccourcis.

Au lieudit Vassivière se tenait une vieille chapelle avec, dans un angle de mur, une petite statue de la Vierge toute noire. Les passants ne manquaient jamais de la saluer. Au dire de notre curé, trois ou quatre siècles auparavant, il y avait là un village et une église tombée en ruines. Les gens des montagnes avaient reconstruit la chapelle qui nous occupe aujourd'hui.

Notre marchand, mécréant de la pire espèce, ne prit pas le temps de s'arrêter pour vénérer l'image de la Vierge. Aussitôt puni par le ciel, il perdit la vue sur le champ. Alors il fit pénitence, implorant Notre Dame et mendiant son pardon. Dans sa sainte mansuétude, la Bonne Vierge lui redonna l'usage de ses yeux. Ce miracle fit le tour de toute la région ; de ce jour, les croyants qui, depuis longtemps, délaissaient ce très vieux pèlerinage revinrent en foule à Vassivière.

Le miraculé et les gens des alentours bâtirent une chapelle plus belle et plus grande. On peut lire la date au-dessus de la porte : 1555. Tu vois, ça n'est pas d'aujourd'hui !

C'était la femme du roi de France, Catherine de Médicis, qui avait donné l'autorisation de construire sur ses terres. Sa mère, en effet, était fille de Jean Ier, alors seigneur de La Tour d'Auvergne, dont le domaine s'étendait, du nord au sud, sur toute la région.

On bâtit également une toute petite chapelle, dite la Chapeloune, pour abriter les eaux miraculeuses. Un peu en contre-bas coulait une source qui, dit-on, guérissait les maladies des yeux. Au siècle suivant, on a agrandi l'église en édifiant le chœur et deux chapelles à droite et à gauche. Deux statues sont venues ensuite tenir compagnie à la Vierge : celle de son époux Joseph et celle de Saint-Louis, patron de la ville de La Tour.

Après le miracle du marchand, les prêtres de Besse emportèrent solennellement la statue dans leur église de la ville. Mais la Vierge ne l'entendait pas ainsi et elle refusa de quitter sa montagne. Elle disparut de l'église Saint-André et on la retrouva à Vassivière. Par trois fois, des gens du clergé la ramenèrent à Besse, par trois fois elle regagna son sanctuaire d'altitude, sous le puy de Palharet. Alors les prêtres durent s'incliner.

L'hiver, pourtant, elle accepta de demeurer en ville. D'octobre à l'été, le temps est si rude là-haut, la tourmente si mauvaise, la neige si épaisse, que les pèlerins n'auraient pu, malgré leur bon vouloir, gagner l'église des montagnes.

Par deux fois cependant, notre curé l'affirme, quand la peste décima nos campagnes, la foule monta là-haut, pieds nus dans la neige, pour que la Vierge éloigne le fléau. C'était le 5 décembre 1632, puis le 8 janvier 1633. Munis de cierges que le vent éteignait sans cesse, les consuls de la ville en robe longue, les prêtres revêtus de leurs ornements sacerdotaux, les notables endimanchés, les artisans, les paysans, tous, avec ferveur, firent les quatre lieues d'une marche harassante dans le froid.

On organisa deux processions. L'une, la Dévalade, juste avant le retour des troupeaux partis pour les estives ; on ramène la Vierge à Besse. On la remonte à Vassivière le premier dimanche de juillet, c'est la Montade. Là, elle est un peu en retard sur les bêtes, mais la procession n'en est que plus belle à travers les prés où paissent les troupeaux, dans l'herbe parfumée de réglisse.

La statue, hélas, n'est pas celle d'origine. Au siècle passé, il y a juste cent ans, la grande Révolution l'a détruite. Mais on l'a refaite de mémoire, à l'identique.

Voilà, ma petite Eugénie, je t'ai dit tout ce que je sais. C'est une bien belle histoire, n'est-ce pas ? J'ignore ce qu'est Notre-Dame de Chartres. Sans nul doute, sa cathédrale doit être beaucoup plus imposante que notre petite église de Vassivière. Mais quand tu verras les fêtes là-haut, la Dévalade surtout et le triomphe fait à la Vierge dans la ville de Besse, tu seras saisie agréablement, et même émue, comme nous tous. Je te sais bien dévote. Prie chaque jour notre Vierge noire, elle te protègera. »

Depuis, Eugénie avait gravi plusieurs fois la montagne sainte. A chacun de ses voyages à Besse, elle ne manquait pas d'aller s'agenouiller devant la petite statue. Comme Jean désirait emmener les petites cette année-là, elle écrivit aux cousins de son beau-père pour leur demander l'hospitalité.

Amédée Chavade, cultivateur à Marsol, avait hérité de la maison d'une tante de sa femme, rue des Boucheries à Besse.

D'âge avancé et sans enfant, le couple s'y était retiré. Amédée avait répondu en ces termes à la lettre d'Eugénie.

Mes chers cousins,

Nous avons bien reçu le courrier de la femme de Jean. Elise et moi, malgré notre grand âge, nous nous portons du mieux possible, bien que les chaleurs de ce mois d'août nous fatiguent un peu.

C'est avec grand plaisir que nous recevrons Jean et les siens pour la fête de la Dévalade. Qu'Eugénie se rassure : la maison est assez grande pour vous loger tous. Elise, qui ne sort plus guère, veillera s'il le faut sur la petite Octavie pendant que vous ferez vos dévotions.

Nous espérons que mon cousin, Gabriel, malgré ses pauvres yeux, est en bonne santé. Faites-lui savoir que nous pensons bien à lui. Elise prie chaque jour pour Marie, votre chère défunte, qui ne manquait jamais de nous faire un si bon accueil autrefois au Vernet.

Bien des choses de nous deux à toute la famille. A bientôt donc.

Votre cousin,
Amédée Chavade.

Une semaine avant le départ, Antonia et Marie assistaient fébrilement aux préparatifs. Leur mère et Mariette apprêtaient les vêtements pour toute la famille. Il faudrait aussi le nécessaire pour la nuit.

Marie, dont c'était le premier voyage à Besse, ne tenait plus en place. Quatre jours après la fête, elle entrerait à l'école primaire du Valbeleix. Savoir qu'Antonia y serait pour une année encore la rassurait un peu. Timide à l'extrême, elle aurait bien besoin de l'appui de sa sœur.

De son côté, Antonia regrettait l'absence d'Aurélien. Pour la troisième fois consécutive, le garçon avait passé l'été au Vernet. Tous deux étaient devenus inséparables. Il était reparti depuis peu aux Chaumes-Noires pour préparer la rentrée des classes ; l'année suivante, il serait présenté à l'examen du certificat d'études primaires.

Le matin du 27 septembre, vêtus de leurs plus beaux habits, tous prirent place dans la calèche. Sur le banc, serrées entre leur père et leur mère, les deux benjamines. Derrière, parmi les bagages et les provisions que l'on offrirait aux cousins, Julienne et Antonia. On s'était levé à l'aurore pour ne pas manquer le départ de la procession.

Arrivés rue des Boucheries, les Raynaud se rendirent sans tarder chez les cousins qui les reçurent à bras ouverts. Elise leur offrit café et brioche, du lait tiède pour les petites. Le civet de lièvre marinait pour le repas du soir. Des cèpes dodus attendaient dans une corbeille pour la fricassée. La veille, la brave cousine avait cuit chaussons aux pommes, tourtes aux poires et brioches en couronne.

Eugénie lui remit les produits apportés de la ferme, auxquels Jean avait ajouté deux bouteilles de cidre bouché et deux autres de vin de Boudes. Elle fit ses recommandations à Marie qui restait chez les cousins avec sa petite sœur. Ni l'une ni l'autre n'aurait pu suivre à pied jusqu'à Vassivière. Elles retrouveraient leurs parents le soir, lorsque la Vierge regagnerait pour l'hiver l'église Saint-André.

En hâte, les pèlerins rejoignirent le départ de la procession. En tête, un jeune abbé en surplis chargé de la croix processionnelle, puis les porteurs d'étendards et d'oriflammes, les prêtres en grand nombre et les enfants de chœur, les congrégations religieuses, quarante porteurs pieds nus, notables en blouse noire, munis d'un bâton aux couleurs mariales avec au cou le cordon bleu azur et blanc, enfin les « reines », confréries d'origine médiévale en longues capes diversement colorées, cierge en main.

Les Raynaud se mêlèrent à la foule qui se pressait à la suite du cortège, à travers les rues fleuries et pavoisées. Déjà s'élevaient les cantiques. A la sortie de la ville, on commença à réciter le Rosaire. Puis, à nouveau, des cantiques entrecoupés des litanies de la Vierge :

« *Ave, Marie Stella,*
Dei mater alma...
Miroir de Justice, Temple de la Sagesse...
Rose mystique, Tour de David, Tour d'ivoire,
Maison d'or, Arche d'alliance, Porte du ciel,
Etoile du matin... Reine des Anges...
Priez pour nous. Amen. »

Antonia était loin de comprendre tous ces mots, mais elle leur trouvait, dans leur mystère même, une grande beauté. Tout comme Julienne et leur mère, elle les répétait avec ferveur.

Bientôt, la procession quitta la route pour monter à travers prés. Une légère brume couronnait le haut des montagnes. Il faisait frais, le vent des sommets agitait les bannières, retroussait les surplis de dentelle. Plus on s'élevait, plus l'air était vif. Quelques arrêts le long du chemin de croix permettaient de reprendre souffle. Enfin, on aperçut tout là-haut la chapelle et les fermes qui l'entouraient. Après trois bonnes heures de marche, la foule se répandit sur la montagne, tout autour de l'autel en plein air.

Le clergé pénétra dans le sanctuaire avec les quatre premiers porteurs. Ils ressortirent aussitôt, soutenant sur leurs épaules la châsse vitrée qui abritait la Vierge et l'Enfant. On l'emportait sur une table de pierre, à droite de l'autel où l'on allait célébrer la messe. Sur son passage, les pèlerins tombaient à genoux en se signant.

Durant toute la cérémonie entrecoupée de chants, Eugénie et ses filles, comme tant d'autres, restèrent agenouillées dans l'herbe. Le moment venu, plusieurs prêtres distribuèrent la Communion aux quatre coins cardinaux.

Enfin, l'assistance put s'égayer sur les pentes, tout près des troupeaux, à peine troublés de ce remue-ménage au cœur de leur solitude habituelle.

Chaque ménagère avait apporté le panier-repas. Assises sur un châle déplié pour ne pas tacher leur robe de fête, Julienne et Antonia déjeunèrent avec grand appétit. C'était bon aussi de délasser ses jambes après une si rude montée.

Toute la famille descendit ensuite vers la Chapeloune. Il fallut attendre longtemps avant de pouvoir approcher de la source. Chacun but à son tour, puis Eugénie remplit une fiole de l'eau miraculeuse pour la rapporter au Vernet.

Un peu après seize heures, le clergé revint près de l'autel, suivi par la foule recueillie. On récita le Rosaire avant de former la procession du retour. Cette fois, la statue noire était du voyage. Elle dominait la houle des têtes, resplendissante dans sa châsse ornée de longues plumes blanches. La descente commença, ponctuée de chants, de litanies et d'Ave Maria.

Devant chaque station du chemin de croix, on s'arrêtait pour des prières. A chaque ferme rencontrée, les hommes tiraient en l'air des coups de fusil, allumaient des feux de bengale rouges et bleus pour saluer la Vierge. Antonia n'avait pas assez d'yeux pour tout voir, mais cela n'était rien encore.

Tout le long du chemin, le cortège grossissait. Des groupes nombreux s'avançaient à la rencontre des pèlerins. Agenouillés au passage de la Madone, ils se mêlaient ensuite à la foule massée derrière elle.

Antonia ne sentait plus ses jambes engourdies de fatigue. A l'approche du bourg, l'émerveillement lui fit oublier sa lassitude. D'abord, les cloches se mirent à carillonner à toute volée.

La nuit était tombée, on allumait les cierges de l'assistance. Les habitants de Besse se portaient à la rencontre du cortège ; tous étaient porteurs d'un cierge ou d'un fanal.

Quand la fillette se retournait, elle voyait un long fleuve de petites lumières clignotantes. Enfin, la procession s'engagea sous le passage voûté du beffroi. Les cantiques redoublèrent. Avec les pèlerins, la ville entière chantait le Salve Regina.

Sur la petite place toute illuminée, les porteurs marquèrent le premier arrêt. Des salves de coups de fusil éclatèrent, des feux de bengale rouges, verts, bleus, éclairèrent soudain les vieux murs. Une fumée rousse à l'odeur âcre planait sur la foule portée par une foi millénaire.

La marche solennelle reprit suivant un parcours immuable. On s'engagea dans l'étroite rue des Boucheries, constellée de cierges allumés à chaque fenêtre d'où partaient en rafales des tirs incessants. Des gerbes de feux d'artifice retombaient en pluie d'étoiles. On marquait des arrêts pour saluer les saints de pierre nichés dans les murs, enguirlandés de fleurs ; alors, drapeaux et bannières s'inclinaient lentement, en marque de respect et de profonde vénération.

Les cloches continuaient de sonner, couvrant la voix des fidèles. On arriva enfin devant l'église ouverte à deux battants. Alors, aux quatre coins de l'édifice, des feux d'artifice éclatèrent en soleils d'or, en fontaines lumineuses toutes jaillissantes d'étincelles. Les porteurs pénétrèrent dans le sanctuaire rempli d'une foule en prière.

La statue s'avança dans la nef centrale tandis que les porteurs de cierge des confréries lui faisaient une haie d'honneur. Enfin, elle reprit sa place dans sa petite chapelle.

Dans la ville, tout s'était arrêté : les loteries, les attractions foraines, la musique des bals dans les auberges qui regorgeaient de monde. Après le passage de la Vierge et son entrée dans l'église, cris, rires et danses reprirent de plus belle.

La cérémonie terminée, les Raynaud gagnèrent la maison des Chavade pour le souper. Avec la cousine Elise, Marie et Octavie, émerveillées, avaient assisté à l'arrivée de la procession près de la porte fortifiée. Le bruit, les lumières, les fusées et feux d'artifice, tout avait enthousiasmé les petites.

Avant la fin du souper, copieux et bien arrosé, Octavie s'endormit sur sa chaise. On la laissa à la garde d'Elise pour faire un tour de ville et voir la fête profane avec le cousin Amédée.

Antonia et ses sœurs s'amusèrent follement au jeu de massacre, à la pêche aux canards, à la loterie dont la grande roue tournait en crépitant. A la porte d'une auberge, elles admirèrent quelques instants un bal où se pressaient des danseurs infatigables et enjoués.

Enfin, beaucoup trop tôt au goût de ses filles, Jean ramena sa famille rue des Boucheries. Près de Julienne aussitôt endormie, Antonia, la tête pleine de musiques et de lumières ruisselantes, restait éveillée malgré la fatigue de cette journée exceptionnelle. Enfin, elle sombra sur une dernière pensée : si seulement Aurélien avait pu voir tout cela !

Dans la ville en liesse, la nuit n'existait pas. Festins, bals, jeux et plaisirs continuèrent jusqu'à l'aube levée. Dans l'église refermée sur les bruits de la fête foraine, congrégations et confréries restaient en prière. Sous la voûte, des buissons de cierges sans cesse renouvelés brûlaient avec de petites flammes jaunes et vacillantes.

Antonia venait de vivre sa première Dévalade, la plus belle de toutes celles qu'il lui serait donné de voir.

X

Les cigarettes volées

CETTE DERNIÈRE ANNÉE à l'école du Valbeleix, Antonia aurait voulu qu'elle n'ait pas de fin.

Matin et soir, elle et Marie rejoignaient les autres enfants du hameau près de la dernière maison. Celle-ci était fermée depuis trois ans déjà. Là avait vécu la vieille cousine Gervaise, si obligeante envers Jean Raynaud et les siens.

Son fils Marius l'avait prise chez lui à Issoire. La pauvre femme y était décédée quelques mois plus tard. Les Raynaud ne manquaient jamais de fleurir sa tombe en même temps que la leur.

Garçons et filles faisaient route ensemble vers le village, les petits un peu à la traîne. Le matin, encore tout ensommeillés, les écoliers ne musaient guère en route. A quatre heures, par contre, les plus joueurs lambinaient passablement. Le plus souvent, c'était des garçons, mais Antonia se mêlait volontiers à leurs ébats.

Ces amusements n'étaient pas du goût de Marie qui ne prisait guère les passe-temps des grands. Elle n'osait cependant pas rentrer sans sa sœur mais, de temps à autre, elle insistait :

« Antonia, viens ! Il doit être tard, on va nous fâcher ! »

Sa sœur était bien trop occupée pour l'entendre. Seule fille de toute l'école, elle jouait aux billes avec trois garçons de sa classe. Il y avait là Jérôme Verdier, Célestin Maffre et René Chabriat.

Ce dernier, plus âgé que les autres, était grand et fort, bagarreur aussi. Une fois, Antonia et lui s'étaient battus dans un fossé. Il avait eu du mal, malgré sa robustesse, à venir à bout de la furie qui mordait, griffait, jetait des coups de pieds et se cramponnait à ses cheveux. Depuis, les garçons admiraient cette « drôle » qui leur tenait tête alors que les autres n'osaient pas les provoquer.

Ce fameux soir, traînant une Marie en larmes, Antonia était rentrée la robe déchirée, la joue balafrée et les nattes en bataille. Elle n'ignorait pas que son père la punirait sévèrement, mais elle était satisfaite de s'être si bien battue. Ce René Chabriat l'agaçait depuis longtemps par ses mines faraudes et suffisantes. Elle, une fille, avec une demi-tête de moins que lui, avait démontré qu'elle savait se battre et gagné la considération du trio.

De ce jour, on l'accepta pour sauter les haies, grimper aux arbres, se balancer à une branche et surtout jouer aux billes. La première fois, Célestin, le plus aimable, lui avait prêté deux billes de terre ; elle les lui rendrait sur ses premiers gains.

Très vite, elle devint aussi habile que les garçons. Jérôme traçait le triangle dans la poussière, au bord de la route. Puis tous quatre disputaient plusieurs parties, avec des cris, des contestations, des coups parfois.

La fillette était aux anges. Elle avait gagné plusieurs belles agates de verre où tournaient des spirales vertes et bleues. Pour elles, Antonia avait aménagé une cachette dans le mur de la grange. Là, elle mettait la boîte de pastilles contenant ses trésors, puis elle recouvrait la cache d'une pierre plate. Elle s'assurait que nul, sauf Marie, n'épiait son manège. Celle-ci ne cafarderait pas. Elle avait beaucoup trop besoin de sa sœur pour la défendre quand l'un ou l'autre lui cherchait querelle.

Le jour de la bagarre avec René, Antonia était allée au lit sans souper, après une bonne leçon de morale de son père. Eugénie se lamentait intérieurement de la conduite de son « garçon manqué », mais elle ne disait rien pour ne pas ajouter à la colère de son mari.

La fillette aurait préféré les reproches maternels. Chaque fois qu'elle méritait une punition, elle avait des remords. Mais c'était plus fort qu'elle, à la première occasion elle recommençait.

Mariette lui faisait gentiment la leçon, lui rappelait qu'une fille doit « se tenir », montrer l'exemple aux petites sœurs. Antonia embrassait la brave femme, puis sa mère, demandait pardon à tous et se couchait le ventre creux.

Mais le plus pénible à supporter, c'était le regard dur de son père. Elle aurait tant voulu lui plaire, à chaque instant. Nul doute, le curé avait raison : un démon la poussait sûrement à mal faire.

Aux vacances, Marie tenait Julienne au courant des incartades de leur sœur. L'aînée tentait alors, sans trop y croire, de modérer son tempérament impétueux. Antonia avait toujours été secrètement sa préférée. La pension l'avait vite éloignée des deux plus jeunes, mais celle-là, elle l'avait couvée, protégée, comme une vraie mère. De toute façon, Julienne était l'indulgence même. Antonia l'embrassait en riant et son aînée n'avait plus le cœur à la réprimander.

A la fin de l'année scolaire, Julienne fit ses adieux à toutes ses amies du pensionnat et aux religieuses. Le dernier jour, les familles furent conviées à une petite cérémonie de distribution des prix. Julienne était inscrite au tableau d'honneur depuis sa première année d'études. La mère supérieure lui remit la médaille devant tous et deux gros livres de la vie des saints à couverture rouge et or.

Comme ses parents, Antonia était heureuse et fière des succès de Julienne. Jamais elle n'aurait songé à en être jalouse. Sa grande sœur était sa référence, le modèle qu'elle était certes bien loin d'égaler. Depuis toujours, une affection passionnée la liait à Julienne.

Celle-ci, merveilleusement habile à tous les travaux de couture et de broderie, avait réalisé de ses mains des cadeaux pour toute la famille. Pour sa mère et Mariette, des châles frangés et brodés. Pour Octavie et Marie, des béguins ornés de guipure. Pour son père, elle avait coupé et cousu un gilet noir dont la petite poche portait ses initiales en fil de soie argenté. Antonia reçut deux chemises de jour en fine baptiste, au devant brodé d'une branche d'églantines. Enfin, pour son grand-père, elle avait crocheté une couverture de laine faite de petits carrés assemblés, alternativement blancs et bruns.

Le vieil homme la voulait toujours avec lui : sur ses genoux, repliée dans son dos contre les montants du fauteuil, en courtepointe par-dessus l'édredon de son lit. Il l'avait palpée longuement en se la faisant décrire par sa petite-fille. Il l'avait humée aussi, retrouvant un peu, avec l'odeur du suint et de l'herbe sèche, sa belle jeunesse parmi les troupeaux. Enfin, il avait caressé les mains de Julienne, ses mains si bonnes et si habiles, tout en la remerciant avec tendresse.

La jeune fille n'avait oublié personne. Elle remit à Rosa et à Sidonie un jupon à deux rangs de dentelle, à Marcelin et Théodore, des cache-nez d'épaisse laine brune.

Elle avait beaucoup grandi. Les gens de la ferme comme tous ceux du hameau constataient combien elle était belle, en faisaient compliment à Jean et à Eugénie. Le dimanche au Valbeleix, à la sortie de la grand-messe, les garçons commençaient à lui jeter des œillades admiratives.

Ces regards n'échappaient pas à Antonia. Elle s'en réjouissait et s'en inquiétait aussi. Elle devrait, se disait-elle, veiller sur sa grande sœur. Julienne était si bonne qu'elle ne voyait le mal nulle part, mais la cadette n'aimait pas du tout les coups d'œil que les hommes lui lançaient en la dévisageant.

De taille moyenne, Julienne avait les beaux cheveux châtains de sa mère et le regard bleu de son père. Sa peau fine et pâle lui donnait un air distingué, alors que la vie au grand air hâlait rapidement le teint de ses amies. Son nez était droit, sa bouche bien dessinée, rose comme une fraise des bois. Mais son plus grand charme était sûrement son expression douce sans être mièvre, son regard rayonnant qui allait droit au cœur.

Tout comme Antonia, Jean Raynaud pensait qu'il faudrait être vigilant désormais. Son aînée ne tarderait pas à subir les avances des jeunes gens du voisinage. Il éprouvait aussi un peu de peine de la voir grandie, jeune fille. Bientôt sans doute, elle s'éloignerait de lui, d'eux tous, il perdrait sa chère petite fille si parfaite. Ainsi le voulait la vie, et chacune à son tour quitterait le nid, fatalement. De loin, Jean observait Julienne, et il soupirait.

Les travaux d'été cependant battaient leur plein. Le jeune Aurélien était de retour, trois semaines plus tard que d'habitude. Au certificat d'études, il avait été reçu le premier du canton. Sa mère en avait pleuré de joie en apprenant la nouvelle.

Le garçon lui dit également que Monsieur Meynard, le directeur de l'école de Compains, désirait la voir sans tarder. Rosa ne s'inquiéta pas trop, les bons résultats de son fils ne pouvaient que lui attirer les louanges du maître.

« Madame Mazurel, dit le directeur après l'avoir saluée, je tiens tout d'abord à vous féliciter du succès de votre fils.

– C'est à vous qu'il le doit, Monsieur, répondit Rosa rougissante de fierté, et nous vous en remercions, lui et moi.

– Voilà pourquoi je vous ai demandé de venir. Aurélien est doué, il serait fort dommage qu'il arrête l'école maintenant. Laissez-le continuer un an encore au cours supérieur. Il pourra ensuite se présenter au concours d'entrée à l'Ecole normale d'instituteurs. Il peut prétendre au brevet, j'en réponds ! N'aimeriez-vous pas avoir un fils instruit, enseignant ? »

Rosa ne s'était pas du tout attendue à cette proposition. Elle restait interloquée et sans voix. Enfin, elle se reprit un peu.

« Au cours supérieur, mais où ça ?

– A Issoire, sans doute, dans un pensionnat.

– Hélas, Monsieur, c'est impossible, je n'ai pas les moyens, comprenez-vous. Comme vous le savez, je l'élève seule et mes gages de servante... »

Monsieur Meynard se mordit les lèvres. Sourcils froncés, il prit le temps de réfléchir.

« Ecoutez, dit-il enfin, je vais demander à Monsieur l'Inspecteur l'autorisation de garder Aurélien dans ma classe une année encore. Il est compréhensif, je lui exposerai votre situation et il acceptera, j'en suis sûr. Il vous suffira d'acheter quelques livres, une arithmétique et une grammaire. Je me charge du reste. Faites-moi confiance, Madame, je sais qu'il peut aller loin. »

Et se tournant vers le garçon sagement assis près de sa mère :

« Qu'en penses-tu, toi, tu serais d'accord ?

– Oh ! oui, Monsieur, répondit Aurélien, les yeux brillants, j'aimerais bien étudier.

– Vous voyez, Madame Mazurel ; vous voyez ! »

Rosa avait dit oui, et, de retour aux Chaumes-Noires, Aurélien l'avait remerciée avec chaleur. La grand-mère, de son côté, avait presque placé son petit-fils chez un fermier voisin à partir de l'automne. Elle croyait que l'école était finie pour lui. Quand sa fille lui rapporta les paroles du directeur, elle commença à se lamenter.

« Ma pauvre Rosa, te rends-tu bien compte ? Le cours supérieur, c'est bien joli, mais après, si le petit continue, il lui faudra un trousseau de pension ! As-tu idée de ce que ça coûte ? La Valentine Girère, elle en a un fils à l'Ecole normale de

Clermont, le Donatien, son aîné. Seulement voilà, les Girère ont un beau domaine, eux, tandis que nous autres... »

Rosa jeta un regard à son fils. Peiné, il baissait la tête.

« Il va d'abord faire le cours supérieur, trancha-t-elle, après on verra bien ! »

Cependant, elle restait soucieuse. De retour au Vernet, elle se confia à sa maîtresse. Eugénie fut catégorique.

« Mais c'est une très bonne chose qui arrive à Aurélien, une très bonne chose, vraiment ! J'en suis bien contente pour lui, pour toi aussi, Rosa !

Pense un peu à la vie future de ton fils. Ne crois-tu pas qu'il vaut mieux pour lui d'être instituteur plutôt que valet toute sa vie chez les autres ?

– Je le pense aussi, mais s'il est reçu à l'Ecole normale, je ne vois pas comment je ferai pour le trousseau.

– On n'en est pas là, ne t'en fais donc pas à l'avance. Le moment venu, nous trouverons bien un moyen. »

Les bonnes paroles de sa maîtresse avaient réconforté Rosa. Mis au courant par sa femme, le maître, lui aussi, l'encouragea dans sa décision. Il donna une belle pièce de cinq francs à Aurélien pour son succès.

« Et tâche de devenir savant, dit-il en souriant au garçon tout ému, tu nous feras honneur à tous ! »

De son côté, Antonia se réjouissait pour son ami.

« Alors, tu l'as eu ce fameux certificat, et premier du canton encore ! J'en suis bien contente pour toi. C'est vrai que tu vas continuer à étudier, même à Clermont peut-être ?

– Peut-être, mais c'est pas pour demain. Il faudra d'abord réussir le concours. Tout ça va faire des soucis à ma mère, les études coûtent cher à cause de la pension. »

Antonia n'osa pas répondre qu'elle lui aurait donné sa place avec la plus grande joie. L'idée que dans trois mois à peine elle serait enfermée à Besse, dans la grande maison noire qui sentait la cire et la poussière, la révoltait.

Tous deux étaient assis au bord de la couze. A travers les feuilles des frênes, le soleil jetait des éclairs de lumière vive et des ombres légères qui tremblaient sur l'eau. A quelques pas, des abeilles butinaient les gros pompons mauves des scabieuses, ceux, plus petits, plus roses, du trèfle, et les coupes jaune d'or des renoncules au ras du ruisseau.

L'air sérieux, Aurélien mâchonnait un brin d'herbe. La fillette lui jeta un coup d'œil. Il avait encore grandi ; ses épaules étaient larges, ses mains pareilles à des mains d'homme, déjà. Une impulsion subite, irrépressible, lui fit soudain demander :

« Aurélien, si on partait loin tous les deux ?

Il ouvrit des yeux ronds :

– Partir ? Où ça ?

– N'importe où, là où il n'y a pas d'école, rien que des prés et du soleil, avec des cascades aussi, au milieu des bois ! »

A cet instant, Sidonie les appela de la ferme. Ils se levèrent ensemble, sans oser, comme autrefois, se prendre la main.

« Alors ?, interrogea Antonia.

Tu partirais ou non avec moi ? »

Le garçon haussa les épaules avec un sourire indulgent.

« Tu dis n'importe quoi, c'est impossible, tu le sais bien ! »

Bien sûr, elle le savait. Alors, elle parla d'autre chose.

« Théodore dit que c'est plein d'écrevisses un peu plus haut, on pêchera un de ces jours ?

– Si tu veux, quand j'aurai un moment. »

Elle eut l'impression désagréable qu'il la traitait en inférieure, avec la complaisance un peu forcée qu'on a pour les petits enfants. Alors, en bloc, elle se prit à haïr tous les adultes, l'école, les contraintes, et elle jeta, l'œil méchant :

« Je te déteste, je vous déteste tous ! »

Aurélien ne comprit pas les raisons de cette brusque colère. Il voulut dire quelque chose pour l'apaiser, mais, déjà, elle était partie en courant.

Les jours suivants, elle lui fit la tête, mais, bien vite, lui parla à nouveau. Lui ne paraissait pas lui en vouloir, en tous cas il n'en dit rien.

Antonia avait oublié ses idées de fuite. Elle venait de faire une découverte et désirait la faire partager à Aurélien.

Depuis quelque temps, son grand-père lui demandait, et non plus aux servantes, de rouler ses cigarettes et de les lui allumer. Grimpée sur une chaise et, de là, sur la table, la fillette décrochait l'une des vessies de porc. Avec beaucoup de soin, elle mettait quelques brins de tabac dans une fine feuille de papier. Puis, du bout de la langue, elle en mouillait le bord et roulait le tout.

Au début, elle en avait gâché un peu, mais, bientôt, elle s'en tira avec beaucoup d'adresse. Pour allumer, il lui fallait aspirer deux ou trois fois. La fumée âcre, le goût fort du tabac noir, la faisaient tousser. Très vite cependant elle s'habitua.

Un jour que son démon sans doute passait par là, cette habitude devint de l'envie. Un matin, elle se trouvait seule dans la salle avec l'aïeul. Vite, elle cacha dans sa poche la cigarette qu'elle venait de rouler et entreprit aussitôt d'en confectionner une deuxième. Etonné, le grand-père s'impatienta.

« Alors petite, ça ne va pas comme tu veux ?

– Si, si, grand-père, mais je viens de l'échapper. Je ramasse le tout et je recommence, ça ne sera pas long. »

Elle courut vers le fond du verger, du côté opposé aux ruches. Là, dissimulée derrière une haie de sureau, elle alluma la cigarette et commença à fumer. Le goût âpre irritait sa gorge. Elle rejetait maladroitement la fumée qui piquait ses narines. C'était une impression étrange, pas si désagréable, finalement.

Cette première cigarette, elle ne la fuma qu'à moitié car, après quelques bouffées, elle avait senti son estomac se nouer, tordu par des hauts-le-cœur. Craignant d'être vraiment malade, elle écrasa soigneusement le bout incandescent sur une pierre, mais elle conserva précieusement la demi-cigarette pour une autre fois. De peur d'alerter sa mère ou Mariette, elle se garda bien de la mettre dans sa poche. Elle courut vers la grange, découvrit le petit trou dans le mur et glissa son larcin derrière la boîte de billes.

Elle récidiva de temps à autre. Malheureusement, Eugénie avait expliqué au grand-père qu'Antonia était trop jeune pour ce genre de service. L'occasion était rare maintenant de pouvoir chiper un peu de tabac. Les habitants de la ferme, étaient si nombreux qu'il en traînait toujours quelqu'un dans la salle.

Le pire, c'était cette mouche collante de Marie. Souvent, lasse de jouer avec Octavie, elle suivait Antonia comme son ombre. La fillette avait un mal fou à s'en débarrasser.

Un jour, elle rejoignit Aurélien près du parc des veaux de l'année. S'assurant qu'on ne pouvait pas les voir, elle lui montra son trésor.

« Je te laisserai tirer quelques bouffées, dit-elle avec un air de connivence, mais il faudra qu'on se cache, tu penses bien.

– Pas la peine, répondit le garçon assez dédaigneux. J'y ai goûté l'hiver dernier, franchement, j'aime pas ça ! »

Vexée, Antonia enfouit la cigarette au fond de sa poche.

« T'es pire qu'une fille, une mauviette, voilà ce que tu es ! Tu peux bien y aller au cours supérieur, tu seras jamais un homme ! »

Elle lui tourna le dos et fit quelques pas décidés, puis elle se ravisa. Revenue vers lui qui, appuyé sur son bâton, surveillait ostensiblement les bêtes rentrant dans le parc, elle dit entre ses dents :

« Et va pas me cafarder à ta mère ou à la mienne, sinon tu sauras comment je m'appelle ! »

Aurélien ne répondit pas, ce qui l'exaspéra davantage encore.

Cette brouille n'eut pas de conséquences sur leur amitié. Antonia n'était pas rancunière. Ils n'en parlèrent plus, voilà tout. Deux ou trois bonnes parties de pêche aux écrevisses et leur différend fut oublié.

XI

Le livre de l'Empereur

C'ETAIT AU DEBUT AOUT. On venait de moissonner le petit champ de seigle et, sur l'aire devant la grange, les hommes avaient commencé à battre. Ils se relayaient par groupes de quatre. L'un après l'autre, en cadence, les fléaux s'abattaient sur une botte d'épis mûrs.

Dans la lumière volaient des parcelles d'enveloppes fines et dorées. Pour s'en protéger, les moissonneurs avaient noué un grand mouchoir devant leur bouche. A chaque pause, ils buvaient quelques rasades d'eau rougie pour rafraîchir leur gorge desséchée.

De loin, les enfants assistaient au spectacle. Il y avait là Célestin Maffre, tout proche voisin, avec son petit frère Arsène, Valentine et Elodie Mège, Antonia et ses deux petites sœurs. Le groupe des batteurs leur apparaissait dans une brume de poussière blonde et vaporeuse. On avait choisi pour battre cette belle journée sans un souffle de vent.

Il faudrait faire de même pour vanner. La récolte ne justifiait pas l'achat d'un tarare, aussi, pour débarrasser les graines de leur fine enveloppe, on les secouait dans un van. Une poudre irritante s'immisçait alors partout et jusque sous la chemise.

Jean Raynaud ne faisait pas beaucoup de seigle. On ne cuisait plus comme autrefois, sauf pour la fête patronale, à la Pentecôte. Le boulanger du Valbeleix n'était pas loin du hameau. Même l'hiver, on pouvait se rendre au village au moins une fois par semaine pour ramener les tourtes et la miche du dimanche.

Le maître de la ferme, ou Marcelin parfois, descendait les sacs remplis de grains jusqu'au moulin de Fougeanol. Au jour dit, ils en rapportaient la farine. Les femmes la délayaient dans du lait pour des bouillies consistantes. Durcies, tranchées, passées au beurre dans une poêle, elles faisaient les délices de toute la maison.

De temps à autre, l'hiver, Mariette cuisait des tourtounes dans des moules ronds. Ainsi, quand il faisait trop mauvais pour aller jusqu'au bourg, on avait tout de même du pain frais. Mais on gardait toujours quelques sacs de cette farine grisâtre pour le pain de la fête patronale.

La matinée s'avançait. Les fléaux battaient toujours régulièrement. Soudain, on vit arriver Sidonie, rouge et essoufflée. La servante semblait toute retournée. Elle venait du Valbeleix où la maîtresse l'avait envoyée faire des courses d'épicerie. Avant même d'entrer dans la maison, elle s'empressait pour informer les hommes d'un terrible évènement.

« Maître Raynaud, quel malheur, ah, quel malheur ! Mon Dieu, si vous saviez, c'est épouvantable ! »

Là-dessus, Sidonie éclata en sanglots, posant son panier à terre pour se cacher le visage dans les mains. Jean s'approcha d'elle et tenta de la réconforter. Les hommes avaient laissé retomber les fléaux. Tous attendaient, muets, sans avoir idée du malheur annoncé par Sidonie, mais pleins d'appréhension de la voir si bouleversée.

« Allons, allons, Sidonie, dit le maître, calme-toi voyons ! Qu'est-ce qui se passe de si terrible ?

– Ah, c'est horrible ! La pauvre Coralie Lescure s'est tuée ce matin ! A même pas huit jours de ses noces ! »

La servante bouleversée ne put en dire davantage. Jean l'accompagna jusqu'à la maison. Mises au courant, les femmes commencèrent à se lamenter. Julienne était devenue toute pâle. Elle était invitée aux noces de la jeune Coralie dont le père était forgeron au bourg. La future mariée avait à peine deux ans de plus qu'elle, toutes deux s'étaient bien connues à l'école primaire.

Sidonie raconta qu'elle avait trouvé le village en émoi en y arrivant, vers les neuf heures. Chez les Lescure, une couturière à journée travaillait pour les robes de Coralie et de sa mère. Elle finissait un essayage dans une chambre, à l'étage de la maison. Toute heureuse, la jeune fille s'était précipitée dans l'escalier pour montrer sa toilette à sa mère.

Dans sa hâte, elle avait glissé et roulé toutes les marches avec un grand cri. En bas, sa tête avait violemment heurté les dalles de pierre du corridor ; elle était morte sur le coup. Les pauvres parents, au lieu de la noce, préparaient des funérailles.

En fin d'après-midi, les Raynaud et leur aînée se rendirent chez eux pour une visite. Eugénie cherchait des paroles réconfortantes pour cette malheureuse mère effondrée. Comment aurait-elle pu se douter que, quelques années plus tard, Adélaïde Lescure viendrait à son tour tenter de la consoler dans une semblable épreuve ?

« Ah, ma bonne Eugénie, dire que nous n'avions qu'elle, notre petite Coralie ! Toujours si gaie, de caractère si facile... La maison va être tellement triste sans elle. Comment supporter de ne plus la voir, comment ? Ah, Dieu n'a pas pitié de nous !... »

Son mari, un colosse, ne parvenait pas à retenir ses larmes. La peine de ce géant était peut-être plus poignante encore que celle de sa femme. Muet, il fixait douloureusement le lit où reposait sa fille. Un bonnet de dentelle cachait la blessure de la tête ;

sur le drap brodé, des fleurs des champs blanches et roses entouraient le corps juvénile. Le visage était si serein que la jeune fille paraissait seulement endormie.

Agenouillée près du lit, Julienne priait en pleurant silencieusement. De l'autre côté, au chevet de sa promise, Edouard Durif, le fiancé de Coralie, restait prostré.

Le retour à la ferme dans la calèche fut bien triste. Le soir, Eugénie se coucha en tremblant. Jean ne savait que dire. Lui-même avait été si ému de l'atroce douleur des parents. Il prit les mains de sa femme et, maladroitement, tenta de la réconforter.

« Te rends-tu compte, disait-elle, perdre une fille unique qui a été votre joie pendant dix-sept années ! Comment Dieu peut-il permettre de telles choses ? Adélaïde et Pierre Lescure, de si braves gens, qu'ont-ils fait pour mériter une épreuve aussi cruelle ? »

Jean ne répondait pas. Qu'aurait-il pu dire ? La fatalité les écrasait tous. Qui pouvait dire qu'eux-mêmes seraient toujours épargnés ? La vie n'était qu'une suite de joies et de deuils. Lui-même ne croyait pas que Dieu y fût pour quelque chose, mais il ne voulait pas heurter les convictions de sa femme, il la respectait bien trop pour cela.

« Nous n'y pouvons rien, dit-il, ni nous ni personne, tu le sais bien. Essaie de dormir, tu te fais mal et ça ne changera pas le cours des choses. »

Dans le noir, il caressa ses cheveux dénoués. Elle soupira longuement avant de dire :

« Si c'est la volonté de Dieu, il ne reste plus qu'à prier pour l'âme de cette petite. »

Les derniers jours d'août, de violents orages éclatèrent et le temps resta à la pluie.

Aurélien, qui gardait avec Théodore, était rentré trempé. Sitôt les bêtes à l'abri dans l'étable, ils avaient dû entièrement se changer.

Pendant le souper, l'orage reprit avec plus de violence encore. Blotties sous la table, les deux chiennes tremblaient. Tonnerre, enfermé dans le couloir, gémissait tellement qu'il fallut le faire rentrer dans la salle. Jean l'attacha près du fauteuil de son père.

A chaque éclair, Mariette se signait en marmonnant une prière. On avait allumé la lampe à pétrole tant il faisait sombre. Serrées l'une contre l'autre sur le banc, Marie et Octavie pleurnichaient dans leur soupe. Leur mère les rassurait de son mieux.

A la demande de Sidonie et de Mariette, la maîtresse partit chercher un brin de rameau bénit dans sa chambre. Pour éloigner la foudre de la maison, elle le jeta dans le poêle. C'était là une coutume qu'elle avait apprise en Auvergne. Chez elle, le rite était différent. Pendant l'orage, on posait deux épis de blé en croix au milieu de la table. Peu importait, l'essentiel était d'y croire fermement.

Enfin, l'orage s'éloigna. Des grondements sourds roulaient encore avec un bruit de pierres entrechoquées, là-haut sur les montagnes. La pluie cessa, le jour revint. Rosa éteignit la lampe avant de servir le fromage. Les visages se détendirent ; tous, ici, sans le dire, craignaient le feu du ciel et ses terribles conséquences.

Jean s'était levé pour ouvrir la porte. Les dalles de la cour fumaient, et le soleil couchant rosissait un peu ces vapeurs au ras du sol. L'air sentait le bois humide, la feuille moisie et la terre fraîchement remuée.

Après le repas, comme à l'accoutumée, le grand-père somnola un moment. Plus tard, il appela :

« Julienne, tu es là, petite ?

– Non, grand-père, répondit Octavie qui jouait avec l'un des petits de la chatte Moumoune. Elle est partie visiter la Clémentine Maffre qui s'est foulé une cheville.

– Tu es donc toute seule, ma petitoune ?

– Mes sœurs sont dans la chambre de ma mère, Antonia prépare ses habits de pension.

– Va la chercher, va ! »

Quand parut Antonia, l'aïeul dit en soupirant :

« Ah, petite, j'avais oublié que tu vas partir, toi aussi !

– Oui, grand-père, mais ne vous souciez pas, Julienne, elle, ne partira plus. »

Dans la voix de sa petite-fille, le vieil homme décela de la tristesse. Il comprit qu'elle appréhendait de quitter la maison.

« Allons, allons, fit-il, toi aussi tu dois devenir savante. Voudrais-tu être ignorante comme les ânes ? »

Antonia n'osa pas répondre : j'aimerais bien !, mais elle le pensa très fort. Peu lui importait d'être savante ou pas, elle n'était pas comme Aurélien, malheureusement, personne ne lui demandait son avis.

« Demande donc à ta mère de te libérer un peu et viens me faire la lecture. »

La fillette était bien aise d'échapper aux travaux de couture qu'elle détestait toujours autant. Sa mère lui avait appris à marquer son linge au point de croix. Avec du coton rouge, elle brodait en grandes majuscules, dans un coin de chaque pièce de son trousseau : A. R. Heureusement, Eugénie et Mariette l'aidaient efficacement, sinon, bien peu de choses auraient été prêtes pour le premier octobre.

« C'est le journal que vous voulez, grand-père ?

– Non, va plutôt chercher le livre de l'Empereur ! »

Antonia sourit en demandant pour taquiner le vieil homme car elle savait d'avance la réponse :

« L'Empereur à la barbiche ? »

L'aïeul frappa le sol de sa canne, si fort que Tonnerre, affalé devant le foyer, se leva d'un bond en dressant les oreilles.

« Pas celui-là, cria le vieillard avec emportement, pas ce traître ! Non, tu sais bien, le livre de Napoléon le Grand ! Enfin, je veux dire, le Napoléon qui était petit, le vrai quoi ! »

Dans la chambre de son grand-père, Antonia ouvrit l'armoire massive. Sur un rayon, près du missel de sa grand-mère et de quelques almanachs, elle prit un gros livre dont la couverture noire était frappée de l'Aigle impérial rehaussé à la feuille d'or.

Elle n'avait que peu d'occasions d'en lire des passages à l'aïeul dont la lectrice préférée était Julienne. Par chance, il demandait toujours les mêmes. Antonia butait sur des noms imprononçables et le grand-père la reprenait patiemment. Pourtant, à force d'entendre leur sœur, les petites s'étaient familiarisées avec les noms des batailles et des chefs de guerre.

Octavie, pour le moment, n'y comprenait goutte, mais le récit préféré d'Antonia et de Marie, c'était la campagne d'Egypte. Sur une gravure assez naïve, Julienne leur montrait le Sphinx et les pyramides, et la Grande Armée qui défilait dans le désert de sable, avec les chevaux, les canons, les cantines. Au premier plan, les captifs et leurs chameaux entravés étonnaient toujours les fillettes. Mais le grand-père était peu intéressé par ces pages-là.

« Lis-moi les batailles où était mon père, demandait-il, les victorieuses. »

Né en 1784, Antoine Raynaud était soldat de l'Empereur à Iéna, à Friedland, à Wagram. Il avait fait la campagne de Russie en 1812, mais celle-là, son fils n'aimait pas l'entendre évoquée. La défaite de son Empereur si admiré, cette désastreuse retraite dans la neige dont si peu d'hommes étaient revenus, il préférait l'occulter pour ne pas ternir la gloire de son héros.

Antonia lisait le « grand soleil d'Austerlitz », le prince de Hohenlohe (comment un nom pareil pouvait-il exister ?) qui commandait les Prussiens à Iéna. Elle lisait la bataille contre les

Russes à Friedland. A Wagram, elle retrouvait les Autrichiens et leur archiduc Charles.

Marie, bouche bée, frissonnait aux descriptions des chevaux éventrés, des malheureux soldats percés par les baïonnettes, dont l'Empereur louait la vaillance. Elle tremblait au bruit assourdissant de la cannonade, elle croyait voir les boulets creuser dans le sol d'immenses entonnoirs d'où giclait la terre ensevelissant les blessés. Heureusement, pour la petite fille émotive qu'elle était, ces récits n'avaient pas plus de réalité que le conte du Chaperon Rouge ou de Barbe-Bleue.

Pourtant, elle comprenait mal le goût si fort du grand-père pour des histoires aussi cruelles. Par contre, elle aimait les descriptions des drapeaux et des étendards, des uniformes aux couleurs vives, des petits tambours si hardis qui battaient la charge quand l'armée donnait l'assaut.

Trop prise par un déchiffrage assez laborieux, Antonia n'avait pas le temps de s'attarder sur les images que sa lecture faisait naître. A la longue cependant, elle finit par partager un peu l'admiration du grand-père pour Napoléon Ier, ce grand stratège qui galvanisait si bien ses hommes. L'arrière-grand-père Antoine, qu'elle n'avait pas connu, avait dès sa plus tendre enfance communiqué à son fils Gabriel l'enthousiasme, le dévouement sans limite, qui l'avaient lié à son Empereur.

Tout à fait exceptionnellement, parce qu'il était le fils de Rosa toute dévouée à son service, l'aïeul autorisait parfois Aurélien à feuilleter le précieux livre de Napoléon le Grand.

Les soirs où le travail n'avait pas été trop dur, le garçon ouvrait respectueusement le gros volume au bout de la table, sous la lampe à pétrole. Silencieux, il lisait avec application, s'efforçant de retenir le plus possible de noms, de dates, de faits et de détails. Son sérieux irritait Antonia, mais, secrètement, elle l'admirait.

Vers le 10 septembre, le beau temps revint brusquement, et les gens de la ferme commencèrent les diverses cueillettes de fruits. Pour Antonia, le compte à rebours était commencé. L'idée seule de la pension — elle pensait : la prison — gâchait ses derniers jours de vacances.

Depuis peu, elle avait un grand secret. Cette fois, elle n'en avait parlé à personne. Elle aurait aimé surveiller la suite des évènements, et regrettait d'autant plus de devoir partir bientôt. Ce qu'elle aurait voulu savoir surtout, c'était la réaction d'Aurélien en découvrant que sa mère avait des rendez-vous avec le Val Grand de chez Maffre. Lui aussi, forcément, s'en apercevrait un jour.

Rosa ne dormait plus près des petites dans l'un des lits-clos de la salle. Les deux benjamines partageaient la même couche, tandis qu'Antonia et Julienne avaient chacune leur lit. Mais, bien souvent, Antonia se glissait près de son aînée. Elle avait à lui faire de petites confidences, et puis c'était aussi une façon de compenser leurs trop longues séparations.

L'hiver précédent, plus encore que de coutume, des chemineaux et des mendiants frappaient chaque soir aux portes des fermes. Mariette avait pris peur de dormir seule dans sa petite maison. Rosa lui avait proposé sa compagnie ; à deux, elles se sentiraient plus fortes pour refuser d'ouvrir la porte aux importuns.

A deux reprises, Antonia avait vu Rosa passer sans s'arrêter devant la maison de Mariette. Un soir, la curiosité — son démon, toujours ! — l'avait poussée à la suivre discrètement. La servante avait tourné l'angle derrière l'étable des Maffre, dépassé la grange et gagné la haie.

Presque aussitôt, un homme l'avait rejointe. Ils s'étaient enlacés et avaient disparu à l'intérieur d'une ancienne bergerie vide depuis bien longtemps.

Il faisait déjà sombre, mais, à sa haute taille, à ses moustaches aussi, Antonia avait reconnu Gaspard Taillardat. Célibataire, parti d'un gros domaine du Pont-de-Clamouze qui venait d'être vendu, il remplaçait depuis deux saisons le premier valet des Maffre, grièvement blessé par un taureau furieux.

De les voir Rosa et lui, Antonia avait pensé aussitôt à Justine et son amoureux Léonce. A présent, elle n'était plus si surprise, elle avait grandi. Ce qui l'inquiétait, c'était Aurélien. Comment prendrait-il la chose, s'il l'apprenait ? Serait-il malheureux ? Elle espérait bien que non.

Malgré leurs petits différends, ce garçon, c'était un peu son frère. Si le Gaspard lui prenait sa mère, le pauvre n'aurait plus rien qu'une vieille grand-mère à charge. La seule façon de se tenir au courant après son départ pour le pensionnat, c'était de s'en ouvrir à Julienne ; la fillette pourtant hésitait encore. Sa sœur allait dire qu'elle se mêlait de choses qui ne la regardaient pas, en quoi elle aurait raison, comme toujours.

XII

Le pensionnat

LE PREMIER OCTOBRE, il fallut bien quitter la ferme. Le ciel, ce matin-là, était voilé de longues et fines traînées blanches qui s'étiraient sans fin sur un fond bleu pâle, presque transparent. Debout sur le seuil de sa maison, Antonia contemplait intensément le paysage si familier.

A droite, le potager, presque nu. En face, le verger, puis le grand pré en pente douce et la couze qu'enjambait le petit pont. Au-delà, les pâtures qui, brusquement, s'élevaient vers des bois profonds et abrupts, ceux-là même que, toute petite, elle croyait hantés par le loup de l'histoire du grand-père. Ces forêts bouchaient l'horizon, dissimulant à la vue les montagnes d'estive et la chaîne du Sancy.

Quand la fillette prit place dans le cabriolet entre son père et sa mère, son regard était vide. La veille, en faisant ses adieux à tous, elle s'était juré de ne pas pleurer. Pour cela, il ne fallait pas penser, essayer du moins.

A la pension, elle ne retrouverait aucune compagne de sa classe au Valbeleix. Il y avait bien là-bas Emilienne Verdier et Séraphine Chalaphy, mais toutes deux avaient déjà quatorze ans. Antonia, elle, serait avec les petites de première année.

Le vent, par rafales, soulevait des vagues de feuilles tombées, les faisait comme par jeu virevolter autour de la jument et de la voiture. Bientôt, il les laissait retomber, palpitantes, sur le bord de la route, comme s'il s'en désintéressait soudain. Le long des fossés, leurs minuscules dépouilles, de tous les jaunes possibles, rose passé, rouge-brun, d'un roux brillant ou terni, tacheté de vert ou de noir, semblaient autant d'ailes d'oiseaux morts abandonnées là.

Devant le pensionnat, une foule de calèches et de cabriolets barraient le passage. Les religieuses ne fournissaient ni couette ni couvertures. C'était une sorte de déménagement monstre ; des gens affairés allaient et venaient, chargés de malles, de coffres, de paniers. La porte sur la rue était ouverte à deux battants.

Dans le corridor, des sœurs dirigeaient les parents vers les dortoirs respectifs de leurs filles. D'autres les menaient aux salles d'études où l'on devait déposer cahiers, livres, trousses de couture, plumiers, encriers de verre.

Dans son bureau, la Mère Supérieure recevait les familles. Au parloir, les pensionnaires attendaient en longues files la distribution de divers documents : horaires des cours, des études, des récréations, des prières, des repas, et un règlement dont la longueur découragea Antonia.

Les religieuses étaient vêtues de noir avec bavette et coiffe blanches empesées. Déjà en uniforme, les élèves portaient aussi cette austère et affreuse couleur de deuil. Antonia imagina un interminable enterrement, et elle se sentit glacée.

L'installation terminée, les familles repartaient l'une après l'autre. Eugénie fit les dernières recommandations à sa fille avant de l'embrasser avec une émotion qu'elle avait du mal à dissimuler. Jean lui tapota la joue d'un air un peu contraint. Debout sur la pointe des pieds, Antonia s'enhardit et déposa un rapide baiser sur la barbe brune.

« Allez, petite, dit le père plus ému qu'il ne voulait le laisser paraître, travaille bien et sois obéissante surtout ! »

La fillette eut alors une envie irrésistible de courir vers la calèche, d'étreindre Cabriole, d'enfouir son visage dans l'épaisse crinière couleur de châtaigne. Mais elle n'avait plus le droit de franchir l'énorme porte qui allait bientôt se refermer, la gardant prisonnière loin des prés et des bois, loin de la liberté...

Les premiers jours furent difficiles, les soirs surtout. Dans le grand dortoir froid, Antonia se roulait en boule, les genoux sous le menton. Elle revivait les douces soirées à la ferme. Les siens défilaient tour à tour derrière ses paupières fermées ; ils lui manquaient tellement, tous ! Elle regrettait même les pleurnicheries de ses petites sœurs, et aurait volontiers accepté de subir tous leurs caprices si seulement elle avait pu être près d'elles, là-bas !

La plupart des religieuses étaient distantes et sévères. Quelques-unes pourtant se montraient plus indulgentes pour les nouvelles, les petites de dix ans comme Antonia. La discipline rigoureuse ne convenait guère à son caractère indépendant. Il lui fallait pourtant bien s'incliner.

Elle haïssait déjà la Mère Supérieure, plus froide qu'un glaçon, et aussi sœur Angélique de l'Assomption. Dieu, qu'elle portait mal son nom, cette fourbe toujours en train d'espionner pour aller répéter à la Supérieure les plus insignifiantes bêtises qu'elle traquait sans fin !

Les religieuses se faisaient appeler Madame. Dans son discours d'entrée, la Mère Supérieure avait précisé aux élèves que les sœurs étaient les épouses du Christ ; elles portaient d'ailleurs un anneau qui avait passablement étonné Antonia. La directrice avait également donné lecture de la liste impressionnante de tout ce qui était défendu. Le règlement de l'école était partout affiché.

Toutes ces qualités que l'on allait exiger d'elle, Antonia savait pertinemment qu'elle n'y atteindrait pas. Ce premier soir, elle se promit de s'enfuir de cette geôle à la première occasion. Elle en voulut soudain à Aurélien de ne pas l'avoir suivie, ce fameux jour où tous deux regardaient l'eau de la couze couler avec de paisibles chuchotements.

Les jours passèrent, et elle abandonna son idée de fuite. A quoi bon ? La petite sœur Sainte-Ursule qui surveillait les récréations de la classe des petites était, dans cette maison lugubre, un rayon de soleil, une échappée vers un ciel rieur et des joies printanières. Avec elle, on faisait des rondes, mais les chansons elles-mêmes évoquaient la religion et les prières.

« Le petit Jésus s'en va-t-à l'école
En portant sa croix dessus son épaule.
Pour le consoler, je lui donnerai
Une pomme rouge pour mettre à sa bouche,
Un bouquet de fleurs pour mettre à son cœur. »

Avec la jeune sœur si gaie, si indulgente, les petites filles jouaient aux devinailles.

« Elle a un œil au bout de la queue : la poêle.
– Il monte blanc et retombe jaune : un œuf.
– Quatre petits vieux tout ridés dans quatre petites maisons fermées : les cerneaux de noix.
– Elle a son ventre entre ses deux oreilles : l'écuelle.
– Plein le jour, vide la nuit : le sabot. »

Très vite, heureusement, Antonia s'était fait des amies. Grâce à elles, elle retrouva son entrain, même si elle vivait encore de longs moments de nostalgie. Elles étaient six inséparables que la fillette commandait à sa guise, sans en abuser toutefois : Pauline Momège, Mélanie Savinelles, Agathe Combrouze, Thérèse Chaput et Gertrude Mollinier.

Cette dernière était la préférée d'Antonia. Comme elle, Gertrude était hardie, un peu rebelle. Les autres étaient plus douces, plus malléables. Pour Antonia, Gertrude devint une confidente, presque une sœur. Toutes deux ne se quittaient que pendant les cours. Sœur Augustine de la Sainte Passion, directrice des études, avait donné l'ordre de les séparer. Bavardes, inattentives, les deux fillettes avaient, disait-elle, une mauvaise influence l'une sur l'autre.

Les repas, dans le grand réfectoire dallé, auraient pu être un plaisir. Ils étaient, eux aussi, une corvée. Dans le fond, la table des religieuses où trônait la Supérieure. Au-dessus d'elle, sur le mur, un grand crucifix. Placées en long, à droite et à gauche, deux rangées de tables de marbre avec des bancs où pouvaient s'asseoir quatorze élèves.

Deux religieuses, à tour de rôle, assuraient la surveillance, marchant silencieusement dans les allées. A une petite chaire surélevée, une grande fille, choisie pour ses talents de lectrice et sa voix bien timbrée, lisait des passages de la vie des Saints.

Dans le silence, à peine troublé par le bruit des couverts, l'esprit d'Antonia vagabondait. En pensée, elle était au Vernet, bien sûr, avec les bêtes et tous les gens qui lui manquaient tellement.

Une fois par quinzaine, chacune des élèves se rendait à la cuisine chercher les plats pour sa table. Ensuite elle desservait quand ses compagnes, en rang et toujours en silence, regagnaient la cour ou, par mauvais temps, le grand corridor des récréations.

La soupe était frugale, maigre et trop liquide. La viande ne paraissait qu'une fois par semaine. C'était tantôt un ragoût de bas morceaux garni de carottes et de pommes de terre, tantôt du bœuf bouilli, filandreux et dur, accompagné de navets et de poireaux. Le lendemain, invariablement, on avait droit à des boulettes à la viande en sauce brune qui faisaient dire à Gertrude :

« J'en mange jamais, c'est fait avec les restes récupérés dans les plats, et tout le monde sait bien que certaines y jettent leurs déchets ! »

Si l'on forçait les élèves à finir la portion servie, on n'insistait pas quand elles refusaient de goûter un plat, c'était toujours autant d'économisé.

Mais le pire était pour Antonia les oignons en sauce blanche. Trois fois par semaine, il lui fallait avaler ces horreurs qui ne passaient pas. Elle en prenait très peu, mais c'était toujours trop. Les gros oignons bouillis étaient pris dans une sauce épaisse comme un plâtre. A chaque bouchée, Antonia devait boire un demi-verre d'eau pour pouvoir déglutir.

Comme elle regrettait la cuisine de la ferme ! Elle salivait au souvenir des épaisses crêpes de sarrasin de Mariette, nappées de beurre fondu. Plus encore, elle rêvait aux farinades de sa mère, toutes dorées et croustillantes sur les bords.

Avant son arrivée en Auvergne, Eugénie ne connaissait que le pain de froment. Chez elle, les greniers en regorgeaient, alors qu'au Vernet c'était un luxe. Depuis son mariage seulement, Jean Raynaud faisait acheter quelques miches ; d'abord réservées à sa femme et aux petites, elles régalèrent toute la maisonnée les dimanches et les jours de fête ou de visites.

L'aïeul se plaisait à raconter que, petits, Jean et sa sœur Emma, en cachette, volaient dans la panetière une fine tranche de ce pain si blanc acheté pour la panade du dernier-né. Aussitôt, leur mère les chassait en disant :

« Ne touchez pas la miche du petiot, garnements que vous êtes ! »

Suivant la recette héritée de sa mère, Eugènie délayait la farine de froment et les œufs avec du lait. Pour l'ordinaire, elle y coupait tantôt des fines herbes, tantôt des petits cubes de fromage bien blanc. C'était délicieux. Mais la gourmandise suprême de ses filles, c'était les farinades sucrées. Un nuage de poudre de sucre dans la pâte puis, sur le disque jaune d'or marqué de taches brunes, on étalait de la gelée de mûres.

Antonia et ses sœurs, Aurélien aussi, se léchaient les doigts en cachette ; si on le leur avait permis, ils auraient même léché l'assiette !

Cette profusion d'oignons blancs qui revenaient si souvent sur la table des sœurs de Besse s'expliquait lorsqu'on avait visité leur immense jardin. Des rangées et des rangées de fines feuilles longues et minces indiquaient les planches d'oignons. La cuisinière et la Supérieure devaient avoir une prédilection pour cet affreux légume. A moins qu'elles ne s'en gavent pour faire pénitence, entraînant tout le pensionnat dans le repentir. Les élèves, naturellement, ignoraient leurs motivations, mais bien peu d'entre elles appréciaient ce brouet insipide et écœurant.

Plutôt que de s'ennuyer pendant les longues heures d'étude, Antonia apprenait ses leçons. Ses notes étaient à peu près bonnes, en calcul et en histoire surtout, mais seulement passables en dictée et en couture. Durant ce dernier exercice, elle se portait souvent volontaire pour faire la lecture à haute voix (la vie des Saints, toujours...) tandis que ses compagnes s'activaient sur le fil et les aiguilles. Hélas, ses piètres résultats dans cette matière faisaient généralement remarquer par la maîtresse de couture :

« Mademoiselle Antoinette Raynaud, appliquez-vous donc plutôt à refaire cette couture rabattue qui n'est pas du tout présentable ! »

Chaque soir, avant le coucher, maîtresses et élèves se retrouvaient à la chapelle pour de longues prières. Agenouillée sur un banc dur et étroit qui meurtrissait ses genoux, Antonia se lassait vite de toutes ces dévotions.

Pour faire croire qu'elle priait, elle marmonnait silencieusement ; en réalité, son esprit était au bord de la couze bavarde avec Aurélien, à tenter de repérer une truite ou une écrevisse. Elle disputait une partie de billes acharnée avec Jérôme Verdier et les autres gamins du hameau. Elle courait avec Tonnerre dans le pré du bas qu'on venait de faucher. Elle promenait dans ses bras les chatons de Moumoune, si doux, si tièdes, si fragiles. Elle racontait à ses petites sœurs les contes de la vieille Félicie : la Bête transformée en Prince, le cabrettaïre rendu fou par les Fades du Creux de Souci, la ville engloutie au fond du lac Pavin dont on entendait encore sonner les cloches par temps d'orage...

Antonia ne renonçait pas à son enfance libre et protégée. Par la pensée, elle la revivait sans cesse pour ne pas la perdre tout à fait.

Elle enviait ses compagnes dont la famille habitait les proches environs de Besse. Celles-là recevaient des visites au parloir le jeudi, après la promenade. Et le dimanche, la messe dite dans la chapelle de l'école, on les emmenait pour le repas et un long après-midi chaleureux.

Thérèse Chaput et Mélanie Savinelles étaient de ces privilégiées. Toutes deux avaient bon cœur. Le dimanche soir, dans le dortoir endormi, elles glissaient à leurs meilleures amies quelques douceurs rapportées tout exprès pour elles.

Les semaines, les mois passaient cependant. Les vacances étaient des moments de grâce qu'Antonia vivait comme un enchantement. Le premier soir, pour ne plus y penser, elle donnait sa feuille de notes à son père. Jean lisait, fronçait les sourcils tandis que sa fille attendait en silence, mains dans le dos.

« D'où viennent des notes aussi basses en orthographe ?

– Vous savez bien, papa, que la dictée n'a jamais été mon fort, mais je travaille, je vous promets !

– Et la couture donc ? Ne peux-tu prendre exemple sur Julienne ? Avoue que tu ne t'appliques pas assez ! »

Julienne prenait la défense de sa sœur.

« Pardonnez-moi, papa, Antonia est si vive dans ses mouvements que son aiguille doit glisser. »

Jean Raynaud souriait un peu dans sa barbe.

« Naturellement, tu lui trouveras toujours des excuses à ta coquine de sœur ! Allons, vous devez avoir bien des choses à vous dire toutes les deux, sauvez-vous de là ! »

Antonia remerciait son père pour la signature et, avec ses sœurs au grand complet, elle s'empressait de faire le tour de la ferme. Il lui fallait tout revoir, tout retrouver, les gens, les bêtes, les choses. Pour quelques jours, elle se sentait revivre.

Lors de ses premières vacances, à la Toussaint, sa curiosité l'avait poussée à demander à Julienne si elle n'avait rien remarqué à propos de Rosa. L'aînée avait pris une mine surprise qui ne laissait aucun doute : elle ne savait rien. Antonia n'avait pas insisté.

C'est aux Pâques de l'année suivante que la chose fut dévoilée au grand jour. Comme le voulait la coutume, la semaine précédant le dimanche des Rameaux, les jeunes gens du hameau et ceux des villages voisins allèrent de ferme en ferme pour chanter les Réveillées. Paniers au bras, ils attendaient la nuit tombée pour commencer leur tournée. En prévision de leur passage, on avait préparé quelques douzaines d'œufs.

Le temps était beau, on les entendit venir de loin dans la nuit. Ils étaient accompagnés d'un violoneux. Ils chantaient la Passion de Jésus, en patois, et frappaient à chaque porte en demandant :

« *Laissa tsanta ?* (vous laissez chanter ?) »

Sans ouvrir encore, à travers la porte fermée, le maître de maison répondait d'une voix forte :

« *Tsanta !* »

C'était alors bien étrange et bien émouvant, ces chants simples et tristes qui s'élevaient dans le noir. Déjà couchées, les petites se dressaient, se glissaient sur l'arche, pieds nus et en chemise pour écouter ce que Mariette appelait « la voix des Anges ». Ce chœur invisible les effrayait et les ravissait à la fois.

« Chrétiens réveillez-vous !
Allons voir notre Maître,
Allons le reconnaître
Puisqu'il est mort pour nous... »

Les jeunes chantaient aussi le « Réveillons-Réveillez » :

« Réveillons, réveillez en l'honneur de Marie
Et en l'honneur du très bon Jésus-Christ... »

A la question : « *Laissa tsanta ?* », il se trouvait toujours quelque avare grincheux pour répondre d'une voix courroucée :

« *Na vous in !* (allez-vous en !) »

Alors les garçons criaient des insultes, traitaient le mauvais coucheur de pingre et de pisse-froid. Puis ils allaient ailleurs.

Les chants terminés, tout le groupe criait :

« *Cacaous, Cacaous !* (des œufs, des œufs !) »

Jean Raynaud ouvrait sa porte, saluait les jeunes, emplissait d'œufs le panier tendu. Il rajoutait quelques piécettes pour permettre d'arroser l'omelette gigantesque qui régalerait bientôt les chanteurs. Les garçons partaient contents après avoir souhaité la bonne nuit.

Un soir où un groupe de jeunes venus du Valbeleix avait fait halte à la ferme, Mariette incita Rosa à se confier à la maîtresse avant que toutes deux ne regagnent leur lit dans la maison voisine.

Rosa était un peu réticente, et Eugénie l'encouragea à parler librement. Elle avait deviné qu'il s'agissait d'une révélation importante et difficile à dire. Quand les trois femmes furent seules au salon, la servante s'enhardit enfin.

« Voilà, Gaspard Taillardat, le Val Grand de chez Maffre, m'a demandée en mariage.

– Et, ajouta Mariette, moi je lui conseille d'accepter.

– Cette idée te plaît, à toi ?, demanda Eugénie.

Rosa rougit légèrement.

– A moi oui, mais c'est à cause d'Aurélien, qu'est-ce qu'il va en dire ? »

Eugénie réfléchit avant de demander :

« Gaspard, il compte faire quoi pour Aurélien ?

– Il est prêt à le prendre avec nous et à l'élever comme son fils.

– A la bonne heure ! Alors je ne vois pas ce qui te chagrine.

– Mais le petit, il est bien capable de ne pas accepter !

– On arrangera ça, je m'en occuperai. Tu les ramèneras ta mère et lui, dimanche prochain. On causera. Aie confiance. »

XIII

Le filleul

LE DIMANCHE qui suivit la fête de Pâques, Justine vint en visite au Vernet avec son mari et la petite Eléonore. Agée de deux ans, elle était toute mignonette, et toujours bien vêtue. Eugénie lui faisait profiter des vêtements devenus trop petits pour sa dernière fille. Elle portait ce jour-là une petite redingote de velours feuille morte, un béguin assorti et une robe de lainage bleu agrémentée d'un grand col blanc.

Dès que son père l'eut déposée à terre à côté du cabriolet, Eléonore courut sur ses petites jambes droit vers la maison, nullement impressionnée par les aboiements de Tonnerre, enfermé dans la souillarde.

Les filles d'Eugénie se passèrent la petite de bras en bras pour faire claquer des baisers sur ses joues roses rebondies. Après les discours d'usage sur les travaux de printemps, Justine annonça à ses anciens maîtres qu'elle et Léonce attendaient un second héritier.

« Tâchez d'avoir un garçon cette fois, dit Jean Raynaud en souriant. Mais bah, garçon ou fille, le tout est que l'enfant se porte bien ! »

Tous acquiescèrent et l'on but la goutte en trinquant pour fêter cet heureux évènement. La naissance était prévue vers la mi-octobre.

Justine ne pouvait se résoudre à formuler ce qu'elle avait à demander au maître de maison. Elle s'embarrassa dans des phrases hésitantes, puis, à la fin, se tourna vers son mari :

« Parle, toi ! Moi, je ne sais comment dire. »

Léonce toussa pour s'éclaircir la voix, puis, comme s'il se jetait à l'eau, se tourna vers Jean, intrigué.

« Voilà Maître Raynaud, on était venu vous demander quelque chose...

– Tu sais bien, Léonce, que si je peux je vous rendrai service.

– Je sais oui, et vous en remercie. C'est pour le petit à naître, accepteriez-vous d'être son parrain ?

– J'en serais heureux et fier, mon brave Léonce. Justine et toi, vous me faites bien de l'honneur. Allons, c'est dit. Mettez donc un tonneau de côté pour le baptême. Le jour de la cérémonie, je vous en apporterai un autre. Et je paierai aussi la brioche et les cierges, il va sans dire ! »

Et s'adressant à sa femme :

« Le moment venu, nous irons ensemble à Besse, tu m'aideras à choisir la médaille. »

Dès le lendemain, Julienne écrivit la nouvelle à Antonia, rentrée à la pension le lundi de Pâques. Celle-ci s'en réjouit. Son père parrain du bébé, elle espérait bien être présente au baptême. Et puis elle gardait beaucoup d'affection à Justine et à sa fillette.

Dès lors, elle s'efforça de faire des progrès en couture. Avec un patron, elle coupa un petit bonnet de drap fin. Une fois cousu, elle y broda des liserons blancs. Ce chef-d'œuvre lui valut, pour la première fois, une bonne note et les compliments de la maîtresse de couture.

Rosa et Gaspard, de leur côté, préparaient la noce. Il n'y aurait pas de grande fête, et peu d'invités : la famille de Gaspard, les Raynaud, les patrons du marié, les témoins, c'était tout.

Comme l'avait suggéré Eugénie, Hortense, la mère de Rosa, était venue au Vernet un dimanche avec Aurélien. Quand Rosa avait prévenu son fils, il n'avait eu aucune réaction.

La maîtresse de la ferme aurait voulu que son mari explique la situation à Aurélien, mais Jean, comme beaucoup d'hommes, était maladroit avec les enfants par manque d'habitude sans doute et aussi par pudeur. Elle avait donc pris le garçon à part.

« Alors, tu es content que ta mère et Gaspard aient décidé de faire leur vie ensemble ?

– Je sais pas.

– Tu le connais pourtant Gaspard, il est fait de bien. Ta mère t'a dit sans doute qu'il te considère déjà comme son fils ?

– Oui, elle me l'a dit, mais ce qui m'inquiète, c'est de savoir où on habitera.

– Ne te soucie pas de ça, ils ont sûrement prévu une solution. Va vite dire à ta mère que tu es content, qu'elle se ronge les sangs pour toi, la pauvre ! »

Rosa et Gaspard trouvèrent en effet un arrangement. Ils allaient louer la maison de la cousine Gervaise. Jean Raynaud leur avait obtenu un prix de location fort raisonnable. Chacun, pour le moment, gardait sa place chez son patron respectif ; le soir, ils se retrouveraient chez eux. Aurélien et sa grand-mère ne seraient là qu'aux vacances. En effet, tous deux demeureraient encore un an aux Chaumes-Noires. Rosa voulait que son fils prépare l'entrée à l'Ecole normale chez le directeur de Compains qui l'avait si complaisamment gardé au cours supérieur. Après, s'il était admis, Gaspard avait promis d'aider aux frais de pension.

« Ne t'ai-je pas dit, répétait-il à sa femme, que je fais pour Aurélien comme pour mon propre fils ?

– Je sais, répondait Rosa, mais quand même, ça me gêne...

– Moi, ce qui me gêne, c'est que tu es compliquée ! »

Il la serrait dans ses bras et l'embrassait tendrement. Rosa se disait que c'était bon, cet amour inespéré, elle qui avait vécu seule si longtemps. Depuis qu'elle aimait Gaspard, elle mesurait tout ce qui lui avait manqué, toute sa vie. Comme s'il devinait ses pensées, son mari disait encore :

« Ne pense plus aux mauvaises années, fais comme si ta vie commençait seulement. Je t'aime, le reste ne compte pas. Sais-tu ? Nous allons bien vite donner à Aurélien un frère ou une sœur. »

Rosa se récriait :

« Mais tu n'y penses pas, je suis trop vieille !

– Trop vieille !, répliquait Gaspard en riant. Quel âge as-tu donc ?

– Tu le sais bien, trente et un ans bientôt.

– Et combien d'années a Maîtresse Raynaud de plus que sa dernière fille ?

– Trente-deux ou trente-trois, mais ce n'est pas pareil...

– Tiens donc, et pourquoi ?

– Je ne sais pas. Je t'avoue que je n'aurais jamais pensé avoir moi aussi un mari, un autre enfant. C'est trop de bonheur, je ne m'habitue pas encore, laisse-moi un peu de temps. »

Dans les bras de Gaspard, elle oublia pourtant bien vite que la vie n'avait pas été bonne avec elle. Mais sa revanche était venue. Tous, autour d'elle, remarquaient qu'elle avait abandonné son air morose. On l'entendait rire de plus en plus souvent. Ceux qui l'aimaient se réjouissaient de son bonheur.

Aux grandes vacances, nos deux complices, Antonia et Aurélien se retrouvèrent.

« Alors, demanda la jeune fille, c'est comment le cours supérieur ?

– Oh, ça se fait ! Il y a beaucoup de devoirs, c'est sûr, mais je suis tout seul à l'école de Compains à suivre cette classe. Le maître s'occupe de moi quand les cours moyens font du travail écrit.

– Tu es donc avec des plus petits que toi ?

– Oui et non. Il y en a trois qui ont mon âge, ils sont un peu en retard. De toute façon, d'être tout seul ça me gêne pas.

– Quand même, pour les récréations, à plusieurs c'est mieux.

– Oh, tu sais, moi les récréations, je les passe à lire ou à aider le maître.

– Ah bon ! Mais tu fais quoi ?

– Ben ça dépend. Je couvre les livres, j'écris les récitations au tableau, je fais des tracés de carte de France pour les plus petits, des choses comme ça...

– En somme, tu t'entraînes à faire le maître.

– Pas vraiment, mais ça me plaît. »

Antonia se disait qu'Aurélien était décidément trop sérieux. Elle changea de sujet.

« Enfin, maintenant tu as un père. C'est bien ?

– Oui, Gaspard est un brave homme. Mais jusqu'à présent, je l'ai pas beaucoup vu.

– Mais tu vas le voir tous les soirs, tu ne coucheras plus dans la grange, pas vrai ?

– Eh ben non, j'y coucherai plus. Mais dans la grange, j'étais bien, faut pas croire. Et toi, la pension, c'est dur ?

– Terrible, fit Antonia dont les yeux devinrent noirs. Au début, j'ai cru que je m'y ferais jamais. Je voulais me sauver. Mais je pouvais tout de même pas faire ça à mes parents, tu comprends. Après, je me suis habituée, il fallait bien. Et puis j'ai de bonnes amies, une surtout, Gertrude Mollinier. On s'entend comme les doigts de la main. »

Aurélien hochait la tête.

« Si j'ai la chance d'être reçu à l'Ecole normale, il faudra que j'aille en pension à Clermont, ça sera pas drôle non plus.

– Oh, mais toi, tu n'es pas comme moi, tu aimes tant les livres ! Je crois que tu ne t'ennuieras pas, tu passeras tout ton temps à étudier, tu ne verras pas couler les jours. Peut-être même que tu m'oublieras.

– Alors là, aucun danger ! »

Il rougit aussitôt, et elle se mit à rire.

« Je disais ça, mais je savais bien qu'on est amis nous deux, et les amis, ça ne s'oublie jamais ! »

Dans le courant de l'été, une mésaventure qu'elle avait bien cherchée valut à Antonia une sévère punition.

Les foins étaient rentrés, Aurélien gardait dans les prés du haut avec le vieux Théodore. Julienne aidait sa mère au jardin. Eugénie avait demandé à Antonia de rentrer pour donner le quatre heures des petites et du grand-père. Après, elle avait jugé qu'elle pouvait bien s'accorder une petite escapade du côté du ruisseau. Elle irait ensuite prêter la main à Sidonie pour ramasser l'herbe aux lapins.

Elle traversa le grand pré en direction de la couze. Là, elle quitta sabots et bas de coton pour se rafraîchir un peu. Elle se tenait en amont du petit pont, on ne pouvait la voir de la ferme. Cabriole pâturait un peu plus bas, de l'autre côté de l'eau. Antonia se sécha avec un coin de son tablier et, pieds nus dans l'herbe, se dirigea vers la jument.

Celle-ci secouait la tête à cause des mouches ; elle faisait aller et venir sa longue queue pour chasser ces importunes. Antonia caressait l'encolure où couraient des frissons bruns quand une idée lui vint tout à coup. Une petite promenade sur le dos de Cabriole, voilà qui serait amusant. Oh !, juste un petit tour au pas, bien sûr pas de galopade, c'était trop risqué.

Cramponnée à l'épaisse crinière, elle prit son élan et se retrouva assise sur la jument, en amazone à cause de sa longue jupe. Peut-être un taon ou une mouche plus vicieuse que les autres piqua la pauvre bête. Ou alors, l'effet de surprise du poids de sa cavalière l'incita à démarrer en trombe. Antonia n'eut pas le temps de dire : « Hue ! » que Cabriole était déjà partie au grand galop le long de la couze. La fillette avait beau crier : « Ho ! ho ! holà ! », elle ne ralentissait pas.

Antonia aurait dû penser, avant d'enfourcher la jument, qu'on ne l'avait jamais ni sellée, ni montée. Mais elle avait agi sans réfléchir, maintenant elle le regrettait bien. Elle eut beau se cramponner des deux mains à la crinière, ce qui devait arriver arriva : elle glissa brutalement dans l'herbe, tout au bord du ruisseau, ne mouillant par chance que ses jambes et le bas de sa robe et de son jupon.

Cabriole continua à galoper un moment, puis, se sentant libérée de ce poids importun, elle fit volte-face et revint au petit trot vers son pâturage.

Antonia s'était reçue sur le dos, c'était assez douloureux. Elle se tâta partout, supposa qu'elle n'avait rien de cassé puis, en clopinant un peu, entreprit d'aller récupérer bas et sabots. Comble de malchance, Marie avait tout vu. Malgré l'interdiction maternelle de quitter la cour, au bruit de la galopade, elle avait couru vers la couze, suivie d'Octavie.

Les petites n'auraient pas osé le répéter à leur père, mais elle s'empressèrent d'en avertir leur mère et Julienne, et aussi Mariette et Rosa. Eugénie avait eu si peur qu'elle raconta la chose à Jean ; bouleversée, elle avait emprisonné la rebelle dans sa propre chambre. Au souper, avant de refermer son couteau, devant tous, maître Raynaud avait dit :

« Antonia, va m'attendre dans la chambre ! »

Humiliée des regards des domestiques et surtout de celui d'Aurélien, elle avait obéi, tête basse. Elle ne fut pas battue. Jamais le père ne levait la main sur ses filles, quoi qu'elles fassent. La punition infligée fut bien pire qu'une bonne fessée. Penaude, elle murmura :

« Pardon papa ! Je ne pensais pas que Cabriole allait partir aussi vite, je voulais juste monter sur son dos pour voir...

– Eh bien, tu as vu, petite malheureuse ! Te rends-tu compte que tu aurais pu te tuer ? Tu resteras enfermée la semaine entière, et même dimanche ! »

Elle risqua :

« La messe...

– Pas de messe non plus ! Tu ne sortiras pas de la maison avant lundi. »

Ce n'était pas tant la messe qu'Antonia regrettait, mais la promenade au Valbeleix avec sa mère et ses sœurs, les courses dans les boutiques du village, le bal entrevu à la porte de l'auberge Pouzadoux. Mais elle savait qu'il était inutile d'essayer de fléchir son père. Elle fit donc sa punition en priant chaque jour pour qu'il pleuve. Mais non, le temps restait beau, et elle enrageait. Quand, derrière la fenêtre, elle voyait le ciel bleu, des fourmis lui démangeaient les jambes. Elle n'avait qu'une hâte : courir dehors à nouveau, dans la belle lumière blonde de l'été.

Elle profita de ce repos forcé pour tenir davantage compagnie à son grand-père. Même aux beaux jours, on ne l'asseyait plus devant la porte ou sous un arbre. Il refusait de quitter le *cantou*. Antonia lui faisait la lecture, l'entretenait des bêtes et des travaux de la ferme.

Enfin, quoi qu'on fasse, les jours défilent. La semaine de punition passa et la fin des vacances arriva trop tôt.

Le dernier dimanche de septembre, quinze jours avant son terme, Justine accoucha d'un superbe garçon, grand et fort comme son père. Comme les cheveux de Léonce, les siens frisaient en minuscules bouclettes couleur de paille mûre. Hélas, le pauvre petit avait un pied bot. C'était, à cette époque, une infirmité irréversible. Il porterait une chaussure spéciale et boiterait sa vie durant.

Désolé, Léonce vint aussitôt au Vernet annoncer la nouvelle. Le jour même, Jean et Eugénie s'empressèrent d'aller réconforter Justine. La pauvre pleurait à n'en plus finir. Dans le berceau, du bébé emmailloté et soigneusement attaché à l'aide des bressoulières, on ne voyait qu'une belle petite frimousse ; sur son front, des frisettes s'échappaient du bonnet. Il aurait été magnifique si...

« Ah, Maîtresse, dit Justine sans pouvoir retenir ses larmes, il vaut mieux n'avoir que des filles bien faites plutôt qu'un garçon estropié ! »

Eugénie faisait de son mieux pour la consoler, tandis que son mari et Léonce allaient et venaient au dehors. Quand ils rentrèrent, le malheureux père s'adressa à Jean :

« Maître Raynaud, il faut que je vous dise. Justine et moi, nous voulons vous relever de votre promesse d'être parrain du petit. Je demanderai à mon oncle Cyprien.

– Qu'est-ce que tu dis là ? », tonna Jean Raynaud, réveillant le bébé qui se mit aussitôt à pleurer. Eugénie s'empressa de le bercer en appuyant légèrement sur les pieds à bascule de sa couchette. Décontenancé par cet éclat, Léonce avait rougi.

« Je dis... un petit infirme pour filleul c'est... enfin, c'est...

– Ce petit sera mon filleul, dit Jean d'une voix forte, et vous l'appellerez comme moi ! »

Emus, Justine et Léonce se regardèrent. Ils n'avaient pas osé faire autrement, mais ils connaissaient assez leur ancien maître pour savoir d'avance sa réponse.

« Qui est la marraine ?, demanda Eugénie.

– L'aînée de mes sœurs, Charlotte, répondit Léonce.

– J'avais pensé, dit timidement Justine, si vous voulez bien, j'aurais aimé l'appeler Jean-Charles.

– Tu as raison, fit Jean Raynaud, c'est un très beau nom : Jean-Charles. »

Justine recommença à se lamenter sur l'avenir du petit. Quel travail pourrait-il donc faire, Grand Dieu ? Jean affirma alors que son filleul ferait des études et serait plus tard leur fierté à tous.

Le baptême eut lieu comme prévu. Exceptionnellement, le père d'Antonia était parti la chercher à Besse le samedi après-midi. La Mère Supérieure fit remarquer que l'enfant de Justine et Léonce n'était pas de la famille Raynaud ; en conséquence, il lui était difficile de donner une permission de sortie. Enfin, puisque Jean s'était déplacé, elle voulait bien pour une fois faire une entorse au règlement.

Jean fronça les sourcils, contenant une juste colère.

« Pas de ma famille, ma Mère ? Il est mon filleul et je suis son parrain, ce n'est pas un lien de famille ça, peut-être ? »

Antonia jubilait. Son père avait d'abord pensé la reconduire à la pension le dimanche en fin de soirée. Mais, pour marquer sa désapprobation, ce n'est que le lundi matin qu'il ramena sa fille. Celle-ci en était bien aise.

Les religieuses n'osèrent pas la punir pour les deux heures de classe manquées. Du baptême, Antonia avait rapporté quelques tranches de brioche et des dragées au sucre qu'elle partagea entre ses meilleures amies. Toutes les six riaient sous cape au récit de l'algarade entre la Supérieure et le père d'Antonia. Maître Raynaud avait maté la directrice. Rien ne pouvait leur faire plus de plaisir.

XIV

La purée d'oignons

L'HIVER SUIVANT, la chienne Mirza fut prise de rhumatismes. Elle commença à marcher difficilement. Il lui fallait de longs efforts pour réussir à se mettre debout. Théodore l'avait bien frictionnée avec l'eau des Rameaux et aussi avec un peu d'alcool, mais, comme le disait le berger, la vieillesse était là.

Quatorze ans, cela fait beaucoup pour un chien et, comme pour les humains, tout a une fin, hélas ! Aux premières neiges, le troupeau rentré, la pauvre Mirza ne quittait plus le coin du foyer. Elle acceptait même la présence de Tonnerre, ce qui, au dire de tous, montrait combien elle était devenue faible. D'un œil indifférent, elle suivait les va-et-vient des gens et des bêtes dans la salle, le museau sur les pattes, l'air abattu.

Son attitude inquiétait Follette. Quand la vieille gardienne entendait les bêtes sortir de l'étable pour aller à l'abreuvoir, elle se dressait lentement sur ses pattes, gagnait avec peine la porte en gémissant pour qu'on lui ouvre. Une fois dehors, elle se traînait auprès des vaches tandis que Follette, toute agitée, tournait autour d'elle comme pour l'encourager.

Mirza avait toujours eu la préséance. Sa compagne semblait ne pas comprendre pourquoi elle ne courait plus la première derrière les récalcitrantes. Devant son impuissance, on aurait dit que Mirza avait honte. Humblement, elle regardait les hommes d'un air d'excuse. L'un ou l'autre lui caressait la tête. Théodore disait en lui grattant le front :

« C'est bon ma toutoune ; va, rentre, on y arrive ! »

Durant les vacances de Noël, Antonia, comme ses sœurs, s'apitoyait sur la détresse d'une si fidèle compagne. Elle lui donnait quelque bon morceau gardé tout exprès pour elle. La chienne la regardait tristement, lui léchait la main et prenait la nourriture du bout des dents. Ses yeux disaient :

« C'est bien pour te faire plaisir, tu sais... »

Marcelin conseilla à Jean de prendre un nouveau chiot sans tarder. Il serait ainsi dressé pour le printemps. Mirza ne vit pas sa remplaçante.

Un matin, en arrivant pour enlever les cendres et rallumer le poêle, Mariette la trouva allongée, les pattes toutes raides. Près d'elle, la poussant du museau, Follette jetait des petits cris plaintifs, comme l'aurait fait un petit chiot privé de sa mère.

Avant le lever des petites, Théodore aussitôt averti, enveloppa la vieille chienne dans un morceau de couverture. Dans la matinée, accompagné de Sylvestre, le domestique qui avait remplacé Léonce, il monta l'ensevelir dans une des pâtures du haut, à l'orée du premier bois.

Pendant trois jours, Follette refusa de manger. Affalée dans l'ombre du *cantou*, elle geignait sourdement. Tonnerre lui-même paraissait inquiet, mal à l'aise ; il tournait en flairant autour du foyer des heures durant.

Dès leur réveil, Marie et Octavie avaient cherché Mirza. Mariette leur expliqua que la chienne était heureuse dans le paradis des bêtes. Pour ne pas chagriner les petites, Eugénie la laissa dire.

Julienne, elle aussi, avait été peinée. Chez les Raynaud, les bêtes faisaient partie de la famille. Elle écrivit à Antonia.

« Ne te soucie pas trop, elle n'a pas souffert. Théodore et Marcelin disent que notre Mirza est morte dans son sommeil, alors tu vois. Sylvestre a promis que dimanche, il ramènerait un petit de la chienne de son père. Le papa et Théodore le dresseront pour aider Follette aux beaux jours. »

C'est ainsi que Sultane devint à son tour bergère au Vernet. La petite chienne à la tête fine, aux yeux vifs et mordorés, avait juste une touffe de poils blancs au bout de son épaisse queue et à l'extrémité d'une oreille. A part ça, elle était toute noire. Octavie s'en amusait comme d'une poupée, la portait dans ses bras et, en cachette, la couchait dans son lit.

Il fallut lui expliquer que Sultane n'était pas un chien de salon. Son père lui dit qu'elle allait être dressée pour garder le bétail. Réticente les premiers jours, Follette adopta vite ce petit bout de chienne qui la suivait partout. Au fil des semaines, elle fit ce que Mirza avait fait avec elle et apprit à Sultane son métier de bergère.

Au cours du printemps, Antonia prit une grande décision. Un jeudi, au retour de la promenade, les pensionnaires, en rang et en silence, étaient passées le long de l'immense jardin des sœurs. Là, quatre religieuses étaient occupées à sarcler et biner les légumes qui avaient levé depuis peu.

Antonia avait jeté au passage un regard plein de haine aux innombrables petites pousses vertes des oignons détestés. Tout le soir, elle s'était torturé l'esprit à chercher un moyen de les détruire. Il n'y avait qu'une méthode, toute simple d'ailleurs, de s'en débarrasser : c'était d'arracher les plants.

On ne pouvait évidemment pas le faire en plein jour. Le problème serait donc de sortir la nuit de la pension fermée à double tour. Les fenêtres, il n'y fallait pas songer. Celles du rez-de-chaussée étaient défendues par d'épais barreaux et toutes les autres étaient grillagées.

Le lendemain, Antonia s'ouvrit de son projet à Gertrude. Celle-ci applaudit à une idée qu'elle trouvait admirable. Les deux amies se creusèrent alors vainement la tête. A la fin, elles décidèrent de mettre leurs inséparables dans la confidence ; elles ne seraient d'ailleurs pas trop de six pour venir à bout de leur dessein.

Pauline, Thérèse et Mélanie donnèrent aussitôt leur accord ; elles avaient toutes trois les oignons en horreur. Agathe, par contre, fut beaucoup plus réticente. Certes, les oignons en sauce blanche n'étaient pas son régal, mais elle craignait la terrible punition qui ne manquerait pas d'advenir.

« Que tu es sotte, dit Gertrude dédaigneuse, comment pourra-t-on savoir qui a arraché les plants ?

– Mais si on se fait prendre ?

Antonia intervint alors, catégorique.

– On ne se fera pas prendre, c'est tout ! »

Quelques jours plus tard, Pauline trouva par hasard le moyen de sortir du pensionnat. Elle était de service au réfectoire. En rapportant une pile d'assiettes sales, elle remarqua au fond de la cuisine le petit local des poubelles auquel elle n'avait jamais prêté attention. Une porte basse donnait sur une ruelle. Chaque matin, les déchets étaient recueillis là par un vieil homme qui en nourrissait ses porcs. En contrepartie, il donnait à la cuisinière du lard pour son fricot.

Une aide souleva le rideau qui dissimulait la porte, poussa les poubelles dehors, donna deux tours de clé et laissa retomber la tenture. La clé était restée dans la serrure. Pauline courut aussitôt informer Antonia de sa découverte. Le même soir, les complices mirent au point le plan de leur expédition.

Antonia, chef incontesté du petit groupe, décida qu'il faudrait agir un soir de lune. Elle se chargea de se procurer la clé du dortoir. Il fallut attendre que sœur Félicité, de service ce soir-là, soit endormie dans son box. Par les fenêtres dépourvues de rideaux, une lueur bleutée mettait sur les lits blancs des flaques laiteuses. Le cœur battant, la fillette souleva le voile de la couche de la surveillante, tâtonna un peu avant de saisir le trousseau de clés sur la petite table de chevet et recula doucement.

Figées dans leur lit, ses cinq comparses guettaient ses mouvements. Silencieuses, leurs chaussures à la main, les rebelles descendirent pieds nus le grand escalier avant de parcourir les corridors vides ; des ombres nettes cernaient le dessin lumineux des vitres sur la mosaïque froide. La cuisine traversée, Antonia trouva la petite porte. Elle tremblait que la clé n'y fût pas. Mais cette peur était vaine, et les fugitives se retrouvèrent bientôt dans la ruelle.

Thérèse fit mine d'enfiler ses bottines, Gertrude l'en empêcha vivement. Toujours pieds nus, les fillettes s'éloignèrent de la pension. A l'entrée du jardin seulement, Antonia permit à ses compagnes de se chausser. Mélanie s'était écorché un orteil sur les cailloux ; elle l'enveloppa dans une feuille de groseillier.

Toutes étaient très excitées par la réussite de leur fugue, un peu trop facile au gré de Gertrude et Antonia, sauf Agathe qui ne cessait de trembler. Elles avaient simplement jeté un châle pardessus leur chemise de nuit.

L'arrachage des plants d'oignons commença. Quand le tas fut assez conséquent, Antonia ordonna de les piétiner ; ils devaient être irrécupérables. Cette besogne dura longtemps. Les rangées d'oignons semblaient se multiplier à l'infini. Pauline commença à se plaindre du mal de dos et voulut s'arrêter.

« Tu as voulu venir, dit sévèrement Gertrude, on ne t'a pas forcée, alors tu continues ! »

Elle houspilla également la pauvre Agathe qui, toujours frissonnante, n'avançait guère. Puis elle reprit sa place en tête, près d'Antonia, suivie de Mélanie et de Thérèse. Toutes quatre travaillaient avec une belle ardeur, prenant un plaisir extrême à leur trépignement rageur sur les bulbes exécrés.

Enfin, épuisées, elles s'arrêtèrent. Les tiges d'oignons n'étaient plus qu'une affreuse bouillie verte. Antonia ordonna de se déchausser pour nettoyer les bottines. Faute de mieux, on arracha des poignées de feuilles de lilas pour débarrasser les chaussures de la terre grasse.

Au retour, elles firent un léger détour pour se laver les mains à une petite fontaine. Ensuite, elles parcoururent à l'envers le chemin de leur escapade. Dans le dortoir, tout était silencieux. En déposant le trousseau de clés de la surveillante, Antonia fut prise d'un fou rire difficile à maîtriser. La religieuse ronflait, et son ronflement sur trois notes se terminait par un petit chuintement, presque un gargouillis.

Chacune regagna son lit en hâte. Antonia s'endormit très vite, avec une délicieuse satisfaction. Soulagée de ne pas avoir été surprise, Agathe, comme les autres, s'endormit du sommeil du juste.

La matinée du lendemain se déroula comme à l'accoutumée. Pendant la récréation précédant le repas de midi, Antonia et Gertrude remarquèrent une agitation inhabituelle dans le groupe des surveillantes.

Au réfectoire, debout dans l'attente du Benedicite, les pensionnaires purent constater que la Supérieure semblait en proie à une colère contenue. Pourtant, au grand soulagement des insoumises, elle ne fit aucune allusion au saccage du jardin.

Gertrude était de service : à la cuisine, elle recueillit des renseignements. Tout avait été découvert. Sœur Albertine, la cuisinière, clamait son indignation.

« Notre Mère va porter plainte ! Les vandales qui ont osé faire ça méritent la prison. Il faut espérer que les gendarmes vont mener leur enquête et les découvrir au plus tôt. Voler des légumes s'expliquerait à la rigueur, mais les arracher pour les piétiner... A moins que le Malin... Seigneur, préservez-nous, préservez le pensionnat d'une chose aussi horrible ! »

Et la cuisinière, effarée, se mit à se signer frénétiquement et à marmonner des prières pour, si besoin est, éloigner Satan et tous ses démons de la demeure des saintes femmes.

L'histoire fit bien vite le tour de la pension, et celui de toute la ville de Besse. Les sœurs étaient loin de soupçonner leurs élèves ; aucun signe d'effraction n'avait été constaté. Lors de la fameuse nuit, les plus proches voisins du jardin ravagé n'avaient rien entendu d'anormal. Les traces, dans la terre, étaient indéchiffrables. Pour les six conjurées, tout allait bien.

Hélas, Agathe, prise de remords, s'en confessa bientôt. Lâchement, pour alléger sa responsabilité, elle livra au prêtre le nom de l'instigatrice du complot. Le curé détourna facilement le secret de la confession. Il incita la pénitente à se dénoncer à la Mère Supérieure, sous peine de lui refuser l'absolution.

La malheureuse fillette fit ce qu'il demandait. Un soir, pendant l'étude, Antoinette Raynaud, élève de seconde année, fut appelée dans le bureau de la directrice. Très vite, elle comprit qu'elle avait été dénoncée.

Excédée de n'avoir pu lui arracher le nom de ses complices, la Supérieure la voua aux flammes de l'enfer.

« C'est moi toute seule, s'entêtait Antonia.

– C'est impossible, clamait la religieuse hors d'elle, vous n'auriez pas pu ! D'ailleurs, les noms des coupables, je les connais, mais je veux les entendre de votre bouche ! »

Rien n'y fit. Antonia, muette, se disait que le traître était forcément Agathe. Elle aurait pu nier farouchement, dire que cette dernière avait tout inventé pour la faire punir. Elle n'en fit rien, mais se promit de lui faire passer un mauvais quart d'heure à la première occasion.

La colère la submergeait, les reproches de la Supérieure ne l'atteignaient même plus. Elle entendit seulement la fin du chapelet de remontrances proférées à son encontre.

« Inutile de vous dire, Mademoiselle Raynaud, que votre père va être convoqué sans tarder. Vous vous expliquerez devant lui. En attendant, vous passerez vos récréations à la chapelle, à réfléchir et à prier le Seigneur de vous pardonner ce forfait. Interdiction formelle d'adresser la parole à aucune des pensionnaires, m'entendez-vous, tête de mule que vous êtes ? »

Antonia s'obstina dans son mutisme. Malgré sa terreur de l'imminente entrevue avec son père, elle se réjouissait d'avoir réussi à faire enrager Mère Agnès par son silence persistant.

Dans le dortoir endormi, Gertrude se glissa près d'elle.

« Je vais me dénoncer, chuchota-t-elle à l'oreille de son amie. Si je le leur demande, les autres feront de même. Comme ça, tu seras moins punie.

– Ne fais pas ça surtout, c'est inutile. La Supérieure m'en veut, à moi. Je serai punie de la même manière. Vous quatre, restez tranquilles. Une chance que cette cafarde d'Agathe ne vous ait pas dénoncées ! C'est bizarre...

– Pas du tout ! Elle a toujours été jalouse de toi. Elle a voulu se venger de sa propre couardise. Mais elle ne perd rien pour attendre, on va lui mener la vie dure !

– Faites bien attention, cette lavette ira pleurnicher dans le giron des sœurs et vous vous ferez pincer.

– Qu'est-ce que tu crois ? On lui fera des niches en douce, elle n'aura pas de preuves contre nous. »

La semaine précédant l'arrivée de son père, Antonia fut donc en quarantaine. Elle n'avait aucun repentir. S'il l'avait fallu, elle aurait recommencé. Pire : elle se disait que, cette fois au moins, son démon l'avait bien conseillée.

Pourtant, seule dans la chapelle, elle s'interrogeait. Lorsqu'elle se prenait à penser au chagrin de sa mère et de Julienne en apprenant sa mauvaise conduite, elle était bien près d'avoir des remords. Et puis, elle décevrait son père, et cela plus que tout la tourmentait. Elle qui aurait tant aimé mériter ses louanges, elle venait encore de s'attirer les pires reproches. Alors elle en voulait à son ange gardien.

D'après Mariette et les religieuses, celui-ci se tenait toujours auprès d'elle pour l'empêcher de mal faire. Il faut croire que l'ange qui lui avait été dévolu faisait bien mal son travail. Il devait manquer de vigilance. La fillette le prenait à parti :

« J'ai des torts, évidemment, mais laissez-moi vous dire que vous en avez plus que moi ! »

Lorsqu'on la conduisit au parloir, Antonia n'osa pas lever les yeux vers son père. Prête à fondre en larmes, elle lui dit bonjour d'une voix étouffée. Si elle avait pu savoir la réaction de Jean à la lecture de la lettre de la Supérieure, la surprise l'aurait abasourdie.

Il avait tendu cette lettre à Eugénie en s'exclamant :

« Ah, la mâtine ! Elle aurait bien dû être un garçon, celle-là ! Personne ne l'aurait bernée, jamais, elle roule trop bien les autres ! »

Eugénie, atterrée, ne savait si elle devait se désoler le plus des agissements de sa fille ou de l'attitude surprenante de son mari.

A présent, celui-ci riait.

« Rebelle comme moi à son âge mon Antonia, tout à fait !

– Enfin Jean, risqua sa femme interloquée, tu ne peux tout de même pas approuver...

– Mais je n'approuve rien, rassure-toi ! Elle s'en souviendra la drôlesse, pour ça oui ! »

Là, dans ce grand parloir vide, Antonia, les yeux toujours baissés, sentait la présence imposante de son père, et celle-ci l'écrasait. Elle aurait voulu disparaître.

« Regarde-moi !, ordonna Jean. »

Quand elle rencontra son regard pourtant sévère et plein de reproches, elle eut furieusement envie de se jeter dans ses bras. Elle se contint, les mains croisées dans le dos comme on le lui avait appris à la pension.

« Je viens de voir la Mère Supérieure, dit le père. Elle veut bien te garder ici alors que tu mériterais le renvoi. Nous avons décidé que tu resterais à la pension, au pain sec et à l'eau, pour les trois jours de congés de la Pentecôte. »

Antonia était effondrée. Combien la première punition lui aurait été douce : le renvoi, le retour définitif au Vernet ! La décision retenue l'horrifiait. Trois jours perdus loin des siens, loin de la ferme. Elle qui comptait déjà les semaines la séparant de la Pentecôte. C'était, de plus, la fête au Valbeleix. Le ciel tombant à ses pieds ne l'aurait pas davantage anéantie.

Ce châtiment ne fit que la conforter dans sa révolte contre la Supérieure. Dès lors, elle écrasa la pauvre Agathe de son mépris. Celle-ci, pourtant, aurait été prête à lui lécher les bottines pour rentrer en grâces.

Julienne lui avait adressé une longue lettre pleine de bons conseils de repentir et de soumission. De crainte que les religieuses ne remettent pas ce courrier à sa sœur, elle l'avait adressé à Saint-Anastaise, chez les parents de Thérèse.

Ces bonnes paroles déclenchèrent la colère de sa cadette qui, pour la première fois, en voulut vraiment à Julienne de ne pas la comprendre. Au Vernet, pourtant, nul n'ignorait combien elle détestait ces affreux oignons. Voilà, se disait-elle, qui aurait dû suffire à l'excuser.

Quand, deux mois plus tard, les vacances d'été arrivèrent enfin, sa joie de se retrouver parmi les siens lui fit oublier ses rancunes. Elle raconta par le menu son aventure à Aurélien. Il attendait les résultats du concours d'entrée à l'Ecole normale. Malgré son souci et ses préoccupations d'avenir, le garçon rit franchement au récit d'Antonia.

« Tu ne changeras donc jamais !, s'exclama-t-il.

– Tu voudrais que je change, que je me fasse nonne peut-être, toute mollassonne et confite en dévotions ?

– Non, non, garde-t'en bien, reste comme tu es !

Antonia changea de sujet :

– Dis-moi, si je suis pas trop curieuse, tu es content que ta mère attende un bébé ?

Il devint grave pour répondre :

– Content pour elle, oui. Moi, si je suis reçu, je ne vais plus guère être ici. Le petit qui va naître me remplacera. »

XV

Pauvre Léontine !

JULIENNE avait dix-sept ans et demi, elle embellissait de jour en jour. Comme Antonia avant elles, ses deux petites sœurs ne juraient que par leur aînée.

A cinq et huit ans passés, Octavie et Marie étaient restées chétives. Les femmes de la maison les gâtaient trop, la petite Octavie surtout, une véritable enjôleuse qui menait toute la ferme par le bout du nez.

Malgré la différence d'âge, Julienne aimait faire leur toilette, brosser leurs longs cheveux avant de les natter. Marie était plus brune, Octavie d'un beau blond foncé. La grande sœur les parait pour le dimanche ou les fêtes : ceinture brodée, col de dentelle, petit tablier de satin.

Elle ne recherchait guère la compagnie des jeunes de son âge. Ses deux meilleures amies, Clémentine Maffre et Philomène Pouzadoux, s'efforçaient de l'entraîner au bal. Cette dernière surtout, fille de l'auberge la plus réputée du Valbeleix, était bien placée pour aider ses compagnes à se divertir.

Chaque dimanche, après la grand-messe de dix heures, Louis Pouzadoux louait les services d'un violoneux ou d'un cabrettaïre pour faire danser la jeunesse. Le bal durait jusqu'à cinq heures, l'heure des vêpres. Les jeunes des hameaux, pourtant, regagnaient leur domicile vers une heure pour le repas. Ceux du bourg étaient plus chanceux. La table desservie, ils retournaient à la danse.

Julienne ne prisait pas beaucoup cette foule compacte où l'on se démenait, dans une salle surchauffée qui sentait la sueur. Danser lui plaisait pourtant, mais elle était mal à l'aise parmi les jeunes paysans endiablés et braillards. Réservée, secrète, elle aimait le calme, la solitude même. Elle s'efforçait d'ignorer leurs avances, feignait de ne pas comprendre certains regards.

Abel, le frère aîné de Jérôme Verdier, était tombé amoureux d'elle depuis quelque temps déjà. Il n'en disait rien. Il avait vingt et un ans et secondait son père à la ferme. Vivant depuis toujours dans le même village, les jeunes gens se côtoyaient régulièrement.

L'idée n'était pas venue à Julienne que ce garçon, devenu homme, puisse penser à elle autrement que comme à une amie de toujours. Lorsqu'Abel l'invitait pour la polka ou le quadrille, elle acceptait avec joie ce cavalier si correct, un peu emprunté même, en qui elle avait toute confiance.

Tout naturellement, il faisait partie du groupe qui s'en retournait au Vernet lorsque l'heure s'avançait. Clémentine et quelques autres regagnaient le hameau avec eux. Philomène restait chez son père, à l'auberge. Elle était censée aider la servante et sa mère, mais le plus souvent, elle s'échappait pour prendre part à la danse, elle aussi. Son père se fâchait :

« Danse un peu moins, travaille un peu plus ! »

Philomène paraissait se soumettre. L'instant d'après, elle était la première à la bourrée : la Montagnarde, la Chamézade, la bourrée de Rochefort, elle les dansait toutes avec un bel entrain.

Abel aurait bien voulu pouvoir cheminer seul avec Julienne, mais comment lâcher le groupe ? Il lui fallait parler à la jeune fille, se déclarer. Il n'osait pas. La discrétion de Julienne, sa retenue, l'intimidaient.

Par chance, le hasard un jour le servit. Julienne devait rapporter une paire de bottines données à réparer au cordonnier du bourg. Clémentine et les autres prirent les devants. Abel attendit près de l'auberge.

Quand Julienne parut, son paquet sous le bras, il fit l'étonné. De son côté, la jeune fille trouva tout naturel qu'il lui fasse conduite. Il s'offrit à porter le paquet.

« Oh ! Il n'est pas lourd, dit-elle en riant.

– Donne quand même, ça ne se fait pas qu'un homme aille les bras ballants quand la demoiselle qu'il escorte est chargée. »

Elle lui donna le paquet et ils prirent gaillardement la route. Abel espérait bien qu'ils ne rattraperaient pas les autres. Silencieux, il regardait Julienne à la dérobée. Elle ne portait pas le bonnet comme la plupart des paysannes, mais un très petit chapeau de paille jaune clair avec un ruban bleu noué sous le menton. Dans sa nuque, les coques de son lourd chignon châtain brillaient sous le soleil. Elle avait au bras une petite aumônière de tissu crème et bleu, brodée à ses initiales. Les jeunes filles d'alors y mettaient leur mouchoir, une petite bourse avec des piécettes pour la quête de l'église.

Un immense col de dentelle blanche égayait la robe de faille gris tourterelle, garnie de minuscules boutons boule du même ton. Ses bottines, grises aussi, étaient de cuir fin. Abel se disait qu'une jeune fille de la ville n'aurait pu être plus distinguée. Il mourait d'envie de lui prendre la main, mais la timidité le paralysait.

Julienne non plus ne parlait pas. De temps à autre, elle se retournait vers le jeune homme pour lui sourire. Alors il sentait son cœur s'emballer, battre plus irrégulièrement. C'était cruel et délicieux.

Quand apparut le hameau, Abel se traita intérieurement de grand niais. Il n'avait pas saisi la chance offerte, il n'avait pas osé parler. Il se serait volontiers battu.

Il rendit son paquet à Julienne qui remercia, souriante. Alors il s'enhardit un peu.

« Tu reviendras danser, dimanche ? Je veux dire, tu me réserveras quelques danses, tu voudras bien ? »

Elle le dévisagea, étonnée de cette demande. Danser avec lui allait de soi. Alors seulement elle remarqua sa gêne, sa rougeur légère sous sa peau hâlée. Une mèche brune barrait son front. Ses yeux très noirs lui parurent pleins d'une timide tendresse.

Résolument, Julienne refusa d'approfondir ces découvertes. Elle répondit le plus naturellement possible :

« Mais bien sûr j'irai, enfin si mon père me donne la permission. Allez, au revoir et merci encore. »

Il la regarda s'éloigner, la démarche souple et fière à la fois, et se retint pour ne pas courir derrière elle. Le regard bleu, si serein, si lumineux de Julienne l'accompagnait partout, à tout instant.

Plusieurs semaines passèrent. L'occasion de la voir seule ne se renouvela pas. Abel se rongeait les sangs. Quand il l'invitait à danser, qu'il prenait sa main et sa taille, il lui venait un désir fou de l'emporter. Où ? Il ne savait pas. L'emporter au hasard dans la campagne, l'avoir pour lui seul. La nuit il en rêvait.

Avec une autre, Philomène par exemple, cela aurait été beaucoup plus facile. Mais Julienne l'intimidait toujours, il ne savait comment s'y prendre. Il tentait de se raisonner : « *Je la vois seule sous un prétexte quelconque, je dis je t'aime, c'est tout simple !* » Pas tant que ça...

Un jour qu'il chargeait le foin avec son père et les valets, l'un d'eux, le grand Mathias, lança pour plaisanter :

« Oh, Abel ! Tu rêves ? Ma parole, tu es amoureux ou quoi ? »

Tout le monde avait éclaté de rire, même les femmes en train de râteler derrière le char. Son frère Jérôme qui arrêtait les bœufs s'exclama :

« C'est qui la demoiselle, c'est qui ? Allez, dis-le ! On la connaît ? »

Abel était furieux. Il s'efforça pourtant de rire mais ne répondit pas. De ce jour, il dut se surveiller pour ne pas partir dans ses rêveries devant les autres.

Fin septembre, aux réunions du cidre nouveau, il fit de son mieux pour se trouver près de Julienne. Le soir où les Verdier invitaient les voisins, mine de rien il s'assit près d'elle. Avec Emilienne, la sœur d'Abel, et Antonia, elle parlait du pensionnat de Besse. Antonia ne cachait pas qu'elle enviait ses deux aînées qui avaient fini leur temps de « prison ». Il lui restait à elle trois longues années encore à passer chez les religieuses.

Le jeune homme versa le cidre tandis qu'Emilienne se levait pour aider sa mère à servir tartes et gâteaux. Abel cherchait comment engager la conversation ; sans le vouloir, Antonia lui vint en aide.

« C'est vrai, Abel, ce que dit ton frère Jérôme, tu es habile à sculpter le bois ?

– Un peu oui. C'est surtout l'hiver que je fais quelques petites choses. Il faut du temps pour ça.

– Montre-nous, demanda Julienne, j'aimerais bien voir ce que tu fais.

Flatté, Abel se leva.

– Venez alors, j'ai fermé un coin du hangar. »

Julienne et sa sœur lui emboîtèrent le pas. Dans un petit local de planches qui sentait bon les copeaux et la sciure, le jeune homme leur montra ses œuvres.

Des cannes sculptées étaient accrochées à la cloison. Sur des étagères s'alignaient des têtes d'animaux, des sujets de crèche, des petits bustes d'enfants, des visages de femmes, de vieillards. Admiratives, les deux sœurs restaient sans voix.

« C'est magnifique ! », dit enfin Julienne.

La sincérité du compliment fit chaud au cœur d'Abel.

« Tu es un artiste, un vrai ! s'exclama Antonia. Je vais chercher Marie pour lui montrer. »

La fillette partie, Abel prit un petit buste de garçonnet et le mit dans les mains de Julienne.

« Tiens, dit-il, c'est pour toi. »

La jeune fille contempla la petite sculpture, les cheveux bouclés, le visage fin. D'un élan, elle mit un baiser sur la joue d'Abel.

« Merci, oh merci ! Tu me fais un grand, un très grand plaisir. Je le mettrai sur la petite étagère au-dessus de mon lit. »

Alors Abel osa prendre ses mains qui serraient la statuette.

« Julienne, depuis longtemps je voulais te dire... »

Vivement, elle lui mit un doigt sur la bouche.

« Ne dis rien Abel, je t'en prie, pas maintenant, c'est trop tôt ! Attends encore un peu, attends ! »

Elle se détourna comme ses sœurs arrivaient, suivies de Jérôme. Abel était troublé et malheureux de sa réponse. Julienne l'avait fait taire. Pourquoi ? Mais elle avait deviné, elle savait qu'il l'aimait. Son : « Attends ! » lui donnait un immense espoir.

Nul doute, elle voulait dire : attends, je suis trop jeune ! Attends, que je m'habitue à l'idée que tu m'aimes ! Attends, je t'aimerai bientôt, moi aussi ! Attends, et nous serons heureux !

De ce jour, il chercha de plus en plus à la revoir. Inexplicablement, Julienne le fuyait. Elle ne venait plus danser à l'auberge ; la messe entendue, elle repartait aussitôt avec sa mère et ses sœurs. Abel ne savait que penser. Malheureux, il s'interrogeait, se reprochait de l'avoir brusquée.

Quand il l'apercevait, il la trouvait pâle, un peu triste aussi. En le voyant, elle détournait les yeux. Abel aurait aimé se confier à quelqu'un. Emilienne n'avait que seize ans, elle était trop jeune. Il n'avait pas envie d'en parler à ses meilleurs camarades : Armand Dumazier, qui avait juste son âge, ou Joseph Mège, avec un an de plus. Abel était un taciturne ; il se voyait mal étaler ses sentiments devant qui que ce fût.

Un jour, Julienne revenait de chez Maffre et ils se trouvèrent nez à nez, gênés l'un et l'autre. Finalement, la jeune fille soupira :

« Notre rencontre n'est peut-être pas due au hasard. Il vaut mieux que je te parle, Abel. »

L'idée insupportable qu'elle allait dire : « J'en aime un autre ! » le traversa soudain.

Mais, tout en marchant vers sa maison, elle parlait :

« Pardonne-moi si je te fais de la peine, mais vois-tu, il y a cinq ou six ans déjà, je voulais me faire religieuse. En grandissant, je me suis aperçue que je n'avais pas la vocation, du moins c'est ce que je crois. J'ai alors fait le vœu, un jour de pèlerinage à Vassivière, d'attendre mes dix-huit ans pour y voir clair en moi. Ce n'est pas dans très longtemps, seulement quatre mois. Pourras-tu attendre jusque là ma réponse ? »

Anxieuse, elle dévisageait le jeune homme stupéfait. Jamais, au grand jamais, il n'aurait pensé qu'elle le fuyait pour cette raison-là. Comme il ne trouvait rien à dire, elle ajouta :

« Si je dois aimer quelqu'un, ce sera toi, je le jure ! »

Il voulut la prendre dans ses bras mais elle s'écarta vivement.

« Abel, je t'en prie ! Si tu m'aimes, patiente encore un peu. »

Il baissa la tête ; une douleur trop vive le déchira, lui arracha deux larmes. Comme elle l'avait fait dans l'atelier où il sculptait le bois, elle lui posa un baiser léger sur la joue avant de s'enfuir.

En rentrant à la ferme ce soir-là, Julienne trouva les trois petits Sabatier attablés devant une assiettée de soupe. Louis, le plus jeune, quatre ans à peine, ne mangeait pas. Il pleurait en se serrant contre sa sœur Marthe. Celle-ci, âgée de neuf ans, dévorait sa portion en silence. En face d'elle, son frère Bastien avait déjà fini l'épaisse soupe chaude. Le regard plein de détresse, il restait muet.

Julienne ne s'étonna pas de les voir là tous les trois, elle s'apitoya seulement. Il n'était pas rare que le petit Bastien, le plus hardi, vienne quêter du secours chez les Raynaud. Pour leur malheur, ces petits avaient un père trop porté sur la bouteille.

Quand Firmin Sabatier avait trop bu, c'était hélas souvent, il menait la vie dure à sa femme Léontine. Alors les petits se cachaient. Martoune, très craintive pourtant, protégeait de son mieux son petit frère. Bastien, bien courageux pour ses sept ans, se promettait de tenir tête au père dès qu'il aurait un peu grandi.

Pour le moment, le pauvre ne pouvait que courir chez les voisins. Bien souvent, à l'heure de la traite, quelqu'un se dévouait. Les meuglements désespérés des vaches de Firmin faisaient mal au cœur. Quand leur maître cuvait son vin des journées entières, Léontine ne pouvait suffire à l'ouvrage. Certes, le domaine était petit, mais les Sabatier n'avaient ni servante, ni domestique, seulement un aide pour les gros travaux d'été.

Par n'importe quel temps, Martoune et Bastien gardaient tandis que la mère s'échinait à toutes les autres besognes. Orpheline très jeune, Léontine avait été élevée avec sa sœur par une tante de Courgoul, leur seule famille. Joséphine s'était mariée là-bas, elle avait un fils, elle était heureuse. Léontine n'avait pas eu sa chance. Avec son ivrogne de mari qui la battait, elle vivotait difficilement, et ses petits tremblaient devant leur père.

Il était bien plus tard que de coutume, ce jour-là, lorsque Bastien était arrivé chez les Raynaud, hors d'haleine, l'air misérable.

« Qu'est-ce qui se passe encore ?, avait demandé Marcelin.

– C'est la maman, on la trouve nulle part. En rentrant du pré, il n'y avait personne chez nous. J'ai cherché un peu, le père dort dans la grange, je l'ai entendu ronfler. On a attendu, on croyait que ma mère allait rentrer et tremper la soupe, mais rien. Louitou pleure, Martoune aussi. Je sais pas quoi faire. »

Eugénie s'était avancée.

« Ne t'inquiète pas petit, je vais les chercher.

– Attends, fit son mari, n'y va pas seule. Marcelin, accompagne la Maîtresse. »

Chez les Sabatier, rien ne bougeait. Firmin avait trait ses vaches tant bien que mal, mais il n'avait même pas recueilli le lait. Marcelin avait vu la rigole qui sortait de l'étable toute blanche.

« Si c'est pas malheureux, quand même !, avait dit le valet à Jean. Ce bougre-là mériterait je ne sais quoi... »

A présent les petits étaient là, le ventre plein, sauf le dernier qui pleurait toujours.

« Mange petit, disait Mariette, elle est très bonne cette soupe, allons manges-en un peu ! »

A son tour, Martoune essayait de convaincre son petit frère mais sans succès. Julienne posa son châle et vint s'asseoir près des enfants. Elle leur sourit, caressa la tignasse du plus jeune et prit la cuiller.

« Tiens Louitou, goûte comme c'est bon ! Juste un peu, pour me faire plaisir. »

Le petit fixa ce beau visage qui lui souriait. Il renifla, s'essuya le nez d'un revers de manche. Enfin, il ouvrit la bouche.

Bientôt, son assiette était vide. Alors Eugénie leur donna à tous trois quelques pâtes de coings, aussitôt englouties.

« Qu'allons-nous faire ?, demanda-t-elle en se tournant vers son mari. On ne peut tout de même pas les renvoyer, il va faire nuit.

– Je vais aller faire un tour là-bas, dit Jean. Sylvestre, prends deux lanternes et viens avec moi. La pauvre femme se tient peut-être cachée pas très loin. »

Les hommes revinrent sans avoir rien trouvé. Jean avait vainement secoué l'ivrogne en lui demandant où était sa femme. Firmin l'avait regardé d'un air hébété en répétant :

« La Léontine, la Léontine... Sais pas... » et il s'était aussitôt rendormi dans le foin.

Mariette et Julienne couchèrent les trois petits dans le lit d'Antonia. Pendant tout ce temps, Marie et Octavie étaient restées muettes ; toutes deux se disaient qu'elles avaient bien de la chance. Ce devait être affreux d'avoir un père comme Firmin Sabatier. Quand elles le rencontraient, très rarement, il leur faisait peur et elles s'enfuyaient au plus vite.

Le lendemain, alors que les hommes buvaient le café du matin, Cyprien Chabrillat arriva, suivi de près par Gaspard envoyé par le père Maffre.

« Faites excuse, Jean, mais c'est à cause du Firmin Sabatier. Il a retrouvé ses esprits et fait un raffut de tous les diables ; il hurle partout qu'il retrouvera sa femme et ses gosses et qu'il les tuera de ses mains.

– Parle plus bas, dit Jean, les trois petits dorment là ! »

Il montrait l'un des lits-clos aux rideaux encore tirés. Derrière Cyprien, Gaspard salua maître Raynaud ; il avait l'air grave.

« Mon patron m'envoie pour vous dire qu'hier, son fils Célestin a vu la Léontine en fin d'après-midi. Il l'a croisée sur la route, elle allait en direction de Courgoul. Elle avait l'air toute égarée, et n'a même pas paru le remarquer ni répondu à son bonsoir. Maître Maffre pense qu'il faudrait peut-être avertir les gendarmes, mais il voudrait votre avis.

– Sur la route de Courgoul, tu dis ? La malheureuse a dû courir chercher refuge chez sa sœur.

– Mais, dit Eugénie qui s'apprêtait à faire déjeuner son beau-père, c'est bien étrange qu'elle soit partie sans ses enfants, elle y est pourtant si attachée... »

Il fut décidé d'avertir le garde-champêtre du Valbeleix, qu'on appelait familièrement le père Tambour. Il partit aussitôt pour Courgoul. A son retour, le soir, il dit que la sœur de Léontine était navrée mais elle ne l'avait pas vue.

Dès le lendemain, chaque maison du Vernet donna un homme ou deux pour entreprendre des recherches le long de la route. Plusieurs volontaires du Valbeleix, de Vauzelle, de la Chavade et de quelques autres hameaux environnants s'étaient joints à eux. Cette quête n'ayant rien donné, l'après-midi, on explora les rives de la couze.

Les hommes fouillaient les gorges de Courgoul, un endroit escarpé où l'on progressait lentement. Il se faisait tard, l'ombre commençait à noircir l'eau de la rivière. Soudain, Gaspard donna l'alerte. Dans l'herbe, à ses pieds, une paire de sabots de femme bien usagés semblaient attendre.

Les hommes se précipitèrent sur la pente rocailleuse. Un peu plus bas, ils découvrirent, tourbillonnant dans un remous, un corps à demi dissimulé par la longue jupe toute gonflée d'eau. Glacés, ils le retirèrent enfin à l'aide de longues branches car l'endroit était presque inaccessible.

Au Vernet, Firmin avait recommencé à boire. Jean Raynaud prit sur lui de conduire les trois petits chez leur tante. Au retour des hommes, la nouvelle se répandit comme une traînée de poudre de maison en maison : on avait retrouvé la malheureuse Léontine noyée dans les gorges de la couze.

Sylvestre rentra à la ferme ruisselant, pâle et défait. La première, Mariette l'aperçut. Stupéfaite, elle mit une main devant sa bouche pour retenir un cri, avant de s'exclamer :

« Mon Dieu, qu'est-ce qui s'est passé ? »

Vivement, Eugénie fit signe au domestique de ne pas parler devant les petites. Julienne les entraîna dans la chambre pour, dit-elle, leur montrer sa nouvelle toilette.

« La femme de Firmin s'est noyée, dit Sylvestre, accablé. On vient de la ramener.

– C'est un accident ? » demanda la maîtresse.

Le valet secoua la tête et dit presque bas :

« Non, Gaspard a trouvé ses sabots bien posés sur l'herbe. Pas de doute, elle s'est détruite. Faut dire aussi, avec la vie qu'elle avait, pauvre femme ! »

Eugénie, Mariette et les servantes ne disaient mot tant elles étaient consternées. Rosa rompit le silence :

« Ah, les pauvres petits sans mère, et avec un père pareil ! Comme ils sont à plaindre ! »

Sidonie éclata soudain en sanglots, tandis que Rosa s'essuyait les yeux. Mariette soupira :

« Et on viendra vous dire après ça qu'il y a une justice ! Le Firmin, lui, il est bien vivant. Ah, pauvre monde ! »

En attendant l'arrivée de la sœur de Léontine qui mènerait le deuil, les femmes du hameau partirent pour la veillée. Eugénie avait confié les petites à Julienne, et la maison à Sylvestre et à Théodore. Marcelin était allé chercher le prêtre au village, Jean pas encore rentré de Courgoul avec le cabriolet.

Cette mort tragique avait frappé les esprits. Le hameau demeura silencieux pendant plusieurs jours. Les enfants eux-mêmes restaient sous le choc. On n'entendait guère que les cris des bêtes et le roulement des tombereaux.

Les hommes qui avaient vu la noyée gardaient devant les yeux, sans cesse, nuit et jour, la vision de ce pauvre corps bleui.

Chaque soir, chez les Raynaud comme dans toutes les maisons, on priait pour l'âme de Léontine et pour ses trois petits innocents.

XVI

Les accordailles de Julienne

QUELQUES SEMAINES PLUS TARD, un colporteur passa par le hameau. Il avait une petite charrette tirée par un âne brun et, cette année-là, il voyageait en compagnie d'un photographe ambulant ; il s'était offert à le présenter à la pratique, et avait droit en échange à un petit pourcentage sur les ventes de son compagnon.

Lui, on le connaissait depuis des lustres dans les villages de la région qu'il visitait deux fois l'an. Les gens ne risquaient pas d'oublier sa mine réjouie dans son visage rond, ni sa longue moustache aux bouts recourbés en crochets.

On l'appelait l'Italien, nul ne savait pourquoi. En réalité, il venait de la région de Tain-l'Hermitage, dans la Drôme, où il passait le plus rude de l'hiver. Dès le mois de mars, il reprenait ses tournées. On approchait de Pâques lorsqu'il arriva au Vernet. A la porte des Raynaud, il cria gaiement :

« Salut la compagnie ! Voilà l'Italien pour vous servir ! Et tout à fait exceptionnellement, il vous amène Isidore de Valence qui va vous tirer le portrait. »

Sidonie sortit aussitôt, suivie des petites toutes excitées. Mariette arriva aussi en s'essuyant les mains à son tablier ; elle était curieuse de voir ce photographe inconnu. C'était un grand diable tout dégingandé, vêtu comme les gens de la ville, avec des guêtres et un chapeau à larges bords orné d'un ruban jaune. Il sourit aux femmes et dit en s'inclinant :

« Mesdames, je vous donne bien le bonjour ! »

Il avait un accent irrésistible. Marie et Octavie pouffèrent derrière leur main, ainsi que la jeune Sidonie aussi gamine qu'elles. L'Italien, alias Marius Cabanel, s'adressa à Mariette :

« Comment va la famille ? Vous n'avez pas trop pâti de l'hiver ? Mon grand et très cher ami Gabriel Raynaud se porte-t-il toujours bien ? Si ce n'est pas trop demandé, j'aimerais le saluer. »

Eugénie apparut, fit entrer les deux hommes. Marie et sa sœur caressaient les oreilles pelucheuses de l'âne qui répondait au nom comique de Croquignol. Elles coururent mendier pour lui une croûte qu'il accepta, leur sembla-t-il, avec reconnaissance.

« C'est donc toi, l'Italien ?, cria le grand-père qui avait entendu le tapage. Approche un peu, viens trinquer avec moi ! Julienne, ma petite, donne donc deux verres et sers mon vieux camarade. »

Les deux hommes bavardèrent quelques instants. Isidore fut invité à trinquer, lui aussi, mais il ressortit bien vite pour préparer son matériel. Intriguées, les deux petites le regardaient faire. D'abord, il sortit de la charrette une grande boîte en bois contenant les plaques. Ensuite, il installa son appareil, posé comme un énorme insecte sur le trépied à hautes pattes repliables.

« Je vais faire un portrait magnifique des petites demoiselles. »

Julienne s'approcha.

« Ah, doux Jésus !, s'exclama le photographe en joignant les mains de façon comique, permettez-moi... Vous êtes belle comme une Madone ! »

La jeune fille se mit à rire :

« Je ne crois pas, mais peu importe ! Attendez un peu, on va les habiller en dimanche. Mais où est encore passé Antonia ?

– Elle doit être chez Rosa, dit Marie, Aurélien est là pour les vacances, je vais la chercher ! »

Antonia et Aurélien arrivèrent bientôt. Peu après commença la séance de photographie. Eugénie fit prendre Julienne seule, puis ses quatre filles ensemble. Enfin, elle fit appeler son mari. Jean enfila chemise blanche et veste noire, et Isidore put photographier toute la famille. Le père était debout, sa femme assise devant lui avec Octavie sur ses genoux, Julienne à côté de Jean, Antonia et Marie devant elle.

« Ah, disait Isidore en agitant son tissu noir comme un torero la muleta, ce sera une œuvre d'art, je le sens ! »

Enfin, il disparut derrière sa tenture, tel une grande araignée à deux pattes. Octavie fut très déçue : elle n'avait pas vu sortir de l'appareil le petit oiseau promis. Elle se consola en pensant aux belles photographies qu'elle croyait admirer bientôt.

Hélas, il faudrait attendre le prochain passage d'Isidore pour avoir les clichés. Jean Raynaud paya la moitié du prix des portraits, il donnerait le reste à la livraison.

L'Italien, tout en continuant à bavarder avec l'aïeul, déballait sa marchandise sur la grande table de ferme : rubans, bobines, dentelles, agrafes, lacets, dés à coudre, ciseaux à broder, épingles à tête colorée pour les chapeaux, aiguilles pour les bas, il avait dans ses caisses quantité de merveilles.

Mariette et les servantes firent de menues emplettes. Eugénie et Julienne renouvelèrent leur assortiment de fils. Les trois fillettes reçurent du colporteur un petit cadeau très apprécié ; c'était pour chacune une glace de poche ronde dont le dos était orné d'un visage de demoiselle couronné de fleurs.

L'Italien fit ses adieux au père Raynaud.

« Ah, mon gaillard, dit l'Ancien, tu en as fait du chemin depuis tes débuts, et pas seulement sur les routes, n'est-ce pas ? Quand j'y pense, je te revois avec ta grande boîte sur le dos et les bretelles de cuir qui te sciaient les épaules... Maintenant, tu t'es offert un âne et une charrette et tu voyages assis. Ça rapporte le commerce, on peut pas dire ! »

Marius Cabanel riait. Il grimpa dans sa charrette avec Isidore qui donnait à droite et à gauche de grands coups de chapeau. Croquignol secoua la tête, en signe d'adieu sans doute, et reprit vaillamment la route avec son chargement.

Après leur départ, Marie et Octavie munies d'un grand tablier noir et d'une petite caisse vide posée sur une chaise, jouèrent au photographe des heures durant.

L'été arriva ; avec lui, l'anniversaire de Julienne. Abel Verdier ne vivait que pour cette date qu'il espérait, tout en la redoutant.

Le jeune homme avait participé aux recherches lors de la mort de la pauvre Léontine Sabatier. Depuis, il faisait des cauchemars ; dans ses mauvais rêves, les visages de Julienne et de la malheureuse se confondaient, tantôt dans l'eau glauque de la couze, tantôt sur un fond de feuillages sombres et frémissants.

Pendant ces longs mois d'attente, fidèle à sa promesse, il n'avait pas cherché à revoir la jeune fille. Ils s'étaient croisés plusieurs fois ; dans un village aussi petit, c'était inévitable. Ils se saluaient et passaient leur chemin.

A la messe du dimanche, Abel se plaçait toujours de manière à voir Julienne. Les paupières baissées sur le missel lui cachaient le beau regard bleu, mais il était gravé en lui. Il admirait le teint clair, le profil sans défaut. Il l'admirait d'autant plus longuement qu'il travaillait à une petite sculpture du visage tant aimé. Le jeune homme voulait que ce soit son chef-d'œuvre. Si Julienne l'acceptait pour mari, il le lui donnerait ; sinon, il garderait toute sa vie ce cher souvenir d'un amour impossible.

Il avait questionné sa sœur Emilienne pour savoir la date exacte des dix-huit ans de Julienne. L'anniversaire tombait un samedi. Le soir, le jeune homme fit un tour dans le village, sans oser s'approcher trop près de la ferme des Raynaud. Il espérait qu'elle irait à sa recherche pour lui donner la réponse attendue avec angoisse. Il n'en fut rien.

Le lendemain, pendant toute la messe, Abel se sentait misérable, plus malheureux que les pierres, persuadé qu'il allait essuyer un refus. A la sortie, il resta un peu à l'écart, le cœur lourd, les tempes en feu, observant un groupe de jeunes filles. Julienne les rejoignit bientôt. Plein d'espoir, le garçon vit Eugénie Raynaud et ses trois plus jeunes filles regagner leur cabriolet avec Mariette. Il n'osait pas encore se réjouir, mais une aube ensoleillée se levait en lui.

Enfin, Philomène Pouzadoux prit le bras de Julienne et l'entraîna du côté de l'auberge. Clémentine Maffre, Emilienne et deux autres filles du Vernet les suivirent.

Julienne retournait danser. Fou de joie, Abel y vit un signe favorable : si la jeune fille avait décidé de se faire religieuse, elle serait sagement rentrée chez elle, c'était certain.

Comme dans un rêve, le jeune homme marcha vers l'auberge. Il s'arrêta devant Julienne, l'invita à danser. Elle lui sourit, sereine, les yeux brillants. Ils ne se parlaient pas, mais l'un et l'autre savaient qu'enfin ils étaient réunis.

Quand vint l'heure de rentrer, Abel s'affola. Quel prétexte inventer pour éloigner les autres jeunes, sa sœur surtout ? Le père Verdier autorisait Emilienne à rester à la danse à condition qu'elle revienne sans faute avec son frère. Mais, sans qu'il s'en doute, sa sœur avait tout deviné. Au moment où le groupe s'apprêtait à partir, elle lui lança :

« Abel, n'oublie pas les commissions à prendre à l'épicerie de la mère Prudence ! Je pars devant avec les autres. »

Elle prit aussitôt le bras de Clémentine en l'entraînant. Indécise, Julienne restait devant l'auberge.

« Partez sans moi, dit-elle enfin, je vais aller saluer le parrain de ma sœur Marie. »

Elle avait parlé assez haut pour être entendue de tous. D'un pas décidé, elle s'engagea dans une ruelle à gauche de l'auberge. Abel lui avait emboîté le pas. Elle s'arrêta bientôt.

« Tu veux bien venir avec moi au cimetière sur la tombe de ma grand-mère ? » demanda-t-elle doucement.

Il acquiesça d'un signe de tête, et tous deux firent demi-tour. Au cimetière, il attendit patiemment qu'elle finisse ses prières.

Ils prirent la route et firent quelques dizaines de mètres en silence. Ce fut elle qui lui prit la main. Cette main tiède dans la sienne donna au jeune homme tout le bonheur du monde. Quand ils furent loin du bourg, en pleine campagne, il osa l'entraîner vers la haie au bord de la route. Là, il la prit aux épaules et elle le laissa faire.

« Tu veux bien me donner ta réponse maintenant ?

Elle sourit avec un peu de malice.

– Tu n'as donc pas deviné ?

– Si, je crois bien que si, mais je veux t'entendre me le dire ! »

Julienne redevint sérieuse. Elle le regarda gravement avant de dire :

« Je t'aime Abel, si tu veux, je serai ta femme. »

Le bonheur qui s'emparait de lui était si grand, si démesuré, qu'il eut peur soudain. Puis, aussitôt, la joie le submergea.

Il la serra très fort contre lui, embrassa ses cheveux et murmura tout près de son oreille :

« Julienne, ma Julienne, je t'aime depuis si longtemps ! »

Il embrassa doucement ses lèvres, ses paupières douces, ses tempes où palpitait une petite veine mauve. Ils rentrèrent au Vernet sans savoir comment leurs pas les y avaient menés.

Les jours suivants, Abel vécut sur un nuage, tout léger, tout blanc, un merveilleux petit nuage d'été, doux comme un flocon. Il se sentait léger, libéré enfin de l'angoisse des derniers mois. Il lui faudrait bientôt parler à son père, aux parents de Julienne. Tout comme elle, il n'aimait pas avoir à se cacher, et il fallait ruser sans cesse pour des entrevues de quelques minutes seulement.

De son côté, sa décision prise, la jeune fille était heureuse. Abel, elle le savait, était quelqu'un de doux, d'honnête, avec qui elle aurait une vie calme et pleine de bonheur. Très vite, elle confia son secret à sa mère qui, naturellement, exposa la chose à son mari.

Jean et Eugénie se réjouirent du choix de leur aînée pour de multiples raisons. La ferme des Verdier était d'un bon rapport. Abel, l'héritier, avait de grandes qualités de sérieux ; le moment venu, il mènerait bien son affaire. Les parents de Julienne espéraient ne jamais regretter de lui avoir donné leur fille. Et puis, pour ainsi dire, elle ne les quitterait pas. Elle vivrait tout près d'eux, ils verraient grandir ses enfants. Son mariage avec Abel serait une bénédiction.

« S'il pouvait en être de même pour les trois petites, soupira Eugénie pour conclure, nous serions alors tout à fait comblés... »

Mais elle savait bien qu'il ne faut pas trop demander à la vie et prendre les bonnes choses quand elles se présentent, en remerciant le ciel de ses bienfaits. D'ailleurs, le mariage des petites était bien loin encore, on avait tout le temps d'y songer.

Jean prit Julienne à part :

« Ta mère m'a parlé, petite. Ainsi, à moi tu n'as rien dit...

Julienne était devenue toute rose.

– Père, il ne faut pas m'en vouloir. C'est plus facile je crois pour une fille de parler à sa mère.

– Tu as raison ma Julienne, aussi je ne te reproche rien. Crois-tu que ton galant nous fera bientôt sa demande ?

– Oui père, très bientôt. Vous le recevrez, n'est-ce pas ?

– Mais bien sûr petite. Te voir entrer dans cette famille, épouser un garçon que j'estime, et, il faut bien le dire, te garder près de nous, tout cela me réjouit grandement. »

Julienne lui sourit, sa joie éclatait. Le père s'approcha, la prit aux épaules, l'embrassa sur le front.

« Va ma Julienne, je te souhaite le plus grand des bonheurs. »

Quand Abel, accompagné de ses parents, vint faire sa demande, on avait ouvert le salon. Pour le moment, il n'était question que d'accordailles ; le mariage se ferait plus tard. Abel devait partir sous peu au service militaire. Mais les jeunes gens n'en attendraient peut-être pas la fin. Les noces auraient certainement lieu au cours d'une permission.

Antonia, d'abord étonnée, vaguement jalouse que sa sœur ne lui ait jamais parlé de ce fiancé, essayait maintenant de lui arracher des confidences. Le soir, ses petites sœurs endormies, elle se glissait comme autrefois dans le lit de Julienne.

« Raconte-moi !, chuchotait-elle.

– Quoi donc ?, demandait la grande sœur qui savait fort bien où Antonia voulait en venir.

– Eh bien, c'est comment un fiancé ?

– Mais comme tout le monde ! D'ailleurs, tu connais Abel aussi bien que moi !

– Aussi bien ? Sûrement pas ! Il ne m'embrasse pas derrière les haies, moi ! Il ne m'offre pas des sculptures ! »

Julienne riait doucement.

« Sérieusement, reprenait Antonia vaguement irritée, c'est bien d'avoir un amoureux ?

– Tu es trop curieuse, et puis trop jeune aussi !

– Trop jeune ! Tu ne sais pas dire autre chose. J'ai douze ans et demi, figure-toi, même passés d'un bon mois. Et puis je sais beaucoup de choses que Gertrude m'a apprises.

– Ah oui ! Et quoi donc ?

– Eh bien, comment les garçons embrassent les filles, par exemple.

– Gertrude sait cela ? A son âge, elle ne se laisse tout de même pas embrasser par les garçons ?

– Non bien sûr, mais elle a des yeux pour voir et des oreilles pour entendre, et elle s'en sert ! »

Julienne refusait toujours d'en dire davantage. Mais, si elle l'avait voulu, elle n'aurait pas su trouver de mots assez forts pour exprimer ce qu'elle éprouvait, serrée dans les bras d'Abel, ses lèvres avides parcourant son visage à elle, ses mains, son cou...

« Tu l'aimes très très fort ?, demandait encore Antonia. Plus que père et mère, plus que nous, tes sœurs, plus que moi ?

– Pas plus, mais autant. C'est différent, je ne peux pas l'expliquer. Je vous aime comme avant, tous, et je l'aime lui en plus, voilà ! »

Antonia faisait taire sa rancune, mais lorsqu'Abel venait en visite ou si elle le rencontrait, elle répondait du bout des lèvres ou même pas du tout à ses paroles aimables.

Puis le jeune homme quitta le hameau pour le service militaire ; il avait été affecté à Dijon. Antonia fut d'abord contente, mais elle se fit assez vite des reproches. Visiblement, Julienne se languissait de son promis, et Antonia n'aimait pas la voir malheureuse.

Rosa avait donné le jour à une petite fille, Amandine. Gaspard lui avait donné le nom de sa mère, morte alors qu'il n'avait qu'une douzaine d'années. Après ses relevailles, Rosa continua à travailler chez les Raynaud. Comme elle allaitait la petite, elle restait à la ferme et ne participait pas aux travaux du dehors.

Amandine dormait dans la bercelonnette des filles d'Eugénie. Ce même *brès* avait servi aux enfants de Justine, Eléonore et Jean-Charles.

Peu après cette naissance, la situation de Rosa et Gaspard changea ; le propriétaire de la métairie où vivait Firmin Sabatier cherchait un nouveau fermier. Après la mort de la pauvre Léontine, Firmin avait un beau jour abandonné les bêtes. Personne ne l'avait revu. Le bruit courait qu'on l'avait aperçu au marché de Roche-Charles, puis à La Mayrand, puis plus rien.

Jean Raynaud conseilla à Gaspard venu le trouver un soir de reprendre cette petite ferme. Certes, il y avait à faire pour la remettre en état, Firmin l'avait tant négligée, mais, avec l'aide d'un domestique, le couple était capable de la faire valoir. La grand-mère Hortense pouvait s'occuper de la petiote et du ménage ; aux vacances, Aurélien donnerait la main.

Ce dernier, qui n'avait aucune habitude des nouveaux-nés, ne cessait de s'étonner devant ce bébé minuscule. Sa petite sœur lui rappelait la poupée de la petite Octavie. Mais cette poupée-là pleurait la nuit, réveillant toute la maisonnée.

Malgré cela, le garçon qui avait quatorze ans se sentait tout chose quand la petite Amandine serrait l'un de ses doigts, très fort, dans sa menotte rose.

Il avait d'abord pensé à un frère, mais, après tout, une sœur c'était mieux. Il resterait le seul fils de Rosa, et s'en réjouissait secrètement. Comme sa mère redoutait un peu de jalousie, elle s'intéressait à lui de bien des manières, s'inquiétait de ses études, de ses maîtres, de ses amis.

Aurélien ne se sentait pas délaissé, loin de là. Il restait le préféré de la mémé Hortense. Tout le monde s'accordait à dire que la petite Amandine lui ressemblait trait pour trait. Sans savoir pourquoi, il en était très fier. Bientôt, il se surprit de plus en plus souvent à contempler la petiote endormie, minuscule momie ficelée dans la bercelonnette, au coin du foyer de la salle commune.

Au début du printemps, les troupeaux avaient depuis peu quitté leurs étables lorsque des bohémiens passèrent par le Vernet. Une ou deux fois l'an environ, les habitants subissaient cette visite dont ils s'accommodaient assez difficilement. Les gens du voyage, il faut bien le reconnaître, se montraient d'habiles chapardeurs. Après leur passage, il manquait toujours quelques poules dans les basses-cours, quelques pièces de linge sur les étendoirs, voire même parfois un ou deux jambons sous les poutres des cuisines de fermes.

Félix et Henriette, les deux plus jeunes des Chabrillat, gardaient à environ cinq cents mètres du hameau, au-dessus de la route du Valbeleix. De loin, ils virent trois roulottes aux couleurs délavées s'arrêter sur le bas-côté. Les bohémiens s'apprêtaient à installer là leur campement. Déjà, on dételait les chevaux et on lâchait les chèvres qui commençaient à brouter le revers des talus.

Henriette ordonna à son petit frère de courir au village avertir les gens. Elle-même n'osait pas abandonner ses vaches, mais elle se dissimula derrière quelques noisetiers. Les bohémiens passaient pour jeter de mauvais sorts ; de plus, c'étaient des voleurs d'enfants, dans le hameau nul n'en doutait. Leur arrivée déclenchait donc une peur manifeste doublée de superstition. Chacun leur fermait sa porte, et l'on n'hésitait pas à jeter sur les seuils quelques gouttes d'eau bénite pour conjurer leurs sorcelleries.

Edmée Chabrillat vit arriver son plus jeune fils hors d'haleine.

« Vite, cria Félix, faut prévenir le monde, les bohémiens s'installent à Broussailloux, en bordure du pré des Maffre ! »

Prévenus, les villageois s'empressèrent de mettre à l'abri tout ce qui pouvait tenter la convoitise des nomades.

Comme d'habitude, les femmes pieds nus suivies d'une nuée d'enfants déguenillés allèrent de maison en maison proposer paniers et corbeilles. Les hommes, généralement seuls ou par deux, offraient d'étamer chaudrons et bassines. Les villageois n'aimaient pas faire commerce avec ces gens tant ils craignaient le mauvais œil. Quelques jeunes mères aux longs cheveux noirs comme la nuit, un bébé sale sur la hanche, mendiaient des vêtements et du pain.

Malgré les reproches de Mariette, Eugénie gardait pour eux les habits très usagés de ses filles et de Jean. Elle les leur donnait volontiers avec un morceau de tourte. Mais plus elle distribuait, plus il en venait. Son mari lui recommandait de ne surtout pas laisser entrer les bohémiennes dans la maison. Elles avaient tellement la main leste !

Julienne revenait de l'étendoir du verger. Sa panière à linge sous le bras, elle arrivait au moment où un groupe de nomades quittait justement la cour. En arrière des autres, une vieille, brune et ridée, comme un pruneau l'interpella :

« Bien le bonjour, ma belle demoiselle ! Si tu me donnes une petite pièce, je te dirai la bonne aventure. »

Julienne refusa en riant. Mais la vieille était tenace.

« Allons, allons, jolie comme tu es tu as bien un galant, je suppose ! N'aimerais-tu pas savoir s'il t'est fidèle ?

– Je n'ai pas besoin de la bonne aventure pour le savoir ! De toute façon, je n'ai pas d'argent. »

La bohémienne la dévisagea un moment en silence. Julienne fit mine de passer son chemin.

« Donne ta main quand même, pour une fois, je le ferai pour tes beaux yeux. »

Pour se débarrasser d'elle, la jeune fille, amusée, lui tendit la main. Mais la vieille promena sans rien dire son long doigt maigre sur la paume ouverte. Enfin, elle fixa Julienne de ses yeux décolorés et brillants. Puis elle se prit à hocher la tête en lâchant la main abandonnée.

« Veille bien sur toi, fille ! » dit-elle en se détournant.

Elle s'éloigna à petits pas pressés, en marmonnant dans une langue inconnue des mots incompréhensibles.

Oubliant aussitôt l'étrange vieille, Julienne entra dans la salle commune et referma soigneusement la porte à clé.

XVII

Julienne s'en va

A LA RENTREE D'OCTOBRE, Antonia rejoignit une fois de plus la pension des sœurs à Besse ; elle entrait en troisième année. Normalement, Marie aurait dû l'accompagner, elle avait dix ans révolus. Mais ni elle, ni Octavie n'auraient à se languir au pensionnat.

L'hiver précédent, Marie s'angoissait tant à l'idée d'avoir à quitter bientôt le Vernet qu'elle en faisait des cauchemars. Elle était toute pâlichonne et avait perdu son peu d'appétit. Alarmée, Eugénie l'avait conduite chez le médecin.

Le vieux docteur Chazeron était mort depuis quelques années. Son remplaçant, le docteur Maubert, prescrivit des fortifiants à la fillette, avec une bonne nourriture, de la viande rouge trois fois la semaine.

Marie éclata en sanglots. Dans son esprit, manger de la viande rouge équivalait à la manger toute crue.

« Je n'aime pas la viande rouge, j'en mangerai pas ! Et surtout, je n'irai pas en pension, j'aime mieux mourir ! Oui, c'est ça, je me laisserai mourir ! »

Tant et si bien que le médecin déconseilla aux Raynaud d'envoyer chez les religieuses une enfant aussi craintive et tourmentée. La vie de la pension, la nourriture, ne lui conviendraient pas.

Toute heureuse d'avoir gagné la partie, Marie s'empressa de raconter à Octavie qu'elle ne quitterait pas la maison, jamais.

« Mais, ajouta-t-elle, toi, dans trois ans, il faudra que tu y ailles !

– Moi, mais pourquoi ?, s'inquiéta sa sœur, au bord des larmes.

– Parce que le docteur Maubert ne t'a pas dit, à toi, de manger de la viande rouge ! C'est donc que tu peux aller en pension ! Et même, quand tu y arriveras, Antonia n'y sera plus. Tu seras toute seule avec les sœurs, enfermée dans la grande maison noire ! »

Octavie courut vers Julienne en criant et en pleurant. Ni sa grande sœur ni sa mère ne purent la consoler. Le soir, son père se fâcha ; ce fut pire. Elle était près de la crise de nerfs. Il fallut lui promettre qu'elle non plus n'irait pas en pension.

L'automne précédent, elle avait fait son entrée à l'école primaire du Valbeleix. La maîtresse avait eu toutes les peines du monde à la séparer de Marie. Peu à peu cependant, elle s'était habituée. Le bac à sable pour apprendre à former les lettres avait disparu de la classe des petits. On utilisait seulement l'ardoise. De même, les plus jeunes bénéficiaient maintenant d'un pupitre à quatre places et non plus d'un banc unique qui les obligeait à tenir l'ardoise sur leurs genoux.

Octavie possédait un syllabaire qu'elle rapportait chaque soir à la maison. Julienne la faisait déchiffrer :

« r, i, ri- p, a, pa- r, a, ra-
ri-ri i-ra à Pa-ris.
ri-ri ri-ra. »

La phrase laborieusement épelée, lue et relue, il fallait la copier plusieurs fois sur l'ardoise avec une mine blanche. Les lignes étaient de plus en plus penchées, les mots de plus en plus écartés, si bien que la dernière phrase était toujours incomplète :

« Riri ira à Pa... »

Marie se moquait de sa petite sœur, et c'était la dispute. Julienne ramenait l'ordre, faisait réciter une fable à la plus grande.

« Un jour Maître Corbeau
Sur un arbre, perché... »

Marie oubliait un mot, butait sur une syllabe. C'était au tour d'Octavie de railler. Alors Julienne calmait les deux benjamines en récitant une des poésies apprises au pensionnat :

« Quand l'aurore sur toutes choses
Pose son doigt rose et léger,
La nature se métamorphose
Et s'éveillent les champs de blé... »

De son côté, Aurélien était entré à l'Ecole normale d'instituteurs de Clermont. Au reçu des résultats de l'examen, sa mère avait pleuré de joie. Gaspard avait chaudement félicité le garçon. Puis il les avait accompagnés, Rosa et lui, jusqu'à Issoire pour acheter le trousseau.

Lorsqu'Antonia avait vu son ami d'enfance en uniforme, casquette à galons, costume et souliers noirs, chemise blanche, elle en était restée bouche bée.

« Eh bien ? » avait demandé le garçon, tout emprunté dans ces habits trop neufs et raides.

« Eh bien tu m'intimides... A peine si je te reconnais ! »

Aurélien avait le cœur gros de partir dans la grande ville inconnue. Mais il se disait qu'il n'aurait guère l'occasion de la voir, enfermé entre les murs de l'Ecole normale.

« Tu crois que tu vas beaucoup t'ennuyer ?, demanda Antonia.

– J'aurai bien trop de travail pour ça... »

Le garçon n'aurait avoué pour rien au monde combien était grande son appréhension. Il se consolait en pensant que, le nez dans ses livres, là ou ailleurs, les journées passeraient vite.

Jean Raynaud avait écrit à son cousin Paul, fils d'un frère décédé de l'Ancien ; il lui demandait de bien vouloir servir de correspondant à Aurélien. A Clermont, Rosa et Gaspard ne connaissaient personne. Paul Raynaud accepta d'aller chercher le garçon et de le recevoir chez lui un dimanche sur deux.

Marie et Octavie admiraient Aurélien en le plaignant de tout cœur. Clermont leur paraissait très, très loin, presque au bout du monde. Quel courage il fallait pour partir seul là-bas !

Comme le voulait la coutume pour les étudiants et les militaires, le futur instituteur fit ses adieux dans toutes les maisons du Vernet. Presque partout on lui donnait la pièce en lui prodiguant des encouragements. Il faisait aussi quelques envieux. C'est que, dans quelques années, il s'élèverait au-dessus de la condition des paysans. L'instruction, encore si rare dans les campagnes, forçait le respect. Jean Raynaud fut très généreux.

« Tu as bien travaillé chez moi cinq étés de suite, dit-il, ceci n'est pas une récompense mais un salaire qui t'est dû. Fais honneur à ta mère et à Gaspard, il t'aime comme un fils. A bientôt, mon garçon, profite de ta chance. »

Aux vacances de Noël, Antonia, toujours curieuse, ne se priva pas d'accabler Aurélien de toutes sortes de questions. Pour une fois, lui si peu bavard, contenta son désir de connaître ce qu'était la vie d'une grande ville. En réalité, le garçon ne savait guère que le trajet de l'école à la rue Saint-Esprit où habitait son correspondant. Il lui décrivit donc l'immense place de Jaude traversée par le tramway électrique tout nouvellement installé, la cathédrale de pierre noire qui touchait presque le ciel, la foule de piétons, de calèches et de landaus dans les rues pavées.

Il disait le puy de Dôme, dressé tout rond et bleu au-dessus de la ville ; il racontait surtout ses journées d'élève-maître, les professeurs, les salles de cours, tout un monde si nouveau pour le petit campagnard qu'il était.

Le jeudi après-midi, des pions conduisaient les élèves en promenade. En uniforme et en rangs impeccables, ils allaient jusqu'à Royat, Ceyrat ou même Durtol. Ils traversaient de beaux quartiers, longeaient des parcs et des jardins d'agrément, de grands hôtels, des monuments ornés de statues ou de fontaines.

Les premières semaines, la perpétuelle agitation des rues et des avenues animées d'incessants va-et-vient le grisait un peu. Il aspirait au calme du hameau, à la paix des pâtures, au silence reposant de la campagne.

Il étudiait avec ardeur et avait rapporté tous ses livres pour travailler encore durant les vacances. Sa petite sœur lui souriait, prisonnière pour plusieurs mois des liens qui l'enfermaient dans la bercelonnette. Quand la mémé Hortense changeait les petits draps souillés, Aurélien promenait maladroitement le bébé dans ses bras. Au pensionnat, c'est bien la petite Amandine qui lui manquait le plus.

Début janvier, les pensionnaires repartis chacun de leur côté, la neige réapparut. Le dernier mois de l'année, elle était tombée en abondance, puis un froid très vif s'était installé. On avait pu alors dégager routes et chemins. A présent, les chutes étaient un peu moins importantes. Dans l'air glacial voletaient des flocons légers, espacés, mais ils ne faisaient guère que poudrer prés et chemins de terre, d'une très fine couche brillante, d'une blancheur presque translucide.

Cet hiver-là, le malheur vint frapper à la ferme des Raynaud. On a beau fermer sa porte à double tour, il entre quand même, le moment venu. Comme une affreuse bête noire, il se faufile dans la maison, nul ne sait comment, mais il est là et il faut le subir.

Abel et Julienne échangeaient de nombreuses lettres où, s'ils relataient les petites incidents de leur vie, ils se disaient surtout leur amour. Dans sa dernière missive, le jeune homme annonçait une permission pour le mois d'avril. Si sa fiancée le voulait bien, ils pourraient alors tout organiser en vue de leurs noces. Celles-ci se feraient début septembre ; ses supérieurs avaient assuré à Abel qu'il bénéficierait alors d'un congé spécial pour se marier.

Julienne en avait aussitôt parlé à ses parents et à ses meilleures amies. Elle s'était empressée d'écrire à Antonia ; elle lui disait les intentions de son promis et sa joie à l'idée de le revoir au printemps. Elle consacrait les longs après-midi d'hiver et les veillées à la confection de son trousseau. Toujours habile brodeuse, elle réalisait des merveilles.

Peu après, un matin, elle fut prise de violents maux de tête. Sa mère lui conseilla d'aller se reposer dans sa propre chambre pour ne pas être gênée par le mouvement de la salle commune. Mariette fit infuser du tilleul et força la jeune fille à boire un peu de tisane sucrée au miel.

En début d'après-midi, les douleurs se firent si fortes que Jean attela la jument pour aller chercher le docteur Maubert. Eugénie s'inquiétait de ces migraines tout à fait inhabituelles, mais Mariette n'y voyait que la conséquence d'un coup de froid. Julienne, disait-elle, avait dû sortir sans se couvrir la tête, et, par ces temps de bise glacée, c'était une imprudence, bien pardonnable à une jeunesse qui n'avait que son promis dans ses pensées.

Quand le médecin ausculta la jeune fille, sa nuque était raide. Il lui était impossible de soulever sa tête où, lui semblait-il, des marteaux frappaient sans relâche. Le docteur Maubert appela Jean au salon, tandis qu'Eugénie restait au chevet de la malade très agitée.

« Je suis inquiet, Maître Raynaud, très inquiet. Votre fille, hélas, présente tous les symptômes d'une méningite. »

Jean avait pâli, mais il refusait d'admettre ce que sous-entendaient les paroles du médecin.

« Mais, demanda-t-il, vous allez la soigner, n'est-ce pas, la guérir ? »

Le docteur hocha la tête :

« Je vais essayer, je vais faire de mon mieux, mais si c'est ce que je crains, la médecine est impuissante. Quoi qu'il en soit, éloignez au plus vite vos autres filles. La contagion est redoutable, croyez-moi, et les enfants sont les plus exposés. »

Jean s'efforça de minimiser les choses en rapportant à sa femme les conclusions du médecin. Il décida d'envoyer Marcelin chercher les deux petites à l'école ; il lui demanda de les conduire chez son cousin Victor Estomble, le parrain de Marie, maréchal-ferrant au Valbeleix. Marcelin les prierait, sa femme Anna et lui, de garder les fillettes jusqu'à la guérison de Julienne. Cette guérison, le père voulait y croire de toutes ses forces, et pourtant il avait l'impression qu'un bloc glacé pesait sur sa poitrine.

Le docteur Maubert posa des compresses à l'alcool camphré sur le front de Julienne qui tremblait de fièvre. Il la veilla toute la nuit avec les pauvres parents désemparés et la bonne Mariette qui, de son mieux, rassurait Eugénie.

L'année 1894 resterait dans les mémoires comme la plus terrible. Le bonheur paisible de cette famille si unie fit soudain place à une immense détresse, à une douleur sans nom face à la cruauté du sort.

Ce soir-là, Sidonie s'était occupée seule du repas ; elle avait fait dîner l'Ancien à qui l'on cachait la gravité du mal qui terrassait sa petite-fille. Elle-même n'avait rien pu avaler, pas même deux cuillerées de soupe. La brave servante pleurait à chaudes larmes, tout en priant la Vierge de sauver Julienne.

Toutes les heures, le médecin renouvelait les compresses. On avait enveloppé la jeune fille de serviettes chaudes, mais il fallut changer plusieurs fois ses draps trempés de sueur. Elle avalait péniblement quelques gorgées de tisane où le docteur versait du laudanum pour tenter d'atténuer les douleurs. Au matin, elle se mit à délirer, à appeler ses parents, ses sœurs, Antonia surtout, et Abel, sans relâche, Abel encore, toujours.

Sylvestre et Théodore avaient prévenu les voisins. Jean faisait recommander à Rosa de ne pas venir visiter Julienne, à cause de la contagion pour sa petite Amandine. Avec les domestiques, Marcelin avait pansé le bétail en silence ; tous trois faisaient leur la souffrance des patrons, ils se considéraient un peu de la famille et puis, comme tout le monde, ils étaient si attachés à la douce Julienne...

Eugénie et son mari agissaient comme des automates, en proie à une anxiété qui croissait d'heure en heure. De temps à autre, Jean prenait la main de sa femme, la pressait doucement pour lui communiquer sa force, pour lui dire qu'ils étaient deux à lutter près de leur fille chérie. Mais la vue de Julienne, si pâle, les yeux clos et cernés, ses cheveux mouillés répandus sur le drap, lui ôtait tout courage, toute énergie. Mariette priait silencieusement. Eugénie avait perdu la notion du temps ; elle ne quittait pas du regard sa pauvre enfant dont elle aurait tant voulu prendre la souffrance. L'impuissance qu'elle éprouvait était une torture aussi intolérable que l'odieuse pensée de perdre sa fille.

Malgré les soins du docteur Maubert, malgré les efforts déployés pour la sauver, Julienne perdit connaissance dès le second après-midi. Mariette avait réussi à convaincre ses parents de prendre avec elle et le médecin un peu de nourriture. La mère de Sidonie était venue aider sa fille que le chagrin avait anéantie. Les voisins et leurs femmes offraient leurs services, mais rien, hélas, ne pouvait plus changer le cours des choses.

Julienne rendit l'âme à la fin de la seconde nuit. Elle n'avait pas encore dix-neuf ans. Le docteur Maubert était toujours à son chevet. Navré, il rangea sa trousse, exprima ses regrets et sa sympathie et s'en alla, les épaules voûtées, le visage gris de fatigue.

Eugénie s'était effondrée dans les bras de son mari. On voulut l'emmener dormir un peu chez Mariette, elle refusa farouchement. Inlassablement, elle caressait les mains de sa fille bien-aimée, lui parlait en pleurant, agenouillée près de son lit. Bien plus tard, Jean réussit à la faire asseoir dans un fauteuil où elle resta prostrée, sans pouvoir détourner les yeux du beau visage livide de Julienne. Mariette demeurait là, elle aussi, une main affectueusement posée sur la main de la malheureuse mère.

Prévenue, Octavie arriva d'Issoire dans l'après-midi. En larmes, elle prit sa belle-sœur dans ses bras et ne la quitta plus.

Incapable de se contenir plus longtemps, Jean s'était réfugié dans l'étable pour cacher son chagrin. Il s'assit, la tête dans les mains ; une douleur sans nom lui broyait la poitrine. Il ne pouvait se résoudre à accepter l'évidence : jamais, plus jamais, sa fille aînée ne poserait sur lui son regard si bleu, plus jamais elle ne lui parlerait de sa voix douce. Perdue, il l'avait perdue, et c'était comme si on lui avait arraché le cœur.

Marcelin le surprit, effondré, dans le noir. Le premier valet ne trouvait rien à dire, il pleurait comme un enfant. Il avait vu naître Julienne et les trois petites. Lui qui était sans famille en avait trouvé une, accueillante et chaleureuse, chez les Raynaud. Leurs quatre filles étaient un peu les siennes. Il était comme un oncle toujours présent, plein de patience et de bonté. Le dimanche, il ne manquait jamais de leur rapporter du bourg quelques petites gâteries : une sucette rouge, un rouleau de réglisse, un sucre d'orge torsadé. Les yeux brillants des petites étaient sa récompense.

« Il faudra que j'aille chercher Antonia demain matin, dit enfin Jean accablé. Mais comment lui annoncer, comment ?

– J'irai moi, si vous voulez bien, répondit Marcelin en s'essuyant les yeux. Il vaut mieux, je crois, que vous restiez près de la maîtresse... sans vous commander bien sûr. »

Très tôt le lendemain, le valet attela Cabriole. Octavie l'accompagnait. Elle avait proposé à son frère d'aller elle-même apprendre le malheur à Antonia. Peut-être saurait-elle mieux que le brave Marcelin trouver les mots qu'il fallait.

Quand on l'appela au parloir, la fillette s'étonna plus qu'elle ne se réjouit. Elle était à la leçon d'histoire, et l'on n'avait pas l'habitude d'interrompre les cours pour une visite. D'ordinaire, le visiteur attendait.

Elle s'étonna davantage encore en voyant la Mère Supérieure à la porte de son bureau ; elle semblait, l'attendre et, pour une fois, son air sévère avait disparu.

« Entrez un instant, Antoinette. »

Ce ton doux, son prénom : Antoinette, au lieu de « Mademoiselle Antoinette Raynaud », tout cela cachait quelque chose. Antonia réfléchit très vite, mais ne trouva rien à se reprocher. D'ailleurs, s'il avait été question de reproches, le ton de la Supérieure aurait été bien différent.

Depuis toujours, elle le savait, la directrice ne l'aimait pas. Sans cesse, elle la comparait à Julienne, et ceci n'était pas du tout à son avantage. De plus, elle ne lui avait jamais pardonné l'affaire des oignons arrachés.

« Votre tante, Madame Duteil, vous attend au parloir. Elle va vous emmener. Priez le Seigneur de vous donner du courage. De mon côté, je prierai pour vous. Allez ! »

Sœur Thérèse surgit dans le corridor. Elle ouvrit la porte et fit entrer la fillette décontenancée. En apercevant sa tante Octavie, les yeux rougis, la mine défaite, près de Marcelin l'air désemparé et malheureux, Antonia eut un cri :

« Mes parents, il est arrivé quelque chose à mes parents ! »

Octavie s'avança, la prit contre elle, la serra en l'embrassant. Le valet avait les yeux brillants de larmes contenues.

« Tes parents vont bien, ma petite Antonia, ils vont bien. C'est notre Julienne qui est malade, une maladie grave et contagieuse. Tes petites sœurs sont au Valbeleix chez le parrain de Marie. Nous allons t'y conduire, tu veilleras sur elles. Tu es grande toi, raisonnable, allons, viens !

Véhémente, Antonia se débattait.

– Mais c'est au Vernet qu'il faut m'emmener, je veux rentrer chez moi, je veux voir Julienne ! Pourquoi me conduire chez Victor ?

– Parce que, ma petite enfant, je te l'ai dit : le médecin craint que vous ne preniez cette maladie, très dangereuse, comprends-tu ? Viens mon Antonia, il faut partir maintenant ! »

La fillette se dégagea de l'étreinte de sa tante, s'approcha du valet, lui prit la main.

« Marcelin, s'il te plaît, ramène-moi au Vernet !

Il secoua tristement la tête.

– Madame Duteil a raison, il ne faudrait pas que tu prennes la méningite, ni toi ni les petites, il y a bien assez de...

La voix étranglée, il ne put finir sa phrase.

– Qu'est-ce que c'est la méningite, c'est le mal de Julienne ?

– Oui, soupira Octavie, oui, c'est ça.

– Mais elle va guérir, hein ma tante ?

– Certainement, ma petite Antonia, certainement ! Va vite chercher quelques affaires, nous t'attendons ici. »

Serrée contre sa tante dans le cabriolet, Antonia ne parlait plus. Dans sa tête, des pensées se heurtaient sans suite logique. Julienne gravement malade, c'était terrible. Mais, plus encore que cette affreuse nouvelle, les visages bouleversés de sa tante et de Marcelin avaient fait naître en elle un tourment confus et insupportable.

Au Valbeleix, Anna tentait de distraire les deux fillettes en jouant avec elles aux dominos. Elles se précipitèrent vers Antonia.

« On s'en va, demanda aussitôt Octavie, vous êtes venus nous chercher ?

– Non, dit sa tante, Antonia va rester ici quelques jours avec vous. Il faut que vous soyez bien sages.

– Nos parents ne nous veulent plus alors ?, demanda anxieusement Marie dont le menton tremblait.

– Je ne leur ai rien dit encore, souffla Anna à l'oreille d'Octavie. Il va bien falloir leur apprendre, quand même.

– Si, si, vos parents vous veulent toujours, ils vous aiment beaucoup, beaucoup, mais pour le moment, vous devez rester là. »

Tout en parlant, Octavie s'était assise, elle avait pris sa filleule sur ses genoux. Elle donna l'une de ses mains à Marie, l'autre à Antonia et les réunit en les serrant très fort. Les trois fillettes avaient l'air grave de ceux qui redoutent l'annonce d'un drame.

« Mes petites, dit la jeune femme d'une voix basse toute mouillée de larmes, votre grande sœur, notre Julienne chérie, vient de partir voir le Bon Dieu. Mais de là-haut, elle vous aime toujours, elle nous aime tous, soyez-en sûres. Quand vous reverrez votre maman, il ne faudra pas pleurer. »

XVIII

Le chagrin d'Abel

EXCEPTIONNELLEMENT, par crainte de la contagion, il n'y eut pas de veillée funèbre chez les Raynaud. Gaspard avait annoncé à Jean que Rosa organiserait chez eux une veillée de prières pour le repos de l'âme de Julienne ; selon la coutume, tout le village y était convié.

Prévenus, Pierre et Gabriel étaient arrivés avec leurs femmes, ainsi que Frédéric Duteil et Constant Valadier, le mari d'Emma. Depuis de longues années, celle-ci n'était pas revenue dans sa maison natale ; des rhumatismes invalidants l'empêchaient de quitter sa ferme, dans la grande Limagne, au-delà de Riom-le-Beau.

Quand le corbillard, recouvert du drap noir à larmes d'argent, arriva en vue du Valbeleix, les cloches se mirent à sonner le glas. La place devant l'église était noire de monde. Antonia était là, frissonnante, avec la bonne Anna et Victor. Chez eux, une voisine veillait sur les petites.

En apercevant sa mère accrochée au bras d'Octavie, Antonia se sentit glacée. Le long et épais voile de deuil cachait le visage des femmes, mais leurs silhouettes accablées poignaient le cœur. Jean, ses frères et beaux-frères marchaient en premier derrière le corbillard. Près d'Eugénie se tenaient aussi les deux autres tantes, Geneviève, la femme de Pierre et Irène, celle de Gabriel.

Le cortège s'arrêta devant l'église. Alors Antonia se glissa près de sa mère, lui prit le bras. Sans rien dire, Eugénie serra très fort la main de sa fille et s'appuya sur elle.

Pendant que le prêtre psalmodiait en recevant le corps sous le porche, Antonia, incrédule, fixait le cercueil drapé de noir ; elle ne pouvait admettre que Julienne soit couchée là. Jusque là, elle ignorait la mort, aussi imaginait-elle sa sœur paisiblement endormie, comme elle l'avait vue si souvent près d'elle dans le lit-wagon.

On avait accroché sur les côtés du corbillard des couronnes et une croix de très petites perles blanches. Sur le cercueil était posée une immense gerbe de roses en soie immaculée. C'était l'hiver ; le vent aigre et pénétrant mordait les visages. Dans la campagne gelée, inerte, il n'y avait pas de fleurs pour Julienne qui les aimait tant.

Le cercueil descendit dans la fosse et chacun jeta dessus une poignée de terre qui faisait en tombant un petit bruit mat, irrémédiable. Antonia scrutait avec angoisse le visage de son père, dur, crispé, un visage inconnu, étranger. Eugénie étouffait des sanglots. Inlassables, les larmes d'Antonia ne pouvaient couler qu'intérieurement et elle suffoquait. Les Verdier et Emilienne en pleurs s'approchèrent pour les condoléances. Tous trois avaient pris le deuil, comme si Julienne était déjà de leur famille.

Antonia sentit soudain une main se glisser dans la sienne. Elle se retourna : c'était Gertrude. Toutes deux tombèrent dans les bras l'une de l'autre, et Antonia pleura enfin.

L'enterrement fini, elle embrassa longuement sa mère. Sans rien dire, son père la serra contre lui, il tremblait. Il fallut rentrer chez Victor Estomble où elle resta deux jours encore avec ses sœurs. Au Vernet, on désinfectait soigneusement toutes les pièces d'habitation.

Antonia retrouva son vieux grand-père tout hébété par le drame qui venait de frapper la famille. La mère de Sidonie avait pris soin de lui pendant les obsèques. Antonia s'assit à ses pieds, lui parla doucement.

« Voyez grand-père, nous sommes là toutes trois, près de vous. »

Elle prenait la main du vieil homme, lui faisait toucher tour à tour les cheveux de ses sœurs. L'aïeul s'accrochait à la couverture offerte par Julienne quatre années auparavant ; il la voulait toujours sur ses genoux et, le soir, sur son lit. De temps à autre, il y frottait sa joue. Dans son souvenir, il retrouvait intact le visage de Julienne enfant. Alors il se mit à se lamenter :

« Ma Julienne ! Ma belle petiote ! »

Elle était la seule de ses petites-filles dont il avait réellement vu les traits. Les trois autres, c'est en palpant du bout des doigts qu'il déchiffrait avidement les lignes de leur visage.

« Ah, petite, le Bon Dieu fait bien mal les choses !, dit-il encore. C'est moi qu'il aurait dû prendre ! Je suis si vieux à présent, et inutile depuis si longtemps... Julienne, elle, commençait à peine sa vie... »

De grosses larmes coulèrent de ses yeux qui ne voyaient plus, bouleversant les trois fillettes.

« Non, non, se récria Antonia, ne dites pas des choses pareilles ! Vous nous avez tant enseigné, à mes sœurs et à moi. Maintenant encore, Octavie demande souvent vos histoires, alors vous voyez ! Nous avons besoin de vous, grand-père. Je vais vous lire un peu du livre de l'Empereur. »

Elle revint avec le gros volume noir, se réinstalla près de l'aïeul, les deux petites assises à leurs pieds sur le banc du foyer. Toutes trois donnaient encore un peu de bonheur à l'Ancien.

Jean qui rentrait les contempla un moment, et un peu de baume vint adoucir sa peine.

Les parents d'Abel n'avaient pu se résoudre à lui écrire pour lui annoncer la terrible nouvelle. Malgré le chagrin causé par la perte d'une si bonne amie qui allait devenir bientôt sa sœur, Emilienne voulut bien s'en charger. Elle écrivit :

« Mon cher Abel,

Je sais que ma lettre va te faire une peine immense et je te demande de me le pardonner. Ta chère Julienne n'est plus, une terrible maladie l'a emportée la semaine passée, très vite, en deux jours à peine. Ici tout le monde la pleure. Nos parents et moi-même avons pris le deuil, c'était ta fiancée et elle était déjà des nôtres.

Tu sais qu'elle portait toujours au cou le Saint-Esprit que tu lui avais offert. Son père et sa mère n'ont pas voulu le lui enlever. Elle est donc partie avec ce gage de ton amour. Eugénie Raynaud a dit à notre mère qu'elle avait aussi placé dans son cercueil la petite statuette, ton premier cadeau. Avant de mourir, la pauvre pensait à toi et t'appelait sans cesse.

Les parents me chargent de te dire leurs consolations et ils t'embrassent avec toute leur grande affection. Sois courageux, mon cher grand frère, nous t'aimons tous et partageons ton chagrin. Jérôme aussi t'embrasse, il lui tarde bien, comme à nous, que tu reviennes en permission.

Reçois toutes les pensées fidèles de ta sœur affectionnée.

Emilienne »

Le lendemain de l'enterrement de Julienne, Adélaïde Lescure et son mari avaient rendu visite aux Raynaud. Adélaïde et Eugénie s'étaient étreintes longuement. Ces deux mères éprouvaient la même atroce douleur, toujours vivace après l'arrachement de la perte d'une fille.

« Mais à vous, Eugénie, disait la femme de Pierre Lescure, il vous reste encore trois filles. Avec votre mari, vous lutterez pour elles. Tandis que nous, nous n'avions que notre Coralie. A présent, il ne nous reste plus rien. »

Dans son grand malheur, Eugénie reconnaissait le bien-fondé de ces paroles. Aucun enfant, jamais, ne remplace celui qui est parti ; cependant, avec les années, elle savait que les trois petites leur donneraient du bonheur, à elle et à Jean. Elle s'accrochait à cet espoir.

Plus tard, à cause de la contagion toujours possible pour les petits, Justine et Léonce vinrent eux aussi au Vernet. Eléonore et le petit Jean-Charles, âgé de trois ans, mirent un peu de gaieté dans la ferme silencieuse dont les habitants vivaient repliés sur un chagrin encore trop récent.

Jean garda longtemps son filleul sur ses genoux. Le petit ne paraissait pas souffrir de son infirmité ; il claudiquait derrière sa sœur, riant et jouant comme tous les enfants de son âge. Mais plus tard, sans doute, il en pâtirait fatalement.

En conversant avec Eugénie, Justine éprouvait une peine sincère. Mariette, qui leur tenait compagnie, ne cachait pas son grand chagrin. De leur côté, échappant pour une soirée à la tristesse de la maison, Octavie et Marie s'étaient empressées de jouer aux poupées avec Eléonore.

Mariette raccompagna Justine jusqu'à la calèche et lui dit tout bas :

« C'était un ange, notre Julienne, elle était sans défaut. Franchement, à toi je peux bien le dire, j'ai souvent pensé qu'elle n'était pas de ce monde. Mais pourquoi faut-il qu'elle l'ait quitté si tôt ? »

Justine avait soupiré en serrant la vieille femme dans ses bras.

« Veillez bien sur le Maître et la Maîtresse, ma bonne Mariette. De les voir ainsi tous deux, cela m'a brisé le cœur ! »

Après deux semaines passées parmi les siens, Antonia était repartie à Besse. Elle répugnait à quitter sa mère si éprouvée, son grand-père si vieilli et visiblement inconsolable, mais son père avait insisté pour qu'elle rentre à la pension. Il la raccompagna lui-même. Antonia avait toujours un pincement au cœur lorsqu'elle croisait son regard si triste.

Quand il la laissa à l'entrée du pensionnat, éperdue, elle se jeta dans ses bras. Jean ne savait que dire.

« Allons, allons petite, calme-toi ! Les fêtes de Pâques ne sont plus très loin, tu vas bientôt revenir au Vernet.

– Papa, je voulais vous dire... Les religieuses n'auront plus jamais à se plaindre de moi, vous n'aurez plus de reproches à mon sujet ! »

Et baissant la voix, elle ajouta :

« Je vous en fais la promesse en souvenir de Julienne. »

Trop ému pour répondre, le père acquiesça d'un battement de paupières. Pour la première fois depuis bien des jours, Antonia vit un bref instant dans ses yeux bleus l'éclat vif qui lui était coutumier. Ce regard lui fit du bien. Elle l'embrassa et courut retrouver Gertrude.

Aux vacances de Pâques, elle eut peu l'occasion de voir Aurélien. Il aidait Gaspard à la ferme. Il consacrait les veillées et son peu de temps libre à étudier. Pourtant, il avait rapporté à Antonia un petit cadeau.

C'était une boule de verre qui contenait en miniature la cathédrale de Clermont. Quand on secouait la boule, le mouvement déclenchait une tempête de neige. La cathédrale, noire sur fond de ciel bleu vif, apparaissait alors à travers de minuscules flocons de papier blanc. Antonia et ses sœurs, ravies, s'en amusèrent longtemps.

Fin avril, Abel Verdier arriva en permission. Avant même de gagner le Vernet, sa première visite fut pour Julienne, au cimetière. Sur la tombe, il déposa un bouquet d'anémones et pleura amèrement durant de longues minutes.

Ses parents et sa sœur le trouvèrent si changé, sombre et amaigri, que leur joie de le revoir en fut ternie. Ils s'attendaient certes à un immense chagrin, mais ce garçon muet qui errait dans le hameau comme une âme en peine leur faisait presque peur. Son jeune frère Jérôme essaya de l'intéresser aux changements de la ferme, aux animaux. Abel n'avait aucune réaction.

« Ça passera, disait Emilienne pour consoler ses parents, ça passera mais il faut du temps. »

Elle voulait ainsi se rassurer, mais elle vivait dans la crainte de voir son frère perdre l'esprit. Après plusieurs jours seulement, Abel trouva le courage de rendre visite aux Raynaud.

A son entrée, le maître de maison se leva pour l'étreindre avec des sanglots secs qui secouaient ses larges épaules. Bouleversé, Abel fut pris d'un grand tremblement. Pour la première fois, Jean Raynaud exprimait son immense douleur.

« Tu es venu, fils, tu es venu ! Quel malheur, Dieu, quelle épreuve ! »

Abel embrassa Eugénie. Elle lui sembla plus petite, des cheveux gris semaient ses tempes. On fit asseoir le jeune homme. Jean s'était repris ; il déboucha une bouteille de cidre, mais personne n'y toucha. Abel ne trouvait pas de mots. Des paroles maladroites, même sincères, n'auraient fait que raviver la détresse des parents de sa promise. Alors il se taisait. La première, Eugénie parla.

« Abel, je dois te dire... Nous avons laissé à notre Julienne le Saint-Esprit que tu lui avais offert. A présent, je le regrette, nous aurions dû te le rendre, pardonne-nous.

– Me le rendre ? Non, vous avez bien fait. Si j'avais été là, je vous aurais demandé de le lui laisser. Julienne, je l'aimais plus que tout, elle est ma fiancée pour toujours.

– Ne dis pas cela mon petit, tu es si jeune. Un jour tu feras ta vie, tu oublieras. »

Abel secoua la tête et dit doucement :

« Non, je sais que je n'oublierai pas Julienne. Elle était la première, elle restera la seule. Je n'aimerai jamais quelqu'un d'autre. »

Il revit soudain le jour où il avait donné le bijou à la jeune fille. Ses yeux brillaient. Elle avait ouvert la petite boîte puis avait longuement contemplé le Saint-Esprit. Il était d'or et d'émail bleu de roi ; trois flammes, trois grelots d'or, portaient chacun un petit rubis. Aussitôt, Julienne l'avait mis à son cou, passé dans un étroit ruban de velours noir.

« Tu me l'agrafes ? », avait-elle demandé.

Sur sa nuque frêle où frisottaient des petits cheveux, Abel avait maladroitement refermé l'attache. Alors Julienne s'était retournée, lui avait mis les bras autour du cou, toute souriante, en disant :

« Merci ! Je suis si heureuse ! »

Ils s'étaient embrassés, leur cœur débordait de joie.

« Tu ne le quitteras pas, avait demandé Abel, jamais ? Promets-moi !

– Jamais !, avait affirmé Julienne avec force. Je le garderai toujours. Ainsi tu seras près de moi à chaque instant. »

C'est elle qui l'avait quitté. Sans le vouloir, la pauvre, elle l'avait laissé seul. Au reçu de la lettre d'Emilienne, il avait souhaité mourir lui aussi. Depuis ce jour, il ne vivait plus, il survivait seulement, et son cœur, lui, était bien mort.

Il repartit pour Dijon avec soulagement. Lui qui aimait tant son village n'avait qu'une hâte : le fuir. Chaque chemin, chaque maison, chaque bouquet d'arbres lui rappelaient un moment de bonheur avec Julienne. Ses allers et retours dans le hameau, dans les prés, lui étaient une continuelle torture ; il la voyait partout, grave et sereine, souriante et attentive. La chaleur de sa bouche sur ses lèvres était intacte. Pourtant, quand il croyait l'étreindre, ses bras se refermaient sur le vide et il pleurait.

Les Raynaud lui avaient donné le portrait de leur fille, celui qu'avait fait Isidore de Valence. Abel le gardait toujours sur lui. Sans qu'il s'en doute, la vie de sa fiancée s'était arrêtée ce matin de janvier si froid où le vent des montagnes poussait devant lui de lourds nuages noirs et menaçants. Abel ne la savait pas encore morte et le ciel, pourtant, en cette nuit d'hiver sombre et glacée, portait déjà le deuil de Julienne. Et ce deuil, pour lui, ne cesserait jamais.

Les semaines passaient. Tant bien que mal, la vie continuait à la ferme du Vernet. Avec le printemps, les hommes avaient de l'ouvrage. Plusieurs vaches vêlèrent dans les pâtures du haut. Il avait fallu engager un nouveau berger car Théodore ne suffisait plus à la tâche.

Le plus souvent, le vieux domestique restait dans le *cantou* avec l'Ancien, bien content d'avoir une compagnie autre que celle des femmes. Au début cependant, Théodore avait accompagné le nouveau berger. Il fallait que les bêtes s'habituent à lui et surtout que les chiennes lui obéissent.

Gustave Fafournoux ne venait pas de bien loin. Il était de Mareuge, tout près de La Chapelle-Marcousse. Mais, après une saison, Marcelin conseilla au maître de ne pas le garder. D'après le premier valet, Gustave, sournois, était un mauvais esprit, chicaneur en diable ; pire, il semblait ne pas aimer les bêtes, il les brusquait, frappant au besoin. Ceci, chez Jean Raynaud, n'était pas admissible.

Fin octobre, quand on eut rentré le troupeau à l'étable, Jean paya son dû au berger qui rentra chez lui. Il ne restait plus qu'à lui chercher un remplaçant à la foire de la Loue du prochain printemps, à Besse.

Avec son lot de gros labeur, l'été avait passé plus vite encore. Mariette avait beaucoup vieilli, il fallait quelqu'un pour aider Sidonie. Forte et vaillante, elle ne pouvait cependant pas fournir le travail de deux servantes.

Justine avait recommandé aux Raynaud la fille de l'un de ses voisins de Vauzelle. Noémie Reirol avait vingt et un ans. Après le décès de sa mère, elle avait tenu la maison et élevé ses trois frères et sœurs. Mais son père venait de se remarier, Noémie n'avait plus sa place chez lui. Un peu aigrie, la jeune fille avait fait pitié à Justine.

Au Vernet, on n'eut pas à s'en plaindre. Elle s'entendait bien avec Sidonie et avait vite pris les habitudes de la ferme, abattant silencieusement sa part d'ouvrage.

Comme elle l'avait promis à son père, Antonia s'était assagie. Les religieuses, pour une fois, l'avaient complimentée de ses résultats et de sa bonne conduite. A la ferme, elle était l'aînée maintenant, et s'appliquait à seconder sa mère de son mieux.

Depuis le décès de Julienne, Eugénie semblait vivre au ralenti. Elle était devenue trop indulgente avec ses deux plus jeunes filles, avec la benjamine surtout. Bien entendu, Antonia n'osait pas le lui dire, même si elle trouvait que sa mère la gâtait exagérément.

Un après-midi, Octavie jouait seule dans la cour. Elle sautait à cloche-pied sur une marelle maladroitement tracée à l'aide d'une pierre pointue. Antonia, Marie et leur mère travaillaient dans le jardin où elles récoltaient des pois mange-tout.

« Elle pourrait bien nous aider ! » dit Marie, l'air bougon.

Antonia le pensait aussi mais elle se tut. Eugénie ne répondit pas et la fillette n'osa pas insister. Soudain, Octavie se mit à chanter en continuant à sautiller d'un pied sur l'autre :

« Va, petite coccinelle,
Au soleil déplie tes ailes,
Gentille bête à Bon Dieu,
Vole, vole dans le ciel bleu ! »

Antonia avait bondi. Elle courut vers sa sœur, lui prit le bras et la secoua en criant :

« Arrête, arrête de chanter ! Je ne sais pas comment tu oses alors que Julienne... »

Elle n'entendit pas arriver sa mère.

« Laisse ma fille, dit doucement Eugénie, laisse-la chanter va, ça ne change rien ! Ta petite sœur aura bien le temps de pleurer, elle aussi. Essayons de ne plus être tristes, ma grande, Julienne ne le voudrait pas. »

De ce jour, il sembla à Antonia que la pierre qui écrasait son cœur se faisait un peu moins lourde. Elle pensait à sa sœur avec une sérénité nouvelle. Secrètement elle lui parlait, se confiait à elle, comme avant. Pourtant le manque, parfois, était si cruel qu'elle aurait voulu se laisser aller, se réfugier contre sa mère comme un tout petit enfant. Elle n'en faisait rien pour ne pas ajouter au chagrin d'Eugénie. Au contraire, elle s'efforçait de se montrer paisible à tout instant ; c'était parfois bien difficile.

Une qui était toujours triste alors qu'on l'avait connue d'humeur égale et accommodante, c'était la servante Sidonie. Le mois d'août était là, avec des chaleurs orageuses éprouvantes pour tous. Depuis quelque temps, la maîtresse s'inquiétait de la mine de Sidonie. Ses bonnes joues rondes s'étaient creusées. Des cernes bleuâtres agrandissaient ses yeux ; souvent rougis au matin, ils montraient aisément que la jeune fille avait pleuré pendant la nuit.

Un jour, alors que les hommes venaient de partir moissonner le blé noir, Sidonie s'appuya soudain au coin de la cheminée.

« Qu'as-tu petite, ça ne va pas ? » demanda Mariette.

Elle prit le bras de la servante, la fit asseoir, l'obligea à boire un peu d'eau fraîche. Quand Eugénie sortit de sa chambre, Sidonie s'était reprise. Mais, un peu plus tard, Mariette raconta l'incident à la maîtresse.

Celle-ci attira la jeune fille dans sa chambre sous le prétexte de draps à plier. Quand elles furent seules, elle tenta de la forcer aux confidences. Comme Sidonie fondait en larmes, elle lui prit les mains.

« Ne veux-tu rien me dire ? C'est ta famille qui a des ennuis ? Tu es malade ? Allons, parle-moi. Tu sais que je peux tout entendre et que je ne demande qu'à t'aider. Aie confiance, je suis capable de garder un secret, si tu le désires. »

La réponse de Sidonie confirma ses doutes.

« Je suis enceinte, maîtresse. Qu'est-ce que je vais devenir ?

– Le père, je le connais ? »

Les yeux baissés, la jeune fille eut un signe de tête affirmatif.

« Tu ne veux pas me dire son nom ? Il est au courant au moins, il va t'épouser j'espère ?

– Non, je lui ai rien dit, je n'ose pas. S'il me rejette, je serai trop malheureuse !

– Tes parents le savent ?

– Oui, je l'ai dit tout dernièrement à ma mère. La pauvre en a pleuré toute une nuit. Quand mon père l'a su, il a fait une colère terrible, et il a dit qu'il ne voulait plus jamais me voir. Depuis, je me cache dans la grange jusqu'à ce qu'il se couche. Après seulement, je gagne le lit que je partage avec ma sœur Alice. Ah, que je suis malheureuse ! Quoi faire mon Dieu, quoi faire ?

– On ne peut rien faire en effet, si ce n'est l'apprendre au père de ton enfant. C'est à lui de décider, si c'est un honnête homme. »

Sidonie eut un gros soupir.

« C'est un domestique de Maître Chabrillat, Emile Fauverteix. On se fréquente depuis le mois d'avril. Je crois que je suis enceinte de deux mois et demi, à peu près.

– Veux-tu que le Maître aille lui parler ? »

Sidonie eut un air affolé :

« Non, oh non ! Surtout pas ! Ne le dites pas au maître, j'aurais bien trop honte !

– Alors je ne vois qu'une personne pour le dire à Emile : toi.

– Vous croyez vraiment ?

– J'en suis sûre ! Allez ma petite, courage, il le faut ! »

Le lendemain, malgré sa petite mine, Sidonie avait le sourire en venant prendre son travail. Les hommes sortis, elle dit à Eugénie, devant Mariette et Noémie qui, les yeux ronds, tombait de la lune :

« Emile veut bien qu'on se marie, mais il n'est pas riche. Il va aller trouver mon père ce soir. Si ma mère accepte de se charger du petit à naître, ma sœur Alice le surveillera pendant que ma mère travaille au dehors. Maîtresse, voudrez-vous me garder à votre service malgré cela ?

– Tu en doutes ? Mais bien sûr que nous te garderons, tu n'as pas commis un crime, que je sache ! »

XIX

Adieu l'enfance

LE MOIS DE SEPTEMBRE qui amènerait les quatorze ans d'Antonia était doux et tiède, comme bien souvent. La récolte de fruits avait été bonne, le cidre abondant.

Antonia, ses sœurs et Noémie achevaient de ramasser les pommes tombées, celles du moins qui étaient récupérables car beaucoup moisissaient déjà, à demi enfouies dans l'herbe. Aurélien vint leur rendre visite.

« Tu ne travailles pas, toi ?, demanda Octavie.

– Si, bien sûr, mais j'avais un moment avant d'aller traire avec Gaspard, alors je me suis dit...

– Que tu allais venir voir les filles Raynaud, acheva Octavie.

– Toi, fit Marie, bavarde un peu moins. Antonia, regarde son panier, il y a trois fois rien là dedans !

– Attendez, dit Aurélien, je vais vous aider. »

Il s'accroupit et commença à ramasser les pommes qu'il mettait tantôt dans un panier, tantôt dans l'autre. Antonia regardait à la dérobée les grandes mains d'homme du garçon. Il a presque seize ans, songeait-elle, dommage ! Plus jamais on ne jouera comme autrefois...

« Ce n'est pas un travail d'homme, fit-elle tout haut. Si Marcelin ou Sylvestre te voient, ils vont rire. »

Aurélien haussa les épaules.

« Bah, ça ne fait rien, moi en tout cas, ça me gêne pas.

– C'est vrai, demanda Marie, que tu t'occupes du jardin de l'Ecole normale ?

– C'est bien vrai, et il n'y a pas que moi. On est une bonne dizaine à y travailler, c'est qu'il est grand.

– Et il pousse quelles sortes de légumes dans des jardins d'Ecole normale ?, demanda Octavie.

– Les mêmes que dans tous les jardins, pardi, répondit Aurélien, amusé. Il y a aussi quelques oignons, mais pas des grandes quantités. Peut-être que notre cuisinier ne connaît pas la recette des oignons en sauce blanche. Mais j'y pense, tu pourrais peut-être la lui donner, toi ? »

Il se tournait vers Antonia avec un regard malicieux. Celle-ci se leva si brusquement qu'elle renversa son panier. Elle prit le garçon aux épaules et donna une bonne secousse. Surpris, il perdit l'équilibre, se retrouva le derrière dans l'herbe et les jambes en l'air. Les petites et Noémie éclatèrent de rire.

« Attends un peu, cria-t-il en se relevant, tu vas me payer ça ! »

Déjà, Antonia courait vers le fond du verger. Il la rattrapa dans le pré où chantait la couze. Vivement, il lui saisit les poignets.

« A nous deux ! », fit-il en plaisantant.

Pour se dégager, Antonia se démenait comme un beau diable, mais Aurélien était trop fort. Brusquement il lâcha prise pour la saisir aussitôt par la taille.

« Là, cette fois tu es ma prisonnière ! »

Elle lui donnait des coups de pieds qu'il esquivait sans cesse. Elle s'essouffla bientôt et resta immobile. Alors seulement, elle sentit ces deux bras qui ceinturaient sa taille, en même temps que l'haleine du garçon tiédissait sa nuque. Un grand trouble l'envahit. Furieuse, elle sentit ses joues s'empourprer et cria :

« Arrête, laisse-moi, arrête, tu entends ! »

Tournée vers lui, elle lui lançait des regards pleins de colère. Penaud, il lâcha prise.

« Mais Antonia, voyons, c'était pour rire ! Tu es fâchée ? »

Elle ne répondit pas et repartit à grands pas vers le verger. Aurélien s'éloigna, tête basse. Il traînait les pieds, poussant un petit caillou de la pointe du sabot, l'air renfrogné.

De retour à la ferme avec les paniers pleins, les filles mirent le couvert pour le repas du soir tandis que Noémie partait nourrir les porcs. Soudain, Marie se mit à claironner :

« Vous ne savez pas, mais Antonia a un amoureux, c'est Aurélien !

– Oui, oui, reprit Octavie en chantonnant, tra la la, c'est Aurélien son amoureux, tra la lère ! »

Furibonde, Antonia les fit taire :

« Vous avez bientôt fini de dire n'importe quoi, vous deux ! »

Sidonie et Mariette riaient en trempant la soupe dans les bols. Eugénie calma la dispute.

« Aurélien est un ami de longue date de votre sœur, c'est tout. Taisez-vous maintenant, les hommes vont rentrer. »

Dans son lit, ce soir-là, Antonia essayait en vain de comprendre pourquoi elle avait eu cette réaction stupide. Jeux et chamailleries se répétaient chaque été sans que ni elle ni Aurélien n'y aient jamais attaché d'importance. A présent, quelque chose était changé. Elle soupira, s'irrita de ne pas en trouver la raison. Au moment de sombrer dans le sommeil, elle crut sentir soudain la pression des bras d'Aurélien autour de sa taille. Combien de fois l'avait-il saisie de même pour la jeter dans l'herbe ? Elle ne savait pas, mais beaucoup, c'était sûr.

Leurs relations allaient-elles changer ? Une vague peine, indéfinissable, la mit mal à l'aise. Elle en voulut à Aurélien, à elle-même surtout. Elle pressentit qu'elle n'était plus une enfant ; depuis quelques mois, son corps s'était transformé. Sans le savoir, elle entrait dans l'adolescence.

Durant tout l'automne, Octavie resta attentive à la transformation progressive du ventre de Sidonie. Celui-ci s'arrondissait de jour en jour ; la démarche de la servante se faisait plus lente, plus lourde, elle se baissait avec peine.

A la fin septembre, Sidonie avait épousé Emile Fauverteix. Une fois les choses régularisées, l'honneur sauf, son père lui avait pardonné. Il logeait même le jeune couple chez lui où il restait un lit de libre, ses deux garçons étant partis bergers. Emile et Sidonie travaillaient toujours chacun chez son patron. Ils avaient de trop piètres économies pour songer à s'établir fermiers ; plus tard, ils verraient.

Malgré sa relative ignorance, Octavie ne pouvait s'empêcher de faire des comparaisons avec ce qu'elle savait de la naissance des petits animaux. Mais elle repoussait l'idée que les femmes puissent, comme la chatte Moumoune, comme les vaches et les autres bêtes de la ferme, porter un enfant dans leur ventre. Elle avait huit ans et, selon sa vision naïve de la vie, cela lui semblait déplacé et même tout à fait incongru.

Elle se renseigna auprès de Marie. Elle était son aînée de près de quatre ans et elle avait fait des découvertes. La grossesse de Rosa suivie de la naissance de la petite Amandine l'avait suffisamment éclairée.

« Que tu es bête ! Sidonie attend un enfant, tiens !, répondit-elle aux questions de sa sœur.

– Mais pas comme Gentille ou la Mignarde, ou Sultane, quand même !

– Si, tout pareil ! », dit catégoriquement Marie.

Octavie réfléchit longuement. Gentille et plusieurs de ses congénères avaient vêlé au printemps, et la fillette avait assez entendu son père et Marcelin s'inquiéter de ces naissances. C'est que, chaque fois, les hommes devaient aider les vaches à mettre au monde leur progéniture. Quand le veau se présentait mal, on les voyait préoccupés. On allumait alors le cierge de Saint-Blaise. Marcelin passait la nuit à l'étable pour veiller la future mère ; si cela durait trop, Sylvestre ou Jean lui-même le remplaçait.

« Mais, demanda encore Octavie, il va sortir comment le petit de Sidonie ? Et d'abord, comment il est entré ?

– Alors là, fit Marie, perplexe, je t'avoue que je n'en sais rien.

– On pourrait demander à Antonia, remarqua la petite, elle doit bien le savoir, elle ! »

Marie dit vivement :

« Non, non, on lui demandera pas, elle dirait qu'on est trop curieuses, elle se fâcherait !

– Moi je sais bien ce qu'il faudrait, jeta Octavie en soupirant. Il faudrait que Julienne soit encore là. Elle répondait toujours à nos questions, elle ! »

Marie s'alarma :

« Ne va pas parler de Julienne à Antonia surtout ! Ni à la maman ! Tu entends, je te défends d'en parler, à personne !

– Je le sais bien, dit tristement Octavie, je le sais bien qu'il ne faut pas en parler. Quand les gens en parlent, ça fait pleurer tout le monde ! »

Et elle se mit à pleurer, elle aussi. Toute remuée, les yeux pleins de larmes, Marie tenta de la consoler. Elle reprit les paroles du catéchisme :

« Tu sais bien qu'on la reverra, notre grande sœur. Après notre mort, on retrouvera tous ceux qu'on a aimés au Paradis, alors tu vois bien qu'il ne faut pas pleurer !

– Mais quand on sera mortes, c'est dans trop longtemps, moi je voudrais la revoir tout de suite. »

Ses pleurs redoublèrent. Elle ne pouvait, comme tous les enfants, imaginer sa propre mort. Le grand-père n'était pas mort, lui, et pourtant il était vieux, si vieux. Octavie ne pensait pas un instant qu'elle et Marie pourraient devenir un jour de très vieilles femmes ridées et impotentes.

Antonia surprit ses deux sœurs enlacées et en larmes, assises sur la murette du potager. Contre toute attente, elle ne se fâcha pas.

« Qu'est-ce qu'il y a ? Vous vous êtes disputées ? Quelqu'un vous a fait du mal ? »

Octavie secoua la tête et Marie, malgré ses résolutions, avoua que toutes deux pleuraient le départ de Julienne. Chavirée, Antonia les embrassa en les serrant tour à tour, ce qui n'était guère dans ses habitudes.

« Allons, essayez de ne plus y penser. Il faut que le papa et la maman nous voient bien gaies toutes trois, c'est comme ça qu'ils oublieront leur peine. Venez, on va ramasser l'herbe aux lapins ! »

Un coin de tablier replié et passé dans leur ceinture, elles commencèrent à arracher l'herbe des talus et à remplir ce sac improvisé. En cette fin de saison, les brins d'herbe étaient moins hauts, moins drus, mais pas encore flétris.

Dans deux jours, ce serait la Toussaint, la première après la mort de Julienne. Octobre avait été très chaud, et les hirondelles venaient tout juste de quitter le village. Les vaches paissaient encore dans les prés et les pâtures. Pourtant, dans l'air amolli, trop doux, on devinait la fin prochaine des beaux jours.

Antonia se sentait triste. Le départ de Julienne n'en était pas la seule cause. Sans qu'elle s'en doute, son enfance déjà la quittait peu à peu. L'insouciance des premières années s'éloignait, irrémédiablement. La fillette devenait femme, une page se tournait.

Cet hiver-là, à la pension, Gertrude et Antonia échangèrent bien des confidences, Jusque là, leurs secrets étaient ceux des petites filles ; ils devenaient à présent des préoccupations de jeunes filles.

Gertrude était ce qu'on appelait une délurée. De taille moyenne, toute brune de peau et de cheveux, elle avait des petits yeux noirs et vifs d'écureuil pleins de malice. Durant les dernières vacances d'été, elle était allée au bal à plusieurs reprises. Sans l'avouer, Antonia l'enviait un peu.

Très gâtée par son père, Gertrude le roulait dans la farine. Adrien Mollinier avait quarante-cinq ans de plus que sa fille ; l'âge l'avait rendu trop indulgent. Son unique enfant était, il le disait lui-même, une ensorceleuse ; elle obtenait toujours de lui tout ce qu'elle voulait.

Elle l'avait donc supplié de la laisser à la danse le dimanche avec sa cousine Amélie. Celle-ci avait seize ans et Gertrude seulement quatorze, mais Martin, le frère d'Amélie, servait en principe de chaperon aux deux jeunes filles. En réalité, trop occupé par ses conquêtes successives, le garçon ne se souciait pas plus de sa sœur que de sa cousine.

« Est-ce qu'un garçon t'a déjà embrassée ? », demandait Gertrude surexcitée et curieuse.

Antonia devait avouer que non.

« Mais ton Aurélien alors ? S'il a seize ans et qu'il n'ait pas encore essayé, c'est un mal dégourdi ! »

Antonia ne voulait pas laisser critiquer son ami.

« S'il avait essayé, je l'aurais remis à sa place ! De toute manière, il n'essaiera pas.

– Vous êtes deux benêts », affirmait Gertrude en riant.

Puis, en confidence, avec un petit rire complice :

« Ne le dis pas surtout, mais moi, ça me plaît bien qu'on m'embrasse ! La première fois, j'avais un peu peur, mais j'y ai pris goût ! »

Elle pouffait derrière sa main, et Antonia ne savait que penser. Les deux amies étaient assises sur le banc de la salle de récréation. Celle-ci ne servait que l'hiver, quand les grands froids et les intempéries chassaient les élèves de la cour. La plupart des pensionnaires jouaient aux charades ou aux devinettes. Quelques-unes bavardaient avec la surveillante, aussi pouvait-on discourir discrètement sans craindre son oreille fureteuse.

Antonia ne parvenait pas à imaginer ce qu'on pouvait ressentir en embrassant un garçon. Elle revoyait les lèvres charnues d'Aurélien, s'efforçait d'évoquer sa bouche joignant la sienne. Parfois, dans le noir, elle posait ses lèvres sur le dos de sa main, mais ce contact n'avait rien d'agréable.

« Bah !, disait-elle à Gertrude, moi il ne me tarde pas, j'ai tout mon temps ! »

Par contre, elle aurait bien aimé aller danser à l'auberge Pouzadoux, le dimanche. Son deuil ne l'y autorisait pas. De toute manière, elle était trop jeune, son père ne lui aurait pas donné la permission.

Depuis quelques années déjà, lors de mariages ou de soirées du cidre nouveau, elle aimait participer aux bourrées, aux quadrilles. Son jeune corps s'y donnait tout entier. Les premières notes de musique lui mettaient des fourmis dans les jambes. Quand la cabrette ou le violon préludait, des ailes semblaient lui pousser aux talons. Elle se jetait dans la danse avec une ardeur irrépressible, une fougue juvénile presque animale.

Naturellement, les danses en couple lui étaient interdites. Pour une très jeune fille, il n'était pas bienséant de se laisser enlacer par un cavalier pour une valse ou une polka. En ce temps-là, on enseignait sévèrement aux jeunes filles ce qui était convenable ou non, et ceci dès leur plus jeune âge.

Contrairement à Gertrude, Antonia ne recherchait pas le contact avec un autre corps. Danser, pour elle, c'était exprimer sa joie de vivre, au rythme d'une musique ancestrale, rien de plus.

A Noël, les Duteil vinrent passer une semaine au Vernet. Octavie tenait à être près de sa famille pour ces fêtes de fin d'année ternies par un deuil encore si douloureux. Son frère et sa belle-sœur lui en étaient reconnaissants. Frédéric continuait à gâter sa femme comme aux premiers temps de leur mariage. Il voulait tout ce qu'elle voulait.

Mariette avait donné à Jean Raynaud un lit qu'il installa au salon ; la pièce servirait de chambre aux Duteil. Par la suite, on la donna à Antonia qui apprécia beaucoup cette intimité nouvelle.

De son côté, Mariette ne partit plus dormir seule chez elle ; elle occupa l'un des lits-clos, Noémie logeait dans le second et les petites continuèrent à se partager le dernier.

A son habitude, Octavie était venue les bras chargés de cadeaux pour toute la maisonnée. Antonia reçut un caraco de velours noir à col de fourrure, chacune de ses sœurs une cape de drap bordée d'un galon festonné et doublée de chaude feutrine. Il y avait aussi, pour les deux plus jeunes, des livres à belle couverture rouge ornée d'arabesques noir et or.

Marie lut avec grand plaisir *Les Malheurs de Sophie*, de la comtesse de Ségur. Pour Octavie, le libraire d'Issoire avait fortement recommandé un petit livre de contes qui venait juste de paraître. Sorti à Paris chez les éditeurs Lecène, Oudin et Compagnie, cet ouvrage de Madame Gevin-Cassal s'adressait aux jeunes enfants. On l'avait voulu à la fois distrayant et propre à développer le sens moral chez les lecteurs.

Le premier de ces contes surtout enthousiasma Octavie. Titré « Cotcoriott », il décrivait de manière émouvante l'adoption d'un petit poulet par une vieille femme très seule et très pauvre.

En janvier, Mariette trouva à louer sa maison à un jeune couple venu d'Auzolles, près de Saint-Alyre-ès-Montagne. Hippolyte Cognéras était un journalier. Jusqu'à son mariage, il avait vécu et travaillé chez ses parents ; c'était à contrecœur qu'ils l'avaient vu épouser une certaine Valentine Tulliot.

A vrai dire, la conduite de la jeune fille ne plaidait pas en sa faveur. Dans la région de Saint-Alyre, personne n'aurait bien aimé l'avoir pour bru. Âgée de vingt-trois ans, elle n'était pas sérieuse. On lui prêtait bon nombre d'aventures avec les saisonniers, des hommes mariés bien souvent.

Le pauvre Hippolyte s'en était si bien entiché qu'elle s'était faite épouser en moins de temps qu'il n'en faut pour le dire. On prêtait aussi à Valentine une paresse au-delà du commun. La famille Cognéras craignait fort qu'elle ne fasse manger très vite à son trop brave mari ses trois sous d'économies, mais Hippolyte n'avait pas voulu entendre raison.

Alors le nouveau marié avait cherché un logement assez loin d'Auzolles. Naïvement, il croyait que la réputation de sa femme n'était pas connue aux alentours. Si Mariette avait été au courant, elle ne lui aurait peut-être pas cédé sa maison.

Mais le monde, dit-on, est petit. Quelques mois plus tard, un domestique loué par le père Mège avait entendu parler de la jeune Madame Cognéras. La rumeur court vite ; bientôt tout le Vernet, le Valbeleix même, furent au courant. Pour Mariette, il n'était plus temps de reculer, le bail était signé pour trois ans. Vaille que vaille, il fallut s'accommoder de la belle Valentine.

XX

Valentine jette le trouble

Le hameau resonnait ce matin-là du roulement des tombereaux chargés de fumier. Les attelages de bœufs tiraient lentement leur fardeau jusqu'aux pâtures. Chaque printemps, il fallait répandre sur les prés la fumure amassée pendant l'hiver et qui servirait d'engrais.

Dans chacune des fermes, la dernière neige fondue, on s'affairait à cette besogne malodorante et nécessaire. Tandis que Marcelin menait un chargement dans les prés du bas, Sylvestre se dirigeait vers une pâture en bordure de forêt.

Son attelage peinait sur le chemin de terre pentu. De la voix, il encourageait les bœufs. Sultane l'accompagnait. Avec des jappements brefs, elle s'employait à tourner autour du tombereau, excitant les deux bêtes en plein effort.

Parvenu sur le plateau, Sylvestre s'arrêta afin que ses bœufs puissent souffler un peu. La chienne s'assit devant l'attelage, langue pendante ; ses yeux ne quittaient les bêtes que pour regarder de temps à autre le domestique. Dès qu'il ferait mine de repartir, touchant le joug de l'aiguillade, Sultane reprendrait sa place à ses côtés.

Sylvestre commença son travail d'épandage. Avec la fourche, il saisissait le fumier et l'éparpillait rapidement de quelques mouvements brefs. Il faisait ensuite avancer les bœufs d'une dizaine de pas, puis il recommençait jusqu'au bout du pré.

Après quelques allers et retours, Sultane partit comme une flèche vers la première rangée d'arbres. Elle aboyait en guise d'avertissement. Sylvestre pensa qu'elle avait flairé une bête sauvage et s'apprêta à la rappeler. Mais, levant les yeux, il aperçut une femme debout à l'orée du bois. Elle le dévisageait en souriant. Avec déplaisir, il reconnut Valentine Cognéras. Elle fit paisiblement quelques pas dans sa direction.

« Bonjour, dit-elle aimablement. C'est pas trop dur, le travail ? »

Sylvestre haussa les épaules sans la regarder.

« J'ai l'habitude ! Bonjour Madame. »

Valentine partit d'un rire d'enfant qui le vexa un peu en le troublant.

« Madame ! Je m'appelle Valentine, vous le savez bien !

– Bien sûr je le sais, fit le jeune homme encore plus vexé, mais je ne vous connais pas depuis bien longtemps, alors je vous dis Madame.

– Oh, mais c'est que vous avez l'air d'un compliqué, vous ! »

Sylvestre avait repris son travail, il ne répondit pas.

« Je n'ai pas bien eu l'occasion de visiter les environs du Vernet, reprit Valentine, on est arrivés en plein hiver. Alors, comme il fait beau je me promène un peu. Vous devez vous demander pourquoi je ne suis pas chez moi à travailler, non ?

– Non, dit Sylvestre renfrogné, ça me regarde pas, je ne suis pas votre mari. »

Elle rit à nouveau, et ce rire mit le domestique mal à l'aise ; il voulut couper court.

« Bon, au revoir, il faut que je finisse mon ouvrage.

– Dites que je vous dérange, aussi ! Vous pouvez bien continuer en bavardant un peu avec moi, ça ne vous retarde pas. »

Sylvestre ne dit rien. Il y eut un silence. La chienne avait flairé l'arrivante, reconnu l'odeur d'une voisine. Elle repartit fureter sous les arbres.

« Ici, Sultane ! », cria le jeune homme, irrité.

Aussitôt, la chienne obéit et reprit sa garde devant les bœufs.

« Ce n'est pas la faute de cette bête si vous êtes en colère, dit Valentine d'un ton malicieux. Il ne faut pas vous en prendre à elle !

– Je m'en prends à personne, jeta Sylvestre agacé. Allez-vous en maintenant, rentrez chez vous.

– Mais vous me chassez, on dirait, ce n'est pas gentil. Enfin... »

Elle soupira, lui lança un regard aguicheur et se détourna en disant :

« Je reviendrai vous voir, Sylvestre, et je suis certaine que cela vous fera plaisir ! »

Furieux contre elle, il avait néanmoins rougi. Sans la regarder, il soulevait le fumier à grands coups de fourche. Malgré lui, il entendit décroître le pas de la femme sur le chemin. Il ne pouvait se défendre de revoir son visage rond, ses yeux rieurs. Torsadés sur sa nuque, ses cheveux blond-roux paraissaient doux et tièdes. Elle se balançait en marchant avec, dans son regard gris, une lueur narquoise et charmeuse.

De ce jour, Sylvestre se surprit à penser de plus en plus à Valentine Cognéras. Ou plutôt non, il n'y pensait pas, elle s'imposait à lui. A tout moment, n'importe où, au plus fort de ses occupations, son image surgissait devant lui. Il la voyait telle qu'elle était ce matin-là, dans le soleil qui émergeait au-dessus des sapins. Debout au bord du chemin, elle lui faisait signe et une chaleur brusque l'envahissait. Il s'en défendait de son mieux, se disait que lors d'une prochaine rencontre, car il y en aurait d'autres, elle le provoquerait encore et là, il en était certain, il ne lui adresserait pas la parole. A la longue, elle se découragerait.

Sylvestre était honnête, il ne fréquenterait pas une femme mariée. Il connaissait assez peu Hippolyte, mais celui-ci avait l'air d'un brave homme et il n'avait aucune envie de le tromper. Mais il comptait sans la perfidie de Valentine, sans son habileté presque diabolique à séduire un homme, fut-ce le plus sérieux.

La première quinzaine de mai, les habitants du Vernet commencèrent les préparatifs de la fête patronale de la Pentecôte. Comme dans toutes les fermes et dans tous les hameaux du Valbeleix, on s'apprêta à chauffer le four banal.

Il fallait d'abord réunir en grande quantité du bois que l'on ferait sécher : fagots de genêts et de branchettes, bûches, souches fendues. Le four devrait chauffer deux jours pleins avant de recevoir pain et gâteaux. Le moment venu, chaque maison donnait un domestique pendant quelques heures. Les hommes se relayaient sans relâche pour que les braises rougeoient continuellement dans la grande bouche noire du four.

Dans chaque ferme, deux ou trois jours avant la cuisson, les femmes s'affairaient plus encore que de coutume. Excités de gourmandise, les enfants les regardaient pétrir. L'avant-veille de la fête, chez les Raynaud, Mariette et Sidonie malaxaient la farine de seigle pour les tourtes dans la grande maie. La pâte grisâtre mise à lever, elles commencèrent à brasser le froment pour les miches et les couronnes.

De son côté, Eugénie confectionna dans des terrines pâte à tartes et pâte à brioches. Pour leurs trois filles, elle et Jean voulaient que la vie reprenne comme autrefois. Leur grande peine à jamais enfouie dans leur cœur, il fallait que les petites profitent des joies simples de l'existence, elles y avaient droit.

Marie et Octavie regardaient les mains de leur mère dans la pâte blonde où elle cassait des œufs. Des gants moelleux, jaune pâle, recouvraient jusqu'à ses avant-bras. Antonia devait arriver le lendemain matin, et ses sœurs s'en réjouissaient.

« On va se régaler », dit Octavie qui salivait d'avance.

Son délice à elle, c'était la brioche fondante qu'elle trempait dans son bol de lait tiède. Ses aînées avaient une préférence pour les tartes aux confitures. A cette époque de l'année, on manquait de fruits frais. C'était encore trop tôt pour les cerises et les dernières pommes, ridées, un peu confites, étaient finies depuis longtemps.

Heureusement, dans la resserre, quantité de petits pots de grès renfermaient des trésors : confitures de prunes, mirabelles ou quetsches, de coings, de pommes sauvages, gelées de mûres et de framboises. Sur la pâte aplatie à l'aide d'une bouteille farinée, Eugénie étalait une épaisse couche de confiture rose, jaune, violette ; par-dessus, elle quadrillait avec de petits croisillons de pâte que les petites découpaient au couteau.

La veille de la fête, dès cinq heures du matin, on cuisait le pain. Une longue file de femmes, servantes et jeunes filles, apportait au four corbeilles et pailhas. Ceux-ci, grands et lourds, contenaient les tourtes de seigle ; on les portait sur la tête, posés sur un boudin de paille tressée.

Les hommes chargés d'enfourner nettoyaient soigneusement le four. Avec des branches de genêt vert, puis à l'aide d'un chiffon cloué au bout d'une longue perche, ils le débarrassaient des braises noircies. Ensuite, on posait une à une tourtes et couronnes sur la pelle de bois à long manche. Le four plein, on calfeutrait soigneusement la porte avec de la bouse de vache, en laissant seulement un trou minuscule pour le passage de la vapeur.

L'après-midi était réservé aux pâtisseries. Dans la bonne odeur du pain chaud déjà distribué, les enfants escortaient les porteuses de tartes et de brioches à cuire. La première fournée de gâteaux retirée, un délicieux parfum de fruits et de sucre caramélisé envahissait peu à peu le hameau, faisant accourir tous les gamins impatients.

En rentrant à la ferme, Mariette et les deux servantes étaient lourdement chargées ; elles rapportaient les tartes encore chaudes. Marie et Octavie suivaient, deux grosses brioches en couronne passées à leur bras gauche. Sur le pas de sa porte, Valentine les regardait venir.

« Alors, on revient du four ? », demanda-t-elle.

La question était superflue, naturellement, mais ce n'était qu'une entrée en matière.

« Vous n'avez pas cuit, vous autres ?, questionna Sidonie.

– Bah, pour deux personnes, ça n'en vaut pas la peine ! Demain, j'irai acheter ce qu'il faut au bourg, ça fera tout pareil ! »

Quand le groupe fut hors de portée de voix, Mariette secoua la tête avec indignation.

« Il se dit que la Valentine est une grande feignante, je n'y croyais pas trop, les gens sont si médisants. Mais ma foi, il me semble bien qu'on disait vrai ! »

Sidonie et Noémie ne firent pas de commentaires, Marie non plus, mais Octavie ne put tenir sa langue.

« Le pauvre Hippolyte ne doit pas manger souvent de bon fricot, sa femme est toujours à se promener à droite et à gauche...

– Ça ne te regarde pas, dit sévèrement Marie. La maman te le dit assez, on ne s'occupe pas des voisins. »

Mais Octavie voulait avoir le dernier mot.

« N'empêche, ce que j'ai dit c'est vrai. D'ailleurs, tout le monde dit exactement pareil ! »

Au mois de février, Sidonie avait eu un garçon. Le petit avait maintenant trois mois et poussait comme un charme. Sa mère l'avait appelé Alexis, du nom de son père à elle. Celui-ci ne cachait pas sa fierté. Si une voisine lui demandait des nouvelles de son petit-fils, il affirmait avec satisfaction :

« Il va très bien, c'est un sacré gaillard, charpenté et tout ! Je vous le dis, il ne déparera pas les hommes de notre famille, bien au contraire. »

Sidonie avait repris sa place depuis peu. Ces derniers mois, sa mère l'avait remplacée chez les Raynaud. A présent, Alice lui amenait le petit à l'heure de la tétée. Comme elle l'avait fait pour Rosa, la maîtresse dispensait Sidonie des travaux du dehors, provisoirement.

Chez les Taillardat, la petite Amandine grandissait, elle venait d'avoir deux ans. Bien souvent, Marie et Octavie rendaient visite à Rosa. La petite les attirait. Elles aimaient l'habiller, brosser ses cheveux fins, la nourrir de bouillies sucrées au miel. A en croire la mémé Hortense, Amandine ressemblait de plus en plus à Aurélien au même âge.

Depuis son entrée à l'Ecole normale, on voyait de moins en moins le garçon au Vernet. Si sa famille lui manquait, son goût pour l'étude ne se démentissait pas.

De son côté, Antonia achevait à Besse sa dernière année. Elle ne regretterait pas le pensionnat, bien au contraire ; ce qui la chagrinait, c'était de se séparer de Gertrude. Cette dernière cherchait par quel moyen toutes deux pourraient se revoir.

« Le plus simple, disait-elle, ce sera que je t'invite le plus souvent possible chez moi. Mes parents seront d'accord, mais les tiens ? »

Antonia espérait bien que oui. Adrien Mollinier, le père de Gertrude, était un gros éleveur de Brion. Ce village, célèbre pour ses importantes foires aux bestiaux, n'était pas très éloigné du Valbeleix. Les deux amies comptaient sur cette proximité pour se rencontrer souvent.

Comme il s'y était attendu, Sylvestre avait rencontré plusieurs fois la belle Valentine, toujours seule. Ces rencontres, il le savait, ne devaient rien au hasard. La jeune femme les provoquait. Elle devait l'épier constamment. Quand elle le voyait quitter la ferme, elle s'arrangeait pour se trouver sur sa route.

« Je vous ai vu de loin en train de réparer une barrière, alors je me suis dit que je pourrais venir vous donner le bonjour. C'est que je m'ennuie, seule tout le jour à ne rien faire ou presque ! »

D'autres fois, elle jouait l'étonnée :

« Ah, vous voilà, quelle surprise ! Je vous aurais cru à l'étable, ce n'est donc pas l'heure de traire ? »

Sylvestre ne répondait pas, ou alors du bout des lèvres. Cependant, il se savait pris. Un jour, se disait-il amèrement, un jour, ça arrivera malgré moi. Et après, je ne vivrai pas assez longtemps pour le regretter.

Peu à peu, Valentine s'enhardissait. Une fois, elle lui avait pris la main et il l'avait retirée vivement, comme s'il s'était brûlé. Elle avait ri, de ce même rire qui, le premier jour, l'avait si profondément troublé.

« Ma parole, je vous fais peur ! Est-ce que je suis si laide pour qu'un jeune homme ait peur de moi ? »

Elle s'amusait de son embarras, de sa rougeur subite. Sylvestre était beau garçon, trop timide à son goût, mais elle avait jeté son dévolu sur lui et ne doutait pas de parvenir bientôt à ses fins. Quelques semaines encore et il lui céderait.

Un soir de juin, quand les jours sont si longs, que les prés fauchés sentent bon le foin tiède et le tilleul mûr, Sylvestre était descendu se rafraîchir au bord de la couze. Il marchait depuis environ dix minutes quand, soudain, Valentine avait surgi devant lui.

Stupéfait, il se demanda d'où elle pouvait bien sortir. Il n'y avait qu'une explication : elle se trouvait couchée là, dans les herbes hautes du bord de la petite rivière. En effet, elle secouait sa longue jupe, la défroissait un peu du plat de la main.

Comment avait-elle pu savoir qu'il viendrait là ce soir quand lui-même, un moment plus tôt, ne le savait pas ?

Cette fois, elle ne dit rien mais s'approcha tout près. Elle le fixait droit dans les yeux, le tenait sous son regard gris et langoureux, si aguicheur, si convaincant. Brusquement, elle se jeta contre lui, l'embrassa violemment sur la bouche. Des deux mains, il la repoussa.

« On va nous voir », fit-il, la voix rauque.

Ce n'était pas ce qu'il avait voulu dire. Très vite, il aurait dû s'enfuir, et il le savait, mais quelque chose de bien plus fort que sa volonté le retenait là, contre cette femme qui allait le perdre.

A nouveau, elle s'approcha à le toucher, puis elle passa une main dans ses cheveux et il trembla.

« Viens, dit-elle, tu sais bien que tu en as envie autant que moi. »

Elle prit sa main et il se laissa entraîner. Ils marchèrent quelques instants au bord de la couze. Quand elle fut certaine qu'on ne pouvait les voir depuis le hameau, elle se dirigea sans le lâcher vers une haie touffue.

Sylvestre la suivait comme en rêve, tendu vers un seul but, une seule pensée : avoir cette femme qui l'avait rendu fou. Des vagues chaudes fluaient en lui, le transperçaient, le laissaient sans force, sans volonté.

De ce jour, il devint nerveux. Lui, si calme d'ordinaire, s'irritait sans raison, s'impatientait lorsque son travail n'allait pas comme il voulait. Aux repas, parmi les gens de la ferme et les domestiques saisonniers, il restait sombre, mangeait peu, semblait toujours absent.

Par chance, ce comportement inhabituel ne se remarquait guère. Au plus fort des gros travaux d'été, on ne traînait pas à table ; les valets engagés pour une saison connaissaient trop peu Sylvestre pour s'étonner de son étrange attitude.

Le maître, lui, avait fort bien perçu le changement de caractère du jeune homme. Sans rien dire à personne, il en cherchait la raison. Un autre que lui commençait aussi à s'inquiéter : c'était Marcelin. Tout d'abord, le Val Grand s'était dit que Sylvestre devait être amoureux. Pourtant, il affichait la mine maussade de quelqu'un qui souffre. Il était morne, il avait maigri. S'il aimait quelqu'un, il n'était certainement pas payé de retour.

A la ferme, une autre personne s'inquiétait pour le jeune domestique : Noémie. Sans jamais le montrer, elle s'était attachée à lui ; au fil des mois, elle avait même fini par l'aimer d'une passion secrète et elle souffrait.

Si parfois, comme on le dit, l'amour est aveugle, il lui arrive aussi d'être bien clairvoyant. Sans avoir jamais été témoin du manège de Valentine Cognéras, Noémie devinait que Sylvestre languissait pour une femme. Le cœur déchiré, en silence elle pâtissait avec lui, du même mal.

Assez vite cependant, Valentine avait commencé à se lasser de Sylvestre. Sa conquête achevée, il l'intéressait beaucoup moins. Toujours aussi inconstante, elle songeait déjà à séduire un autre homme. A présent, c'était le jeune domestique qui mendiait des rendez-vous. Elle se plaisait à le faire attendre, s'amusait de lui et de son ridicule attachement.

Lui ne pouvait plus se passer d'elle. Parfois, en pensant à Hippolyte, la honte le submergeait. Alors il prenait une grande résolution : demain, il allait rompre. Le lendemain, tout recommençait.

XXI

La fatigue de l'âge

LES FOINS S'ACHEVAIENT dans une chaleur torride. Dès neuf heures du matin, les rayons du soleil commençaient à brûler la campagne. A l'heure de midi, l'air tremblait, transparente fournaise au-dessus des pâtures.

Antonia et Marie venaient ravitailler les faucheurs ; ils en étaient à la dernière prairie. De temps en temps, l'un ou l'autre s'arrêtait pour affûter la grande faux.

On tirait la pierre à aiguiser du petit étui de métal passé à la ceinture qui contenait toujours un fond d'eau. Quand le fil de la faux était bien tranchant sous le pouce, on reprenait le travail. Manié d'un mouvement ample et régulier, l'outil sifflait un peu en couchant les hautes herbes. Malgré la canicule, les hommes portaient une large ceinture de flanelle à même la peau. Ainsi, ils évitaient que leur transpiration, en se refroidissant, ne leur laisse un cuisant mal de reins.

L'herbe une fois sèche, la fenaison reprenait. La chaleur trop lourde, suffocante, faisait craindre des orages, et Marcelin pressait son monde. Au milieu des femmes, Marie commençait à râteler. Elle avait douze ans ; grande et mince, elle était loin d'être aussi robuste qu'Antonia au même âge.

Pour elle, les années d'école venaient de s'achever. Début juillet, elle avait passé le certificat d'études et ne cachait pas sa fierté d'avoir été reçue.

Une femme à la journée remplaçait Sidonie au pré. Noémie travaillait régulièrement, silencieuse comme de coutume. Pour la seconde année, Mariette ne se joignait plus aux faneuses ; dans cette chaleur d'étuve, c'était une besogne trop dure pour elle. Par contre, aux heures les moins torrides, Eugénie et Octavie venaient aider à râteler, elles aussi. La benjamine n'était à vrai dire pas très efficace, mais, vu son jeune âge, on ne pouvait encore pas trop lui demander.

Le repas de midi vite expédié à l'ombre d'une haie, Antonia s'était éclipsée un moment avant de rejoindre les faneuses. Depuis le début de l'été, elle pestait intérieurement contre sa longue jupe, son jupon pourtant léger, ses bas de coton bien superflus par ces journées étouffantes. Elle avait voulu relever ses manches jusqu'au coude, mais les rayons cuisants sur sa peau, vite insupportables, l'avaient obligée à les baisser bien vite.

En hâte, elle avait roulé ses bas sur ses chevilles et ôté son jupon. Qui s'en apercevrait ? Personne ! Sa jupe rabattue, bien malin qui aurait deviné.

Le dernier char partit enfin pour la grange alors que le soleil commençait de baisser. Déjà, quelques ombres d'arbres et de clôtures s'étiraient sur les prés nus. Un très léger souffle d'air venait de la couze en contrebas. Moulus de fatigue, maîtres et domestiques aspiraient à reposer leurs membres douloureux.

Comme toujours, Antonia et ses sœurs prenaient plaisir à se jucher sur la montagne de foin un peu chancelante. C'était bon de s'allonger tout là-haut, d'étirer ses jambes raidies de fatigue, de se laisser bercer. Parvenus au bas de la levée de grange, les bœufs s'arrêtèrent, et les trois filles se laissèrent glisser à terre.

Le valet qui menait l'attelage stimulait les bêtes pour cette très courte mais abrupte montée.

Antonia descendit la dernière. En sautant sur le sol jonché d'herbes sèches, elle croisa le regard courroucé de son père. Près de lui, deux des domestiques qui, la fourche à l'épaule, allaient décharger le foin, échangèrent un bref coup d'œil amusé. La jeune fille n'eut pas le temps d'en chercher la raison.

« Antonia, rentre ! », ordonna Jean Raynaud, d'une voix pleine de colère contenue.

Et comme elle le regardait sans comprendre :

« Rentre tout de suite, tu m'entends ? »

Juste avant le souper, Jean attendait sa fille près du hangar désert. Il lui dit : « Viens un peu par ici ! »

Antonia était furieuse. Qui s'était plaint d'elle, et pourquoi ? Il n'y avait pas eu de chamailleries avec ses sœurs, encore moins avec sa mère... Elle ne comprenait pas.

Il regardait ses chevilles. Elle baissa les yeux. Quand elle était debout, immobile, on ne voyait rien d'anormal. La jupe recouvrait complètement le dessus du sabot. Comment avait-il deviné ?

« Je veux que tu sois correcte devant les domestiques. As-tu sauté du char sans réfléchir ou bien voulais-tu les provoquer ? »

Alors seulement elle comprit la raison de la colère paternelle.

« Mais papa... non, non, bien sûr, je ne l'ai pas fait exprès, je n'ai pas pensé que... Il fait si chaud !

– Parce qu'il ne fait pas chaud pour les autres, peut-être ? Depuis quand une fille honnête montre-t-elle ses chevilles nues ? Va t'arranger avant de passer à table, et que je n'aie pas à te le redire ! Mes filles se tiennent à leur place, ne l'oublie jamais ! »

Fin août, Abel Verdier, enfin démobilisé, rentra au village. Au grand regret de ses parents, il avait refusé toutes les permissions. Depuis sa visite aux parents de Julienne, on ne l'avait pas revu au Vernet.

Emilienne, sa sœur, s'était fiancée avec Ludovic Pouzadoux, le fils des aubergistes du Valbeleix. Comme Philomène venait de partir à Issoire où elle s'était mariée, la fille des Verdier, après ses noces, deviendrait aubergiste à son tour. Par chance, elle ne serait pas loin de ses parents.

Ceux-ci auraient bien besoin de sa présence proche. En effet, après avoir longtemps hésité à le leur dire, Abel annonça qu'il ne resterait pas à la ferme. Il venait de signer son engagement dans l'armée. Dans trois semaines, il allait embarquer pour le sud de l'Algérie. C'est lui qui avait demandé à être envoyé là-bas.

Sa mère et sa sœur pleuraient sans pouvoir se raisonner. Elles comprenaient pourtant, Emilienne surtout, qu'Abel ne supportait plus de vivre au Vernet. Dans ces lieux où il avait côtoyé Julienne, la douleur de son amour perdu, toujours aussi vivace, était intolérable.

Le père Verdier se lamentait :

« Enfin, réfléchis mon garçon, c'est toi l'héritier du domaine ! »

Il n'osait pas ajouter :

« *Dans quelques années, tu auras oublié ton chagrin, tu prendras femme, tu t'installeras ici, à ma place...* »

« Ne vous souciez pas, père, dit doucement Abel, il vous reste Jérôme. Lui gardera le domaine.

– Il n'a que quinze ans, comment veux-tu...

– Les années passent vite, il grandira. Et puis vous n'êtes pas prêt à céder la place, vous avez du temps devant vous. N'insistez pas, s'il vous plaît, j'ai bien réfléchi, je suis décidé. »

Avant son départ, Abel fit ses adieux à la famille Raynaud. Sa présence rappelait de bien tristes moments. Emus de sa fidélité à la mémoire de leur fille, Jean et Eugénie l'embrassèrent comme un de leurs enfants.

Il voulut aussi dire adieu à Julienne. Naturellement, il ne l'avait pas avoué aux siens, mais son plus grand espoir était d'être tué là-bas, au fond du désert où, disait-on, des tribus rebelles s'agitaient continuellement. Rejoindre sa fiancée dans la mort, il n'aspirait à rien d'autre.

Chez les Raynaud, le grand-père déclinait peu à peu. Assis de longues heures près du foyer, son vieux chien à ses pieds, il n'avait plus guère de conversations avec Théodore. Celui-ci en était tout triste ; il aimait tant évoquer l'ancien temps avec celui qui avait été si longtemps pour lui un maître et surtout un ami.

Alors le vieux berger allait de-ci, de-là, rendait visite aux bêtes qui avaient été toute sa vie pendant de si longues années. Quand elle le flairait, Follette le suivait comme son ombre. Théodore avait été son premier maître, elle ne l'oubliait pas. A sa manière, elle lui témoignait son affection de chienne fidèle.

Antonia s'inquiétait pour le grand-père. Elle tentait de l'intéresser à la vie de la ferme.

« Êtes-vous content, grand-père, que je ne reparte plus à la pension ? Je serai là tout l'hiver, tous les jours. Je vous lirai votre livre, le journal, l'almanach. »

L'Ancien souriait en hochant la tête.

« Oui, je sais, tu es une bonne fille, oui je suis content que tu restes là désormais. »

Il lui arrivait maintenant de confondre les deux plus jeunes de ses petites-filles. Il appelait sa belle-fille Emma, la prenait pour sa femme et disait :

« Marie, il faudra chercher une autre servante, cette Augustine ne tombe pas beaucoup d'ouvrage... »

Pourtant ces erreurs restaient passagères. Généralement, l'aïeul gardait toute sa tête. Cependant, à quatre-vingt-trois ans passés, le monde et ses soucis lui semblaient de plus en plus dénués d'intérêt.

L'automne était de retour. On cueillait les fruits dans le verger. Les saisonniers n'étaient plus là pour bien longtemps. Un soir, les femmes se tenaient dans la laiterie lorsque Marcelin et Sylvestre apportèrent la baste, la traite terminée.

Sidonie bavardait avec Mariette en préparant les ustensiles pour cailler le lait. Eugénie retournait des fromages sur les claies garnies de paille. Noémie vaisselait dans la souillarde. Antonia et ses sœurs étaient encore au verger, à récolter les premières mirabelles. Seule Antonia grimpait à l'échelle ; Marie avait peur de tomber, Octavie n'avait pas encore la permission. Toutes deux dépouillaient les branches basses et cherchaient les prunes tombées prématurément.

Quand les hommes déchargèrent leurs épaules du grand récipient rempli de lait tiède et mousseux, Sidonie parlait des Cognéras. Sylvestre tendit l'oreille, son cœur battait la chamade.

« C'est mon père qui nous a raconté ça hier au soir, disait Sidonie. Il les a surpris qui sortaient de la grange des Maffre à Broussailloux. La Valentine avait perdu sa coiffe, l'Henri était aussi rouge qu'une cerise. Vous pensez comme tous deux étaient gênés. Mon père, lui, s'est trouvé aussi bête qu'eux.

– Quel Henri ?, demanda Marcelin.

– Henri Laurandon de chez Verdier. Cette femme, quand même, quelle dévergondée !

– Tu as trouvé le mot qu'il fallait, approuva Mariette. Moi, ce pauvre Hippolyte, je le plains de tout mon cœur ! »

Eugénie n'avait fait aucune réflexion. Sylvestre crut qu'il allait tomber. La tête lui tournait ; de minuscules étoiles noires dansaient devant ses yeux, il avait les jambes en coton. Il sortit machinalement de la laiterie, sans entendre Marcelin qui le hélait :

« Va donc commencer à faire téter les veaux, un mot à dire au maître et j'arrive. »

Après cette révélation, Sylvestre ne fut plus lui-même. Il pensa perdre l'esprit. Le sommeil le fuyait. Au matin, épuisé, il s'arrachait à grand-peine de son matelas de feuilles. Tout au long du jour, ses gestes étaient mécaniques, irraisonnés.

Il ressassait toujours les mêmes pensées. Jaloux, il était partagé entre la haine la plus vive et le désir le plus aigu. Cette femme qui avait sur lui tant d'emprise, il la détestait ; en même temps, l'idée de ne plus la voir, de ne plus la toucher, lui devenait supplice.

« Ça ne va pas, mon gars ? », demanda un jour Marcelin.

Le premier valet avait tergiversé longtemps. La mine défaite de Sylvestre lui donnait maintenant trop d'inquiétude, il fallait qu'il sache.

« Si, si, ça va, mais je dors mal depuis les chaleurs de l'été, et je ne trouve plus le sommeil. Quand on n'a pas son compte, on n'est plus si vaillant à l'ouvrage, pas vrai ? »

Cette réponse n'avait pas vraiment satisfait Marcelin. Sylvestre mentait mal, ou plutôt il ne disait pas tout.

Quand Aurélien vint faire ses adieux aux gens de la ferme, Antonia aidait sa mère à cuire les confitures de prunes. On avait d'abord dénoyauté les fruits. C'était de grosses prunes ovales, dont la peau d'un bleu-violet était toute granuleuse de perles translucides de jus sucré.

Marie et Octavie avaient participé au dénoyautage, puis leur mère les avaient libérées pour aller couper l'herbe aux lapins.

Mélangés au sucre, les fruits bouillonnaient doucement dans l'immense bassine de cuivre. Une vapeur délicieuse s'en échappait. Quelques guêpes, saoules du chaud parfum sucré exhalé par la confiture, tournaient dans la salle en bourdonnant.

Lentement, Eugénie remuait le magma odorant à l'aide d'une grande cuiller en bois. Les pots de grès, marrons ou gris, bien lavés et séchés au torchon, attendaient, régulièrement alignés sur la table par les soins d'Antonia.

Aurélien partait pour sa dernière année d'Ecole normale. Après, le brevet en poche, il pourrait enseigner durant deux ans avant son service militaire. Il embrassa tour à tour toutes les femmes.

« Alors tu ne repars plus, toi ?, demanda-t-il à son ancienne compagne de jeux.

– Eh non, tu vois ! Moi, je suis assez savante pour être fermière ! »

Dans les yeux d'Antonia, il y avait de la malice et un peu de défi. Aurélien fit semblant de ne pas s'en apercevoir.

« Tiens, dit Eugénie, emporte ce pot de confiture à ta mère. Méfie-toi, il est tout chaud encore. »

Antonia continuait à remplir les pots avec une petite louche. Marie et la petite se disputaient la bouillie rosâtre étalée sur une assiette et déjà solidifiée. Aurélien remercia. Il allait partir quand Marie demanda :

« Tu l'as déjà pris, toi, le tramway électrique ?

– Non, l'omnibus à cheval seulement. Le tramway, c'est bien trop cher, vingt centimes pour aller de la place de Jaude à Royat !

– Alors comme ça, dit Mariette, vous avez l'électricité à Clermont ?

– Pas encore, mais on a construit une usine électrique tout exprès pour le tramway, il y a environ huit ans je crois.

– Moi, dit Octavie, j'aimerais bien y aller à Clermont, tu as de la chance !

– Oh, fit Marie, s'il fallait que tu y restes, tu n'aurais pas fini de t'ennuyer et de réclamer la maman ! Tu n'as même pas voulu aller en pension à Besse, alors Clermont...

– J'ai pas dit que je voulais être en pension, j'ai dit que j'aimerais voir la grande ville, c'est tout !, répondit la fillette, vexée de déclencher les rires de ses sœurs et d'Aurélien.

– Quand tu seras plus grande, dit le garçon pour la consoler, je t'emmènerai visiter Clermont avec Antonia et Marie, je te promets, si vos parents sont d'accord, naturellement. »

Aurélien parti, Mariette ne put se retenir de donner son appréciation :

« Il fait un beau jeune homme, notre futur instituteur !

– Oui, renchérit Eugénie, un beau jeune homme en effet, et bien méritant. Je suis certaine qu'il réussira. »

Antonia ne leva pas la tête. Elle découpait du papier fort pour recouvrir les pots de confiture qu'elle attachait ensuite avec un gros fil. A vrai dire, le nouvel Aurélien, grand, savant, la déconcertait un peu. Elle regrettait le petit paysan qui cabriolait avec elle dans le foin. Quel dommage qu'on ne puisse pas s'empêcher de grandir !, se dit-elle, déçue.

Sylvestre était de plus en plus malheureux. C'était lui qui relançait Valentine à présent, mais elle le repoussait.

« Vas-tu comprendre à la fin que nous deux c'est fini ? Si tu veux le savoir, ça ne m'amuse plus, laisse-moi tranquille !

– Et Henri Laurandon, il t'amuse encore, jeta le jeune homme furieux, ou bien tu as déjà fait une nouvelle conquête ?

– Qu'est-ce que ça peut te faire ? Je fréquente qui je veux ! »

Sylvestre aurait dû être délivré, lui qui avait voulu rompre tant de fois sans pouvoir s'y résoudre. Mais la passion, doublée d'une cruelle amertume, ne lui laissait pas de répit.

Hippolyte, le mari de Valentine, partait à l'aurore prendre sa journée et ne rentrait qu'à la nuit. Le dimanche pourtant, à deux ou trois reprises, Sylvestre l'avait croisé dans le hameau. Vite, après un bref salut, il avait détourné la tête. Il lui semblait que sa mauvaise conduite se lisait sur son visage. Il avait honte, terriblement.

Début octobre, enfin, après bien des hésitations, il se décida. Un soir, après le souper, il s'adressa à Jean Raynaud :

« Maître, je voulais vous dire... »

Embarrassé, il ne savait comment continuer.

« Voilà, à la Toussaint je vais repartir chez mon père. Vous n'aurez pas de mal à me trouver un remplaçant à la foire de la Loue de Besse... »

C'était dit, le jeune homme se sentait soulagé.

« Ton père a besoin de toi ?, s'étonna Maître Raynaud.

– Non, ce n'est pas ça, c'est que moi... je me plais ici, mais enfin j'aimerais bien me rapprocher de Saint-Diéry. »

Jean n'avait pas quitté la table. Il se leva.

« Viens, dit-il, on va marcher un peu dehors, tu finiras de m'expliquer. »

Une fois seuls, les deux hommes firent quelques pas en silence.

« Qu'est-ce qui se passe, Sylvestre ?, demanda enfin le maître. Depuis longtemps déjà je vois bien que tu es changé. »

Et comme le jeune homme se taisait :

« C'est donc si difficile ? Oui sans doute, et je te comprends. Eh bien ton gros souci, c'est moi qui vais le dire. C'est à cause d'une femme, n'est-ce pas, une femme mariée ?

– Oui, souffla le jeune domestique.

– Alors tu t'es dit qu'il fallait la fuir, hein ? Tu as raison, tu es un honnête homme. Je te regretterai, Sylvestre, crois-moi. J'aimerais pouvoir faire quelque chose, malheureusement... »

Cette résolution prise, le maître averti, le jeune homme se sentit un peu mieux. Avec juste raison, il se disait que loin d'ici, peu à peu il oublierait.

Toute retournée à l'annonce de ce départ si proche, Noémie se laissait aller à une profonde tristesse. Déjà si peu expansive, personne, pas même Sidonie, ne parvenait à lui arracher trois mots de suite. Elle souffrit longtemps de cet amour qui ne s'était jamais exprimé.

A cette même période, Gabriel Raynaud, l'Ancien, s'alita presque définitivement. Il ne quitta guère son lit et plus du tout sa chambre. Ses petites-filles lui rendaient visite, lui portaient une tisane, un verre de lait. Antonia surtout passait de longs moments près de lui, à essayer de le distraire. Elle lui faisait prendre tous ses repas.

Jean avait appelé le médecin au chevet de son vieux père. Celui-ci, pour le principe, avait prescrit quelques fortifiants.

« Votre père n'a pas de maladie, Maître Raynaud, c'est la fatigue de l'âge, uniquement. Il peut tenir encore très longtemps, des années. »

Jean avait remercié le docteur Maubert.

« Eh bien, nous voilà rassurés, vous n'avez même pas le moindre petit rhume, père !

– Je te l'avais bien dit, mon pauvre fils, de laisser le médecin chez lui, tu viens de payer une visite pour rien ! Toutes ses potions ne me rendront pas ma force, encore moins mes vingt ans ! »

XXII

Une lumière s'éteint

LE LENDEMAIN de la visite du médecin au Vernet, Antonia accompagna son père à la foire de Brion. Elle n'avait pas caché sa joie lorsqu'il avait proposé :

« Si tu venais avec moi à Brion où j'ai quelques bêtes à vendre, tu pourrais passer la journée avec ton amie Gertrude. Qu'est-ce que tu en dis ? »

Antonia avait remercié avec chaleur. Ses sœurs l'enviaient, Marie surtout.

« Nous irons tous à Vassivière pour la Dévalade », promit leur mère pour les consoler.

A Brion, il y avait tant de bêtes que l'on entendait leurs meuglements bien avant d'arriver au champ de foire. Ses jeunes bourrets confiés à Marcelin, Jean conduisit d'abord sa fille chez les Mollinier. Les deux amies s'étreignirent avec une joie non dissimulée.

Anaïs Mollinier excusa son mari, parti depuis longtemps déjà à ses affaires. Mais elle insista pour que Jean et sa fille viennent partager le repas de midi. Elle offrit café et brioche, puis Gertrude et Antonia s'éclipsèrent.

Après un tour de foire, elles partirent, bras dessus bras dessous, sur un petit chemin. Elles avaient tant de choses à se dire après une si longue séparation. Gertrude surtout était impatiente de faire ses confidences à Antonia.

« Alors, dit-elle, tu viens d'avoir tes quinze ans, as-tu maintenant la permission d'aller au bal ?

– Pas encore, mais je dois dire que je ne l'ai pas demandée.

– Oh, la sotte ! s'exclama Gertrude. Attends-tu donc d'être vieille fille pour aller t'amuser à la danse ? »

Elles rirent toutes deux de cette boutade.

« Peut-être que je demanderai à mon père après la Toussaint.

– Tu feras bien, crois-moi, notre jeunesse ne va pas durer éternellement, il nous faut vite en profiter.

– Tu as sans doute raison. Une fois mariées, avec des enfants, il ne sera plus question de bal. »

Gertrude fit la moue.

« Mariée ? Ma foi, je ne m'y vois guère. Faire la bonne d'un homme, supporter les pleurnicheries des marmots, franchement ça ne me tente pas beaucoup. Ou alors, le plus tard possible ! »

Elle raconta ensuite avec des mines réjouies que deux jeunes gens des environs se disputaient ses faveurs. Séraphin Roubeyrol et Benoît Daubert se battaient presque, disait-elle, pour la faire danser.

« Et toi, lequel préfères-tu ?

– Les deux ! » répondit Gertrude sans hésiter.

Antonia ouvrit des yeux ronds.

« On ne peut pas aimer deux hommes à la fois, tout de même !

– Les autres, je ne sais pas, mais moi si ! J'ai autant de plaisir dans les bras de l'un que dans ceux de l'autre.

– Mais, insista son amie, un jour tu devras bien te décider à choisir. Lequel épouseras-tu ?

– Oh, certainement un troisième ! Ces deux-là, je les aime bien, mais de là à les épouser... »

Toutes deux rirent de bon cœur.

« On retourne faire un petit tour de foire avant d'aller manger ?

– Si tu veux », dit Antonia, désireuse d'acheter quelques babioles pour ses sœurs.

Le repas achevé, elles allèrent s'asseoir sur un banc de pierre dans le jardin potager. Un cerisier rouge sang leur donnait de l'ombre, mais quelques rayons tièdes filtraient à travers les branches qui commençaient à perdre leurs feuilles vineuses un peu desséchées.

« Alors, demanda Gertrude, tu n'as rien à me raconter ? Ton Aurélien, tu as bien dû le voir tout au long de l'été, vous êtes tout proches voisins je crois ?

– Oui, mais il aide le mari de sa mère et n'a pas beaucoup de temps libre.

– Il a quel âge maintenant ?

– Dix-sept ans et demi, mais il paraît plus.

– Il ne t'a pas encore dit s'il t'aimait ?

– Mais non, pourquoi veux-tu, c'est un ami d'enfance, voilà tout !

– Tiens, on va le savoir tout de suite s'il t'aime, Aurélien ! »

Gertrude se pencha pour cueillir une grande marguerite parmi les dernières de la saison. Leur cœur jaune brunissait, le bord de leurs pétales un peu ternis se recroquevillait déjà. A côté, des dahlias jaunes, rouges, orangés, dressaient leurs têtes rondes, ébouriffées et vigoureuses.

« Allez, effeuille-la !, dit-elle en tendant la fleur à Antonia.

– Oh non, c'est trop bête, c'est un jeu de gamine !

– Eh bien, je le fais pour toi. »

Elle commença à effeuiller la marguerite dont les pétales blancs, arrachés un à un, venaient rejoindre sur la terre humide les feuilles rouges amoncelées aux pieds des jeunes filles.

« Il t'aime un peu, beaucoup, passionnément, à la folie, pas du tout ! Il t'aime un peu... »

Antonia regardait cet effeuillage et, stupidement, le cœur lui battait.

« ... un peu, beaucoup, passionnément !, acheva Gertrude. Tu vois, je te l'avais bien dit, Aurélien t'aime passionnément ! Tu es contente ? »

Antonia haussa les épaules :

« Bah, dit-elle, je n'y crois pas, ce n'est qu'un jeu ! Et puis qu'il m'aime ou non, je m'en moque !

– On dit ça... », plaisanta Gertrude d'un air plein de sous-entendus.

Quand son père vint la reprendre, Antonia était heureuse de sa journée. Avec Gertrude, elle avait évoqué le pensionnat, leurs anciennes camarades, les religieuses. Sur le chemin du retour, elle se surprenait, pour la première fois, à regretter un peu ces années révolues. Déjà, elle oubliait les longues soirées d'ennui, les réprimandes, le manque de tout ce qui, à la ferme, composait ce qu'elle appelait alors sa « vraie vie ». Des années de pension, elle ne voulait retenir désormais que les bons moments.

Le temps se maintenait au beau, mais les jours raccourcissaient, le soir tombait vite. Dans les pâtures où les bêtes paissaient encore tranquillement, l'herbe courte gardait longtemps l'humidité de la nuit. Au matin, un fin réseau de gouttes minuscules déployait sur les prés un délicat filet d'argent. L'eau de la couze paraissait plus noire, plus froide aussi. Peu à peu, avec sa douceur un peu triste, s'installait l'arrière-saison.

L'air sentait le champignon et le bois pourrissant. Il avait l'odeur douceâtre des premières feuilles un peu moisies. Vers la fin du jour, le soleil disparaissait brusquement derrière les plus hautes pâtures, avec un bref rayonnement rouge-orangé qui, aussitôt, faisait place à la nuit.

Un soir, c'était le dix-sept octobre, les gens de la ferme venaient de s'installer autour de la grande table. Auparavant, Antonia avait fait dîner le grand-père ; puis, elle et sa mère l'avaient aidé à gagner son lit. Eugénie s'était tue, mais l'apathie de son beau-père l'avait frappée. Le vieil homme semblait plus las, plus lointain encore que de coutume.

« Je reviendrai dans un moment, grand-père, avait dit Antonia, reposez-vous ! »

Mue par un pressentiment, Eugénie revint peu après dans la chambre de l'aïeul. L'Ancien paraissait dormir. Mais ce sommeil rigide, impénétrable, sa bru hélas le connaissait trop bien. Aussitôt, elle fit demi-tour.

Quand elle parut sur le seuil de la salle, elle était toute pâle en s'appuyant au chambranle de la porte. Sidonie, qui commençait à servir la soupe, l'aperçut la première.

« Qu'est-ce qu'il y a, Maîtresse, vous n'êtes pas bien ? »

Les bruits de cuillers avaient cessé. Tous les visages se tournèrent vers le fond de la pièce. Au même instant, Tonnerre, dans sa niche, se mit à hurler à la mort. Follette et Sultane se dressèrent, effarées ; puis toutes deux commencèrent à gémir sourdement et à trembler.

Eugénie dit, tellement bas qu'on devina ses paroles plutôt qu'on ne les comprit :

« Le grand-père... ton père, Jean, il est mort ! »

Elle mit sa tête dans ses mains et sanglota silencieusement. Antonia avait bondi de son banc. Elle cria :

« Grand-père ! » en se précipitant dans la chambre. Dans l'instant, son père fut derrière elle. A genoux, elle tenait dans les siennes une main couleur d'ivoire, de cette teinte un peu transparente de la chair des noix fraîchement épluchées.

Les larmes d'Antonia coulaient à flots sur la vieille main déformée où saillaient des veines mauves, cette main qui, jamais plus, ne caresserait ses cheveux. L'autre main restait crispée sur un coin de la couverture à damiers de Julienne qui avait glissé à terre.

Jean toucha doucement l'épaule de sa fille.

« Ne pleure pas, petite, il avait fait son temps, son vieux cœur ne voulait plus battre. Vois comme il a l'air calme. Aucun de nous sans doute, et Dieu sait si nous l'aimions, n'a jamais compris ce que pouvait être sa nuit depuis treize années. Là où il est, je suis sûr qu'il est beaucoup plus heureux. Allons, console-toi, il n'aurait pas aimé te voir pleurer ainsi. »

A l'entrée de la chambre, Marie, livide, tremblait en se tordant machinalement les doigts. Derrière elle, Mariette priait, les mains jointes.

Eugénie s'était reprise ; elle avait arrêté Octavie qui voulait rejoindre ses sœurs. La mort n'est pas un spectacle pour les jeunes enfants. Elle demanda à Sidonie de conduire la petite chez ses parents et de bien vouloir la garder pour la nuit.

Après qu'elle eût mis un baiser sur le front de son grand-père, on fit sortir Marie. Mariette s'empressa d'aller la confier à Rosa. Jean avait ordonné à Noémie de continuer à servir les domestiques.

Marcelin fut chargé d'atteler au plus tôt pour aller prévenir le curé. Puis Jean entra dans la chambre où Eugénie commençait la toilette de l'Ancien. Mariette la rejoignit bientôt et offrit son aide.

Malgré l'insistance de sa mère, Antonia avait refusé de s'éloigner. On accepta sa présence. C'est elle qui alluma deux bougies de part et d'autre du crucifix sur la table de nuit ; elle encore qui décrocha le petit bénitier de faïence bleue pour le poser, avec son rameau de buis du dernier dimanche des Rameaux, devant la croix.

Très affecté, Théodore resta prostré un long moment ; puis il insista pour accompagner Sylvestre qui partait convier les voisins à la prière.

Eugénie avait remis à son mari les voiles de deuil. En compagnie d'Antonia, elle s'installa au chevet du lit de l'aïeul et commença à dire son chapelet. La jeune fille restait muette, les yeux fixés sur son grand-père. La flamme des bougies mettait de brèves lueurs tremblotantes sur le visage creusé de rides où s'attardaient des ombres indécises. Antonia crut voir bouger les joues, le menton. Eperdument, elle se pencha vers le lit, et tout disparut.

A présent, Jean faisait son devoir de fils. Il prit soin d'abord d'arrêter l'horloge. Puis, dans sa chambre, il drapa d'un grand voile noir la psyché qu'il avait offerte à sa femme à son arrivée en Auvergne. Une étoffe plus petite recouvrit la glace ronde placée au-dessus de la table à toilette et celle qui, dans la salle, surmontait la fontaine de cuivre.

Debout, les domestiques attendaient tête basse. Le maître leur fit un signe d'assentiment ; l'un derrière l'autre, ils s'engagèrent dans le couloir étroit pour aller bénir le mort et se recueillir un moment.

Maintenant, Jean devait prévenir les bêtes. Tonnerre ne hurlait plus, il gémissait plaintivement. En passant devant lui, affalé devant sa niche, le museau sur ses pattes massives, Jean lui caressa la tête.

« Oui, ton maître n'est plus et tu l'as su avant moi, brave chien ! »

Jean Raynaud commença par l'étable. Gêné, il restait planté au milieu du dallage, derrière les bêtes qui avaient tourné la tête à son entrée. Elles le regardaient, lui semblait-il, avec étonnement. Enfin, il se décida :

« L'Ancien a passé, dit-il tout haut en assurant sa voix. A présent, je suis votre seul maître. Je vous promets soins et assistance. Dieu ait son âme pour l'éternité ! »

Emu, il s'avança vers Blondine pour lui enlever sa sonnaille qu'il plaça dans une crèche vide. La vache, alors, poussa un long meuglement, très long, profond, rauque et puissant. Interdit, Jean la regardait. Quand elle se tut, ses compagnes lui répondirent.

« Tu as compris, ma belle, je sais ! » dit le maître dont la gorge s'était serrée.

Il flatta un instant le flanc de l'animal et sortit de l'étable en tirant la porte derrière lui. Il prit la direction du verger, le traversa, s'arrêta tout au fond devant les ruches. Les cônes de paille qui servaient de toit leur faisaient des bonnets clairs de farfadets géants.

Jean écouta un instant le bourdonnement obstiné et continu du rucher. Il lui sembla que ce bruit s'enflait soudain démesurément, devenait vacarme, emplissait sa tête d'un tumulte assourdissant, insupportable. Puis brusquement, tout cessa. Le silence.

Alors il comprit. Ce ronflement sonore, impétueux, vibrant des abeilles, c'était pour le saluer. A présent, elles se taisaient pour écouter ce qu'il avait à leur dire.

Il le dit, le cœur lourd tout à coup d'une peine immense, absolue, ineffaçable.

« Gabriel, le père Raynaud, n'est plus, il a quitté ce monde. Moi Jean, son fils, je suis le maître maintenant. Depuis des années, à sa place j'ai pris soin de vous. Je continuerai, je le jure ! »

Quand il se tut, le bourdonnement sourd s'éleva à nouveau, comme à l'accoutumée. Rassurées, les abeilles reprenaient leur besogne. Jean tira de sa poche un crêpe noir qu'il noua au sommet de la ruche de la reine.

Il ne se décidait pas à partir. Là, devant les ruches, il revoyait son père. Il aimait tant l'observer de loin quand il était enfant.

Doucement, avec le soufflet, Gabriel enfumait les ouvrières.

« Là, là, mes belles, disait-il, ce n'est que moi, n'ayez crainte ! »

Sur ses mains nues, sur son visage découvert, une nuée d'insectes et pas une piqûre, jamais. Lentement, avec des gestes presque tendres, il prélevait quelques rayons de miel. Comme il les aimait ses abeilles, et comme elles le lui rendaient bien. Leur complicité était parfaite, ils se parlaient un langage connu d'eux seuls.

L'hiver, Gabriel Raynaud les nourrissait d'eau sucrée, et Jean continuait après lui. C'est que les mouches se vexent facilement. Qu'on les néglige et, derrière leur reine offensée, elles quittent le rucher pour aller s'installer ailleurs.

Lorsqu'enfin il se détourna, Jean aperçut dans la pénombre, sous la première rangée de fruitiers, deux paires d'yeux brillants. Il fit un pas, un seul, et aussitôt Sultane et Follette furent dans ses jambes avec d'éperdus gémissements. Follette était vieille, mais elle faisait toujours de son mieux son travail de bergère. Les larmes aux yeux, Jean caressa les deux chiennes qui l'escortèrent jusqu'à la maison.

L'amitié des bêtes, leur peine visible au décès de l'Ancien, exprimée à leur manière à elles, sincère, touchante, le bouleversaient ; leur comportement presque humain lui allait droit au cœur.

A la ferme, beaucoup de voisins étaient là déjà, en prières. Autour du défunt, dans la petite chambre, se tenaient les plus proches avec Eugénie et Antonia. Dans la salle, Mariette récitait le chapelet et l'assistance recueillie psalmodiait les réponses d'un ton monocorde, presque chuchotant.

Entre sa marraine et Rosa, Marie priait, elle aussi. Elle avait tellement insisté pour revenir que l'on n'avait pas voulu la contrarier. Les grains de son chapelet glissaient entre ses doigts fins. A l'entrée de son père, elle n'osa pas lever les yeux vers lui, mais le savoir là, si grand, si calme, qui traversait la pièce pour gagner la chambre mortuaire, lui fut un précieux réconfort.

A la mort de Julienne, on les avait éloignées aussitôt, elle et ses sœurs. Elle n'avait jamais assisté aux longues veillées de prières qui précèdent les enterrements. Marie n'avait pas embrassé sa sœur, elle ne l'avait pas vue sur son lit de mort, et pourtant d'horribles cauchemars l'avaient longtemps tourmentée.

L'idée de la mort, de sa mort à elle, terrorisait Marie. Le froid définitif du front de son grand-père quand elle y avait déposé un baiser d'adieu glacerait ses lèvres des jours durant. Plusieurs nuits de suite, elle dormit à peine. Elle aurait voulu pleurer pour, croyait-elle, vider le chagrin accumulé en elle, mais les larmes ne venaient pas ; seul l'agitait un grand tremblement intérieur.

Antonia au contraire, après les premiers sanglots qu'elle n'avait pu réprimer, avait versé des torrents de larmes silencieuses. Sa peine, pourtant, ne déclinait pas. Au fil des Ave et des Pater alternés qu'égrenait le long rosaire, elle revivait ses moments d'intimité avec son grand-père.

Elle sentait sa chaleur, l'odeur de tabac froid de sa veste de velours brun. Elle l'entendait rire aux naïves questions de la petite fille espiègle qu'elle avait été. Elle pensa soudain que, si l'on en croyait les sœurs du pensionnat — et il fallait les croire puisque sa mère, le curé, Mariette, tous autour d'elle disaient de même — son grand-père venait de rejoindre sa chère femme Marie, et Julienne si vite partie dans sa belle jeunesse, et aussi sans doute les deux petites sœurs, ces anges blonds voguant sur un nuage, et dont, dans son enfance, son aînée lui parlait souvent.

Désespérée, elle interrogea intimement le vieil homme allongé là, dans le costume noir de ses noces, le seul qu'il eût jamais possédé.

« C'est vrai, grand-père, vous êtes heureux au paradis avec tous les vôtres ? »

Sa question, hélas, n'éveillait aucun écho. Pour la première fois, dans son esprit éperdu de chagrin, se glissait un doute insidieux qui la troublait douloureusement. Alors elle se reprenait à pleurer pour l'Ancien, pour Julienne encore, sa sœur bien-aimée arrachée aux siens depuis seulement vingt mois.

Quand le prêtre vint bénir le corps et dire les prières des défunts avec deux enfants de chœur en habit de messe, Antonia eut une étrange impression d'irréalité. Le décorum de la mort ne l'effrayait pas encore. C'était comme un mauvais rêve où elle se débattait mollement. En esprit, elle n'était pas là, dans cette chambre étouffante où tant de monde se pressait.

Elle eut la vision de l'enterrement de Julienne, dans le vent froid qui l'avait transpercée. Sa mère chancelante s'appuyait à son bras, la main de Gertrude serrait la sienne. Après la famille venaient les domestiques, les voisins, la foule des habitants du Valbeleix et des villages environnants.

Ce jour-là, elle n'avait pas vraiment vu le long cortège. Aujourd'hui seulement, il s'étirait sans fin dans ses pensées. Tout était allé si vite... C'était comme si la mort de sa sœur lui avait été volée.

Dans trois jours, on emporterait le grand-père au champ des morts. La jeune fille songea que, l'un après l'autre, il lui faudrait perdre sans doute tous ceux qu'elle aimait si fort : son père, sa mère... Son cœur se révoltait. Ses pleurs redoublèrent ; Jean se leva. Il lui entoura les épaules de son bras pour l'entraîner au dehors.

La nuit était d'un noir d'encre, épaisse et veloutée. Dans l'air encore doux, pas un souffle. Là-haut clignotaient des milliers d'étoiles, indifférentes et si lointaines, presque irréelles, d'un bleu métallique et glacé.

Le père alors eut un geste de tendresse. Il enveloppa sa fille de ses bras, la serra très fort et lui embrassa le front, au ras des cheveux.

« Reprends-toi, dit-il. Tu sais, la mort n'est pas triste quand on a vécu aussi longtemps, une vie honnête, une vie de labeur. Mon père était mon modèle, j'aimerais qu'il soit aussi le tien. Il t'aimait gaie et vaillante, reste ainsi, toujours, en souvenir de lui. Et maintenant, va dormir un peu. Demain, tu relaieras ta mère. »

Antonia sentit son cœur déborder d'une immense affection. Le courage de Jean qui venait, lui, de perdre son père, la rassérénait. Elle se dit qu'elle était sûrement devenue adulte cette nuit-là.

XXIII

Le chemin du destin

JEAN RAYNAUD refusa que sa fille, malgré ses quinze ans, assiste à la mise en bière. Ce moment atroce où l'on referme le cercueil, il voulait le lui épargner. A cet instant, la mort devient certitude ; le visage aimé disparu, l'arrachement est total, irrémédiable.

Dépossédé à jamais, celui qui reste se sent nu, dépouillé. Et pourtant, pensait Jean, il faut faire face, accomplir les rites, faire les gestes que l'on attend de vous. Continuer, en un mot.

Et, le matin des obsèques de son père, il songeait que naître, vivre, mourir, tout cela n'est rien. Le pire, c'est de perdre ceux que l'on aime. Il pensait à l'Ancien, à sa mère, à Julienne, son doux soleil si vite disparu.

Antonia demanda à ses parents de laisser au grand-père la petite couverture de Julienne ; il s'y était tellement raccroché ces derniers mois. Elle plia délicatement ce gage d'affection, en enveloppa les jambes de l'aïeul. Une dernière fois, elle caressa les mains bleuies et froides qui serraient le chapelet. Enfin, silencieuse, elle sortit de la chambre.

Dans la salle, toute la famille était réunie. Sa tante Emma, malgré son infirmité, avait tenu à venir honorer son père.

Antonia rejoignit au salon ses cousins et cousines. Marie et Octavie resteraient avec la mémé Hortense qui gardait la petite Amandine.

A nouveau, les femmes avaient voilé de noir leur visage. Les hommes portaient au bras gauche le large brassard de deuil. Ils s'avançaient, tête nue, leur chapeau à la main. Les domestiques et les habitants du Vernet s'alignèrent en silence derrière la famille. Posément, la jument noire attelée au char funèbre partit au pas à travers le hameau désert. Dans le matin d'automne ensoleillé, Gabriel Raynaud quittait sa maison.

Le cortège cheminait sur la petite route, dans la campagne paisible et somptueuse. Il s'étirait telle une chenille noire gigantesque ondulant sur une feuille vert jade démesurée, nervurée d'écarlate, de cuivre et d'or mêlés. Sous le soleil, les vêtements de deuil trop chauds collaient à la peau en sueur. Le bourg, où les cloches tintaient pour le glas, apparut enfin.

Dans la nef, les hommes prirent place à droite de la travée, les femmes à gauche. Antonia ne pouvait pas prier. Elle fixait le catafalque recouvert du drap noir ; autour brûlaient quatre cierges. Des tentures noires drapaient entièrement le chœur de l'église. Lugubres, angoissants, s'élevaient les chants de la messe des morts. Dans la fraîcheur de l'édifice, la jeune fille se sentait transie.

« *Dies irae,*

– *Dies illa...*

– (Jour de colère...) »

L'offrande interminable vit défiler tous les assistants. Chacun bénissait le cercueil où reposait une lourde croix de marbre noir. Enfin le prêtre encensa longuement le catafalque. Une fumée légère, âcre et bleutée, mettait un halo autour de la flamme des cierges. Alors s'éleva le *De profundis,* poignant, qui ravivait encore la douleur d'Antonia.

« *De profundis clamavi ad te, Domine,*

Domine exaudi vocem meam... »

Les porteurs reprirent leur charge. Au cimetière, la tombe où l'on avait déposé Julienne était ouverte. Ce dernier deuil était si récent, d'une si vive acuité encore, que tous restaient là immobiles, pétrifiés, accablés de souffrance sous un soleil trop chaud.

Et cette vive lumière paraissait rendre plus épaisses encore les ténèbres où se débattait Antonia.

Devant la sépulture, le prêtre psalmodiait :

« *Dona ei requiem sempiternam. Amen.*

Requiescat in pace.

– (Qu'il repose en paix.) »

S'avançant pour jeter une poignée de terre sur le cercueil du grand-père, Antonia entrevit celui de Julienne. Elle s'y attendait si peu qu'elle resta là, figée. Sa cousine Catherine qui lui tenait le bras dut l'entraîner à l'écart. Le long défilé des condoléances la laissa indifférente, comme détachée des évènements.

« Julienne, grand-père, où êtes-vous ? », interrogea-t-elle silencieusement.

Contre toute attente, la réponse à cette question non formulée s'imposa si bien qu'elle l'emplit d'une sérénité nouvelle. Ces deux êtres tant aimés, ils étaient à jamais en elle, au plus profond, et leur amour ne la quitterait pas.

Selon la coutume des campagnes, Jean Raynaud avait commandé le repas d'enterrement chez Louis Pouzadoux. On y conviait toute la parenté venue de très loin parfois pour les obsèques. Une quarantaine de personnes s'attablèrent à l'auberge ; le repas était simple mais abondant.

Invariablement, les conversations portaient sur le défunt. On louait ses qualités, on narrait une anecdote à son sujet, un souvenir d'un moment passé en sa compagnie.

« L'Ancien, disait Théodore, c'était un maître comme il y en a peu. Je dis pas ça pour son fils Jean, vu que lui, c'est tout comme... »

Peu à peu, le vin de Limagne déliait les langues, le ton s'échauffait légèrement. La décence voulait que l'on ne s'attardât pas. Après des adieux mêlés de paroles de réconfort, chacun rentrait chez lui.

Une semaine plus tard, Eugénie commanda la messe de huitaine. Celle de quinzaine coïnciderait avec le jour des Morts, au lendemain de la Toussaint. Un peu plus tard serait célébrée la quarantaine à laquelle assisteraient la famille proche et les voisins.

La belle-fille de Gabriel Raynaud avait éprouvé une peine sincère. Pendant près de quatorze ans, elle s'était dévouée pour le vieil homme aveugle. Depuis son arrivée en Auvergne, en 1872, l'Ancien avait remplacé son père resté si loin, là-bas dans la Marne. Elle et Jean étaient partis l'enterrer un an avant la naissance d'Antonia.

« Tu abandonneras ton père et ta mère, disent les Ecritures... »

Eugénie les avait abandonnés pour suivre celui qu'elle avait choisi. Son cœur de fille aimante en avait d'autant plus souffert qu'elle les laissait seuls, sans un autre enfant pour les réconforter. Malgré leur insistance, ni elle ni Jean ne purent convaincre sa mère de les suivre en Auvergne. Le domaine vendu, elle s'était installée chez l'une de ses sœurs dans un village voisin. Elle n'avait survécu à son mari que trois années. Tout l'amour filial d'Eugénie s'était reporté sur les parents de Jean. L'Ancien s'était toujours adressé à elle en ces termes :

« Eugénie, ma fille, voudriez-vous... »

Oui, elle avait été sa fille ; aujourd'hui, elle pleurait son père pour la seconde fois.

Petit à petit, le vieux Théodore occupa le fauteuil vide dans le *cantou*. La mort de l'aïeul l'avait profondément abattu. Bien souvent, à la veillée, Mariette et lui conversaient en patois, égrenant de vieux souvenirs. Ils remplaçaient un peu les grands-parents disparus.

A la fin de l'hiver, les Raynaud eurent la surprise de voir arriver Clémence, la fille de Théodore. Arrogante, vêtue de manière assez criarde, celle-ci paraissait s'être brusquement souvenue qu'elle avait un père.

« A présent qu'il est à la retraite, dit-elle au maître de la ferme, je suis venue chercher mon père. Il vivra avec moi à Clermont. Mon mari a une belle situation dans le commerce, je le seconde au magasin. Et, à l'appartement, nous avons une employée qui pourra fort bien prendre soin de lui. Ma fille est mariée, elle habite Châtel-Guyon, nous avons donc la place nécessaire pour le loger. Et puis, il doit bien avoir quelques économies pour m'aider à payer le personnel, n'est-ce pas ? »

Jean ne répondit pas à ce discours qui lui déplaisait grandement. Il se tourna vers Théodore. Le vieil homme, très pâle, s'agitait dans son fauteuil. Dans ses yeux, maître Raynaud pouvait lire une colère contenue.

« Ainsi, dit le vieux berger, tu offres de m'héberger car tu penses qu'il est temps pour toi de récupérer mon peu de bien ! Ta fille est mariée, tu dis ? Quelle fille ? Son grand-père n'a jamais été averti de sa naissance ! Et tu t'imagines qu'un vieil homme comme moi va vivre enfermé dans un appartement de la grande ville, confié à une employée ? Tu m'as délaissé pendant plus de trente ans, je ne te connais plus, j'ai oublié jusqu'à ton existence. Ma famille, elle est là, au Vernet. Si mes anciens maîtres le veulent bien, je mourrai ici ! »

Clémence était hors d'elle. Elle accusa Jean et sa femme d'avoir entortillé, selon son propre terme, le vieux Théodore pour qu'il fasse d'eux ses héritiers.

« Quant à vous, dit-elle avec violence à son père, vous n'avez pas le droit de me déshériter, entendez-vous ?

– Te déshériter ?, cria le vieillard courroucé. Parce que je possède des biens à te léguer, moi, à ton avis ? Je n'ai jamais été propriétaire, tu le sais bien, j'ai toujours travaillé et vécu chez les autres. Qu'est-ce que tu viens me demander là ?

– Mais l'argent que vous avez gagné pendant toute une vie, où est-il ? Car vous avez toujours eu des gages, non ? Vous étiez nourri, logé, pas de dépenses ou presque, alors ? »

Théodore s'était levé, tout tremblant.

« Alors, maintenant tu vas t'en aller ! Maître Raynaud a eu beaucoup de patience mais à présent, ça suffit ! Je préfère finir mes jours à l'hospice de Besse que de devoir quelque chose à une sans-cœur comme toi ! Quant à mon peu d'argent, il est en lieu sûr, j'en ferai ce que je voudrai. Va-t-en ! »

Clémence se dressait, furieuse, face à son père. Posément, Jean se planta devant elle :

« Vous n'avez pas entendu, dit-il d'une voix ferme, votre père vous a dit de partir. Ici il est chez lui, et vous, vous êtes chez moi. Vous n'avez plus rien à y faire. Partez ! »

Il se dirigea vers la porte et l'ouvrit toute grande.

En rejoignant son cabriolet, la fille de Théodore lança, furibonde :

« Je vais voir mon notaire, un avocat ! Je ne vous laisserai pas voler un vieillard sans défense ! »

Jean se contint, mais, sous l'insulte, il avait changé de mine ; ses poings étaient crispés, ses phalanges blanches ; durs et froids, ses yeux étincelaient.

« Vous avez de la chance d'être une femme, cria-t-il comme elle lançait le cheval au trot, sinon je vous aurais fait rentrer ces mots dans la gorge ! »

Après cette scène, Théodore était pitoyable. Il avait menti à Clémence. Jamais il n'avait oublié qu'il avait une fille, au contraire. Plus le temps passait, plus il aurait aimé lui aussi vivre chez ses enfants, entouré de leur affection comme l'avait été

Gabriel Raynaud. Les attentions des petites pour leur grand-père, comme elles le touchaient, lui, le vieux berger sans famille. Il s'estimait heureux pourtant. Ses maîtres, leurs filles, les servantes, tous étaient bons, prévenants. Beaucoup d'autres l'auraient conduit à l'hospice où finissent les solitaires, les délaissés. Il l'avait dit à Clémence : sa famille, c'était celle-là.

Marcelin avait incité le nouveau berger à venir chaque soir entretenir le vieil homme de la vie du troupeau. Justin Brignoles était un brave garçon, il s'y prêta volontiers. La chienne Follette couchée à leurs pieds, Théodore écoutait en hochant la tête. Justin lui demandait même quelques conseils ; petit à petit, le vieux berger montra à nouveau de l'intérêt pour les bêtes. Il fit profiter le jeune homme de son expérience. Ainsi, l'un et l'autre y trouvaient leur compte.

Outrée, Antonia avait assisté à l'algarade entre Théodore et sa fille. Depuis, elle passait chaque jour un moment près de lui, l'entretenait des menus évènements du hameau. Le soir, à la veillée, Octavie réclamait souvent des histoires. Marie s'installait sur le petit banc pour coudre ou tricoter des bas. Pour lui faire oublier le peu de cœur de sa fille, tous l'entouraient de leur présence amicale.

Tonnerre, gardien de l'aïeul pendant de longues années, n'avait guère survécu à son maître. Le vieux chien avait gémi des jours durant derrière la porte de la chambre, mais Jean n'avait pas le cœur de le laisser seul dans sa niche. Il passait les nuits près de l'âtre, cohabitant sans problème avec Follette et Sultane.

Comme la chienne Mirza, il refusait toute nourriture, mais lui, c'était de chagrin qu'il se laissait mourir. Il ne faisait que boire un peu de lait coupé d'eau, détournant la tête du plat où Mariette plaçait pour lui de la soupe tiède.

Un jour, il disparut. Un fin brouillard humide effaçait les maisons, gommait les arbres et les haies. Les petites et Antonia avaient appelé Tonnerre aux quatre coins du hameau. Le soir, le chien ne rentra pas.

A la sortie de l'école, le lendemain, un habitant du Valbeleix apprit à Octavie que l'on venait de trouver un chien bas-rouge mort devant la grille fermée du cimetière. Tonnerre avait tenté de rejoindre son maître ; il s'était éteint au plus près de lui.

Marcelin ramena sa dépouille au Vernet ; Jean aida son premier valet à l'enterrer à côté de Mirza. Reconnaissant au vieux gardien de sa fidélité à son père par-delà la mort, il songeait que les bêtes, une fois encore, montraient sans contexte des sentiments humains.

Le 25 février 1896 arriva une lettre de Chastreix, un village du canton de La Tour-d'Auvergne, au pied du puy de Sancy. Cette lettre provenait d'une cousine du père de Jean, Clarisse Gatignol.

Clarisse était la sœur de la bonne Gervaise. Mais, si cette dernière avait vécu longtemps au Vernet, sa cadette avait épousé un fermier de cette petite commune éloignée d'environ une quarantaine de kilomètres.

Devenue veuve et sans descendance, elle avait acheté une maison dans le bourg. Les Gatignol possédaient un grand domaine qui se louait un bon prix. Clarisse était dans l'aisance et menait une vie de rentière, avec une domestique qui vivait chez elle.

Elle demandait à Jean s'il pourrait se rendre à Chastreix pour deux ou trois jours avant que ne reprennent les travaux de printemps. Dès qu'il aurait fixé la date de son voyage, elle prendrait rendez-vous chez son notaire, Maître Desfargeas, à La Tour. Elle désirait rédiger un testament. Son neveu Marius hériterait de la plus grande partie de ses biens, mais elle voulait faire de Jean le légataire de sa maison.

Pour finir, la cousine Clarisse exprimait le vœu de connaître Antonia. Elle incitait donc Jean à amener sa fille avec lui, si toutefois la jeune fille le voulait bien.

La famille Raynaud ne s'attendait pas à une telle nouvelle. Cependant, il n'était pas question de refuser la proposition de la cousine. Si ce n'était pour lui, Jean ne pouvait, pour ses filles, repousser ce don généreux.

Antonia accepta avec empressement de faire ce petit voyage avec son père. L'hiver avait été long et ennuyeux. Le deuil du grand-père empêchait la famille de répondre aux invitations des voisins pour les veillées. Il y avait eu à la ferme de rares soirées avec Rosa et Gaspard ou les Verdier, quelques visites de Justine et Léonce, c'était tout. Les Duteil n'étaient même pas venus à Noël, l'oncle Frédéric étant resté alité trois semaines à cause d'une méchante bronchite.

Par un matin de mars pluvieux et froid, Cabriole conduisit Jean Raynaud et sa fille à Besse. Marcelin les accompagnait ; il ramènerait le cabriolet à la ferme et retournerait chercher les voyageurs le surlendemain.

Au chef-lieu du canton, Antonia et son père prendraient la diligence, appelée patache, jusqu'à Chastreix. Le lendemain matin, un voisin payé par la cousine Clarisse devait les mener à La Tour. L'entrevue chez le notaire était fixée à neuf heures trente.

Au-delà de Besse, la petite route empierrée grimpait de plus en plus. La pluie, enfin, s'était arrêtée ; sous le ciel sombre, la chaîne des monts Dore encore toute enneigée, impressionnait la jeune fille. L'air était vif. On passa le Pont-de-Clamouze, le village de Picherande, pour arriver un peu plus tard à Chastreix. Tout proche, le puy de Sancy dominait le bourg, massif, presque hostile sous les nuages.

Clarisse Gatignol habitait une belle maison juste derrière l'église, à côté du presbytère. Elle accueillit chaleureusement

Jean et sa fille. Âgée de soixante et onze ans, c'était une petite femme toute ronde, vêtue avec une certaine recherche. Son intérieur, meublé comme un appartement bourgeois, recelait quantité de tapis, de tentures, de fauteuils et de coffres en bois sombre. Partout brillaient des cuivres et des étains.

Philomène, sa vieille cuisinière, était devenue passablement sourde au fil des années. Toute conversation avec sa maîtresse se révélait si pénible que, bien souvent, celle-ci renonçait. Aussi recevait-elle beaucoup de visites de voisines et de connaissances pour meubler les longs après-midi d'hiver.

Clarisse et Jean s'entretinrent longuement de leur affaire. Antonia en profita pour se promener dans le village. Elle entra dans l'église et se recueillit quelques instants devant une Vierge polychrome assise en majesté, l'Enfant Divin sur ses genoux.

En ressortant sur la petite place, elle eut l'heureuse surprise de retrouver le soleil. Ses rayons illuminaient les montagnes blanches où quelques petits nuages jetaient des ombres bleues mouvantes. Le vent léger, encore un peu acide, sentait déjà le printemps.

La jeune fille s'engagea sur un chemin de terre et, au revers d'un talus qui reverdissait, elle cueillit les premières primevères, appelées coucous, et trois minuscules violettes à demi cachées sous leurs petites feuilles rondes.

A son retour chez la cousine, Clarisse lui présenta une requête à laquelle Antonia ne put se dérober. La décision qu'elle prit alors devait changer le cours de sa vie, mais comment aurait-elle pu le deviner ? En allant au plus près de ces montagnes qui, tout là-haut bouchaient l'horizon, sans le savoir, elle avait marché tout droit vers son destin.

XXIV

La déclaration

APRES en avoir débattu avec Jean qui, d'avance, avait donné son accord, la cousine proposa à Antonia de venir passer chez elle l'hiver suivant.

« Je ne veux pas t'enlever à tes parents pendant l'été, je sais qu'ils ont besoin de toi. Mais, de la Toussaint à Pâques, les travaux de la ferme ralentissent. Ne va surtout pas croire que je veuille faire de toi une servante. Non, ce que je recherche, c'est une demoiselle de compagnie. Malgré sa surdité, Philomène assume convenablement les tâches ménagères. Je te demanderais seulement quelques courses chaque matin. Ensuite, tu me ferais la lecture, tu rédigerais mon courrier ; mes yeux faiblissent, vois-tu, et le journal est imprimé si petit ! Monsieur le Curé veut bien me prêter quelques livres aussi. »

Et comme la jeune fille restait muette, prise au dépourvu et plutôt embarrassée, elle s'empressa d'ajouter :

« Ne t'imagine pas non plus que j'aie l'intention de te cloîtrer. Je te ferai connaître les filles de mes amies, tu auras toute liberté de les inviter ici ou de te rendre chez elles. Bien entendu, tu partiras passer les fêtes de fin d'année auprès des tiens. Voilà, ma petite, à toi de décider. »

Toujours indécise, Antonia regarda son père.

« J'ai fait promettre à ton père de ne pas influencer ta décision, reprit Clarisse. D'ailleurs, je ne te demande pas une réponse tout de suite. Tu prendras le temps d'y réfléchir, d'en parler à ta mère. Je te demande seulement de m'écrire d'ici environ deux mois. Ainsi, au cas où tu refuserais, je me mettrais à la recherche d'une autre jeune fille avant que la jeunesse des environs ne soit placée pour l'hiver. »

Le lendemain, Antonia partit pour La Tour avec son père et la cousine. De loin, elle aperçut le quartier de ce gros bourg qui s'étage sur le versant sud d'une colline, à l'extrémité de la planèze.

Après un grand virage sous l'église, les voyageurs purent contempler sur leur gauche la colline de Natzy, dressée face à la petite ville dont les rues en pente dégringolaient jusqu'au ruisseau, tout en bas. A son faîte, on avait érigé une chapelle de lave noire surmontée d'une statue monumentale de la Vierge.

Le cabriolet se rangea devant la maison du notaire. Le ciel avait achevé de se dégager dans la nuit et, si l'air trop vif piquait les joues, le soleil ruisselait sur les toits de lauze noire.

« Monte donc au champ de foire, dit Clarisse à la jeune fille. De là-haut, la vue est superbe. Comme c'est mardi, tu pourras ensuite faire un tour de marché. Rejoins-nous à midi à l'hôtel des Ruines du Château, j'ai chargé Raymond d'aller commander un petit casse-croûte, la patronne est de mes amies. »

Parvenue au sommet de la planèze, Antonia fit le tour du foirail désert aux larges dalles de basalte irrégulières. Elle contempla le massif du Sancy. Moins proches qu'à Chastreix, les montagnes n'en étaient pas moins belles. Sur la droite s'ouvrait un large panorama de bois, de prés, de mamelons, où des plaques vertes indiquaient l'herbe nouvelle le long des ruisseaux.

Redescendue vers le bourg, Antonia déboucha sur une petite place. Là, à même le sol, des marchands proposaient de la boissellerie et quantité d'ustensiles de ménage. Un peu plus loin, un sabotier vantait ses sabots de bois brut, et d'autres plus légers, sculptés et vernis, pour le dimanche. A côté, elle s'attarda devant les étals de rouleaux de tissus : toile à draps, serges, cotonnades, faille, guipure, dentelle...

Dans la rue du Commerce, elle entra dans une épicerie pour acheter des douceurs : caramels pour sa mère et ses sœurs, pastilles à la menthe pour Mariette et Théodore. Elle passa devant une boulangerie et regretta de ne rentrer au Vernet que le lendemain ; sinon, elle aurait emporté une miche de pain tout frais.

Tournant à gauche, elle descendit une petite rue escarpée et boueuse qui menait à la halle où les paysannes vendaient les produits de leur ferme. Peu intéressée, Antonia trouva rapidement l'hôtel où elle devait attendre sa cousine et son père.

Les semaines qui suivirent, la jeune fille médita longuement sur les avantages et les inconvénients à accepter l'offre de Clarisse Gatignol. Ses parents la laissaient libre de sa décision.

« Je ne veux pas influencer Antonia, avait dit Jean à sa femme, mais il me paraît difficile de refuser après ce que ma cousine vient de faire pour nous. »

Eugénie était un peu ennuyée. Elle connaissait bien le caractère indépendant de sa fille. Si elle s'était assagie en grandissant, son naturel n'en demeurait pas moins volontaire et frondeur. Et dire que Marie se montrait si docile et malléable...

« Et si elle refuse ? », demanda Eugénie.

Jean haussa les épaules.

« On ne peut pas la forcer. Laissons-lui quelque temps pour réfléchir. »

Antonia, de son côté, se disait que cinq mois, ce n'était pas le bout du monde. Et puis, elle passerait Noël et l'An au Vernet. Que manquerait-elle en réalité ? Quelques veillées ici ou là.

A Chastreix, Clarisse l'avait dit, elle pourrait faire de nouvelles connaissances. Elle était assez curieuse de voir comment l'on vivait ailleurs. Il fallait bien avouer que, dans son hameau, tout était bien monotone. Il ne restait plus de filles de son âge. Emilienne Verdier venait d'épouser Ludovic Pouzadoux, Clémentine Maffre s'était mariée, elle aussi, Odile Mège était placée à Besse. Seule restait Suzanne Chabrillat, âgée de dix-sept ans, mais elle et Antonia n'avaient jamais beaucoup sympathisé. Les autres filles avaient l'âge de Marie.

Tout bien pesé, la jeune fille décida d'accepter de devenir la demoiselle de compagnie de la cousine. Sa résolution prise, elle lui écrivit aussitôt. Sur la lancée, elle envoya une longue lettre à Gertrude. Elle l'invitait avec ses parents pour la fête patronale de la Pentecôte ; naturellement, elle lui annonçait son départ pour Chastreix dès le début novembre.

Quelques jours plus tard, un marchand de toile ambulant s'arrêta à la ferme. De sa carriole, il tira des rouleaux de toile à draps et plusieurs caisses. Eugénie fit des achats importants pour le trousseau d'Antonia.

Elle fit d'abord couper de la toile métisse et un peu de beau lin blanc pour les draps de lit. Puis elle acheta une lourde étoffe damassée où l'on taillerait nappes et serviettes de table. Une douzaine de serviettes nid d'abeille et de la toile à torchons ornée d'un liseré rouge complétèrent ces emplettes.

En réglant ses achats au marchand de toile, un homme long et maigre comme une trique surnommé dans les campagnes l'Habilleur, Eugénie avait le cœur serré. Elle songeait au trousseau de Julienne, chiffré à ses initiales, qui, jamais, ne sortirait de la grande armoire. Elle n'osait pas y toucher, ni pour elle, ni pour ses filles. Plus tard, peut-être pourrait-elle sereinement étaler ces étoffes, en garnir un lit... Elle en doutait.

Antonia, elle, songeait à son trousseau de pension. Elle lui semblait si loin, cette petite fille de neuf ans qui, maladroitement, brodait ses initiales au point de croix avec un fil de coton rouge. En regardant jouer Octavie, elle comprenait que ce temps pour elle était révolu, l'enfance bien loin. Mais devant elle, il y avait son avenir de femme, un bonheur à construire, elle l'espérait.

Au début de l'été, un incident qui faillit tourner au drame troubla quelque temps la vie du hameau.

Après Sylvestre et Henri Laurandon, Valentine Cognéras avait continué à faire des conquêtes. Elle avait papillonné dans les hameaux alentour, changeant sans cesse d'amants, s'amusant d'eux, les laissant fous d'amour déçu et de rancœur.

Depuis quelques mois, elle avait réussi à tourner si bien autour d'Alphonse, l'aîné des Mège, qu'il lui aurait mangé dans la main si elle le lui avait demandé. Elle jouait avec lui comme le chat avec la souris, le prenant, le rejetant, riant de ses colères et de ses chagrins.

Deux ans auparavant, Alphonse Mège avait épousé Noëllie Girard dont la mère, veuve, tenait une petite mercerie au Valbeleix. Le jeune couple s'entendait bien. Si elle n'avait pas été élevée dans une ferme, Noëllie secondait de son mieux sa belle-mère.

Elle remplaçait ainsi Odile, la fille de la maison, placée dans une boulangerie de Besse. L'ouvrage ne manquait pas. Il restait encore sa petite belle-sœur Louisette et les jumeaux, Vincent et Marien, âgés de sept ans.

Thérèse Mège s'inquiétait fort. Chez elle, quelque chose n'allait pas. Sa belle-fille pleurait souvent, son fils devenait bourru et irritable. Le couple ne s'entendait plus, c'était flagrant. Parfois, Alphonse disparaissait. Il rentrait nerveux, préoccupé, en proie à une nervosité inexplicable.

Thérèse avait fini par questionner Noëllie. La jeune femme avait avoué que son mari ne la regardait plus ; si elle tentait de lui parler, il la rabrouait sans raison. Sa belle-mère aurait voulu s'en ouvrir à Alphonse mais elle ne savait comment s'y prendre ; elle craignait de le heurter irrémédiablement et d'envenimer les choses.

Augustin, son mari, ne confiait rien à personne, mais Thérèse se doutait bien qu'il avait forcément remarqué le changement d'humeur de leur aîné. Elle hésitait à lui en parler. Fallait-il, oui ou non, s'immiscer dans les affaires du jeune couple ? Serait-ce un bien ou un mal ?

Un jour, la brave femme faillit laisser choir la louche qu'elle tenait à la main.

« Maman, disait Louisette, neuf ans, hier j'ai vu Alphonse avec une femme, et ils se disputaient je crois bien.

– Une femme ? Quelle femme ?

– J'ai pas bien vu, elle me tournait le dos, mais je crois que c'était la Valentine. »

Thérèse Mège resta muette de stupeur, de crainte aussi. Si la petite disait vrai ?

« C'était près de la couze. Elle, elle riait très fort, et lui il l'insultait.

– Qu'est-ce qu'il disait ?, demanda sa mère, convaincue qu'elle ne mentait pas.

– Oh, des mots très vilains, des injures, des grossièretés... Il était furieux, ses yeux me faisaient peur ! »

A cet instant, Thérèse vit son mari debout sur le seuil. A sa mine pâle, elle comprit qu'il avait tout entendu. Sans un mot, il tourna les talons pour aller rejoindre son fils dans l'étable.

« Qu'est-ce que tu manigances avec la Valentine Cognéras ? Tu oublies que tu as une femme ? »

Devant la colère paternelle, Alphonse baissa la tête mais ne nia pas.

« Réponds !, insista le père. C'est vrai que vous êtes bien ensemble ?

– Oui, souffla le jeune homme, mais je voulais pas, elle, comment dire, c'est une ensorceleuse, voilà ! On ne peut pas lui résister.

– Ah oui, cria Augustin. Eh bien moi, je vais aller la trouver et elle te fichera la paix, je te le dis !

– Non, n'y allez pas, ça ne servira à rien, elle vous rira au nez. C'est une diablesse je vous dis. Moi, de toute façon, je vais en finir d'une manière ou d'une autre ! »

Alphonse hurlait, hors de lui. En entendant les cris des deux hommes, sa mère et Noëllie étaient accourues, pleines d'appréhension.

« J'irai chercher le fusil du père Maffre, ou bien je me pendrai, je veux en finir, entendez-vous, en finir ! », clamait encore Alphonse, tremblant de tous ses membres.

Affolée, sa mère courut chercher deux des domestiques qui fauchaient tout près de là. Quand ils revinrent, Alphonse était effondré aux pieds de Noëllie et la jeune femme le calmait de son mieux. Augustin avait disparu.

« Courez chez Hippolyte, supplia Thérèse, il va faire un malheur ! Je le connais, il est capable de la tuer ! »

Augustin Mège avait trouvé Valentine seule chez elle, son mari était en journée. Il la prit violemment à partie :

« Laissez mon fils tranquille, traînée que vous êtes ! Je vous interdis de le revoir, vous m'entendez, sinon... »

A son habitude, Valentine voulut se moquer :

« Alphonse est assez grand pour savoir ce qu'il veut. Un homme marié ne rend plus de comptes à son père !

– Un homme marié, vous l'avez dit ! Alors fichez-lui la paix, il a une femme et vous avez un mari. N'avez-vous pas honte, espèce de dépravée ! »

Valentine s'échauffait.

« Ça me regarde, cria-t-elle, le visage tordu de fureur. Et puis si votre bru est une petite nigaude, je n'y peux rien ! Qu'elle s'arrange pour retenir son mari ! En tout cas, je n'ai pas de leçons à recevoir de vous ! »

Augustin se jeta sur elle et l'empoigna par les cheveux. Les hurlements de la femme ameutaient le hameau. Le père d'Alphonse venait de la saisir à la gorge quand surgirent les domestiques.

« Maître, Maître, arrêtez !, cria l'un d'eux. Vous allez faire un malheur, laissez-la ! »

Dégrisé, Augustin rejeta Valentine qui lui griffait les mains.

« Partez d'ici, siffla-t-il en se maîtrisant à grand-peine, sinon, je vous tue, je le jure ! »

Devant la porte, des gens s'attroupaient. Il sortit sans paraître les voir et s'éloigna à grandes enjambées. L'histoire fit rapidement le tour du Vernet ; le lendemain, tout le monde était au courant.

Deux jours plus tard, Hippolyte vint annoncer à Mariette qu'il se trouvait obligé de rompre le bail pour la location de la maison. Le scandale lui avait été rapporté par des voisins. Tous ceux qui n'étaient pas dans les prés avaient entendu des échos de l'algarade avec sa femme.

Un autre à sa place l'aurait sûrement rejetée. Le pauvre Hippolyte se contenta, une fois de plus, de changer de domicile. Il partit encore plus loin de son village natal, du côté de Saint-Germain-l'Herm. Si au Vernet on le plaignait beaucoup, après son départ on respira mieux. La maison de Mariette se ferma et le hameau retrouva son calme.

Alphonse revint peu à peu à la raison. Après quelques semaines, il remercia sa petite sœur Louisette. Sans son intervention, tout aurait été comme avant. La tendresse de Noëllie acheva de le guérir.

Antonia connaissait l'incident, comme tout le monde. Elle en resta longtemps troublée. La vie des adultes lui semblait bien compliquée, bien laide aussi parfois. Elle avait cru jusqu'à ce jour que l'existence était simple : on se mariait, on avait des enfants, on travaillait. La vie passait avec des naissances et des deuils, et puis on vieillissait.

A près de seize ans, la jeune fille ne savait rien des sentiments qui agitent le cœur des femmes et des hommes. Sa mère ne parlait jamais de ces choses que l'on taisait soigneusement. Et l'éducation donnée par les religieuses ne risquait pas non plus d'éclairer les adolescentes sur les aléas de l'amour et la complexité des passions humaines.

Durant ces derniers mois, elle avait beaucoup grandi. Elle n'avait pas la beauté de Julienne à son âge, ni ses traits doux et réguliers. Mais c'était une belle fille aux cheveux épais ramassés sur la nuque. Son regard noisette, brillant, était direct et volontaire. Le nez un peu fort, la bouche grande et bien ourlée, le teint clair, elle avait un peu de la prestance de son père. Elle souriait assez rarement, et son sourire n'en avait que plus de prix ; il illuminait si bien son visage qu'alors on la trouvait belle.

A maintes reprises, elle avait surpris le regard insistant de jeunes domestiques. Ceci, évidemment, hors de la présence de son père. Si elle faisait des courses au Valbeleix, le bonjour des garçons rencontrés manquait souvent de naturel, ce qui l'agaçait prodigieusement. Néanmoins, elle en éprouvait un étrange émoi qui lui paraissait aussi incongru qu'inexplicable.

Si Gertrude avait été là, elle n'aurait pas manqué de l'éclairer. Son amie avait de ces choses une grande expérience déjà. Hélas, par lettre, c'était impossible de relater des impressions somme toute assez confuses.

Il lui arrivait souvent de penser à ce jour de l'été précédent où Aurélien l'avait, par jeu, saisie à la taille. Ce souvenir la troublait encore, elle devait bien se l'avouer.

A la fin de juillet, Aurélien avait terminé ses années d'Ecole normale. A la rentrée, il ferait ses débuts d'instituteur.

Il ignorait où l'Inspecteur d'académie le nommerait. Les normaliens sortants étaient toujours servis les derniers ; ils ne recevaient leur affectation, par courrier, que trois ou quatre jours avant le premier octobre.

A dix-huit ans, le jeune homme paraissait déjà un homme mûr, grand, de forte carrure. Seuls ses yeux gardaient quelque chose de l'enfance, un regard limpide, confiant. Il aimait passionnément sa petite sœur ; il lui rapportait toujours quelque gâterie de la ville, malgré ses faibles ressources. La petite mettait sa menotte dans la grande main carrée et tous deux faisaient des promenades. Il lui arrivait aussi de jouer avec les animaux de bois fabriqués par Gaspard, en faisant les quatre volontés d'Amandine qui, disait la mémé Hortense, le menait par le bout du nez.

Rosa s'inquiétait : où allait partir Aurélien ? Son fils la consolait.

« Je reviendrai aussi souvent que pendant mes études, j'aurai les mêmes vacances, il n'y aura rien de changé. »

Sa mère pensait déjà au service militaire qui, dans deux ans, l'éloignerait sûrement davantage encore.

Antonia et Aurélien se rencontraient rarement ; ils ne cherchaient plus à se voir comme autrefois. La jeune fille trouvait son ami d'enfance de plus en plus renfermé. Sans doute se faisait-il du souci pour son premier poste d'enseignant. Peut-être même craignait-il de ne pas être à la hauteur de la tâche. Il allait se retrouver dans un village inconnu, sans amis, sans connaissances. Son appréhension était tout à fait concevable.

Le 26 septembre enfin arriva une lettre à en-tête de l'académie de Clermont. Elle était adressée à Monsieur Aurélien Mazurel, chez Monsieur et Madame Gaspard Taillardat, au Vernet. En déchirant l'enveloppe, les doigts du jeune homme tremblaient un peu. Il déplia le papier, le lut, le rangea sans rien dire.

« Alors ? questionna anxieusement Rosa.

– Je suis nommé adjoint à l'école de garçons de Saint-Pierre-Roche, dans le canton de Rochefort-Montagne.

– Grand Dieu !, s'exclama sa mère, mais ce doit être très loin d'ici.

– Un peu, oui, mais j'aurais pu être nommé beaucoup plus loin encore, tu sais maman.

– Tout de même, ça ne va pas être facile pour y aller ! As-tu idée de la durée du voyage ?

– J'irai me renseigner à la poste du Valbeleix cet après-midi. Ne te fais pas de souci, ce n'est pas au bout du monde. »

Il partit le surlendemain pour prendre contact avec le directeur de l'école et le maire, et aussi pour trouver un logement. La veille, il s'était rendu chez les Raynaud, comme toujours, pour dire au revoir. Antonia et Marie étaient dans le potager. Aurélien hésita un moment et finit par demander :

« Tu veux bien venir avec moi un instant, Antonia, j'ai un renseignement à te demander. »

Sous le regard intrigué de Marie, tous deux s'éloignèrent vers le pré du bas. Le jeune homme prit la direction de la couze. Brusquement, il s'arrêta, se tourna vers Antonia avec l'air grave de quelqu'un qui va dire une chose très importante.

« Antonia, je voulais te demander... On est encore trop jeunes toi et moi, je sais, mais après mon service militaire, tu voudrais bien qu'on se marie ? »

Stupéfaite, elle le regardait sans rien trouver à répondre. Aurélien, ces derniers mois, semblait la fuir, et voilà qu'il la demandait en mariage. Elle ne comprenait pas.

« Je te surprends, je le vois bien, reprit-il. Mais crois-moi, j'ai longtemps réfléchi. Je t'aime, j'en suis sûr ! Nous ne sommes plus des enfants, tu vas avoir seize ans. Je suis bien maladroit pour te le dire, mais je n'y peux rien, c'est ainsi. »

Toujours muette, Antonia évitait de le regarder. Elle se pencha, arracha un brin d'herbe et se mit à le mâchonner. Enfin, elle le rejeta, leva les yeux vers lui et dit avec force.

« Arrête, Aurélien, je t'en prie, ne dis plus rien. Et ne va pas te mettre de telles idées en tête. Je t'aime bien, tu le sais, mais je t'aime comme un frère. Oui, c'est ça, si j'en avais eu un, je ne l'aurais pas aimé autrement, ni davantage. Mais je ne t'aimerai jamais comme un mari, j'en suis certaine. Alors oublie ce que tu viens de dire, oublie-le ! »

Au fur et à mesure qu'elle parlait, le visage d'Aurélien se fermait. Il avait pâli, dans ses yeux, elle vit de la colère.

« C'est parce que je suis un bâtard que tu me refuses, c'est ça, hein ? Eh bien, dis-le ! »

Antonia secoua la tête, elle avait de la peine pour lui, beaucoup de peine.

« Non, dit-elle tristement, tu sais bien que non. Quand bien même ton père serait roi d'Espagne ou d'ailleurs, je ne t'épouserais pas. »

Elle posa une main sur le bras du jeune homme qui restait figé.

« Regarde-moi, Aurélien, regarde-moi ! Tu ne voudrais pas que je te trompe, n'est-ce pas, ni que je t'épouse par pitié ? Restons frère et sœur, crois-moi, je ne peux pas te donner plus. »

Le regard qu'il leva vers elle était plein de détresse. Alors elle se haussa sur la pointe des pieds, lui mit un baiser sur la joue et, prenant ses jupes à deux mains, elle se détourna et partit en courant.

Longtemps, Aurélien resta debout à regarder couler l'eau claire de la petite rivière. Le fond du ciel était d'un rose pâle de dragée. Une ombre légère déjà bleuissait les pâtures. Il se disait qu'Antonia avait raison. Elle lui avait répondu avec franchise, et il l'aimait aussi pour cela. Mais il souffrait. Soudain, il maudit le jour où il était entré à la ferme des Raynaud. Enfin, la pensée qu'il aurait bientôt en charge une classe pleine d'enfants lui donna le courage de partir.

XXV

Une nouvelle vie à Chastreix

ANTONIA RESTAIT TRISTE. Elle s'en voulait d'avoir fait de la peine à Aurélien, pourtant elle n'avait pas de regrets. En lui affirmant qu'elle l'aimait comme un frère, elle était sûre d'être dans le vrai.

Elle commença les préparatifs pour son départ à Chastreix. C'était un peu tôt, certes, mais il lui fallait s'occuper sans cesse pour tenter d'oublier l'air désespéré du jeune homme.

Elle se promettait de lui écrire un peu plus tard. Son installation chez la cousine Clarisse et les débuts d'instituteur de son ami lui donneraient prétexte à raconter sa nouvelle vie, à prendre des nouvelles de la sienne. De tout son cœur, elle espérait que tous deux resteraient bons amis, malgré tout.

A la mi-octobre fut célébrée la messe anniversaire de la mort de Gabriel Raynaud, l'Ancien. Tous ses enfants se trouvèrent à nouveau réunis au Vernet pour cette journée du souvenir. Après la Toussaint, le deuil de la famille serait levé. Mais, se disait Antonia, le deuil des habits seulement, pas celui du cœur ; son grand-père lui manquait toujours beaucoup.

Elle emporterait à Chastreix, avec la photographie de Julienne, un petit portrait de l'aïeul. La date de son départ approchait, et elle se demandait si elle ne regretterait pas sa décision. Mais c'était trop tard à présent pour se dédire.

Le 4 novembre, Jean accompagna sa fille au domicile de la cousine. Dans le ciel voilé de légers nuages d'un blanc presque transparent, un soleil trop pâle ne parvenait pas à réchauffer la campagne déserte. Les arbres étaient nus et sombres, l'herbe desséchée, jaunie par endroits. Sur la route brillaient les flaques noires d'une récente pluie.

Si Antonia ne se sentait ni gaie, ni triste, elle appréhendait un peu ce séjour parmi des inconnus. Mais l'insouciance de sa jeunesse, sa détermination naturelle, l'emportaient. Clarisse lui avait paru une personne bienveillante, elle était certaine que tout se passerait bien.

Les premiers jours, la cousine avait tenu à accompagner Antonia dans les boutiques du village pour la présenter aux commerçants. Toutes deux se rendirent d'abord à l'épicerie de Françoise Manaranche. Veuve, celle-ci vivait avec ses trois enfants : Norbert, Pierre et Julie.

L'aîné la secondait dans son commerce, faisait des tournées dans les fermes et les hameaux des environs avec une charrette et un cheval.

Pierre, lui, comme beaucoup de garçons de la commune, partait pour la ramone dans les Landes ou la Gironde durant de longs mois, d'octobre à la fin avril.

Julie avait dix-sept ans. Avenante, toujours gaie, elle aidait sa mère à la boutique. Au fil des semaines, elle et Antonia allaient devenir de très bonnes amies.

Très pieuse, Clarisse avait, dès le premier jour, fait visite au presbytère pour présenter Antonia au curé, son plus proche voisin. Il la questionna sur sa famille et, bien entendu, sur le pensionnat de Besse.

Quand on en vint à parler du bon enseignement des religieuses, la jeune fille resta assez évasive. Le prêtre, déjà âgé, lui parut simple et d'une grande bonté.

Dans le village, s'il y avait quatre ou cinq belles demeures au toit d'ardoises épaisses et noires, la plupart des maisons étaient encore couvertes en chaume. Il en était de même au Valbeleix, alors que les bourgs de Besse et de La Tour ne comptaient plus guère de ces anciennes toitures, dans le centre ville du moins.

A Chastreix même s'élevaient plusieurs fermes. Les Chassagne logeaient au bout du village, au départ du chemin du château de Labro. La mère, Fernande, était la meilleure amie de Clarisse Gatignol. Ses filles, Adrienne et Rolande, assez timides, l'aînée surtout, se lièrent bientôt avec Antonia. Les benjamins de cette famille, à quatorze et douze ans, aidaient leur père à la ferme.

Un après-midi où le temps n'était pas trop froid, Clarisse conduisit sa jeune cousine chez ses fermiers. Le domaine se situait assez loin du village, en montant vers Loubazeix, hameau tout proche des montagnes.

« Prends une mante, dit-elle, nous allons grimper jusqu'à la Feuillée. Victoire Fournier sera heureuse de notre visite, d'ailleurs je lui ai annoncé ta venue. »

Après une bonne demi-heure de marche sur un chemin abrupt et caillouteux, les deux femmes atteignirent enfin la ferme où on les accueillit avec empressement. Clarisse avait un peu présumé de ses forces, et elle fut bien aise de se reposer dans un fauteuil près de l'âtre.

Jules Fournier et son fils aîné, Armand, réparaient une clôture un peu plus haut dans un pacage. Victoire et sa fille Violette offrirent le café et les biscuits. Jacques, le plus jeune des enfants, était à l'école du village, il n'avait que dix ans.

« Il apprend bien, dit Victoire avec fierté. Son maître pense qu'après le certificat, il sera capable de suivre le cours supérieur à l'école du canton, à La Tour. Nous l'enverrons loger chez mon oncle Félicien. Sa femme et lui sont retraités, ils apprécieront la compagnie d'une jeunesse tout au long de l'hiver. »

Ces propos ramenèrent Antonia loin en arrière. Aurélien, lui aussi, avait été remarqué par son directeur d'école pour suivre le cours supérieur. Comme le temps avait passé vite, depuis ! Elle se promit de lui écrire sans tarder.

Chez la cousine Clarisse, la vie était bien plus douce qu'à la ferme, le travail d'Antonia, insignifiant. Elle s'étonnait toujours d'avoir si peu à faire.

Chaque matin, elle allait chercher le lait à la ferme des Chassagne où elle bavardait un peu avec Rolande qui avait juste seize ans, elle aussi. Tous les deux ou trois jours, elle se rendait à l'épicerie avant de rentrer.

En servant les clientes, Julie commentait les nouvelles du village et des environs proches. Elle pesait le café dans des petits sachets de papier brun, ou bien les pois chiches, les lentilles, les fèves. Ces denrées et bien d'autres étaient rangées dans de vastes tiroirs qui couvraient tout le mur du fond de la boutique. Le jeudi, l'odeur des morues sèches, la merluche, allongées dans des caisses emplies de gros sel, s'insinuait dans tout le magasin. Pour les dessaler, on les faisait tremper une nuit entière. Le vendredi, pour faire maigre, on les cuisait avec des pommes de terre bouillies.

Lorsque Norbert allait et venait pour préparer ses tournées, il saluait toujours aimablement Antonia. A chacun de ses passages du magasin à sa carriole, elle remarquait combien il semblait s'intéresser à elle. C'était un grand gaillard roux, au visage assez agréable. Mais la jeune fille feignait de ne pas remarquer ses coups d'œil admiratifs.

Il lui arrivait, assez rarement, de faire quelques achats à la mercerie-quincaillerie. Elle passait sans y entrer devant les deux auberges et le cabaret du village. Il y avait aussi un sabotier, mais, pour trouver un cordonnier et faire ressemeler les bottines, il fallait aller jusqu'à La Tour.

Un samedi sur deux, c'était le marché. Si le temps n'était pas trop froid ni trop pluvieux, Antonia aimait s'y attarder un peu. Le samedi suivant, le marché se tenait à Bagnols, un autre village dépendant lui aussi de La Tour.

Les gens des hameaux et des fermes éloignées cuisaient leur pain. De temps à autre, on allumait encore le four banal. Mais, depuis peu, un jeune boulanger de La Tour avait entrepris des tournées hebdomadaires.

La semaine où se tenait le marché, il venait le samedi. La veille, la cousine avertit Antonia :

« Demain, tu prendras le pain au boulanger de La Tour. Tu n'auras pas à aller bien loin, il s'installe derrière l'église, juste en face de nos fenêtres. Tu feras marquer dans le carnet, je le paie seulement à la fin de chaque mois. »

En effet, en revenant avec son pot à lait, Antonia remarqua la voiture et le cheval noir du boulanger qui venait tout juste d'arriver. Près de l'attelage se tenaient déjà deux ou trois femmes. Sous la capote repliée, on entrevoyait les tourtes de pain bis, les couronnes, les miches larges ainsi qu'une petite balance à fléau.

En attendant son tour, la jeune fille eut tout loisir d'observer le boulanger. Il était jeune, de taille moyenne et portait une petite moustache blonde comme ses cheveux. Il servait une fermière munie d'un grand sac de toile de jute. Antonia fut frappée de la blancheur de ses mains, légèrement poudrées de la farine des tourtes qu'il enfouissait une à une dans le sac.

Quand vint le tour de la femme qui la précédait, celui-ci la salua d'un ton enjoué :

« Bonjour, Donatienne, ça va la santé ? Et votre Justin, parti pour la ramone cette année encore ?

– Eh oui, pauvre Antonin, il faut bien ! Son père se fait vieux, moi je ne vaux plus grand-chose, on aura bien besoin des sous qu'il ramènera au printemps. Et ta mère, elle se porte bien ?

– Oui, merci, heureusement. Elle tient boutique pendant que je fais les tournées.

– Mais aussi, qu'est-ce que tu attends pour prendre femme ? Je suis sûre que la Marguerite n'espère qu'une bru pour se retirer de la boulange ! »

Le dénommé Antonin se mit à rire.

« Oh, ça ne presse guère, et puis, pour se marier il faut trouver chaussure à son pied, vous savez bien !

– Diable, à La Tour, les filles à marier c'est pas ce qui manque ! »

La vieille Donatienne partie, Antonia s'avança.

« Mademoiselle, qu'est-ce que ce sera ? »

Le regard qui la dévisageait avec une curiosité mal dissimulée était brun-doré ; une pointe de malice y brillait constamment. Un peu agacée, elle demanda :

« Une tourte de quatre livres et deux miches, s'il vous plaît. C'est pour Madame Gatignol qui habite là ! »

Du menton, elle désignait la maison d'en face.

« Vous remplacez Philomène, elle ne travaille plus ici, ou elle est malade peut-être ? »

Antonia se dit que ce garçon lui déplaisait avec son air plein de suffisance, et elle répondit sèchement :

« Non, Philomène va très bien, je ne la remplace pas, je suis la demoiselle de compagnie de Madame Gatignol.

– Ah !, fit-il, sans qu'elle sache s'il se moquait ou non. Demoiselle de compagnie, c'est autre chose que bonne à tout faire, évidemment !

– Vous marquerez, dit Antonia en tournant les talons. Et elle partit sans dire au revoir.

– Entendu, lança-t-il dans son dos. A vendredi, mademoiselle ! »

Antonia déposa les courses à la cuisine avant de rejoindre Clarisse au salon. La cousine brodait un dessus de table au point de tige. Comme sa vue n'était pas fameuse, elle avait choisi un grand motif de feuillages aux couleurs d'automne.

« J'aurais dû te suivre au marché, finalement il ne fait pas très froid, cela m'aurait sortie un peu. L'hiver sera bien assez long.

– Voulez-vous que nous y allions, il est à peine onze heures, nous avons tout le temps.

– Non, laisse, nous ferons un petit tour en début d'après-midi. Alors, tu as fait connaissance avec notre boulanger ?

– Oui, répondit Antonia sans rien trouver à ajouter.

– C'est un garçon bien courageux. Il n'avait que quatorze ans au décès de son père et ils étaient cinq enfants, tu te rends compte ? Pendant deux ans, un homme est venu l'aider à pétrir, après il a fait tout seul. Son frère Joseph travaille maintenant avec lui, mais, lorsqu'Antonin est parti au service militaire, leur mère avait dû engager un commis et un mitron. Jacques Espinasse, leur pauvre père, était un grand ami de Georges, mon mari, tous deux étaient de la classe.

Antonin a bien du mérite de faire les tournées, un boulanger, ça se lève à pas d'heures. A présent, il a vingt-quatre ans et son affaire marche à peu près. Mais il faut encore nourrir son plus jeune frère de onze ans. Une de ses sœurs doit être à peu près de ton âge. La fille aînée est mariée à un instituteur, ils habitent Clermont. »

Antonia avait bien été forcée d'écouter ce panégyrique chaleureux du jeune boulanger. Elle revit son regard narquois, mais elle n'en dit rien à Clarisse.

« Il m'a dit à vendredi. Pourquoi, c'est jour de foire ?

– Non, ici il n'y a pas de foire, à La Tour seulement. Là-bas, le marché se tient les mardis et samedis, alors il vient ici le vendredi une semaine sur deux pour ne pas laisser sa mère avec trop d'ouvrage. »

En attendant l'heure du repas, Antonia proposa de cirer les meubles du salon et de la salle à manger. Elle aimait l'odeur de la cire et passait un chiffon doux sur les vieux meubles patinés pour les faire briller.

Philomène était fine cuisinière. La cousine, très gourmande, appréciait surtout ses desserts chaque dimanche ou lors des invitations : crèmes, compotes, flans, tartes. Antonia, elle aussi, s'en régalait.

L'après-midi était consacré à la lecture après une petite promenade si le temps le permettait. En novembre, la nuit tombe vite, il fallait allumer la lampe à pétrole. Les deux femmes se tenaient au salon où ronronnait un petit poêle. Parfois, Clarisse donnait un peu de courrier à rédiger à sa jeune cousine.

Après le souper, de temps à autre, Fernande Chassagne et ses filles venaient faire la veillée. Ou alors, c'était Julie et sa mère qui arrivaient avec des boules de gomme, des pastilles à la menthe ou un paquet de petits biscuits. Clarisse avait compris que la compagnie de jeunes de son âge manquait à Antonia. Elle disait :

« Allez donc bavarder un peu dans la chambre d'Antonia, vous nous rejoindrez pour boire le tilleul. »

Adrienne et Rolande commentaient les petits évènements du village. Rolande parlait beaucoup de Norbert Manaranche, et Antonia la soupçonnait d'en être amoureuse. Elle préférait cependant les soirées avec Julie, d'une gaieté débordante qui lui rappelait un peu Gertrude. Par les bavardages à l'épicerie, elle savait tout sur tout le monde. Petit à petit, grâce à elle, Antonia connut pas mal de familles, le nom et le caractère de beaucoup de jeunes, filles et garçons.

Il y avait la Catherine de Reboisson et son frère Donatien, Jean-Gaston de Laty-de-Cadet, Yolande et Annette de la Coussoneyre, Adrien et Francis de Rimas, Emeline de Sous-la-Roche, Gilbert du Pregnoux et bien d'autres. De chacun ou chacune, Julie décrivait le physique, le caractère, les qualités, les défauts.

Un soir, elle en vint à parler des bals dans l'une des auberges. Comme au Valbeleix, on y dansait le dimanche après la grand-messe.

« Voilà deux dimanches de passés depuis ton arrivée, et je ne t'y ai jamais vue, tu n'aimes donc pas la danse ?

– Oh, si ! Mais j'étais en deuil de mon grand-père.

– Tu étais en deuil, c'est fini alors ? Demande à ta cousine, je suis certaine qu'elle dira oui.

– Ma cousine peut-être, mais il me faut la permission de mon père.

– Alors demande-la lui bien vite, je t'indiquerai les meilleurs cavaliers », conclut Julie en riant.

Quelques jours après son installation, Antonia avait envoyé une longue lettre au Vernet. Elle se disait très satisfaite de sa nouvelle vie. Tout récemment, elle avait écrit à Gertrude et à sa tante Octavie à Issoire. Beaucoup plus difficile à rédiger était la lettre qu'elle voulait adresser à Aurélien et qu'elle repoussait de jour en jour, sans pouvoir se décider.

Avant son départ pour Chastreix, elle avait demandé à Rosa l'adresse de son fils. Il n'était pas venu à la Toussaint, le voyage était trop long pour trois jours seulement de vacances. Il affirmait à sa mère que tout se passait bien pour lui.

« Mais, avait dit Rosa avec un soupir, s'il avait des difficultés, il me les cacherait pour ne pas me faire souci. »

Antonia avait reçu une lettre de sa mère et une autre, beaucoup plus courte, de Marie ; Octavie y avait ajouté quelques lignes.

Eugénie disait que Mariette avait pris froid, elle gardait le lit depuis une petite semaine. Les Verdier avaient eu des nouvelles de leur fils Abel. Il était à l'hôpital de Bou-Saâda, dans le sud algérien, avec une blessure au bras gauche ; il avait refusé de venir passer sa convalescence en Auvergne.

« Ainsi, ma petite, écrivait la mère d'Antonia, le cœur du pauvre Abel ne guérira jamais, je le crains. Je crois, hélas, qu'il est perdu pour les siens presque autant que notre Julienne l'est pour nous. Le chagrin de ses parents fait pitié. Pour nous, la santé est bonne, ne t'inquiète pas. Je vois avec plaisir que tu t'es fait des amies à Chastreix. Embrasse pour nous la cousine Clarisse, et donne-nous très bientôt d'autres nouvelles. »

Maintenant, Antonia attendait avec impatience la réponse de Gertrude. Toujours pleines de fantaisie et d'humour, les [illegible]mie étaient distrayantes ; elle ne doutait d'ailleurs [illegible] récit d'une nouvelle conquête, et peut-être mê[illegible]sieurs !

Elle prit la plume pour demander à son père la permission tant convoitée. Ensuite, elle se fit violence pour s'adresser à Aurélien.

« J'espère de tout cœur, écrivait-elle, que tu m'as gardé ton amitié comme je te garderai toujours la mienne, quoi qu'il arrive. Si tu le veux bien, quand nous nous reverrons à Noël, nous ferons comme si notre dernière rencontre n'avait pas eu lieu.

Il paraît que tu es heureux là où tu es, que le métier que tu fais et que tu aimes t'apporte beaucoup de joies. Je m'en réjouis, et je te souhaite tout le bonheur possible mon Aurélien, mon frère. Je t'embrasse comme le ferait une petite sœur qui pense très souvent à toi. »

Antonia n'attendait pas de réponse à cette lettre, elle n'en eut pas, en effet ; par contre, son père lui répondit très vite.

Jean autorisait sa fille à aller danser le dimanche avec ses nouvelles amies. Il disait avoir reçu une lettre de Clarisse ; elle affirmait n'avoir qu'à se féliciter des services d'Antonia auprès d'elle. Eugénie et lui étaient très satisfaits de leur fille, et ils lui adressaient leurs pensées très affectueuses.

Le dimanche suivant, Antonia se hâta de rapporter le lait, puis elle soigna sa toilette pour assister à la messe de neuf heures trente avec la cousine. Après l'office, Julie l'entraîna dans la salle de l'auberge qui servait de salle de danse provisoirement. Elles y retrouvèrent Norbert, Rolande et Adrienne. Julie présenta d'autres jeunes filles et un ou deux garçons à Antonia. Violette Fournier aussi se trouvait là, accompagnée de son frère Armand.

Juché sur une table, un violoneux jouait sans discontinuer bourrées et polkas. Antonia ne pensa plus qu'au plaisir de la danse. Les cavaliers se pressaient autour d'elle ; nouvelle au village, elle excitait la curiosité, la plupart des garçons voulaient faire sa connaissance.

Norbert et Armand étaient les plus assidus, ainsi qu'un grand maigre à l'épaisse chevelure noire et bouclée. Il s'était présenté : Paul Laverne, avant d'entraîner sa cavalière dans une danse effrénée.

A la demande de Clarisse, Antonia rentra pour déjeuner à midi et demi. Elle était enchantée de ces deux heures qu'elle avait à peine vues filer. Sa cousine se réjouit de la voir si heureuse.

« La danse continue jusqu'aux vêpres de cinq heures, voudras-tu y retourner un moment ?

– Oh, oui ! Mais... je ne peux pas vous laisser seule tout l'après-midi.

– Bah, le dimanche ne revient qu'un jour sur sept, tu as bien droit à quelques congés », dit Clarisse en riant.

Reconnaissante, Antonia insista toutefois pour lui faire une heure de lecture avant de repartir vivement vers l'auberge. Les danseurs étaient un peu moins nombreux ; par contre, des garçons étaient venus des villages environnants : Saint-Donat, Picherande, La Tour même. Bien des accordailles se nouaient après quelques dimanches à danser ensemble ici ou là.

Antonia avait remarqué que l'on dansait peu de quadrilles et pas du tout de scottishs ; cela venait sans doute du musicien, cette dernière danse n'était pas encore très répandue dans les campagnes. Gertrude lui en avait dit le plus grand bien, elle qui, depuis deux ans déjà, fréquentait tous les bals à Compains, Saint-Alyre ou Espinchal.

En rejoignant sa cousine pour l'accompagner aux vêpres, la jeune fille la remercia de lui avoir permis de se distraire autant. Clarisse eut un hochement de tête avec un air de regret.

« Danse, ma petite, tant que tu es jeune. Profites-en bien, la vie passe si vite... A ton âge, vois-tu, on croit dur comme fer que la jeunesse n'aura pas de fin, et c'est bien ainsi. »

XXVI

Les bals du dimanche

LA NEIGE fit son apparition les derniers jours de novembre. Le haut des montagnes avait déjà blanchi à trois ou quatre reprises, dont deux en octobre. On vérifierait au printemps le dicton que les vieux se plaisaient à répéter chaque année :

« Quand le Sancy blanchit trois fois au moins avant la Toussaint, l'hiver sera clément et serein ! »

Antonia avait été surprise de l'abondance de ces premières chutes. Chastreix se blottit à plus de mille cent mètres d'altitude. Au Vernet, bâti beaucoup plus bas, l'hiver est moins long, moins rude également.

Pour aller chercher le lait chaque matin, elle avait troqué ses bottines de cuir contre des sabots fourrés de peau de lapin. Par-dessus sa cape à haut col de velours, elle se drapait dans un immense châle épais prêté par Clarisse et s'en couvrait étroitement la tête. Sa longue jupe de drap de laine balayait la poudre blanche glacée qui, tout autour, raidissait en gelant le bas du tissu.

Comme c'était souvent le cas à la mauvaise saison, le marché ne s'était pas tenu le samedi précédent. Le boulanger n'avait pu faire sa tournée et Philomène cuisait le pain dans le four du gros poêle de fonte de la cuisine.

Les courses finies, Antonia rentrait bien vite dans la maison chaude. Elle cognait ses sabots sur le dallage du vestibule pour en faire tomber la neige et secouait ses vêtements avant d'accrocher sa cape au portemanteau. Quand elle ouvrait la porte de la cuisine, la vieille bonne criait :

« Vite, petite, ferme le froid dehors ! »

Dans cette vaste pièce à l'immense cheminée où l'on ne cuisinait plus, Philomène faisait mijoter soupes et ragoûts sur un potager. On alimentait ce petit fourneau de menu bois ; sauces et légumes cuisaient alors tout doucement sur les braises rougeoyantes.

Sur le mur du fond s'ouvraient deux cagibis. L'un servait de souillarde, l'autre cachait un lit-clos où dormait Philomène, au plus près de ses chères casseroles. Une porte, tenue fermée à cause de la buée et des odeurs, donnait sur la salle à manger. Cette pièce ne s'ouvrait pas de l'hiver, sauf à Noël où Clarisse invitait à déjeuner monsieur le curé.

C'est au salon que la maîtresse de maison passait le plus clair de son temps. Chaude et douillette, la petite pièce était meublée d'une causeuse, d'un sofa et de deux fauteuils-crapaud ; au centre, une table marquetée où Clarisse jouait aux cartes, aux dames ou aux dominos avec ses visiteuses ou avec Antonia. Sur un guéridon trônait une énorme lampe de porcelaine vert-turquoise, frangée de pendeloques de verrerie rose et blanche.

Quelques livres, des almanachs, des revues de mode trouvaient leur place dans une minuscule bibliothèque vitrée. Sur le plancher ciré, un tapis de laine à ramages bruns étouffait le bruit des pas. Enfin, à l'emplacement d'une cheminée disparue, le petit poêle ronflait, posé sur une épaisse plaque de tôle.

A l'étage, deux chambres avec, pour chacune, un petit cabinet de toilette. Antonia aimait beaucoup la sienne. Le papier peint de couleur crème s'ornait de guirlandes de roses. Le dessus de lit était de velours grenat, avec des double-rideaux assortis.

La jeune fille avait rangé ses vêtements dans une grande armoire paysanne. Deux chaises, une table de nuit garnie d'une petite lampe-boule en verre jaune jaspé de roux, complétaient l'ameublement. Sur la descente de lit s'entrelaçaient des rosaces multicolores.

Depuis que l'hiver avait poussé son museau blanc et froid au bas des montagnes, Antonia allumait une flambée dans la cheminée de chaque chambre en fin d'après-midi. Au moment du coucher, une bonne tiédeur régnait dans les deux pièces.

Dans cette chambre accueillante, Antonia devait faire ses plus beaux rêves de jeunesse. Le dimanche, après les heures passées à danser dans la salle d'auberge bruyante, elle s'attardait, avant de s'endormir, au souvenir de ses cavaliers préférés. Elle pesait, comparait, les qualités de chacun. Dans cette même pièce, elle revivrait, l'hiver suivant surtout, ses premiers vrais émois amoureux. Là aussi, elle prendrait la grande décision engageant toute son existence.

Pour le moment, elle ne s'en doutait pas. Sa nouvelle vie lui convenait fort bien. Les fêtes passées, elle reviendrait avec plaisir chez la cousine de Chastreix.

Après une huitaine de jours, l'avalanche de flocons s'était calmée ; mais le froid vif conservait dans les rues du village une épaisse couche de neige gelée, dure comme de la pierre. Le ciel, pourtant, restait opaque et blanc, et les gens prédisaient pour bientôt de nouvelles chutes.

Le marché du samedi avait eu lieu, mais marchands et clientèle ne s'étaient pas attardés. Emmitouflés de leur mieux, tous étaient pressés de rentrer au chaud. Beaucoup de paysans, les plus âgés surtout, portaient par-dessus l'ample blouse de toile noire ou bleue, un manteau en peau de chèvre aux longs poils bruns. Les auberges et le cabaret regorgeaient de consommateurs attablés autour d'un vin chaud. Sur les vitres gelées, la buée faisait fondre les fougères et les fleurs de givre brodées par le froid.

Quand Antonia s'approcha de la voiture du boulanger pour acheter le pain de la semaine, il mettait quelques poignées d'avoine dans le sac attaché au cou de son cheval. Une épaisse couverture couvrait le dos de la bête.

« Oh, Antonin, tu vas le faire geler, le Pompon !, lança un vieil homme moustachu chargé d'un grand sac jeté en travers de l'épaule. »

Le jeune boulanger leva la tête.

« Ah, c'est vous, père Andrieux ! Vous êtes descendu, par ce froid ?

– J'en ai connu de pire, va ! Et puis il faut bien venir se ravitailler. Garde-moi deux grosses tourtes, je les prendrai en repartant. Je vais à l'auberge du Gust boire un petit remontant. Je te l'aurais bien offert, mais ta pratique ne dirait pas de même, pas vrai ? »

Les mains enfouies dans les poches de sa cape, Antonia battait la semelle en attendant son tour. Devant elle, deux femmes bavardaient en patois. Le boulanger avait revêtu un manteau doublé de peau de mouton. Il en avait relevé le col pour protéger ses oreilles, et enfoncé son chapeau de feutre noir sur son front.

Avant que la jeune fille n'ait ouvert la bouche, il dit vivement :

« Une tourte de quatre livres et deux miches pour la demoiselle de compagnie ? Bien le bonjour, il ne fait pas chaud, n'est-ce pas ? »

Partagée entre la colère et le rire, Antonia ne put qu'acquiescer d'un signe de tête. Une fois servie, elle retrouva la parole pour demander :

« Avez-vous fait le compte de Madame Gatignol ? J'ai de quoi vous payer.

– C'est fait, oui, voilà. »

Il sortit un grand carnet noir de la poche de son manteau et lui tendit un feuillet. Pendant qu'elle comptait la monnaie sortie de sa bourse, il demanda aimablement :

« Vous vous plaisez à Chastreix ? Le Valbeleix ne vous manque pas trop ?

– Vous êtes bien renseigné, vous ! », dit-elle d'un ton piquant.

Il rit, et elle vit sa moustache un peu givrée sous un regard railleur mais amical aussi.

« Pour bien servir mes clientes, je me dois de les connaître. Je sais même votre nom, figurez-vous ! »

Sa hardiesse bienveillante eut raison du mécontentement d'Antonia. Elle se dérida et lui sourit en répliquant pour ne pas être en reste :

« Eh bien, si vous voulez le savoir, moi je connais beaucoup de choses à votre sujet.

– Alors nous sommes quittes !, fit-il en tendant la main pour recevoir son dû. A la semaine prochaine, portez-vous bien ! »

De ce jour, ils échangèrent quelques paroles amicales chaque fois qu'Antonia venait acheter le pain.

Deux semaines avant Noël, la neige revint encapuchonner le village. Ce n'était pas des chutes continues, mais des averses mêlées d'accalmies et de soudaines bourrasques tourbillonnantes.

« C'est le *da va* qui nous amène ce temps, disait Philomène, en général il n'est pas trop méchant. »

Elle désignait ainsi, comme tout un chacun dans la région, le vent du sud-ouest qui amène pluie, neige et giboulées.

Par chance, lorsqu'Antonia partit pour le Vernet, ce temps désagréable avait à nouveau fait place à un froid vif. Bien que recouvertes de neige gelée, les routes étaient redevenues praticables. En descendant de la patache à Compains, elle eut la surprise de voir que ses sœurs avaient accompagné son père pour venir la chercher avec la calèche.

Elle retrouva avec plaisir la ferme et ses habitants. A deux ou trois reprises, elle rencontra Aurélien, mais chaque fois elle était escortée de Marie. Ils se contentèrent d'échanger quelques banalités. Antonia se garda bien de demander s'il avait reçu sa lettre ; lui-même n'y fit aucune allusion.

La veille de son départ pour Saint-Pierre-Roche, le jeune homme était venu avec ses parents souhaiter la bonne année aux Raynaud. Devant tous, Antonia et lui durent s'embrasser pour s'offrir les bons vœux.

Au cours de cette visite, la jeune fille apprit qu'il logeait à l'auberge, le seul appartement de l'école étant réservé au directeur. Elle l'imaginait seul, le soir, assis à une petite table devant des piles de cahiers à corriger. Mais peut-être se trompait-elle ; il avait pu faire des connaissances dans ce village. C'était peu probable, il n'était guère liant. Il devait se consacrer à ses élèves et ne pas chercher d'autre compagnie que celle des livres.

Début janvier, Antonia était à peine de retour à Chastreix que le vent du nord-ouest, appelé ici « la traverse », amena la neige en abondance. Durant des jours, on ne vit ni ciel ni terre. Le monde n'était qu'une grande vague blanche ondulant au-dessus des campagnes ; elle ensevelissait monts et villages, abolissant les bruits, rendant toute chose méconnaissable.

Le jour se levait à peine que, déjà, une nuit opaque masquait tout, derrière la danse inlassable et ouatée des flocons. Quand sonnait l'angélus, à deux pas de la maison de Clarisse, le son étouffé des cloches, lointain, assourdi, semblait venir du bout du monde.

Lorsqu'elle allait chercher le lait et les courses indispensables, Antonia avait l'impression de se mouvoir dans une immense boîte feutrée au sein d'un univers inconnu. Pour se guider, elle longeait les maisons obstinément closes, devinant les étables à l'odeur forte qui frappait ses narines. Dans les angles de murs, la neige poussée par de soudaines rafales formait des congères qui, parfois, bouchaient les portes.

Ses pas s'enfonçaient dans la poudre molle d'une absolue blancheur, intacte, illimitée. Au retour, ses traces avaient disparu, aussitôt comblées par les flocons serrés et tenaces.

Pour occuper les longues soirées, Antonia travaillait à son trousseau tout en bavardant avec la cousine. Clarisse racontait sa jeunesse au Valbeleix, son mariage, sa vie avec Georges, son mari, à la Feuillée, son regret de ne pas avoir d'enfant.

Enfin la neige tomba moins drue, les flocons s'espacèrent. Debout derrière sa fenêtre, Antonia entrevoyait à nouveau l'église, l'épicerie et quelques maisons au bout de la place. Le déluge blanc cessait une heure ou deux pour reprendre un peu plus tard avec moins de violence. Le vent se calmait.

Angèle Reignat, proche voisine de Clarisse, reprit ses visites de temps à autre. Le jeudi, elle amenait Joseph, son petit-fils. Les parents du petit habitaient Veilladoux, un hameau très haut perché sous les montagnes. Pour ne pas avoir à manquer l'école en raison des chemins souvent impraticables, Joseph, qui venait de prendre ses sept ans, logeait l'hiver chez sa grand-mère.

« Angèle et moi nous sommes de l'âge, avait dit Clarisse à sa jeune cousine. Veuve comme moi, elle trouve le temps long. Mais si ses discours t'ennuient, tu peux t'échapper pour rendre visite à Julie ou à Rolande. »

Mais, grâce aux parlotes de la vieille femme, Antonia apprenait quantité de choses sur les habitudes des villageois. Angèle et Philomène conversaient souvent en patois. Malgré quelques variantes, il avait beaucoup de points communs avec celui de la région de Besse ; si la jeune fille ne l'avait presque jamais parlé, elle le comprenait fort bien.

Ce jeudi-là, le petit Joseph jouait à la cuisine avec une toupie de bois. Au salon, tout en tricotant des bas à quatre aiguilles, Angèle évoquait certains épisodes de sa vie à la ferme de ses parents. Hyacinthe Reignat, son mari, était venu gendre dans ce hameau d'Augères-Hautes, accroché à flanc de montagne au pied du puy de Sancy.

« Les congères à Chastreix, disait Angèle à Antonia, ça te paraît énorme, mais si tu avais vu là-haut ! Certains jours, on ne voyait plus la porte de la grange, c'est te dire ! On était des semaines sans venir jusqu'à Chastreix. Mon homme venait de Lanobre, dans le Cantal, mais la neige, il ne la craignait pas. A Veilladoux, c'est tout pareil. Heureusement que je suis là pour garder le drôle, sinon il serait guère savant. »

La vieille femme faisait cliqueter ses aiguilles quelques minutes en silence, puis elle reprenait son bavardage.

« Tiens, ça me fait penser. La dernière fois que ma fille est descendue vendre ses fromages, elle m'a dit que chez ses voisins Pougheol, ça va de mal en pis. Le mari, Anselme, ne serait pas un mauvais homme, mais il boit beaucoup plus que de raison. Sa pauvre femme, il la bat comme plâtre !

– Ils n'ont pas de petits, si j'ai bonne mémoire ?

– Heureusement que non ! Un des domestiques a dit à mon gendre que leur personnel n'était pas tranquille. Ça finira par un malheur, il a dit, un jour il va l'assommer, la Fanchette !

– Au Vernet aussi, intervint Antonia, il y avait un homme comme ce Pougheol. Un jour, sa pauvre femme est partie, elle s'est jetée dans la couze et elle s'est noyée. Mais elle, elle avait trois petits.

– Misère, pauvre Bon Dieu ! fit Angèle. Et qu'est-ce qu'ils sont devenus ces malheureux petiots, les innocents ?

– La sœur de leur mère les a recueillis.

– A la bonne heure ! Heureusement qu'il reste encore du brave monde sur cette terre, tout de même ! »

Antonia se leva pour aller chercher le café à la cuisine. Joseph était attablé devant une écuelle d'œufs au lait. Sa mine gourmande fit rire la jeune fille.

« Il en restait un peu de midi, dit Philomène, vois comme il aime ça ! »

Au moment de partir, Joseph avait le tour de la bouche tout barbouillé de jaune. Sa grand-mère tira un mouchoir de sa poche.

« Viens par ici un peu, que je t'essuie, tu es tout *brenassou* ! Allez, dis au revoir et merci maintenant.

– A un de ces jeudis, Joseph, dit Antonia en mettant une bise sur la joue ronde du petit.

– C'est que je ne voudrais pas qu'il dérange, remarqua Angèle.

– Pas du tout, affirma Clarisse, il est sage comme une image.

– Oh, pour ça oui ! Pas comme sa petite sœur Virginie. Celle-là a cinq ans à peine et ne tient pas en place. C'est une dévorée pareille à mon pauvre défunt, mais bon cœur comme lui. »

Le dimanche suivant, après la grand-messe, Antonia et Julie gagnèrent l'auberge de Pierre Solagnat. Il leur tardait d'aller danser ; le violoneux n'était pas venu de trois semaines avec le temps épouvantable qui bouchait routes et chemins. Antonia remarqua bientôt que Rolande et Norbert ne se quittaient pas.

« On dirait qu'ils vont faire affaire, ces deux-là ! »

Julie sourit d'un air entendu.

« Depuis le temps qu'elle lui tourne autour, il devait bien finir par s'en rendre compte ! »

Quand les deux amies revinrent à l'auberge l'après-midi, quatre garçons inconnus d'Antonia étaient attablés devant des verres de vin rouge ; ils discutaient et buvaient bruyamment.

« Tu les connais, toi ?

– Un peu, mais personne n'aime les voir ici, ce sont des querelleurs, des chercheurs de noises. Il paraît qu'ils viennent de Pont-Couty. »

L'un d'eux invita Antonia pour une valse. Il lui soufflait son haleine avinée au visage, et elle fut soulagée quand la danse s'acheva.

Ce fut ensuite la danse des bouteilles, réservée aux hommes. On place des bouteilles sur le plancher. Il faut être agile pour danser en tournant autour, passer rapidement le pied par-dessus sans les renverser. Le maladroit qui fait choir une bouteille doit offrir un verre aux autres danseurs.

Pour augmenter la difficulté, les plus hardis placent aussi une bouteille sur leur tête, bien calée au creux de leur chapeau. Bras levés, ils claquent des doigts ; le rythme s'accélère, les spectateurs les encouragent de la voix. Les danseurs tapent du pied si fort qu'ils ébranlent le plancher par de vigoureux coups de talon, en poussant des « you, hou, hou ! » retentissants.

Quand on eut applaudi le vainqueur, le violoneux lança d'une voix forte :

« En place pour le quadrille ! »

C'était assez rare. Antonia se hâta de s'aligner avec Rolande, Julie et Violette Fournier. Paul Laverne se dressa devant elle ; aussitôt, il lui prit les mains. La danse se déroulait normalement, Antonia s'y donnait avec fougue quand soudain, l'un des garçons de Pont-Couty barra le passage au grand Paul.

« Dis donc, toi, on m'a dit que tu te vantais partout d'avoir couché avec ma sœur ! Tu oserais me le dire en face, à moi ? »

Et, aussitôt, son poing s'abattit sur le nez de Paul, interdit. Mais il rendit le coup, et ce fut le début d'une bien belle bagarre. La danse s'était arrêtée, les filles s'écartèrent précipitamment. Plusieurs garçons de Chastreix vinrent au secours de Paul ; en même temps, les trois acolytes de l'attaquant s'en mêlèrent aussi, et ce fut bientôt une empoignade quasi générale.

Le patron de l'auberge et le musicien tentaient vainement de ramener la paix. Paul Laverne hurlait, hors de lui :

« Je me tue à te dire que je la connais pas, ta sœur ! Je sais même pas si tu en as une !

– Allez vous battre dehors, criait Pierre Solagnat, dit le Piarre, que vous finirez par tout me casser, vauriens, chenapans ! »

Plusieurs garçons abandonnèrent la mêlée, mais Paul et son assaillant s'acharnaient encore. Quand le calme régna enfin, le Piarre revint à la charge.

« Fichez le camp, les gars de Pont-Couty, je ne veux plus vous voir chez moi ! C'est chaque fois pareil, vous déclenchez toujours des bagarres. Si vous ne partez pas sur le champ, je fais appeler les gendarmes de La Tour. »

Le garçon qui avait dansé avec Antonia se mit à ricaner.

« Avant qu'ils arrivent, on sera loin ! »

Il se saisit d'un verre plein sur une table proche et le lança contre le mur où il éclata avec un bruit de bombe. Une tache écarlate commença à couler sur la peinture ocre ; des éclats de verre atteignirent quelques consommateurs, des jeunes filles reculaient vers la porte en poussant des cris d'effroi. Malgré l'aide de ses camarades venus à la rescousse, on traîna le belliqueux dans la rue. Finalement, écrasés sous le nombre, les quatre faiseurs d'ennuis prirent le parti de déguerpir en proférant des menaces.

« On vous retrouvera, les gars de Chastreix, portez pas peine ! Vous perdez rien pour attendre, fumiers que vous êtes ! »

Le Piarre avait refermé sa porte. Il dissuada les jeunes de poursuivre ces enragés, et il s'estimait heureux que la bataille n'ait pas causé davantage de dégâts.

« Allez, Joselou, fit-il au violoneux, *faï péta la bourreïo* ! (envoie-nous une bourrée !) »

La danse reprit, mais les jeunes gens n'avaient plus autant d'entrain. Antonia et Julie n'attendirent pas l'heure des vêpres pour se retirer. Elles restèrent tranquillement dans l'épicerie déserte, à commenter les évènements.

« Il y en a souvent, des querelles de ce genre ?, demanda Antonia.

– De temps à autre. Certains gars suivent les bals tout exprès, pour le plaisir de provoquer les autres. Alors, bien souvent, ça se termine par des bagarres comme celle d'aujourd'hui, forcément. »

Antonia hésita à raconter à Clarisse ce qui s'était passé. Et si, après ça, elle lui interdisait de retourner à la danse ?

A la réflexion, elle trouva plus sage de lui en parler. Le village était si petit, les ragots se répandaient vite. Si sa cousine l'apprenait, elle pourrait lui reprocher son manque de franchise. Mais elle s'inquiétait à tort.

« Un verre de cassé, tu dis ? La belle affaire ! Quand Georges et moi étions jeunes, c'était bien pire. Un jour, dans une bagarre d'auberge, j'ai même vu un mort, alors un verre... »

Clarisse riait à ces souvenirs, et sa face ronde en était toute réjouie. Antonia, rassurée, se mit à rire avec elle.

« Je vous aime bien, cousine, dit-elle, chez vous rien ne paraît grave, vous prenez les choses du bon côté. D'autres en feraient tout un drame.

– Ah, ma petite, la vie m'a appris que se lamenter ne sert à rien. Je te le répète, il n'y a pas de quoi en faire tout un plat ! »

XXVII

Le retour des beauxjours

Un matin, à l'épicerie, Antonia remarqua une jeune cliente en train de plaisanter avec Norbert. Elle était jolie ; des boucles brunes dépassaient de son bonnet de dentelle sur son front et ses tempes ; ses yeux noirs brillaient d'effronterie. Après son départ, Julie renseigna son amie.

« C'est la Sophie Duchamp. Elle habite juste avant la ferme des Chassagne.

– Je vais chercher le lait là-bas tous les matins et je ne l'ai jamais rencontrée, cela m'étonne…

– Ça n'a rien d'étonnant, elle était partie soigner une tante à Saint-Genès. Sinon, on l'aurait vue à la danse, tu penses bien !

– Parce qu'elle aime danser, elle aussi ?

– Danser, oui, et pas seulement... Je peux bien te le dire, c'est une aguicheuse, elle tourne autour de tous les garçons. Adrienne dit qu'elle cherche à se faire épouser, mais pas par n'importe qui. Elle clame partout qu'elle ne veut pas être fermière et trimer comme les femmes de paysans. »

Ce même jour, Antonia reçut une longue lettre de Gertrude. A son habitude, elle racontait ses sorties et décrivait ses soupirants.

Elle paraissait aussi un peu jalouse de Julie dont Antonia lui avait dit le plus grand bien.

« Je me réjouis, écrivait-elle, de savoir que tu as fait des connaissances, mais en même temps, je m'inquiète. Cette Julie Manaranche n'a-t-elle pas pris ma place ? Ne vas-tu pas m'oublier, lui donner davantage d'amitié qu'à moi ? Souviens-toi de notre vieille complicité au pensionnat, souviens-toi que tu es comme ma sœur. Nous nous voyons trop peu, hélas, mais j'ai toujours pour toi la même affection. Aussi, qu'avais-tu besoin de partir si loin dans ces montagnes perdues ?

Enfin, je me console en pensant que tu vas rentrer au Vernet à Pâques. Après, très vite, tu viendras me rendre visite, promets-le moi dans ta prochaine lettre. Tu me parles trop peu de tes danseurs. A part leur nom, je ne sais rien d'eux. Armand, Norbert, Paul, Jean-Gaston, Donatien, pour lequel de ceux-là ton cœur bat-il plus vite ? Ne sois pas cachottière, alors que moi je te dis tout !

Pense à moi chaque jour. Je t'embrasse de toute ma grande amitié. Bien à toi.

Gertrude »

Le vendredi, près de la voiture du boulanger, il n'y avait qu'une seule cliente. Elle riait et plaisantait avec le jeune homme. Antonia reconnut sa voix : c'était Sophie Duchamp.

« Dieu, s'exclamait-elle, que vous êtes drôle, Antonin ! Vraiment, il n'y a que vous pour dire des choses si amusantes ! »

Le boulanger la couvait d'un regard qui en disait long sur son admiration pour la belle fille en train de le flatter.

« C'est pas tout, minauda Sophie, il faut que je m'en aille, ma mère a besoin de moi, elle va encore rouspéter.

– Dommage, dit Antonin, des clientes comme vous, je leur vendrais bien du pain toute la journée ! »

Antonia n'avait pu se défendre d'un petit pincement au cœur. Sophie prenait congé.

« Au revoir alors, dit-elle en dévisageant le jeune homme d'un regard appuyé, à bientôt j'espère.

– Je l'espère aussi, je vais trouver la semaine bien longue, croyez-moi ! »

Sophie dévisagea Antonia, l'observa de la tête aux pieds mais se garda bien de la saluer. Elle fit de même. Ensuite, elle répondit froidement aux paroles aimables du jeune homme.

« Je vous sers comme d'habitude ? »

Il lui souriait et ne paraissait pas remarquer sa mauvaise humeur.

Une fois servie, elle tourna les talons. Il la rappela.

« Vous avez le mal du pays ? Vous n'êtes guère causante, ce matin !

– D'autres le sont pour deux !, lança-t-elle vivement. Allez, au revoir.

– Au revoir, Mademoiselle Antonia, passez une bonne semaine. »

C'était la première fois qu'il prononçait son prénom. Elle en fut seulement surprise mais, si elle n'avait pas été aussi contrariée, cette constatation lui aurait sûrement fait plaisir. Elle rentra de très méchante humeur.

Seule dans sa chambre, le soir venu, elle revit les regards échangés par Sophie et Antonin. Les propos de la jeune fille lui revenaient ; elle se sentait irritée, mécontente.

« Mais je suis jalouse ! », dit-elle tout bas.

Devant l'évidence, elle se défendit.

« Jalouse, moi ? Et de quoi, Grand Dieu ! C'est vrai que je me réjouis à l'idée de bavarder avec Antonin. Comme l'a dit cette arrogante, il est drôle et agréable, je dois bien le reconnaître. Mais de là... »

Elle décida qu'elle détestait cette Sophie et qu'elle ferait tout pour l'éviter à l'avenir.

Le dimanche suivant, Norbert ne dansa qu'avec Sophie Duchamp, au grand désespoir de Rolande qui s'efforçait sans succès d'attirer l'attention du frère de Julie. Sa sœur Adrienne lui conseilla de rentrer à la maison, mais elle ne voulait pas laisser le champ libre à sa rivale.

Un peu plus tard, lorsque Fernande Chassagne et ses filles vinrent faire la veillée, Antonia attira ses deux amies dans sa chambre. Rolande avoua bien vite ce qu'elle avait sur le cœur.

« Cette intrigante va me prendre Norbert, je ne m'en consolerai jamais !

– Allons, disait Antonia, ce n'est pas parce qu'il a dansé avec elle...

– Tu as bien vu comme moi qu'il la buvait des yeux ! Non je te dis, il est perdu pour moi, c'est certain ! »

Et elle se mit à pleurer, son petit visage aux joues rondes, encore enfantines, caché dans ses mains. Antonia la prit affectueusement par le cou pour l'embrasser tandis qu'Adrienne cherchait de bonnes paroles qui calmeraient sa cadette.

– Ecoute, dit Antonia, j'ai une idée, moi, je te promets d'en parler à la sœur de Norbert, allons ne pleure plus ! »

Et elle mit un gros baiser sur la joue humide de sa malheureuse amie. Rolande s'épongea les yeux en reniflant.

« Mais qu'est-ce que tu vas lui dire ?, questionna-t-elle, partagée entre l'appréhension et l'espoir.

– Je vais tout simplement lui demander deux choses. D'abord de dire à son frère tout le mal possible de cette Sophie, puis tout le bien imaginable de toi. Tu vois, c'est tout simple. Sois tranquille, Julie n'apprécie pas cette pimbêche, je le sais. Elle n'a sûrement pas envie de l'avoir pour belle-sœur. Nous nous entendons bien toutes les deux, elle ne refusera pas, je m'y engage !

– Mais, demanda encore Rolande, si Norbert ne veut pas l'écouter ?

– Fais un peu confiance à Antonia, dit sa sœur. Je suis de son avis, Julie est assez maligne pour convaincre son frère. »

Après le départ de ses amies, Antonia se fit quelques reproches. Elle n'était pas sa propre dupe, loin de là. Sous le prétexte d'aider Rolande à conquérir Norbert, elle savait bien qu'elle désirait surtout se venger de ses rancœurs personnelles. Il lui semblait entendre les sermons de la Mère Supérieure au pensionnat lorsque, par dépit, une élève dénonçait ses camarades.

« La vengeance est une chose bien laide, mesdemoiselles, basse et vile, indigne d'une bonne chrétienne, et tout à fait contraire à la charité que nous a enseignée notre Seigneur... »

Oui mais, pensait Antonia pour se trouver des excuses, que pouvait bien savoir Mère Agnès des sentiments qui agitent le cœur des jeunes filles ? Rien, évidemment ! Aussi fit-elle part dès le lendemain de ses résolutions à Julie sans l'ombre d'un remords. Comme elle l'espérait, celle-ci promit d'ouvrir les yeux à son frère sur la frivolité de Sophie, par tous les moyens. Puis, habilement, elle lui vanterait les nombreux mérites de Rolande, en insistant sur son attachement sans faille pour lui et pour lui seul.

En février, il y eut encore de longs jours de grande tourmente. Une neige poudreuse tomba en abondance, s'accumula en congères impressionnantes, paralysant une fois de plus le village et surtout les hameaux de montagne. La bise sifflait sans discontinuer comme une bête malfaisante, et, la nuit surtout, ses hululements lugubres incitaient à se terrer au fond des logis tièdes, calfeutrés de partout.

Puis ce vent glacial, coupant comme une lame, fit fumer la neige, comme disent les paysans. Un brouillard infime, une brume blanche plutôt, glacée et pénétrante, oppressait les pacages enneigés, semblait s'y amalgamer intimement.

Ensuite vint « l'aura de neige », appelée encore grand vent. Celui-là arrive du sud ; plus chaud, il sape sournoisement les plaques neigeuses, se coule au-dessous, les boit lentement.

Suivit bientôt le *venaou*, le grand balayeur qui souffle du sud-est. Quand il repoussa soudain les nuages dont la course éperdue chamboula tout le ciel, la chaîne des Dore apparut, resplendissante, souveraine dans sa laque d'absolue blancheur contre l'espace couleur de porcelaine, uniformément et intensément bleu.

« *Co é le venaou que mandza le ver !** dit Philomène. La fonte va bientôt commencer. »

Le redoux en effet arriva par surprise ; un matin, le manteau neigeux parut s'être tassé brusquement. Il se désagrégeait peu à peu en lourds cristaux granuleux et humides. Des ruisselets commencèrent à sourdre sous les lourds amas de neige épaisse qui comblaient les creux.

La belle poudreuse, si fine et si brillante qui étincelait, endiamantée et aveuglante sous le soleil d'hiver, céda la place à une bouillie grisâtre et spongieuse. A certains endroits, on y enfonçait jusqu'à mi-corps. Tous les chemins étaient bouchés. Personne n'aurait osé prendre le risque d'y conduire un cheval.

En deux jours, la fonte s'accéléra au bas des montagnes si bien que la moindre sente se transformait en torrent. La ceinture de bois de sapins qui cerne les éboulis de roches grises retrouva sa couleur vert sombre. Seuls les monts aux dents aiguës et brillantes gardaient leur blancheur.

Puis le roc de Courlande, pyramide dressée un peu en contrebas de la chaîne des Dore, commença à dénuder son pelage d'herbe brunie et fangeuse. Il ne conservait qu'une sorte de petit béguin blanc, alors que le Sancy et le puy Gros se déta-

* C'est le vent d'en haut qui mange l'hiver.

chaient contre le ciel bleu-saphir comme deux énormes tas de crème fouettée.

Mars s'avançait. Lorsqu'Antonia sortait de la maison chaude, elle ne recevait plus au visage la gifle humide et froide des vents d'hiver. Une douceur nouvelle était dans l'air. Avec une joie enfantine, elle sentait que le printemps attendait son heure, patiemment à l'affût, tapi dans le creux des pacages au bord des ruisseaux qui chantaient, babillards, avec des petits glouglous de contentement. A la première occasion, il pousserait sur la campagne ses minuscules langues vertes, un peu plus chaque jour, jusqu'à triompher des dernières plaques de neige gelée.

Un dimanche, à l'auberge, Paul Laverne demanda à Antonia si, dans l'après-midi, elle accepterait de faire avec lui une petite promenade. Etonnée, elle refusa.

« Ne vous vexez surtout pas, mais je ne veux pas me compromettre seule avec vous. Les gens sont si méchants, vous savez bien. Qu'irait-on raconter à ma cousine ? »

Paul sembla extrêmement déçu.

« C'est que j'avais à vous parler sérieusement avant votre départ. Parce que vous partirez bientôt, je crois ?

– La veille des Rameaux, le huit avril. »

Il soupira ; sur son visage maigre, Antonia pouvait lire son désappointement.

« Alors, dans trois petites semaines je ne vous verrai plus... »

La tristesse semblait allonger encore sa figure trop pâle. Gênée, Antonia ne trouvait rien à dire. S'était-il tellement attaché à elle sans qu'elle s'en doute ?

« Si mon père est d'accord, je reviendrai certainement passer l'hiver prochain ici.

– L'hiver prochain, dit-il lentement, c'est si loin... »

Elle le quitta brusquement après un rapide au revoir.

Le lendemain matin, alors qu'elle revenait de chez Chassagne, elle trouva le jeune homme sur sa route. Tandis qu'il la saluait en rougissant, elle comprit que ce n'était pas un hasard. Il l'avait guettée et attendue.

« Vous avez bien deux minutes ? Ce que j'ai à vous dire ne prendra pas longtemps. Je vais remonter avec vous jusqu'à l'épicerie, ne dites pas non, je vous en prie ! »

Elle n'eut pas le cœur de refuser, même si elle se doutait de ce qui allait suivre ; il lui faisait un peu pitié. Ils firent côte à côte les quelques centaines de mètres qui les séparaient de la place de l'église.

Jusque là silencieux, Paul déclara tout à coup précipitamment :

« Antonia, je vous aime depuis le premier jour où je vous ai vue à l'auberge. Voulez-vous être ma femme ? »

Interdite, elle s'arrêta pour le regarder. Il avait rougi jusqu'aux oreilles mais paraissait soulagé de cet aveu.

« Ne répondez pas tout de suite, dit-il encore. Laissez-moi vous expliquer. Si vous vous trouvez trop jeune, je ne vous presserai pas, je vous attendrai tout le temps qu'il faudra. »

Il répéta encore, avec insistance :

« Tout le temps, des années s'il le faut ! »

Décontenancée par cette déclaration, Antonia pensa à Aurélien. Elle allait éconduire Paul comme elle avait repoussé son ami d'enfance. Mais pourquoi fallait-il donc que ceux qu'elle appréciait, seulement, lui parlent mariage ?

Ils continuaient à marcher en silence l'un près de l'autre. Pour avoir l'air naturel, ils devraient se séparer bientôt sur un au revoir anodin. Il fallait lui répondre, vite. Mais quoi ? Derrière les rideaux tirés, elle soupçonnait des présences curieuses ; elle ne pouvait espérer qu'ils passeraient inaperçus.

« Attendez, dit encore le jeune homme, une dernière chose. Je ne suis pas beau, je le sais, mais je vous rendrai heureuse. Je suis l'aîné chez moi, le domaine de mon père est un des plus gros de la commune, j'aurai de quoi vous gâter beaucoup.

– Mais Paul, s'exclama Antonia, je vous aime bien, pourtant l'idée ne m'est jamais venue que je pourrais vous épouser ! Pour moi, vous êtes une bonne connaissance, c'est tout. Restons amis et ne me demandez rien d'autre.

– Je me doutais que vous diriez quelque chose de ce genre, fit le garçon avec une petite moue désabusée. Mais je vous le répète, je ne suis pas pressé. Cet été vous réfléchirez, peut-être finirez-vous par consentir à devenir ma femme...

– N'y comptez pas ! Je ne veux pas vous décevoir davantage, oubliez-moi, je vous assure. A présent il faut que je rentre. Au revoir Paul, sans rancune, n'est-ce pas ? Je vous garderai mon amitié, c'est promis. »

Elle ne se retourna pas tandis que lui, debout au milieu de la rue, hésitait à la suivre. Il se dandina un moment d'un pied sur l'autre, puis il secoua la tête et entra dans la boutique de Françoise Manaranche.

Chez la cousine, Antonia n'eut pas le loisir d'approfondir la déclaration de Paul Laverne. Elle trouva Victoire Fournier attablée devant une tasse de café. Le chemin qui mène de La Feuillée au village était encore boueux, mais débarrassé enfin de la neige fondante. La fermière de Clarisse, venue faire des courses à l'épicerie, en avait profité pour apporter une douzaine d'œufs à sa propriétaire.

Antonia s'enquit des nouvelles de Violette. Avec le temps épouvantable suivi de la fonte des neiges ces dernières semaines, elle n'avait pas revu la jeune fille à la danse depuis bien longtemps.

« Ma fille va bien, merci, un peu secouée tout de même par les derniers évènements du voisinage, forcément.

– Quels évènements ?, demanda Clarisse. Il est arrivé quelque chose par chez vous ?

– Mais vous ne savez donc pas ? C'est rapport à la pauvre Fanchette Pougheol, elle a disparu figurez-vous !

– Disparu ? Mais comment ? Angèle Reignat nous en parlait justement il y a quelques semaines.

– Eh bien, dit Victoire, contente de l'intérêt qu'elle suscitait soudain, c'est mercredi dernier que tout a commencé. Marcel Rouffet, un de leurs domestiques, a confié à mon mari que nul n'avait revu la maîtresse depuis trois jours. Le plus âgé des valets, Gustou a demandé à Anselme Pougheol : "La maîtresse n'est pas malade au moins qu'on ne la voit pas aujourd'hui ?" L'autre a juste répondu : "Non, non !", et le Gustou n'a pas osé insister.

Le vendredi matin, quand même, il s'est enhardi pour revenir à la charge. Il s'est fait remballer, je vous dis que ça ! "Occupe-toi de tes affaires a grogné Pougheol, si on te demande où est la Maîtresse, tu diras que tu en sais rien, vu ? Ça regarde personne, tu entends, nous, on va où on veut, on n'a pas de comptes à rendre et surtout pas à nos domestiques !"

C'est vrai qu'il y avait la servante pour faire la soupe, alors les valets ne s'en sont plus occupés. Sauf le Marcel Rouffet. Lui, il n'était pas tranquille, il avait vu des choses, vous comprenez, des choses pas belles du tout ! Hélas, c'était pas la première fois. Il n'y tenait plus ; samedi il est descendu jusque chez nous, bien embêté. Il a pris Jules, mon mari, à part et il lui a tout déballé :

"J'ai hésité à venir ici ou à aller voir notre plus proche voisin, Gilbert Virolay à Veilladoux, vous savez, le gendre de l'Angèle. Enfin, me voilà. Faut que je vous dise, je peux plus garder ça pour moi. Gustou est au courant de ma visite, c'est même lui qui m'a encouragé à venir. Depuis mercredi soir, personne n'a revu la Fanchette. Enfin, quand je dis personne... Moi je l'ai vue ce jour-là justement, j'ai assisté à une scène mais j'ai pas osé en parler. Le Maître avait beaucoup bu, il criait après nous, après les bêtes. On a l'habitude, alors on faisait pas attention. Quand il a assez crié, il va cuver son vin dans son lit. Enfin, il faut dire, la Maîtresse il la tape, mais nous, c'est pas nos affaires, pas vrai ? Alors on s'en occupe pas.

Là, j'allais à l'écurie quand j'ai entendu crier à l'intérieur. J'ai pas osé entrer, mais comme je me penchais pour regarder par une fente de la porte, les cris se sont arrêtés net. Alors j'ai vu : la maîtresse était couchée de tout son long sur le dallage, sa tête saignait diablement. Debout à côté, l'Anselme, l'air tout bête, avait une grosse trique à la main. J'ai vite fait demi-tour pour rentrer dans la maison. Gustou était là déjà, il discutait avec la Martoune en attendant la soupe. Elle, elle mettait la table tranquillement. Je crois que je tremblais car Gustou a dit : "Oh, Marcel, tu nous aurais pas pris un chaud et froid ?" Sur le coup, je leur ai rien dit, maintenant je regrette, ah oui !

Et voilà pas que le maître, juste ce matin quand on faisait neuf heures, il nous dit : « Faudra vous contenter du fricot de la Martoune, votre maîtresse a dû partir dans sa famille. Elle m'a fait savoir que sa belle-sœur vient d'accoucher, elle va pas bien du tout. Alors la Fanchette va s'occuper de la maison et des petits pour quelque temps, voilà.

Qu'est-ce que je dois faire à votre avis ?, a demandé Marcel à mon homme. Vous croyez qu'il dit vrai ou bien qu'il a vraiment donné un mauvais coup à sa femme ? Gustou m'a recommandé de vous demander conseil."

Jules ne savait trop que répondre. Si Gustou et Marcel insistent, ils vont perdre leur place. Quand Anselme a trop bu, on peut rien lui faire entendre. »

– Mais, dit Clarisse indignée, il faut bien savoir tout de même ce qu'est devenue cette pauvre femme !

– C'est bien ce qu'on a pensé, Jules et moi. Alors, le dites pas surtout, samedi mon homme est venu trouvé le maire ; il l'aurait fait plus tôt, mais notre chemin roulait autant d'eau qu'une rivière, emportant la terre et les cailloux. Le maire a dit qu'il allait y envoyer les gendarmes dès lundi. Les gens de Veilladoux n'en savent rien, Jules m'a défendu de le répéter. Mais vous, Clarisse, je suis tranquille, vous garderez cette histoire pour vous, n'est-ce pas ?

– Ne te soucie pas, Victoire, ni moi ni Antonia n'en parlerons à quiconque. Mais si les gendarmes font une enquête, on saura bien tôt ou tard ce qui est arrivé à Fanchette Pougheol. »

Victoire se leva pour prendre congé.

« A mon avis, dit-elle en lissant sa longue jupe du plat de la main, cette malheureuse a pris cette fois un coup fatal. Elle ne doit plus être de ce monde à l'heure qu'il est, doux Jésus ! Enfin, il faut espérer que je me trompe, sait-on jamais... »

XXVIII

Une étincelle de malice

LA PREMIERE SEMAINE D'AVRIL arriva sous les giboulées. Antonia faisait ses bagages. Elle allait rentrer au Vernet, retrouver ses parents, ses sœurs. Elle s'en réjouissait mais elle savait qu'elle regretterait ses nouvelles amies : Rolande, et Julie surtout.

Une récente lettre de sa mère l'avait à nouveau plongée dans la vie du hameau et de ses habitants. Sidonie travaillait toujours chez les Raynaud mais elle et son mari, Emile, avaient loué la petite maison de Mariette. Sa sœur Alice venait de se marier ; le jeune couple vivait chez les parents ainsi que l'un de ses frères rentré du service militaire. Le petit Alexis aurait prochainement une petite sœur ou un petit frère. La grand-mère avait accepté de se charger des deux petits le jour durant.

« Ainsi, écrivait Eugénie, l'été prochain, nous n'aurons pas à remplacer Sidonie qui doit accoucher début juin. Tu seras là, toi ma grande, pour aider Noémie. Il faut dire aussi que Marie fait bien sa part de travail à présent. Octavie, elle, n'a que dix ans, on ne peut pas trop lui demander. Ton père va bien, mais notre vieux Théodore a beaucoup baissé ces dernières semaines. Le médecin est venu, il a dit que c'était de l'usure. Notre ancien

berger souffre du grand âge, c'est notre lot à tous ! Nous avions pensé prévenir sa fille. Ton père en a touché un mot à Théodore : il refuse farouchement de la revoir et nous n'allons pas le contrarier.

Dimanche dernier, Justine et Léonce nous ont rendus visite. Eléonore et Jean-Charles sont de bien beaux petits. Le filleul de ton père s'accommode fort bien de son infirmité, pauvre petit ! A cinq ans et demi, il est très vif, très éveillé. Sa sœur, à huit ans, s'occupe de lui comme une petite mère, c'est touchant de les voir faire tous les deux.

A Pâques, nous aurons la joie de recevoir ta tante Octavie et ton oncle Frédéric, nous les garderons trois jours. Je sais que tu seras contente de cette visite car tu les aimes beaucoup et ils te le rendent bien. »

Antonia avait reçu aussi une lettre très brève de Gertrude :

« Je t'écris, disait-elle, pour te faire partager mon bonheur. Je suis amoureuse pour de bon, cette fois ! Il est beau comme un ange d'église, savant, très bien éduqué, il danse divinement, en un mot il est parfait. C'est le nouvel instituteur de Brion, Désiré Bruhat. Je lui ai demandé s'il connaissait ton Aurélien, mais non. Désiré a fait son service, il a vingt-quatre ans, il était déjà sorti de l'Ecole normale quand ton ami y est entré. Je t'attends chez moi le plus tôt possible après les fêtes de Pâques ; tu demanderas à tes parents de t'accorder trois ou quatre jours, ils ne pourront pas te les refuser. Je te raconterai comme tout est merveilleux et te présenterai celui que j'aime pour la vie.

Ton amie sincère qui nage dans la joie la plus pure. »

En repliant cette lettre, Antonia était songeuse. Comment Gertrude pouvait-elle aimer tant de garçons les uns après les autres ? Voilà un mystère qui la dépassait. Et ce Désiré, serait-il vraiment aimé « pour la vie », comme le disait sa fidèle amie ? Fidèle en amitié, certes, mais si inconstante en amour... « *Et moi,* se demandait Antonia, *est-ce normal que je n'aime aucun de mes danseurs, que j'aie repoussé Paul, Aurélien* ? »

Elle secoua la tête au risque de défaire son lourd chignon et sourit intérieurement. Elle avait bien le temps, rien ne pressait. Celui que la vie lui destinait se manifesterait bien un jour. En attendant, elle se promettait de s'amuser au bal chaque dimanche. Danser était la plus belle chose qu'elle connaisse.

La veille du départ d'Antonia était un vendredi. Comme chaque semaine, elle alla acheter le pain au boulanger de La Tour. Les giboulées avaient cessé mais le temps restait humide. La jeune fille serrait étroitement autour d'elle le châle jeté sur ses épaules en s'approchant du cheval noir sagement immobile. Antonin la salua avec un grand sourire. Ils bavardèrent un peu et, à son habitude, le jeune homme dit aimablement :

« A samedi prochain, Mademoiselle Antonia ! »

Elle le reprit d'un air espiègle :

« Non, samedi prochain, je ne serai plus là, je pars demain ! »

La mine déçue du jeune boulanger l'étonna agréablement. Elle faillit dire : « *Vous aurez toujours la belle Sophie pour vous faire un peu de conversation !* », mais elle se retint à temps.

« Quelle mauvaise nouvelle !, dit Antonin. Ainsi vous quittez Chastreix, déjà ? Nous ne nous verrons plus ?

– Je crains que non, du moins jusqu'à la prochaine Toussaint. Ma cousine désire me voir revenir passer l'hiver auprès d'elle.

– Dieu soit loué, voilà qui me rassure ! Je me disais bien aussi que nous devions nous revoir, vous et moi, obligatoirement !

– Tiens, et pourquoi donc ?

– Comment, vous n'avez pas remarqué : Antonia, Antonin, nous avons le même prénom, c'est un signe, ça ! »

Elle se retint de rire, il plaisantait toujours.

« Un signe de quoi ?, questionna-t-elle, un peu intriguée tout de même.

– Mais un signe que nous sommes faits pour être amis, et donc pour nous retrouver un jour, vous ne croyez pas ?

– Je ne sais pas, dit-elle en faisant la moue, moi vous savez, les signes je n'y connais rien.

– Eh bien moi je m'y connais, vous pouvez me croire. Et même je vais vous dire : vous m'oublierez peut-être un peu, mais moi, cet été, je penserai à vous très souvent. »

Elle le regarda droit au visage. Est-ce qu'il badinait encore ? Certainement. Pourtant il ne riait plus. Il lui prit la main et la serra.

« La demoiselle de compagnie va beaucoup nous manquer, à Pompon et à moi. N'est-ce pas ? » dit-il en se tournant vers l'animal impassible.

Elle rit franchement.

« Cessez de vous moquer ! N'êtes-vous donc jamais sérieux ?

– Oh si, avec vous toujours, comme en ce moment, tenez ! »

Il n'avait pas lâché sa main et il la regardait de telle façon, intense, presque grave, qu'elle en fut décontenancée.

« Promettez-moi de penser à moi chaque fois que vous mangerez une bouchée de pain. C'est peut-être beaucoup, je sais, mais vous ne pouvez pas dire non. »

A sa grande surprise, Antonia, en effet, ne pouvait pas dire non. Quelque chose de plus fort que sa volonté l'obligea à répondre :

« Je vous promets. Au revoir Antonin. »

Dans son émotion, elle avait prononcé son prénom pour la première fois sans y prendre garde. Vite, elle se détourna, fit les quelques mètres qui la séparaient de la maison les yeux pleins de larmes. Elle s'était si peu attendue à un tel discours qu'elle doutait un peu maintenant de l'avoir réellement entendu.

« Mais qu'est-ce qui m'arrive, se demandait-elle avec agacement, qu'est-ce que j'ai ? C'est trop bête à la fin ! Je ne vais pas me mettre dans tous mes états pour quelques plaisanteries, voyons ! »

Elle y était, dans tous ses états, bien plus qu'elle ne l'imaginait. Elle y était, oui, et pour longtemps. Et ce sentiment tout nouveau, jusqu'alors inconnu, auquel elle était bien incapable de donner un nom, la rendait à la fois heureuse et triste.

Antonia arriva au Vernet pour voir mourir le vieux Théodore. Les fêtes de Pâques à peine passées avec la chaude présence des Duteil, le vieux berger mourut discrètement dans son sommeil, un peu comme l'avait fait son ancien maître, Gabriel Raynaud. On l'avait justement installé dans la chambre de l'aïeul. Le matin du dimanche de Quasimodo, en venant lui porter le café au lait, Noémie le trouva tout froid.

Antonia et ses sœurs eurent beaucoup de peine. Elles avaient toujours connu Théodore, il était de la famille. Depuis le décès du grand-père, il l'avait remplacé un peu. Jean Raynaud fit le nécessaire pour les obsèques.

Gagnée par les rhumatismes, Mariette ne put envisager le voyage mais Marcelin, Jean, Eugénie et leurs filles accompagnèrent le vieil homme jusqu'à sa dernière demeure. Comme il en avait exprimé le désir, on l'enterra près de sa femme au cimetière de Besse. Prévenue, sa fille n'avait pas cru devoir se déranger.

Le jour de Pâques, toute la famille avait fait une visite au cimetière du Valbeleix. Le souvenir de Julienne et des grands-parents ne s'estompait pas. L'affection qui les avait unis était toujours aussi vivace.

Un peu plus tard, Antonia y retourna seule par un bel après-midi doux et ensoleillé. Dans les prés du haut, elle avait cueilli les premières petites fleurs printanières. Comme Julienne le lui avait appris quand elle était petite et encore bien maladroite, elle tressa une couronne de pâquerettes. Sur la pierre grise, au pied de la croix de perles, elle déposa cet hommage à sa sœur chérie.

Pour son grand-père, elle avait apporté un bouquet de violettes odorantes. A cinq ans déjà, elle cueillait pour lui les fleurettes fragiles. Elle se rappela l'air heureux du vieil homme aveugle qui humait leur parfum. Antonia disait :

« Je laisse le bouquet près de vous, grand-père, ainsi vous sentirez mes violettes tout le jour ! »

Ce jour-là, du fond du cœur, elle parla longtemps à ses deux disparus.

Le temps des vacances, la jeune fille avait retrouvé Aurélien. La gêne qui s'était installée un temps entre eux avait disparu. Ils se racontèrent leurs vies respectives. L'espièglerie passée d'Antonia reprit le dessus, et elle ne put s'empêcher de le taquiner.

« Il y a bien une école de filles, à Saint-Pierre-Roche ?

– Bien sûr, avec deux classes, comme dans la nôtre.

– Et, je suppose, cette école a une directrice et une adjointe, non ?

– Je te vois venir, dit Aurélien en riant. Pas de chance, l'adjointe n'est pas une jeune normalienne, il s'en faut ! C'est une vieille fille de quarante-sept ou huit ans, alors, si tu voulais nous fiancer, tu tombes mal ! »

Ils rirent tous deux, et Antonia fut heureuse de leur complicité retrouvée. Le garçon la dépassait d'une bonne tête, mais il avait toujours son air enfantin, un peu naïf.

« Oh, je ne porte pas peine pour toi. A l'auberge où tu loges, il doit bien y avoir quelques jeunes filles. On y danse le dimanche ?

– Non, il faut aller à Massagettes ou jusqu'à Rochefort si l'on veut danser.

– Et bien entendu, toi tu n'y vas pas ?

– Tu sais bien, moi la danse...

– Ce n'est pas instituteur que tu aurais dû te faire, mon pauvre Aurélien, mais curé ou même moine, et cloîtré encore !

– Méchante, tu n'as jamais rien su faire d'autre que de te moquer de moi. »

L'air grave soudain, il baissa la voix pour demander :

« Et si je suis comme ça, tu ne crois pas que tu y es pour quelque chose ? »

Elle lui mit une main apaisante sur le bras.

« Aurélien, je t'en prie, ne gâche pas tout. N'en parle plus, jamais !

– Entendu, dit-il, la tête basse, mais... ça fait encore très mal, tu ne peux pas comprendre, et je te souhaite de ne jamais éprouver une telle amertume. Allons, ça passera. »

Il se fit violence pour montrer à nouveau un air enjoué.

« Parlons de toi, plutôt. Il y a de beaux garçons à Chastreix ?

– Quelques-uns, mais je n'ai pas encore fait mon choix », dit-elle pour le taquiner encore et retrouver leur bonne entente.

Ils étaient chez les Taillardat. La grand-mère Hortense était partie semer le jardin que Gaspard avait bêché, et la petite Amandine l'avait suivie. A son retour, la vieille femme entendit le rire des deux jeunes gens.

« Alors, les drôlous, on ne s'en fait pas on dirait. Vous avez raison, il faut rire quand on est jeune. La vie vous donne ensuite bien assez d'occasions de pleurer. »

Amandine était venue se percher sur les genoux de son grand frère. Elle lui mit les bras autour du cou, et Antonia fut toute remuée de voir la mine comblée d'Aurélien.

« Raconte-moi le Poucet qui avait volé les bottes de l'ogre pour pouvoir franchir les montagnes », réclama la petite.

Aurélien se contenta de sourire à sa sœur qui insista :

« Antonia, dis-lui de raconter, dis-lui ! »

Antonia pensait à la petite fille du même âge qui demandait au grand-père Gabriel l'histoire du loup et du brave chien Fanfare.

« Contente-la, dit-elle, plus tard ça lui fera un beau souvenir. »

A quelques jours de là, Antonia écrivit à la cousine Clarisse pour lui donner des nouvelles et la remercier de ses gentillesses à son égard. La réponse ne tarda pas à venir. La cousine rapportait les petits événements de son village, parlait à Antonia des personnes qu'elle avait connues. Elle s'étendait longuement sur l'affaire de la disparition de Fanchette Pougheol du hameau de Veilladoux.

Par Jules et Victoire Fournier, j'ai tout su du déroulement de l'enquête, écrivait-elle. Quand les gendarmes sont arrivés, Anselme leur a servi la même histoire qu'à ses domestiques. Seulement voilà, les gendarmes ils y sont allés, eux, chez son beau-frère, à Trémouille-Saint-Loup. Sa femme avait accouché bien avant la Noël, et ni l'un ni l'autre n'avait vu la Fanchette. On a encore interrogé Anselme, plusieurs fois, mais il s'entête à dire toujours la même chose. Quand le brigadier lui a demandé : "Comment se fait-il que vos domestiques n'aient pas remarqué le départ de votre femme ? Il a répondu : "Elle est partie que le jour n'était pas levé, ils dormaient encore." "Et par quel moyen comptait-elle aller jusqu'à Trémouille ?" "Elle devait prendre la patache qui monte de Besse vers La Tour, de là elle sera descendue en direction de Bort."

On n'a rien pu en tirer d'autre. Pourtant, sur les conseils de mon fermier et de Monsieur le Maire, Marcel Rouffet a raconté aux gendarmes ce qu'il avait aperçu dans l'étable. Mais cela, Anselme l'ignore. A présent, on fait des recherches partout. Le brigadier a pensé à une noyade. C'est vrai qu'avec la fonte des neiges, les rivières étaient grosses. Il paraît qu'on sonde la Gagne et aussi la Burande ; on a demandé des volontaires pour fouiller les bois des environs. Mais le temps passe. Je suis maintenant de l'avis de Victoire : on ne la retrouvera pas vivante, hélas ! D'ailleurs, c'est chercher une aiguille dans une meule de foin !

Jean avait permis à Antonia de partir passer trois jours chez Gertrude. Quand elle prit la route de Brion, le printemps était bien installé. Les bourgeons avaient éclaté depuis longtemps, les fleurs sauvages piquetaient l'herbe nouvelle de pointillés roses, jaunes, mauves, blancs. On avait ressorti les bêtes dans les pâtures. Des agneaux nouveaux-nés, d'une blancheur intacte, gambadaient derrière leur mère dans les prairies où brillaient les petits ruisseaux bavards. Antonia admirait la campagne dans sa toilette neuve. Elle aussi étrennait de beaux vêtements achetés avec le petit pécule que lui avait donné la cousine Clarisse. Voyager seule lui conférait quelque importance, à ses yeux du moins. Un sentiment de liberté l'exaltait un peu, et elle était toute à sa joie de revoir bientôt sa chère Gertrude.

Elle trouva cette dernière très excitée. Gertrude faillit même oublier de lui faire compliment de sa nouvelle toilette, alors qu'Antonia la complimentait sur sa robe de fin lainage, rayée de vert et de gris tourterelle.

« Tu arrives bien, Désiré vient de rentrer de Bourg-Lastic où habitent ses parents. La classe a repris hier, heureusement, sinon tu n'aurais pas pu faire sa connaissance. »

Antonia fut assez déçue par ce premier contact. Elle trouva le jeune instituteur bien quelconque, et surtout très infatué de lui-même. Il s'écoutait un peu trop parler, affichait des manières raffinées qui ne semblaient pas naturelles. Bref, il ne lui plut pas du tout. Elle ne comprenait vraiment pas comment son amie avait pu s'attacher si fort à cet orgueilleux uniquement préoccupé de sa personne.

« Alors, demanda Gertrude dès qu'elles furent seules, comment le trouves-tu ? »

Antonia ne voulait pas la blesser, mais sa réponse manquait d'enthousiasme et de chaleur. Son amie ne fut pas dupe.

« Tu n'as pas l'air tellement emballée !

– Il vaut mieux pour toi, si je l'étais trop, j'essaierais peut-être de te l'enlever, dit Antonia en plaisantant.

– Pour ça, je suis tranquille, tu es une amie trop loyale pour me faire une chose pareille. Mais, bien franchement, qu'est-ce que tu lui reproches ?

– Oh, rien de particulier ! Simplement, il se croit sorti de la cuisse de Jupiter et ça ne me plaît pas du tout. Pardonne-moi, mais je crains que ce soit un grand égoïste... Il t'a demandée en mariage ?

– Comme tu y vas ! Non, pas encore, il faut que nous nous connaissions mieux, tu comprends ? »

Certes, Antonia comprenait, mais, au fond d'elle-même, elle craignait pour Gertrude une grande déception.

Quelques semaines plus tard, elle reçut un courrier de son amie. Elle commença à lire et, de surprise, faillit laisser tomber la feuille où s'étalait l'écriture énergique de Gertrude. Elle reprit pourtant sa lecture et se mit soudain à rire tout haut.

Je ne te remercierai jamais assez, ma bonne amie, disait Gertrude, de m'avoir ouvert les yeux. Après ton départ, j'ai essayé de voir Désiré différemment, et j'ai réussi. Tu avais tout à fait raison : son orgueil et son égoïsme l'étouffent, il n'y a que lui qui compte. C'est toujours : « moi, je, j'ai fait, j'ai dit », etc. Son physique même me déplaît à présent. Je n'avais pas remarqué ses petits yeux couleur de lavasse, ni son menton un peu en galoche. J'ai espacé nos rencontres et, au bal, je le tiens à distance. D'ailleurs, depuis peu, un certain Cyrille Villeneuve me tourne autour et je le trouve à mon goût. Aussi blond que je suis brune, il a un port de tête comme un prince ! Ne ris pas, vilaine moqueuse, c'est, je le jure, le plus bel homme de la terre...

Incorrigible Gertrude, se dit Antonia en repliant la lettre. Enfin, elle se sentait soulagée de la voir rejeter le fiérot qui, disait-elle il n'y avait pas si longtemps, aurait dû être le grand amour de sa vie entière.

A la maison, Antonia avait retrouvé ses sœurs bien grandies, Marie surtout. A treize ans, elle était longue et mince, presque maigre. Plus grande que ne l'était son aînée au même âge, elle ne s'était pas départie de son air timide. Douce comme l'avait été Julienne, elle montrait beaucoup de patience envers Octavie, assez capricieuse et toujours trop gâtée de tous.

Vive et délurée, la benjamine faisait rire Antonia en lui racontant les menus incidents de l'école du Valbeleix.

« La Géraldine Malérieux a raté son certificat l'année dernière, elle a treize ans passés et une demi-tête de plus que la maîtresse des petits. Mais, entre nous, le certificat la préoccupe guère. Ce qui l'intéresse, c'est les garçons ! Elle fait des mines devant le grand frère de Céline Dorin, tu sais, le Séverin de la ferme de Pré-de-Sagne. Nous, on rit derrière son dos. Tu penses si Séverin s'en moque, de la Géraldine, il a au moins seize ans ! »

Elle disait aussi à sa grande sœur les petits malheurs dûs à son bavardage excessif pendant les leçons.

« La directrice est très sévère, je peux t'avouer qu'il ne me tardait pas d'être dans sa classe. Elle punit facilement, c'est pas comme Mademoiselle Ribaudy. L'autre jour, j'ai eu cinquante lignes ! Heureusement, elle n'avait pas dit de faire signer le papa !

– Et si elle l'avait demandé ?

– Oh, la, la ! j'aurais été bien embêtée ! Je crois que j'aurais demandé à la maman, moi je n'aurais pas osé. Le papa, je le crains ! »

Bien que plus indulgent avec sa dernière fille, Jean Raynaud était encore sévère, malgré tout. Il disait souvent que les femmes feraient d'Octavie une feignante si elles n'étaient pas plus exigeantes à son égard. Toutes soutenaient la petite, Eugénie surtout.

Alors, le père grondait pour la forme, puis il laissait faire. L'éducation des filles, après tout, c'était une affaire de femmes, le domaine réservé de la mère.

Le jour de la fête patronale, à la Pentecôte, Antonia eut la bonne surprise de rencontrer au Valbeleix l'une de ses meilleures amies de pension, Mélanie Savinelles. Sa sœur aînée venait de se fiancer avec le fils d'un fermier de la Chavade. Toute la famille Savinelles avait été invitée à la fête.

Toutes heureuses de se retrouver, les deux amies bavardèrent longtemps. Après leur départ du pensionnat, elles avaient correspondu quelque temps. Maintenant elles ne s'écrivaient plus que de loin en loin.

« Quand ta sœur sera mariée, peut-être viendras-tu la voir de temps à autre ? dit Antonia. Ne manque pas alors de me faire visite au Vernet, j'en aurai grand plaisir. »

Mélanie promit. L'une et l'autre ignoraient bien sûr que la vie se chargerait bientôt de les réunir pour de longues années.

Les travaux de l'été reprirent ensuite, comme toujours. Sidonie avait eu une petite fille, Pascaline, que son frère Alexis appelait Line. L'absence de la servante se répercutait sur la besogne d'Antonia. L'hiver précédent, son travail de demoiselle de compagnie avait été bien peu de chose en regard de ce qui l'attendait ici durant toute la belle saison. Mais elle était résistante et, pour ménager sa mère surtout, elle ne plaignait pas sa peine.

Un dimanche, à la sortie de la messe, elle rencontra Annette Marchal, la fille du cordonnier. Toutes deux avaient fréquenté ensemble l'école du Valbeleix avant le départ d'Antonia pour la pension de Besse. Depuis, elles ne s'étaient guère revues.

« Tu ne vas pas danser à l'auberge ?, demanda Annette.

– Cet après-midi, peut-être.

– Moi, j'irai avec mon fiancé, Antonin Chabanne. Il est de Perrier, je l'ai connu aux noces de mon cousin Nestor qui a épousé une fille de là-bas. »

En nommant son fiancé, Annette était devenue toute rose. Antonia pensa que cela lui allait bien ; la jeune fille, en effet, avait le teint trop pâle, presque maladif. Des mèches d'un blond filasse s'échappaient de son bonnet orné d'un large ruban de moire rose bordée d'un liseré grenat.

« Tu es donc fiancée ? Je t'en félicite. Et la noce est pour bientôt ?

– En octobre, après les vendanges. Le père d'Antonin possède assez grand de vignes, alors, tu sais bien, le travail d'abord ! »

Elle se mit à rire en rajustant une mèche plus longue qui retombait devant ses yeux. Puis les deux jeunes filles prirent congé. Antonia était un peu troublée, et même assez mécontente. Le prénom du fiancé de son amie d'enfance lui avait rappelé un peu trop précisément le jeune boulanger de La Tour que, malgré ses efforts, elle avait du mal à chasser de son esprit.

Les Raynaud avaient convié Justine et Léonce ce jour-là. Antonia trouva leurs deux enfants bien grandis. Après le repas où l'on s'était régalé de poulets rôtis, de tartes aux confitures et de brioche, la jeune fille demanda à son père la permission d'aller danser un moment.

« Qui t'accompagnera ?, demanda Jean.

– Mais... personne ! »

Inquiète, Antonia craignit un refus.

« Tu n'as pas demandé à Jérôme Verdier ?

– Je crois bien qu'il ne danse pas, répondit-elle vivement. »

Il y eut un silence.

« Enfin, parmi tous les jeunes du Vernet, il doit bien s'en trouver un pour aller à la danse, tu aurais dû penser à demander, insista le père.

– Si vous permettez, Maître Raynaud, intervint Justine, j'ai une idée, moi. Léonce peut très bien emmener Antonia avec votre cabriolet. Je conduirai ensuite la Maîtresse et les enfants avec le nôtre, et nous nous retrouverons tous devant l'église pour les vêpres. »

Jean ne pouvait pas refuser, et Antonia était reconnaissante à Justine d'avoir deviné combien elle avait envie de partir danser.

A l'auberge, Emilienne Verdier, qui s'appelait maintenant Pouzadoux, l'embrassa avec émotion. L'une et l'autre pensaient à Julienne et au pauvre Abel, à jamais inconsolable.

« Vous avez des nouvelles récentes de ton frère ?

– Oui. Sa convalescence est finie depuis longtemps, mais il a repris du service et refuse toutes les permissions. On ne le reverra jamais ! »

Emilienne essuya une larme ; son visage aux traits fins s'était assombri. Antonia se fit des reproches.

« Pardonne-moi, dit-elle en l'embrassant. Allons, ne parlons plus de sujets tristes. Ma mère m'a appris que tu allais être maman bientôt ? »

Le visage de la jeune femme rayonna soudain.

« Oui. Ludovic est fou de joie, mes parents aussi, et moi... oh, c'est merveilleux tu sais ! Je ne peux pas te dire à quel point je suis heureuse. Il me tarde que le petit soit là.

– Et Philomène ?

– Elle est venue tout récemment avec son mari et leur petite Catherine, un bébé magnifique.

– Ton frère Jérôme n'est toujours pas venu danser ?

– Oh, lui c'est un sauvage !, dit en riant Emilienne. Il faut dire qu'il a à peine dix-sept ans, il ne serait pas assez hardi pour inviter les cavalières ! »

A cette époque, si l'on rencontrait dans les bals des filles de quinze ou même de quatorze ans, c'était tout différent pour les garçons. Sauf exception, eux ne fréquentaient guère la danse avant d'être conscrits. Le service militaire accompli, ils revenaient dans leur village à vingt-deux ou vingt-trois ans, et même plus. Il n'y avait pas si longtemps que les jeunes étaient retenus sept ans sous les drapeaux. Alors, bien souvent, c'est en quête d'une épouse qu'on les trouvait dans les salles d'auberge chaque dimanche.

Pendant plus de deux longues heures, Antonia fut toute au plaisir de danser. Elle portait sa nouvelle robe, bleu ardoise avec un large galon noir dans le bas, et un minuscule chapeau de même tissu. Sa tante Octavie, à sa dernière visite, lui avait offert une aumônière de velours gris, brodée de petites perles, qu'elle avait attachée à sa ceinture.

Les cavaliers se succédaient ; elle en reconnaissait certains. Deux ou trois se montraient un peu trop pressants, mais elle feignait de ne pas remarquer leurs avances. Elle ne manqua pas une danse, et ne soufflait un peu que lorsque les hommes s'élançaient seuls. Ils ébranlaient le plancher avec la danse des bouteilles ou la bourrée des bergers. Vifs et agiles, les garçons sautaient pardessus les bâtons enrubannés de jaune et de rouge, les croisaient, les soulevaient, donnant de grands coups de talons et poussant de joyeux « you, ouh, ouh ! »

Le violoneux était accompagné d'un cabrettaïre qui chantait avec entrain, en patois, les refrains des bourrées traditionnelles :

« Veï, veï, veï, tsamézade,
Veï, veï, veï, te lava !
Quand tornara, tsamézade,

Quand tornara, dansara !
(– Va, va, va, mal débarbouillée,
Va, va, va te laver !
Quand tu reviendras, mal débarbouillée,
Quand tu reviendras, tu danseras !)»

Antonia ne pensa pas une seule fois à ses danseurs de Chastreix, ni à rien d'autre d'ailleurs. C'est à peine si une moustache blonde lui rappela celle d'Antonin le boulanger. Elle n'était qu'au plaisir de tourner, virer, bouger en cadence au rythme de la musique, emportée par une sorte de bienheureuse frénésie où éclataient sa jeunesse et sa joie de vivre.

XXIX

Premier rendez-vous

A LA FERME, tout au long de l'été, Antonia exigeait d'Octavie de menus travaux. La fillette n'obéissait pas toujours de gaieté de cœur et se rebiffait passablement.

« C'est toujours moi !, protestait-elle, j'ai même pas une minute pour jouer ! »

Ce qui, naturellement, était faux. Sa grande sœur, cependant, obtenait d'elle beaucoup plus que leur mère ou Mariette.

« Aller ramasser l'herbe aux lapins ? Encore ! Ce qu'ils peuvent manger, ceux-là, c'est pas possible ! Et si on leur faisait croire que c'est encore Carême ? Enfermés dans leurs cages, quel moyen ont-ils de vérifier ? Aucun ! Après tout, les lapins aussi pourraient faire pénitence.

– Tu dis n'importe quoi, répliquait Marie. Et s'ils n'ont que la peau et les os quand ils seront en civet dans ton assiette, tu ne diras pas de même ! »

Si Antonia lui demandait d'aller lever les œufs, Octavie regimbait :

« Tu le fais exprès de m'envoyer moi, envoie donc Marie, tu sais bien que j'ai peur du coq ! »

Mais son aînée ripostait en riant :

« Bah, la petite bête ne veut pas manger la grosse ! »

Furieuse mais domptée, la fillette s'emparait du panier en maugréant.

« Je te préviens : si le *jaïau* m'attaque, je lui tords le cou ! »

Elle en était bien incapable et craignait beaucoup trop le coq pour oser s'en approcher. Ses sœurs riaient de ses fanfaronnades.

Antonia avait entrepris d'obtenir une chose qui lui tenait à cœur depuis longtemps déjà : apprendre à conduire le cabriolet. Pour cela, il lui fallait séduire Marcelin.

« Mais, disait le premier valet, le Maître ne va pas être d'accord, tu sais petite !

– Si, si, insistait la jeune fille en lui prenant affectueusement le bras, si tu dis que tu veux bien, il le sera ! »

Marcelin ne pouvait pas lui résister. Il ne l'aurait avoué à personne, mais, de tout temps, parmi les petites Raynaud Antonia avait toujours été sa préférée.

La maline vanta à son père toutes les commodités qu'il y aurait à la chose. Lui-même ou Marcelin n'auraient plus besoin de se déranger et d'abandonner leur ouvrage pour conduire Eugénie et ses filles au Valbeleix, ou à Vauzelle chez Justine. Elle n'osait pas dire : jusqu'à Issoire, c'était un peu prématuré, mais elle comptait bien parvenir à ses fins d'ici quelques semaines.

Il faut croire qu'elle sut se montrer persuasive car Jean Raynaud ne fit pas de difficultés ; sa grande confiance en Marcelin était sans doute pour beaucoup dans son assentiment. Aussi, Antonia, triomphante, se retrouva bientôt les rênes en mains.

Docile, la vieille jument obéissait à sa jeune maîtresse qui sut bien vite les mots et les gestes nécessaires pour guider l'animal. Pas plus que Jean ou Marcelin, elle n'avait nul besoin d'user du fouet. Un simple claquement des rênes et Cabriole partait au trot. La jeune fille avait si souvent observé son père quand il la conduisait à la pension, qu'en peu de jours elle apprit à lui ordonner de s'arrêter, de tourner à droite ou à gauche, de prendre le pas ou le trot. Dans les descentes, Marcelin disait :

« Serre un peu le frein, encore ! Là, c'est bien ! »

Antonia tournait la petite manivelle qui bloque la roue. Elle prenait un plaisir extrême à conduire le cabriolet sur les petites routes. Naturellement, ses sœurs l'enviaient. Au retour de ses promenades, elle tenait à dételer, à bouchonner seule la jument, à lui donner sa pitance et un seau rempli d'eau fraîche.

« Chaque fois que tu la ramènes petite, vérifie bien qu'un caillou ne s'est pas logé sous ses pattes, ou qu'un de ses fers n'est pas sur le point de se détacher », recommandait Marcelin.

Très content de son élève, il supervisait les opérations. Il était aussi fier d'elle que si elle avait été sa propre fille. De son côté, Jean ne faisait pas de commentaires, mais il était satisfait de constater l'application de sa fille à panser la jument.

Dans la seconde quinzaine de juillet, la cousine Clarisse écrivit à Eugénie ; elle invitait toute la famille à la fête patronale de Chastreix. C'est le 15 Août, jour de l'Assomption, que l'on fête la Vierge noire aux longs doigts, assise sur son trône, l'Enfant Divin sur ses genoux. Vêtue de bleu, de rouge et d'or, on la promène en procession. On la vénère depuis le XIIIe siècle dans sa grande église maintes fois rénovée.

Octavie se mit à battre des mains, questionnant déjà sa mère sur la toilette qu'elle porterait pour ce grand jour. Marie montra une joie moins exubérante, mais elle aussi se réjouissait de connaître enfin les lieux où sa sœur avait passé l'hiver précédent.

Comme prévu, les Raynaud arrivèrent le samedi en fin d'après-midi. Les petites ne cessaient de s'extasier sur le mobilier de la cousine. La vieille Philomène s'était mise en frais pour cuisiner et pâtisser depuis une semaine au moins. Antonia et Marie s'empressèrent pour l'aider de leur mieux.

Le dimanche matin, tout le monde assista à la grand-messe célébrée en plein air. La Vierge était portée en procession jusqu'à un autel édifié pour l'occasion tout près du bourg, au lieudit Chantemesse. L'office terminé, on ramena la statue de bois dans son église ; les pèlerins chantaient des cantiques à la louange de Marie, montée au ciel dans toute sa gloire.

Avant le repas, Antonia gagna en hâte l'épicerie Manaranche pour embrasser Julie. Surprise et heureuse, la jeune fille lui fit bon accueil. Antonia lui présenta Marie qui l'avait accompagnée. Il fut convenu que Julie irait les chercher après le café pour faire un tour à la fête. Des jeux seraient organisés sur la place et, bien sûr, le bal battrait son plein dans les deux auberges du village.

En repartant chez la cousine, les deux sœurs croisèrent un grand jeune homme maigre ; rougissant et incrédule, il s'arrêta devant elles.

« Antonia, c'est vous ! Quel plaisir de vous revoir ! Alors, vous êtes de retour plus tôt que prévu ?

– Non, je suis là jusqu'à demain seulement. Ma cousine nous a invités pour la fête, mes parents et moi. Voici ma sœur, Marie. »

Paul Laverne, car c'était lui, passait par toutes les couleurs et ne dissimulait pas sa joie.

« Vous viendrez à la danse chez le Piarre tout à l'heure ?

– J'espère bien que oui. Mais pardonnez-nous, il nous faut rentrer, on nous attend pour passer à table.

– A tout de suite donc, et bon appétit ! »

Dès que le garçon eut disparu, Marie regarda sa sœur avec insistance. Antonia se disait justement que le pauvre Paul avait maintenant de faux espoirs, mais elle n'était pour rien dans cette rencontre imprévue.

« Celui-là, dit Marie, c'est ton soupirant, j'en suis sûre !

– Mais non, fit Antonia, agacée, juste une connaissance. Il m'a fait danser quelques fois cet hiver, c'est tout. Allons, viens. »

Elles reprirent leur marche et Marie hocha la tête d'un air entendu.

« Dis ce que tu veux, tu ne m'enlèveras pas de l'idée qu'il est amoureux de toi. Quand il te regarde, on dirait un chat devant une tasse pleine de crème ! »

Elles éclatèrent de rire toutes deux, et s'empressèrent d'entrer dans la maison de Clarisse qui embaumait la viande rôtie et les tartes aux prunes encore tièdes.

On dégusta les entrées, puis la fricassée de poulet. Clarisse coupait de larges tranches d'une miche dorée à la mie bien levée, trouée largement, blanche et fondante.

« Dieu que ce pain est bon !, s'exclama Eugénie. Il régale autant que la brioche.

– Oui, aussi je ne changerai pas de fournisseur. Nous l'achetons à un jeune boulanger de La Tour ; il fait les tournées chaque semaine avec son cheval. »

Antonia sentit son cœur battre un peu plus vite. Elle revoyait le jeune homme blond et souriant, la voiture chargée de tourtes et de couronnes, le cheval noir si patient sous les giboulées. Une chaleur soudaine lui vint aux joues et elle baissa les yeux pour cacher son émoi. Plus que jamais, elle pensa à Antonin en trempant dans la sauce un morceau du pain qu'il avait si bien façonné.

Jean autorisa ses trois filles à s'échapper avec Julie vers la place où commençaient les jeux : la course en sac, le massacre des pots de terre, la course à l'œuf, et surtout le mât de cocagne.

Au sommet d'un tronc lisse écorcé et longuement frotté à la cire, était fixé un cercle de roue de char. Là, tout autour, pendaient des victuailles : saucissons, jambons, fromages, bouteilles de vin, et même une paire de sabots. Pieds nus, le pantalon retroussé jusqu'aux genoux, des concurrents se lançaient à l'assaut du mât.

Sous les rires et les cris d'encouragement, un à un ils étreignaient le tronc luisant et, tant bien que mal, s'efforçaient de se hisser jusqu'au faîte. Les chanceux pouvaient alors décrocher l'un des lots convoités. L'escalade était malaisée. Après quelques mètres péniblement franchis, bien souvent c'était la glissade. Les téméraires s'acharnaient à remonter alors que d'autres abandonnaient la partie en maugréant, sous les huées et les sifflets des spectateurs.

Les jeux terminés, Julie et Antonia se dirigèrent vers l'auberge du Piarre. Portes et fenêtres restaient grandes ouvertes à cause de la chaleur et l'on entendait la musique de loin. Exceptionnellement, trois musiciens animaient le bal : un violoneux, un vielleux et un cabrettaïre.

Marie et Octavie avaient du regret de n'avoir pu suivre leur sœur à la danse ; elles voulaient seulement regarder, mais ce n'était pas leur place. Mais leur père avait promis que toute la famille se retrouverait un peu plus tard à l'auberge pour prendre un rafraîchissement.

« Que devient ton frère ?, demanda Antonia.

– Norbert ? Il va bien. Nous allons le retrouver à la danse avec Rolande. Je crois que leurs affaires à tous deux avancent à grands pas ! »

Julie cligna de l'œil en riant :

« Si nous fêtons leurs accordailles, ce sera un peu grâce à nous, tu ne penses pas ?

– Sûrement, approuva Antonia, amusée. Et Sophie Duchamp, elle a cessé de lui tourner autour ?

– Eh oui ! Figure-toi qu'elle va épouser un gars de Saint-Genès. Elle l'a connu là-bas quand elle soignait sa tante. C'est l'héritier d'un gros domaine. Comme son père a la réputation d'être riche, Sophie lui a bien vite mis le grappin dessus.

– Mais je croyais qu'elle ne voulait pas être fermière ?

– Ça dépend où ! Là, il y a deux servantes et une armée de domestiques. Elle sera toute fière de les commander, d'être la maîtresse ! »

A l'auberge, on s'écrasait autour des musiciens. La chaleur était suffocante. Cela n'empêchait pas les jeunes de danser avec un bel entrain. Comme elle s'y attendait, Paul guettait l'arrivée d'Antonia. Dès qu'il l'aperçut, il l'accapara pour la faire danser. Elle réussit à lui échapper en acceptant l'invitation d'Armand Fournier, le fils des fermiers de sa cousine. La danse finie, elle reprenait souffle quand une voix bien connue résonna à son oreille :

« Vous n'avez pas tout à fait oublié nos montagnes, à ce que je vois ? »

Elle se retourna pour apercevoir Antonin le boulanger en costume de fête. Sous sa petite moustache blonde, sa bouche souriait ; dans ses yeux brun-roux, brillait l'habituelle malice amicale que la jeune fille avait appris à apprécier. Elle s'attendait si peu à le rencontrer là qu'elle ne trouvait rien à répondre. Comme elle se contentait de lui sourire, il demanda encore :

« Vous êtes sans doute revenue pour la fête seulement ? »

Elle avait retrouvé sa voix et prit un air badin pour répondre :

« Oui, et j'ai mangé de votre pain, il est toujours aussi bon.

– J'espère que vous tenez votre promesse même quand vous êtes loin de Chastreix, n'est-ce pas ?

– Je vous laisse deviner tout seul la réponse, vous êtes si malin, je suis sûre que vous trouverez ! »

Elle remarqua alors un garçon debout à côté d'Antonin qui, l'air amusé, écoutait leur bavardage. Elle ne se souvenait pas l'avoir déjà vu.

« En voilà un qui a l'air de vous plaire, fit Antonin, je devrais sans doute être jaloux... Enfin, je vous présente : Charles

Giraud, mon meilleur ami, qui habite tout près de La Tour. Et voici Mademoiselle Antonia Raynaud, du Valbeleix dans le canton de Besse, demoiselle de compagnie de son état. »

Charles tendait la main en souriant ; Antonia la prit sans pouvoir s'empêcher de rire des paroles cérémonieuses d'Antonin. Eût-elle été une demoiselle du grand monde qu'il ne s'y serait pas pris autrement pour faire les présentations.

« Vous êtes boulanger, vous aussi ?, s'informa-t-elle.

– Oh, non, dit Charles, fermier seulement. »

Plus grand qu'Antonin, les cheveux drus et bouclés d'un beau châtain, le jeune homme paraissait affable et discret. Antonia se dit qu'il devait être un ami loyal et s'en réjouit pour le jeune boulanger.

« Charles, dit celui-ci brusquement, cherche une cavalière. Moi, si elle le permet, j'enlève la demoiselle de compagnie pour cette polka ! »

Aussitôt, il entraîna la jeune fille. Habilement, il se faufila entre les couples serrés, pleins de gaieté et d'ardeur. Les danses se succédèrent, ils ne se quittaient plus. A un moment, Antonia aperçut Paul, debout et seul ; il semblait tout désappointé. Quand vint la pose des musiciens, Antonin proposa un rafraîchissement mais toutes les tables étaient occupées.

« Si nous sortions un peu, dit-il alors, on étouffe ici.

– C'est que... ma famille devait me rejoindre, mais comme il n'y a plus de place, on m'attend peut-être dehors.

– Eh bien, allons voir ! »

Sans plus de façon, Antonin se glissa entre les tables et les gens attroupés pour gagner la sortie. Antonia le suivit à contrecœur. Arrêté sur le seuil, le jeune homme observait la foule massée pour écouter la musique et entrevoir les danseurs.

« Tenez, votre cousine là-bas ! »

Elle vit les siens groupés devant le jeu de quilles géant qui voisinait avec les bassines où l'on pêchait des poissons factices.

« Je vais saluer Madame Gatignol, dit Antonin très à l'aise. Vous venez ? »

Elle hésita. Qu'allait penser son père ? Enfin elle se décida à l'accompagner.

« Tiens, s'exclama Clarisse, vous êtes des nôtres aujourd'hui, Antonin ? Voyez Eugénie, c'est le jeune boulanger dont vous avez tant apprécié la miche ce tantôt. »

Antonin salua tout le monde avec assurance. Antonia, elle, était confuse, un peu fâchée contre lui. Heureusement, Octavie fit diversion.

« Regarde, dit-elle à sa sœur, on n'a pas pu entrer à l'auberge, mais j'ai gagné ce bel oiseau de plumes à la pêche !

– Si vous voulez, je peux essayer de vous en gagner un autre. »

Octavie fixa le jeune homme avec reconnaissance.

« Oh, oui, je veux bien ! »

Fort habilement, avec la ligne au crochet recourbé, Antonin saisit l'un après l'autre trois poissons en accrochant l'anneau sur leur tête.

« Bravo, Monsieur ! dit le forain, un grand gaillard aux cheveux hirsutes et à la moustache noire bien fournie, recourbée en crochets. Vous avez gagné trois lots, choisissez !

– Qu'est-ce qui vous ferait plaisir ?, demanda Antonin à Octavie.

– Un papillon bleu ! », dit la fillette sans une hésitation.

Il le lui offrit avant de s'emparer de deux fleurs de soie, une rose et une jaune. En souriant, il tendit la première à Marie et l'autre à Antonia, toujours muette. Ensuite, il prit congé.

Il fit quelques pas seulement puis, profitant de l'inattention générale, revint chuchoter à l'oreille d'Antonia :

« A la foire de la Saint-Mathieu, le 21, devant la boulangerie près de l'église sur les onze heures. Je compte sur vous ! »

Quand elle osa se retourner, il lui tournait le dos, marchant tranquillement vers l'auberge où il allait rejoindre son ami Charles Giraud.

Antonia restait songeuse, un peu désemparée. Que fallait-il penser de ce rendez-vous inattendu ? Le ton du jeune homme, impératif, un peu trop sûr de lui, la laissait perplexe : comment pouvait-il être aussi certain qu'elle se rendrait à Besse pour cette foire ? Cette demande trop autoritaire lui déplaisait, mais, au souvenir des moments passés à la danse dans les bras d'Antonin, elle devait bien s'avouer que la joie l'emportait sur son dépit. Antonin s'intéressait donc tellement à elle ? Il fallut que Marie la tire par la manche pour l'entraîner, à la suite de toute la famille, vers le pré où l'on allait donner le départ de la course aux ânes.

Antonia dut déployer toutes les ruses possibles pour que son père consente à l'emmener à Besse le 21 septembre. Cette foire, appelée la *bladzaïre*, était la plus importante de l'année pour la vente du bétail et Jean Raynaud ne manquait pas de s'y rendre. A l'approche de l'automne, les bêtes, engraissées dans les riches pâtures ou les estives durant toute la belle saison, atteignaient des prix non négligeables. De plus, celles que l'on vendrait ce jour-là économiseraient du foin pour les autres durant l'hiver.

D'habitude, Eugénie et ses filles n'accompagnaient pas Jean à cette foire. La fête de la Devalade tombait le dimanche suivant, et la maîtresse ne voulait pas faire deux sorties importantes la même semaine.

Antonia raconta à sa mère, qu'elle aimerait bien rendre visite à son amie Thérèse Chaput qu'elle n'avait pas revue depuis bien longtemps. Ainsi qu'elle l'espérait, Eugénie plaida sa cause auprès de son mari. La mère et la fille gagnèrent la partie. Antonia remercia son père avec un enthousiasme qu'elle tempéra de son mieux, de crainte de se trahir.

Un soir, Jean lut tout haut à sa famille réunie dans la grande salle un article du journal concernant les automobiles. Ces machines, encore dites infernales dans les campagnes, n'étaient pas du tout connues dans le canton de Besse. A Clermont seulement, on pouvait en voir quelques-unes, relativement rares en cette année 1897.

Aurélien n'avait pas manqué de raconter à ses voisins l'étonnement provoqué par ces engins pétaradants. Dès que l'un d'eux apparaissait en ville, un attroupement de curieux se formait aussitôt. Trois années auparavant, le trajet Paris-Rouen s'était effectué à la vitesse incroyable de vingt et un kilomètres à l'heure. L'évènement, plus ancien, du chemin de fer était encore mal perçu dans les régions de montagne où il n'arrivait pas.

La rubrique que maître Raynaud lisait ce soir-là faisait état du premier Salon de l'automobile, prévu pour l'année 1898.

« [...] Les Parisiens et les visiteurs du Salon auront le privilège d'admirer les premiers véhicules à vapeur et, bien entendu, les belles machines modernes de Messieurs de Dion-Bouton, Panhard-Levassor, Bollée, Peugeot et Renault, engins automobiles d'une grande rapidité, équipés d'un moteur à explosion. »

– Des voitures qui avancent toutes seules, dit la vieille Mariette, incrédule, vous me ferez pas croire que c'est naturel, tout de même ! Si vous voulez mon avis, il y a de la diablerie là-dessous. Fasse le ciel qu'il n'en vienne jamais par ici !

– Mais, répliquait Marie, Aurélien en a vu dans les rues de Clermont, et ça ne lui a pas causé préjudice !

– On dit ça, grommela Mariette, n'empêche que ça n'est pas catholiquc ces mécaniques-là ! »

Antonia n'avait pas donné son avis, mais elle aurait bien aimé, non seulement voir une automobile, mais aussi l'essayer.

Elle devait pour le moment se contenter d'admirer quelques croquis dans le journal. Elle y avait lu également que l'on construisait un chemin de fer souterrain dans la capitale ; on l'appellerait le Métropolitain. Brusquement, il vint à la jeune fille des envies d'évasion loin de sa région, bien monotone parfois et que, pourtant, elle aimait très fort. Le 29 de ce mois, elle aurait dix-sept ans. Les grandes villes et tout ce que l'on pouvait y voir l'attiraient un peu, comme bien souvent la jeunesse, avide de nouveauté.

Le jour de la Saint-Mathieu, elle se contenta du cabriolet, bien heureuse que la brave jument la conduise à un premier rendez-vous galant. Marcelin et un autre domestique étaient partis à l'aube, à pied, avec les bêtes à vendre.

Assise près de son père, Antonia réfléchissait au moyen de se trouver seule à l'heure dite par celui qu'elle hésitait à nommer son soupirant. Antonin, dans son attitude, dans ses paroles aussi, n'avait rien d'un amoureux transi, comme Paul Laverne, par exemple. Elle en était certes déroutée, mais rien n'aurait pu la faire renoncer à leur rencontre.

La soi-disant visite à une amie de pension lui fournissait heureusement une excuse plausible. Tout de même, elle se sentait un peu nerveuse et avait mal dormi. Cette entrevue allait-elle la décevoir, ou au contraire la combler ? Elle la redoutait tout en l'espérant. Plus le bourg approchait, et plus elle sentait croître son impatience.

« Veux-tu mener Cabriole ? », demanda soudain son père.

Elle lui sourit et s'empressa d'acquiescer. Jean lui donna les rênes et leurs mains se touchèrent. Tous deux songèrent en même temps qu'ils étaient proches et pleins d'amour l'un pour l'autre, et ils s'en réjouirent. Le père se disait qu'il avait près de lui, non plus sa petite Antonia espiègle et souvent indocile, mais une grande jeune fille, presque une femme. Il se sentit vieux tout à coup.

XXX

Le plus beau des secrets

IL ETAIT ENCORE LOIN DE DIX HEURES lorsqu'Antonia descendit de la calèche près du passage du beffroi, laissant son père rejoindre les valets au champ de foire.

Elle flâna dans la ville, s'intéressant aux étalages des nombreux forains. La foule avait envahi les rues étroites et les petites places, des femmes surtout. Les hommes étaient encore occupés à leurs transactions sur le foirail. On s'interpellait, on marchandait, en patois le plus souvent.

La jeune fille fit quelques emplettes. Elle entra dans une boutique de mercerie où elle acheta des aiguilles à coudre et du lacet pour les corsages. Pour quelques heures, elle confia son sac à la patronne, Augustine Pagenel.

« Alors comme ça, ta mère n'est pas descendue ?

– Non, je suis venue seule avec mon père, mais nous viendrons tous dimanche pour la fête. A tout à l'heure et merci.

– Prends ton temps petite, tu sais bien que je fermerai pas avant la nuit. Ton sac sera de côté. »

Onze heures approchait. Un peu hésitante, Antonia se dirigea vers la place de l'église. Une crainte confuse l'agitait ; elle faillit faire demi-tour. Enfin, elle se morigéna pour se donner de l'assurance :

« C'est ridicule, je ne risque rien ! »

Son envie de revoir Antonin était la plus forte. Elle aperçut la boulangerie. Des clients entraient et sortaient de la boutique. Elle jeta les yeux autour de la place où plusieurs forains avaient déballé leurs marchandises, et ne vit personne de sa connaissance.

Le jeune homme ne semblait pas être là. Se serait-il moqué d'elle ? Le temps de se poser cette question et il sortit soudain par une petite porte à gauche du fournil. Il s'avança vers elle, le sourire aux lèvres. Il portait le même costume noir que le jour de la fête de Chastreix, un peu trop élégant pour l'occasion, mais généralement les hommes ne possédaient qu'un seul vêtement pour toutes les sorties.

Antonin sourit plus largement en serrant la main de la jeune fille.

« Je suis content que vous n'ayez pas oublié. Je voudrais bien que nous bavardions un peu. Mais dans le bourg, nous allons faire des rencontres, forcément, surtout vous qui êtes du canton. Alors j'ai pensé... enfin là, au fond de la petite cour, il y a la salle à manger de mon ami Martial. Il est au fournil, sa femme à la boutique, et il a bien voulu... »

Le visage d'abord étonné, puis vite renfrogné d'Antonia qui fronçait les sourcils, l'arrêta.

« Ne vous fâchez pas, dit-il précipitamment, vous n'avez rien à redouter. C'est juste pour que nous puissions parler tranquillement, je vous promets. »

Il la regardait de telle façon que ses craintes tombèrent aussitôt. Elle le suivit à travers la petite cour. Il s'effaça pour la laisser entrer par une porte vitrée qu'il referma derrière eux.

« Asseyez-vous », dit-il en avançant une chaise.

La pièce était assez sombre, sans fenêtre, éclairée seulement par les vitres du haut de la porte d'entrée. Antonia restait silencieuse ; pour se donner une contenance, elle détaillait le mobilier. Une table massive, six chaises à dossier cannelé, un buffet à deux corps, un petit coffre visiblement taillé au couteau meublaient l'endroit.

Antonin s'était assis tout naturellement en face d'elle, mais du même côté de la table. Conscient de sa gêne, il tenta de la dissiper par une plaisanterie.

« Savez-vous qu'en plus de nos prénoms, j'ai trouvé deux autres signes qui nous rapprochent ?

– Vraiment ? Lesquels donc ?

– D'abord la couleur de nos yeux, les vôtres peut-être légèrement plus foncés, mais à peine. Et puis nos origines.

– Nos origines ? Comment cela ?

– Mon grand-père paternel était natif de Besse. Né en 1791, juste après la grande Révolution, il est venu s'installer boulanger à La Tour avec sa première femme. C'était en 1815.

– Sa première femme ?

– Oui. Veuf, il a épousé en secondes noces une femme beaucoup plus jeune que lui. Mais ma grand-mère, c'était la première.

– Et votre père était boulanger, lui aussi ?

– Oui, tous les Espinasse, boulangers de père en fils à La Tour depuis ce temps-là, mais bien avant, paraît-il, à Besse.

– Peut-être aurez-vous un fils qui fera de même.

– Je l'espère bien ! Mais pour avoir un fils, il va falloir que je me marie. Savez-vous que j'ai déjà vingt-cinq ans ? »

Antonia se mit à rire.

« Oh, ce n'est rien ! Mon père avait bien trente ans de plus quc ma sœur aînée. »

Son visage s'assombrit soudain et elle baissa la tête en essayant de dominer sa peine.

« Pourquoi dites-vous "avait" ?, demanda-t-il doucement.

– Parce que ma sœur, Julienne, est morte d'une méningite foudroyante il y a près de quatre ans. Elle en avait dix-neuf, elle était fiancée...

– Et vous l'aimiez beaucoup, n'est-ce pas ? »

Antonia approuva d'un signe de tête.

« Je comprends. Moi aussi j'ai perdu une petite sœur, Anne, qui avait deux ans de moins que moi. Mais elle n'avait que sept ans quand elle a été emportée par le croup. »

Ensuite, Antonin se mit à parler de ses frères et sœurs, de sa mère si courageuse, veuve avec six enfants dont l'aînée avait quinze ans et le dernier dix-huit mois. Avec un commis, elle avait tenu la boulangerie pour nourrir sa nichée. A douze ans, après son certificat d'études, lui-même avait commencé son apprentissage avec son père. Après son décès, deux ans plus tard, Antonin était l'homme de la maison. Marie, sa sœur aînée, s'occupait du ménage et des petits pendant que leur mère vendait le pain et livrait chaque matin les notables du bourg.

A présent, il apprenait le métier à son frère Joseph, quatorze ans. Depuis son retour du service militaire, il avait acheté un cheval pour faire les tournées dans quelques hameaux et jusqu'à Chastreix. Mariée à un instituteur, Marie habitait Clermont ; elle avait un petit garçon de deux ans.

« Mon autre sœur, conclut Antonin, a le même prénom que vous.

– Encore un signe ?, demanda Antonia qui l'avait écouté sans l'interrompre.

– Là, je ne crois pas. Son prénom est Marie-Antoinette, d'où ce diminutif. Elle a dix-huit ans et fait son apprentissage de modiste chez notre tante qui habite la maison mitoyenne. Mais, à part le prénom, vous n'avez absolument rien en commun, non, rien du tout !

– Et votre dernier frère ?

– Michel ? Il vient d'avoir douze ans, il est très doué. Celui-là, je n'en ferai pas un boulanger, je lui ferai continuer des études. Le directeur d'école dit que ce serait dommage qu'il arrête là. Et maintenant, c'est à votre tour. Parlez-moi de votre famille. »

Antonia raconta de son mieux la vie de la ferme, sa mère venue de la Marne, son père si sévère et si bon, ses petites sœurs, Mariette, Marcelin. Elle évoqua Julienne, si belle et si douce, arrachée aux siens en pleine jeunesse, arrachée à l'amour d'Abel qui ne s'en consolait pas. Elle dit le grand-père aveugle et le vieux Théodore, ses oncles, ses tantes, ses cousins, les visites pleines d'affection des Duteil. Elle narra brièvement ses années de pensionnat et, bien involontairement, fit rire Antonin.

« Avec vous, les religieuses ont eu un peu de fil à retordre, il me semble ! Je me trompe ? »

Elle prit un air confus d'enfant puni qui l'amusa davantage encore.

« Non, sans doute, mais vous savez, c'était plus fort que moi. Le manque de liberté, les contraintes de toutes sortes, je n'ai jamais pu me faire à cette vie-là ! »

Dans le regard du jeune homme, elle crut lire, avec de l'amitié, un peu d'admiration et elle en fut heureuse.

« Je vois que vous avez du caractère, j'aime les gens comme vous. »

Soudain, Antonia réalisa qu'ils étaient là depuis longtemps. Inquiète, elle se leva d'un bond en demandant :

« Vous avez une idée de l'heure ? Dieu, si j'ai fait attendre mon père, je n'ose pas y penser... »

Antonin sortit de son gousset une grosse montre d'argent :

« Midi passé de cinq minutes. »

Elle respira. Elle devait retrouver son père dans l'auberge où il descendait d'habitude à midi et demi. Antonin jouait avec sa montre attachée au bout d'une longue chaîne.

« Elle est très belle, remarqua la jeune fille.

– C'était celle de mon père. Voyez, ce sont ses initiales : J. E. Il s'appelait Jacques. Comme je suis l'aîné des garçons, ma mère me l'a donnée le jour de mes vingt ans. »

Il remit la montre dans son gousset, se leva à son tour. Debout devant elle, il lui prit les mains.

« Antonia, depuis le printemps, je ne pense plus qu'à vous. Mais je me dis : elle n'a que dix-sept ans. Alors, je vous chasse de mon esprit et vous y revenez sans cesse. Chacune de mes tournées à Chastreix me rappelle combien vous me manquez. Croyez-vous que vous pourriez m'aimer ? »

Il ne plaisantait plus, elle s'en rendait compte. Son regard la sondait avec une visible appréhension. Antonia ne pouvait retirer ses mains des paumes chaudes et douces qui les serraient très fort. Elles n'étaient pas brunes et calleuses comme celles des paysans. Blanches et lisses, leur contact était agréable, tellement.

Sans la lâcher, il se mit soudain à l'embrasser, sur la joue d'abord puis sur les lèvres. Interdite, elle le laissait faire. Bientôt, des ondes de bonheur la parcoururent et elle se surprit à lui rendre ses baisers. Sa réserve l'abandonnait ; ces baisers inattendus la comblaient maintenant d'une sensation délicieuse, enivrante.

Enfin ils se séparèrent. Antonin demanda, subitement inquiet :

« Vous ne m'en voulez pas ? »

Elle secoua la tête pour dire non et lui sourit.

« Souriez plus souvent, Antonia, je vous en prie ! Cela vous va si bien !

– Il faut que je m'en aille, je n'ai que le temps, dit-elle à regret.

– Dans neuf ou dix semaines environ, nous nous reverrons à Chastreix. Alors vous me donnerez votre réponse, n'est-ce pas ?

– Oui, oui, je vous le promets. »

En lui ouvrant la porte, il chuchota à son oreille :

« J'aimerais tant que ce soit vous, la mère du futur petit boulanger ! »

Elle eut un petit rire avant de répondre :

« Il pourrait se faire que moi aussi, j'aimerais bien... »

A l'auberge où Antonia rejoignit son père et les deux domestiques, le bruit, la fumée, l'odeur de cuisine mêlée à celle du vin répandu sur les tables lui soulevèrent le cœur. Elle mangea à peine, du bout des lèvres. Jean observait sa fille.

« Tu n'as pas faim ?

– Pas tellement. Thérèse et moi, nous avons mangé trop de brioche avec le café. »

Après le repas, elle faillit oublier son sac chez la mercière. Dans les petites rues, elle marchait rapidement et se sentait légère. L'envie la prit de rire toute seule, et même de chanter.

Son père lui accorda de guider Cabriole. La course sous le ciel morne et bas lui parut enchanteresse. Si les nuages étaient gris, son cœur était plein de bleu, de lumière, de soleil ruisselant et chaud. Antonin l'aimait. Aujourd'hui seulement, elle s'apercevait que, depuis des mois, elle n'attendait rien d'autre. Eblouissante, la vie s'ouvrait devant eux. Comme elles seraient longues, les dix semaines qui les séparaient...

Au Vernet, une lettre de Rolande Chassagne attendait Antonia. La jeune fille l'informait de ses fiançailles avec Norbert. Elle ne cachait pas son bonheur. Les noces se feraient sûrement en avril ; d'ores et déjà, Antonia y était invitée.

Rolande donnait aussi des nouvelles de Julie, de sa propre famille, de la cousine Clarisse. Elle racontait également le terrible fait-divers qui, trois jours avant, avait consterné tout le village. Un habitant de Veilladoux avait par hasard retrouvé le corps de la malheureuse Fanchette Pougheol, disparue depuis de longs mois.

Le Prosper Batiffoix était allé au bois au-dessus du hameau. Tandis qu'il faisait des bûches, son chien s'agitait comme un possédé en contrebas, dans les tourbières. Il l'appelait de crainte de le voir s'enfoncer. C'est traître ce terrain-là, tu sais bien. Mais rien à faire, l'animal ne faisait que tourner en aboyant. A la fin, Prosper y est allé voir.

Ce qu'il a aperçu l'a tellement glacé de frayeur que ses jambes se sont mises à flageoler. Il se tenait d'assez loin pour ne pas tomber dans un trou d'eau, mais il n'y avait pas de doute : c'était bien une main humaine qui affleurait au milieu du marécage. Quand Prosper a repris ses esprits, il est vite redescendu chercher de l'aide. Avec Jules Fournier, Armand et les domestiques, ils ont tiré de l'eau le corps presque méconnaissable de la pauvre Fanchette. Enfin, c'est ce qui a été dit après.

La servante des Pougheol a formellement reconnu les habits de sa maîtresse qui avaient pourtant bien pâti depuis le printemps dernier. D'après les hommes qui ont ramené le corps sur une civière, le spectacle n'était pas beau à voir.

Devant les gendarmes, cette fois Anselme a craqué. Il a avoué avoir frappé sa femme à la tête ; la pauvre ne s'en était pas relevée. Alors il l'avait enveloppée dans un vieux drap et emportée, en pleine nuit, jusqu'aux tourbières. Maintenant il est emprisonné à Riom, tout près de Clermont, où l'ont conduit aussitôt les gendarmes de La Tour.

Je te dis pas à quel point les gens ont été choqués en apprenant une pareille chose. Bien entendu, on plaint la Fanchette, mais d'avoir un assassin parmi les habitants du village, ça confond le monde, tu le comprends sans peine. Certains disent que l'Anselme ne voulait pas la tuer, qu'il a seulement tapé un peu plus fort que d'habitude. C'est possible, je ne dis pas, n'empêche qu'il y a eu un crime par chez nous. Voilà qui sera long à oublier. Mon père dit que ce Pougheol n'est pas natif d'ici mais de la région de Cunlhat ; il était installé à Veilladoux depuis quatorze ans. On peut considérer que ce n'est pas vraiment un habitant de Chastreix qui est un criminel. Quand même, au regard des étrangers, c'est une bien mauvaise chose à mon avis.

Quelques jours plus tard, tout le monde put lire dans le journal le compte-rendu de cette triste affaire.

« Ils sont bien sauvages dans ces montagnes !, dit Marie, fortement impressionnée.

– Ah, pauvre petite, fit la vieille Mariette, dans les montagnes ou ailleurs, un homme qui a trop bu devient souvent aussi dangereux qu'une bête féroce ! »

Dix jours exactement après leur rendez-vous à Besse, Antonia, le cœur fou, reçut une lettre de celui qu'elle aimait. Elle avait été postée de Chastreix. La jeune fille sourit de la ruse : au besoin, elle pourrait dire à ses parents que la lettre venait d'une amie, Julie par exemple.

Sans méfiance, elle avait ouvert l'enveloppe devant tous. Cette écriture lui était inconnue, mais dès les premiers mots, elle comprit qui en était l'auteur. Alors elle l'enfouit dans la poche de son tablier, se réservant de la lire quand elle se retrouverait seule. Marie l'avait observée sans rien dire. Par chance, Octavie se trouvait dehors, sinon elle n'aurait pas manqué de demander avec insistance :

« Qui c'est ? Allez, dis-le, cachottière ! »

Les tempes palpitantes, une moiteur au creux des mains, Antonia déplia la lettre. Elle s'était réfugiée au fond du verger, derrière les ruches. Son trouble était si grand qu'elle déchiffrait les mots en toute hâte, parcourant la feuille des yeux plutôt qu'elle ne la lisait vraiment. Son émoi un peu calmé, elle la relut plus lentement, à trois reprises, pour bien s'imprégner des phrases dont elle ne se rassasiait pas.

Chère Antonia,

Dans trois jours, je vais retourner à Chastreix et vous n'y serez pas. Mais je regarderai la maison de votre cousine et la fenêtre de votre chambre. Oui, je sais qu'elle est au premier étage, avec des voilages de dentelle et des double-rideaux rouge foncé.

Que dit votre cœur depuis cette rencontre où nous avons si bien bavardé, vous et moi ? Soit dit en passant, nous aurions pu parler la journée entière, n'est-ce pas ? Mais j'espère bien que ce n'est que partie remise.

Mon cœur à moi me dit que des liens invisibles nous unissent depuis toujours (les signes, vous savez bien) et que nos adieux à Besse ont fortifié encore plus mon attachement pour vous. Il est, croyez-le, définitif.

J'espère que vous allez bien. Je vous imagine chez vous, à la ferme. Ma grande crainte est que vous alliez danser le dimanche et qu'un jeune cavalier plus beau, plus riche que moi, sache gagner votre estime d'abord, votre amour ensuite. Dites-moi vite que je me trompe, que vos yeux ne m'ont pas menti. Je suis d'ailleurs persuadé que vous ne savez pas mentir.

J'attends avec une grande impatience votre retour à Chastreix. Répondrez-vous à cette lettre ? Je vais attendre le courrier chaque jour, sans me décourager. Quelques mots de vous m'apporteraient un tel bonheur...

Comme l'autre jour je vous embrasse, plus encore, aussi tendrement que je vous aime. Votre pour toujours.

Antonin

Cette lettre glissée dans son corsage, Antonia la cachait la nuit sous son oreiller. Elle la savait par cœur et se la récitait un nombre incalculable de fois avant de s'endormir.

Les jours qui suivirent, elle hésita longuement : répondrait-elle ou non ? Une intuition bien féminine lui soufflait qu'il serait bon de faire languir un peu Antonin. Mais cette idée, trop contraire à sa nature franche et directe, ne lui convenait pas.

Finalement, elle décida de laisser passer le dimanche. Et si Antonin avait raison ? Si, à la danse, un autre jeune homme lui plaisait plus encore ? Non, c'était impossible. Son amour pour le jeune boulanger avait été une révélation trop forte, un élan trop passionné pour être fugace et vite consumé. Jamais elle ne pourrait être, comme Gertrude, inconstante et volage.

A l'auberge Pouzadoux, elle retrouva les mêmes connaissances. Mais elle prit à danser un plaisir moins vif. Elle avait tourné dans les bras d'Antonin et ce souvenir était une sorte de rêve fascinant, un espace hors du temps où elle se perdait avec délice. Le bras qui l'enlaçait alors avait un poids autre, à la fois plus léger et plus impérieux. La douceur de la main qui fermement tenait la sienne, paraissait vouloir l'entraîner dans un monde inconnu plein de félicité.

Antonin pouvait être rassuré. Parmi ses cavaliers, il y en avait certes de plus beaux, et probablement de plus riches. Mais seul comptait celui qui avait su la conquérir, il éclipsait tous les autres.

Dès le lendemain, elle lui adressa quelques lignes.

Cher Antonin,

J'ai bien reçu votre lettre, et je dois avouer que j'en ai été assez surprise, et heureuse aussi. Je vais bien, je vous remercie. A la ferme, les travaux d'automne commencent à ralentir un peu.

Hier, je suis allée à la danse au Valbeleix. Pour une semaine encore, vous pouvez être tranquille. Le beau et riche cavalier que vous m'avez prédit n'est pas venu. Mais peut-être attend-il son heure, qui sait ?

Je garde, moi aussi, un très bon souvenir de notre dernière entrevue. Il est possible que cela ne se fasse pas, mais je ne peux m'empêcher de vous avouer quelque chose : je rêve de vous presque chaque nuit. Est-ce un signe de plus ?

Je n'ose pas trop, mais je vous embrasse tout de même.
Antonia

Cette lettre terminée, elle eut envie d'écrire à Gertrude afin de lui confier ce premier véritable amour. Mais son amie comprendrait-elle vraiment, elle qui continuait à tomber amoureuse tous les quatre matins d'un nouveau galant ? Antonia décida d'attendre encore un peu et de garder pour elle son beau secret.

XXXI

La réponse est oui !

A LA MI-NOVEMBRE, Antonia était de retour à Chastreix. La dernière semaine avant son départ lui avait paru interminable. Antonin lui avait écrit trois fois encore et elle s'était empressée de lui répondre.

Très vite, la cousine la libéra pour qu'elle puisse rendre visite à Julie. A l'épicerie, elle fit la connaissance de Pierre, le second des fils Manaranche.

« Vous n'êtes donc pas encore parti ramoner ?

– Non, je me remets à peine d'une très mauvaise bronchite, et ma mère ne veut plus me voir reprendre le chemin de la Gironde. »

Le jeune homme ressemblait beaucoup à Norbert ; sa chevelure avait la même couleur blond-roux. Pourtant, il paraissait bien plus timide que son aîné.

« Norbert lui a trouvé une place d'apprenti menuisier à La Tour. Pendant deux ans, il sera peu payé mais nourri et logé. Après, il aura un bon métier et pourra peut-être s'installer ici, à Chastreix. »

Du petit discours de Julie, Antonia n'avait retenu que ceci : La Tour. Trois jours encore avant de revoir Antonin. Elle s'efforçait de ne rien laisser paraître de son impatience à sa cousine, mais elle avait beaucoup de mal à la contenir.

Le vendredi matin, elle ne s'attarda pas chez les Chassagne comme elle le faisait souvent pour bavarder avec Rolande ou Adrienne. Quand elle revint avec le pot de lait, le boulanger n'était pas encore là. Antonia courut guetter l'arrivée de la voiture dans sa chambre.

Un bruit de roues lui fit battre le cœur ; c'était bien lui. Antonin sauta de voiture et, avant de s'occuper de son cheval, il leva les yeux vers la fenêtre où elle se tenait un peu en retrait près du double-rideau à demi ouvert.

Au risque d'être surpris par Clarisse, il la salua d'un grand coup de chapeau, en souriant de satisfaction de la voir enfin de retour. Elle lui rendit son sourire et se précipita aussitôt dans la rue. Ils ne purent que se serrer la main. Antonin bouchonnait son cheval, lui donnait une ration d'avoine. Antonia se saisit du seau pour aller le remplir à la fontaine publique et revenir désaltérer l'animal.

« Qu'est-ce qu'on va dire si l'on vous a vue ?

– On dira ce qu'on voudra ! Je suis libre, tout de même ! »

Il rit en hochant la tête.

« Alors comme ça, ma demoiselle de compagnie a repris du service ? Et pour me tenir compagnie à moi, comment pourrait-elle s'y prendre, à votre avis ?

– Je ne sais pas », dit Antonia, embarrassée.

Quelques femmes arrivaient pour acheter leur pain. Elle s'empressa de se faire servir. En lui tendant la tourte de seigle et les deux miches habituelles, il dit très vite :

« Quand vous me verrez bâcher la voiture vers midi et demi, trouvez un prétexte pour sortir et rendez vous dans l'église, je vous y rejoindrai. »

Antonia n'eut pas le loisir de le questionner sur ce lieu de rencontre pour le moins insolite. Déjà, il servait la première de ses clientes. Elle s'éloigna, perplexe. Une entrevue dans l'église ? Voilà qui la choquait un peu. Mais Antonin avait certainement une idée derrière la tête.

Le moment venu, la jeune fille s'exclama :

« Quelle étourdie je fais ! J'ai dû laisser mon châle à franges chez Chassagne ce matin. Si vous n'y voyez pas d'inconvénient, ma cousine, je vais aller m'en assurer tout de suite.

– Va, va, petite. J'en profiterai pour faire un petit bout de sieste dans mon fauteuil. Prends ton temps. »

Sans jeter un coup d'œil au boulanger qui s'affairait autour de son cheval, Antonia poussa la porte de l'église et se glissa à l'intérieur. Troublée, elle prit l'eau bénite et se signa avant de s'agenouiller sur un banc. Dans la pénombre, quelques cierges allumés au pied de la statue de la Vierge en majesté mettaient de brèves lueurs sur les ors du vêtement marial.

La jeune fille était mal à l'aise. Si quelqu'un venait ? Si le curé avait à faire juste maintenant dans son église ? Le battement du sang dans ses oreilles lui semblait résonner sous la voûte de pierre comme un bruit de tambour.

Enfin la porte grinça ; elle jeta un coup d'œil rapide sur le côté. Celui qu'elle attendait se trouvait là, le chapeau à la main. Il se signa et vint s'agenouiller juste derrière elle. Elle se mit à trembler, et pas seulement de froid.

« Sainte Vierge, supplia-t-elle, faites qu'il ne vienne personne, je vous en conjure !

– Je suis venu chercher votre réponse, chuchota tout à coup la voix d'Antonin à son oreille. M'aimez-vous, Antonia ?

– Vous perdez la raison !, dit-elle tout bas, indignée. Pas ici, voyons !

– Et pourquoi donc ? Il n'y a rien de mal dans ce que nous avons à nous dire, vous et moi. Le Bon Dieu et la Sainte Vierge n'en prendront pas ombrage. Ne bénissent-ils pas les unions ici même ? »

Elle se retourna vers lui et rejeta aussitôt légèrement la tête en arrière ; leurs deux visages étaient proches à se toucher.

« Mais... s'il vient quelqu'un ?

– La belle affaire ! Tout le monde a bien le droit de venir prier à l'église, que je sache ! J'avoue que je ne suis pas coutumier de la chose, mais aujourd'hui est un jour solennel. Notre vie en dépend. Vous ne m'avez pas répondu, Antonia, pensez-vous m'aimer vraiment ? »

Ce dialogue à voix étouffée dans la vaste église vide parut soudain si incongru à la jeune fille qu'un petit rire nerveux la secoua.

« Qu'est-ce qui se passe ?

– Rien, rien, rassurez-vous. Croyez-vous donc que je serais ici si je ne vous aimais pas ?

– Dites-le alors, je vous en prie. Dites : Antonin, je vous aime pour toujours. »

Jamais elle ne l'avait vu aussi grave. Il était si proche qu'elle sentait sur lui la bonne odeur, si simple et si rassurante, du pain. Elle le fixa dans les yeux en répétant dans un murmure :

« Je vous aime, Antonin, pour toujours. »

Un éclair pailleté brilla dans le regard qui l'enveloppait. Il lui sourit et dit tout doucement :

« Merci. Moi aussi, c'est pour toujours. »

L'émotion passée, il ajouta :

« Allez vite chez Manaranche, je vous y retrouve dans cinq minutes. »

Après une rapide génuflexion, elle se dirigea vers l'épicerie. Quelque part, il lui déplaisait qu'Antonin lui donne ainsi des ordres ; elle s'irritait surtout de se voir lui obéir avec autant d'empressement. Mais, quand elle poussa la porte du magasin, son étonnement ne connut plus de bornes : Julie paraissait l'attendre.

Un doigt sur la bouche, elle lui fit signe de la suivre dans l'escalier qui s'ouvrait à gauche au fond de la boutique. Derrière elle, Antonia grimpa deux étages sur la pointe des pieds. Les jeunes filles se retrouvèrent dans le grenier seulement éclairé par une petite mansarde. Un chat au poil blanc taché de noir vint se frotter aux jambes de Julie qui le poussa doucement dans l'escalier.

« Notre Mounarou est chargé de faire la chasse aux souris. Comme tu peux voir, Norbert range ici la réserve de légumes secs. »

Antonia aperçut en effet deux rangées de gros sacs empilés le long d'un mur. En face s'entassaient quelques meubles cassés, des malles d'osier, des bassines trouées. Elle restait muette de stupeur : ainsi, Antonin avait mis Julie dans la confidence sans l'en avertir. Quel cachottier, celui-là, et quel rusé en même temps ! Un vif mécontentement gâchait sa joie.

Le jeune homme passa soudain la tête par la porte entrebaîllée. On ne l'avait pas entendu venir.

« Ah, vous voilà, dit Julie, je vous laisse ! »

Elle referma doucement la porte sur elle. Antonin s'avança, fit mine de prendre dans ses bras celle qui venait de lui dire oui. Elle le repoussa fermement.

« Vos façons de faire me déplaisent, dit-elle en s'efforçant de ne pas hausser le ton. Je n'aime pas être manipulée. Si vous devez continuer de la sorte, nous ne nous entendrons plus, je vous préviens. »

Ebahi, il réussit à lui prendre les mains. Il avait l'air navré.

« Mais je ne peux pas repartir chez moi sans que nous n'ayons parlé un peu, tout de même ! Aviez-vous une autre solution ? »

Elle éluda cette question pour demander avec impatience :

« Vous étiez donc bien sûr de ma réponse que vous avez averti Julie avant même que je vous la donne ? »

Il sourit d'un air un peu contrit :

« Vous oubliez vos réponses à mes lettres, on dirait. »

Puis d'un ton conciliant :

« Allons, ne vous fâchez pas ! Je voulais tant que nous puissions nous voir seuls. Je n'ai pas trouvé d'autre moyen, pardonnez-moi. Julie est une amie sûre, n'est-ce pas ? »

Désarmée, elle sentit fondre son ressentiment. Alors il l'embrassa comme il l'avait fait à Besse, plus passionnément encore, et elle ne pensa plus qu'au bonheur de l'aimer. Ils s'assirent sur un gros sac de jute dont l'étiquette portait les mots : Haricots secs. Ils bavardèrent un long moment. Mais, cette fois, ils ne parlaient pas de leur famille, ils n'étaient préoccupés que d'eux-mêmes.

Avec l'impatience de la jeunesse, ils voulaient que leur attachement soit connu au grand jour. Ni l'un ni l'autre n'était décidé à se cacher chaque semaine pour se voir seulement quelques minutes.

Ils se mirent d'accord pour que leur famille respective soit au courant sans attendre davantage. Antonin jugeait plus sage cependant de patienter afin que sa promise ait dix-huit ans le jour de leur mariage. Entre-temps, ils pourraient se fréquenter librement, apprendre à mieux se connaître. Antonia s'habituerait peu à peu à ce que devrait être sa nouvelle vie.

Il lui répéta ce qu'elle savait déjà. Il avait charge d'âmes. Dans une année sans doute, sa sœur pourrait s'installer modiste, elle gagnerait sa vie. Mais, au début, elle ne pourrait pas payer un loyer et demeurerait avec eux, chez leur mère naturellement.

Pour ses deux jeunes frères, c'était un peu différent. Antonin s'était promis de les assumer jusqu'à ce que chacun ait un métier. Leur ménage, en conséquence, ne vivrait sans doute pas très à l'aise.

Enfin, le logement au-dessus du fournil n'était pas très vaste. Quand, aux vacances, sa sœur aînée arrivait avec son mari et son fils, il fallait leur céder une chambre.

« Si toutes ces contraintes vous paraissent trop lourdes, ajouta Antonin, vous pouvez reprendre votre parole, je comprendrai tout à fait et ne vous en voudrai pas. Je serai malheureux, certes, mais je comprendrai. »

Mais Antonia songeait qu'il pouvait bien l'emmener où il voulait, loger dans la voiture de Pompon ou même une niche comme celle que son père avait fabriqué pour le chien Tonnerre, cela lui importait peu. Elle l'aimait, le reste n'avait aucune, vraiment aucune importance. Elle le lui dit et ils s'embrassèrent encore, éblouis, prêts à refaire le monde.

La jeune fille ignorait alors qu'elle avait, comme on dit, mangé son pain blanc le premier. Lui restait maintenant le pain noir. Certes, du pain blanc elle en aurait encore de larges tranches, des pans entiers et de nombreuses miettes, heureusement ! Mais le temps de son enfance protégée, de son adolescence à l'abri du besoin malgré le travail de la ferme, ce temps-là était révolu. La douceur de sa mère, la bonté de son père, elle les perdait ce jour-là en disant oui à Antonin. Mais le destin de chacun est tracé, dit-on. Tête baissée, aveugles et sourds, hommes ou femmes, nous le suivons inexorablement, sans retour possible.

Sans attendre, Antonia mit Clarisse au courant de ses projets le jour même. Elle savait que sa cousine avait de l'estime pour Antonin et ne s'étonna pas de son approbation. Elle écrivit à ses parents ; elle sollicitait leur autorisation afin que le jeune homme leur soit présenté au plus tôt.

Clarisse Gatignol avait proposé de recevoir Antonin à sa table les jours où il faisait sa tournée.

« Ainsi, avait dit la cousine, vous vous verrez tous deux chez moi, à l'abri des méchantes langues, à l'abri du froid ! »

Les promis l'avaient chaleureusement remerciée.

Surpris par la teneur de la lettre d'Antonia, Jean et Eugénie étaient restés perplexes. Ni l'un ni l'autre ne s'attendait à une telle nouvelle.

« Elle t'avait confié quelque chose, à toi, l'été dernier ?, demanda le père.

– Non, mais cela n'a rien d'étonnant. Vois, elle nous l'écrit : elle n'était pas sûre alors d'aimer ce jeune homme. C'est en le retrouvant après quelques mois qu'elle a été certaine de ses sentiments, tu comprends mon ami, n'est-ce pas ? »

Jean comprenait. Antonia n'avait que dix-sept ans et déjà elle allait les quitter. Devinant les pensées un peu amères de son mari, Eugénie posa une main sur la sienne.

« Elle ne part pas encore, à l'automne prochain seulement, nous aurons le temps de nous habituer à son départ. Ce qui nous arrive est le lot des parents, tu le sais... »

Elle répondit à Antonia en laissant parler son cœur de mère. Il lui était si facile de comprendre sa fille. Vingt-six ans plus tôt, n'avait-elle pas agi de même ? Elle termina sa lettre en souhaitant à Antonia d'avoir avec son promis autant de bonheur qu'elle-même en avait eu avec son père.

De son côté, Jean écrivit à sa cousine Clarisse pour lui demander de plus amples renseignements sur ce jeune boulanger. Antonia l'avait assuré qu'elle connaissait bien sa famille, que Georges, son mari, avait été l'ami de Jacques Espinasse, le père d'Antonin.

La réponse de Clarisse le rassura. Mais il fut très déçu d'apprendre que cette famille, privée de père depuis de longues années, avait une situation financière très modeste. Contrarié, il s'en ouvrit à sa femme.

« Tout de même, notre Antonia, choisir un boulanger ! Que n'a-t-elle jeté son dévolu sur l'héritier de quelque gros domaine ! Tu viens de lire la lettre de Clarisse, notre fille ne se doute sûrement pas de la vie qui l'attend. D'ici qu'elle regrette bien vite, quand il sera trop tard... »

Eugénie tentait de l'apaiser.

« Ne te soucie donc pas tant ! Elle est jeune, travailleuse, vaillante et hardie. Et puis elle est amoureuse, l'amour vient à bout des difficultés. Pour le reste, nous sommes là, nous pourrons aider un peu le jeune couple, tu ne penses pas ? »

Il souleva les épaules en signe d'impuissance, de capitulation aussi.

« Sans doute, mais je sais, moi, ce qu'est la vie d'une femme de boulanger. Regarde Adeline Courtadon. »

La boulangère du Valbeleix était amie d'enfance de Jean. Il n'ignorait pas que, jeune mariée, elle avait trimé dur pour aider son mari au fournil, de nuit comme de jour. Et elle avait eu cinq enfants. Il avait fallu de longues années pour que le couple ait de quoi payer un commis en plus du petit mitron.

Eugénie refusait d'avouer qu'elle partageait ses craintes ; comme toutes les mères, elle redoutait pour Antonia les dures exigences de la vie. Elle avait confiance pourtant. Leur aînée se montrait toujours tenace, volontaire, elle saurait lutter. Mais la lutte, sans doute, serait éprouvante.

« Et puis, ajouta Jean, elle s'en va bien loin, elle quitte le canton, après ses noces, nous ne la verrons plus guère.

– Et moi donc, ne suis-je pas partie beaucoup plus loin encore pour te suivre ? J'avais dix-huit ans, souviens-toi ! N'ai-je pas résisté ? »

Elle n'ajoutait pas qu'avec l'âge lui venaient des remords d'avoir abandonné ses parents, eux qui n'avaient qu'elle. Des remords, certes, mais pas de regrets. Jean lui avait fait la vie la meilleure qui soit. Mais, une fois encore, lui revenaient ces paroles qu'elle avait méditées si souvent :

« Tu abandonneras ton père et ta mère... »

Amoureuses, les filles, le cœur léger, quittaient leurs parents pour suivre leur mari. C'était ainsi depuis des siècles, des millénaires peut-être. Pourquoi leurs enfants à eux échapperaient-ils à la règle ?

Le couple s'était retiré dans la chambre pour parler de l'avenir d'Antonia. Assise sur une chaise paillée, Eugénie tournait et retournait entre ses doigts la lettre de la cousine. Debout auprès d'elle, Jean la regardait tendrement. Il pencha sa haute silhouette vers sa femme, si menue dans sa longue robe de tissu sombre où le petit tablier blanc mettait une tache claire.

« Oui ma Génie, tu l'as fait par amour pour moi, et je t'en serai toujours reconnaissant. »

Insensiblement, leur amour à tous deux s'était transformé. Mais si l'ardeur de leur jeunesse s'était atténuée, leur attachement n'en était sans doute que plus profond.

Sans se le dire, ils pensaient à leur joie le jour où Abel Verdier et ses parents étaient venus leur demander Julienne. Plaise au ciel que leur Antonia ne parte pas, elle aussi, beaucoup plus loin encore, pour le voyage définitif dans ce pays inconnu d'où l'on ne revient pas...

De son côté, Antonia s'était empressée d'écrire à Gertrude. Celle-ci lui répondit aussitôt, une longue lettre pleine de bons conseils :

Je te pardonne, mais assez difficilement à vrai dire, de m'avoir caché cet amour naissant durant de longs mois. Tu attendais d'être sûre, dis-tu, avant de te confier à ta plus vieille amie. Admettons.

Il me tarde de connaître celui qui a su gagner ton cœur si bien carapaçonné de froideur et de sagesse prudente. Il ne peut qu'être extraordinaire, à tous les points de vue.

Si je me réjouis de ton bonheur, je pleure sur moi bien égoïstement. Qu'avais-tu besoin de choisir un promis aussi loin ? Enfin, je me console en pensant que moi, au moins, je ne suis pas près de me marier. J'aurai donc toute liberté de venir te voir car je sais bien que toi tu ne viendras plus.

Te souviens-tu quand, à la pension, nous tentions d'imaginer nos futurs maris ? Comme nous avons ri toutes deux, et comme je regrette notre naïveté d'alors ! Etions-nous coquettes déjà ! Rappelle-toi nos séances de coiffure : cent coups de brosse chaque soir, pas un de moins, pour faire briller nos si longs cheveux avant de les natter. Et notre façon de nous mordre les lèvres pour les faire rougir... Les religieuses nous menaçaient de l'enfer quand elles nous surprenaient devant un miroir !

Mais j'arrête ce bavardage, ce temps-là est bien fini. Sois heureuse, mon amie de toujours, et n'oublie pas ta presque sœur qui t'embrasse de tout son cœur fidèle.

A toi mes pensées sincères.

Gertrude

A l'occasion des fêtes de fin d'année et de l'envoi des cartes de vœux, Antonia annonça à toute sa famille qu'elle se fiancerait à la Pentecôte suivante.

L'hiver durant, elle fit des projets. Mais elle trouvait le temps bien long et sa condition plus ennuyeuse que l'année précédente. Quand les routes n'étaient pas trop enneigées, Antonin venait danser le dimanche après-midi. Heureusement, ses visites éclairaient la vie d'Antonia et rompaient la monotonie de sa vie au village.

Rolande et Norbert s'étaient fiancés la veille de Noël. Quant à Julie, elle fréquentait assidûment un certain Guillaume Portal, fils d'un fermier de la commune toute proche de Saint-Donat. Retirées le soir dans la boutique de l'épicerie ou dans la chambre d'Antonia, les jeunes filles se faisaient des confidences. Sans se lasser, l'une et l'autre parlaient des heures durant, vantaient les qualités de leur galant respectif, énuméraient les pièces de leur trousseau.

Paul Laverne s'était éloigné d'Antonia ; il la fuyait soigneusement et elle en était bien aise. Lorsqu'elle avait annoncé ses fiançailles proches à Aurélien, le jour de l'An, il avait seulement répondu :

« J'espère que tu ne te trompes pas et que tu auras bien du bonheur avec celui que tu as choisi. »

Elle ne put lire dans son regard ; les yeux clairs du garçon la fuyaient. Mais, s'il souffrait encore de l'aimer, il n'en avait rien dit.

Deux semaines avant son départ de Chastreix pour les fêtes de Pâques, Antonia accompagna son promis à La Tour pour la première fois. Certes, elle était émue à l'idée de rencontrer sa future belle-famille, mais son cœur était serein.

Marguerite Espinasse, la mère d'Antonin, l'accueillit avec une gentillesse toute simple. C'était une personne accommodante dont la vie avait de tout temps été rude. Elle savait tout ce que ses enfants devaient à leur frère aîné.

Sa fille Antonia paraissait sur ses gardes. Elle accepta pourtant de montrer les modèles de chapeaux qu'elle créait. Joseph et Michel, âgés de quatorze et douze ans, se montrèrent d'abord timides. Mais, très vite, le plus jeune bavarda familièrement avec sa future belle-sœur.

Antonin voulut également présenter sa fiancée à sa tante. Jeannette habitait la maison mitoyenne. Elle en occupait le premier étage et louait le rez-de-chaussée à un jeune géomètre célibataire.

Modiste, elle apprenait le métier à sa nièce, très douée disait-elle. Elle reçut chaleureusement les deux promis et leur souhaita beaucoup de bonheur. La tante Jeannette était restée célibataire, mais elle n'avait rien de la vieille fille revêche, au contraire. Comme l'avait dit Antonin, elle avait un cœur d'or.

Les enfants de son pauvre frère Jacques, trop tôt disparu, elle les aimait comme s'ils étaient siens.

On avait fait visiter à Antonia le logement qui donnait sur la rue du Commerce, en face d'une forge. Au rez-de-chaussée, le fournil, qui servait aussi de magasin. A côté, le poulailler et quelques cages à lapins. Devant, une cour minuscule fermée par une palissade.

Joseph et Antonin montrèrent aussi à la jeune fille leur lieu de travail, au fond de la boutique, le pétrin, le four, et tous les ustensiles nécessaires à la fabrication du pain.

Quand les fiancés repartirent pour Chastreix dans la voiture tirée par Pompon, plusieurs voisins sortirent sur le pas de leur porte pour apercevoir la promise d'Antonin. Quelques gamins curieux coururent un moment derrière le cabriolet. A la sortie du bourg, Antonin mit le cheval au petit trot. Il se tourna vers Antonia :

« Alors, vous n'êtes pas trop déçue ?

– Déçue, et de quoi ? J'ai trouvé toutes les choses exactement comme vous me les aviez décrites.

– Les choses, oui, mais les gens ?

– Les gens aussi. Votre mère et votre tante paraissent de bien bonnes personnes. Vos jeunes frères, je le sens, remplaceront un peu mes sœurs, nous nous entendrons bien.

– Et Antonia ?

– Elle est peut-être peu liante, et timide sans doute, mais quand nous nous connaîtrons mieux...

– Ne croyez pas ça. Ma sœur n'a pas le caractère facile. A présent, je peux bien vous le dire : nous nous entendons comme chien et chat ! »

Tous deux se mirent alors à rire et, pour conclure, Antonia affirma :

« Je vous épouserai, certes, mais je n'épouserai pas vos querelles ! Vous vous étriperez tous deux comme bon vous semblera ! »

Tandis qu'il souriait de cette boutade, elle glissa sa main sous le bras du jeune homme. Sa future maison et ses habitants ne la souciaient guère. L'important était que lui, il serait là.

XXXII

Les noces d'Antonia

LE LUNDI DE PÂQUES 1898, Antonin et sa mère étaient venus au Vernet pour faire la demande. Ils étaient attendus pour le repas de midi.

Tous deux arrivèrent en habits du dimanche. Cette année-là, Pâques était tôt. Le soleil restait bien frileux et bien pâle, presque un soleil d'hiver.

Depuis une heure au moins, Marie et Octavie guettaient impatiemment l'arrivée du fiancé de leur sœur. Antonia était beaucoup plus troublée que lors de sa visite à La Tour. Elle craignait le jugement de son père et, contrairement à son habitude, ne parvenait pas à cacher sa nervosité.

Eugénie reçut Marguerite Espinasse avec un empressement plein de bienveillance. Sous l'œil inquiet de sa fille, Jean Raynaud jaugea très vite Antonin. Il faut croire que l'épreuve fut probante en tous points, car le maître du logis fit le meilleur accueil à son futur gendre. Aussitôt, Antonia respira mieux.

Pendant le repas, Jean questionna le jeune boulanger sur les réalités de son métier. Antonin ne lui cacha pas ses difficultés. Les deux hommes semblaient s'apprécier. Mine de rien, Antonia et sa mère s'en réjouissaient.

La conversation dévia bientôt vers des sujets d'ordre général. Jean voulut avoir l'avis d'Antonin sur l'évènement qui avait fortement ému l'opinion en début d'année. L'affaire Dreyfus et la lettre ouverte d'Emile Zola dans le journal *L'Aurore* soulevaient encore les passions et suscitaient bien des commentaires. L'entretien aborda ensuite les préoccupations des uns et des autres : le cours du blé, l'augmentation des taxes, les progrès foudroyants de l'industrie en cette fin de siècle.

D'abord quelque peu intimidée, Marguerite semblait maintenant à l'aise avec Eugénie. Les servantes avaient congé ; Marie aidait Antonia à servir. Sidonie s'était chargée de nourrir chez elle Marcelin et les deux domestiques à l'année. Mariette avait d'abord refusé de prendre place à table.

« C'est un jour réservé à la famille ! », affirmait-elle. Pourtant, devant l'insistance générale, elle s'était laissée convaincre. On l'avait présentée comme la marraine de Marie et grande amie de toujours.

Pour une fois, Octavie gardait sa langue, se dispensant de toute réflexion ; elle mangeait sagement, et attendait avec impatience le dessert d'œufs à la neige.

Le repas terminé, une fois n'est pas coutume, on gagna le salon. Les petites restèrent à la cuisine avec Mariette pour desservir. Leur place d'ailleurs était là pendant que se faisait la demande.

« Va donc nous chercher le café, Antonia ! » demanda Eugénie.

Dès son retour, Antonin se tourna vers le père. Il ne paraissait pas gêné, un peu ému seulement.

« Maître Raynaud, et vous aussi Madame Eugénie, ma mère et moi-même avons bien l'honneur de vous demander la main de votre fille Antonia. Comme vous le savez, nous nous aimons et voudrions nous marier à l'automne prochain. »

Le jeune homme s'était à peine troublé en terminant son petit discours. Pendant ce temps, Antonia était restée debout derrière sa mère, les deux mains appuyées au dossier de sa chaise. Le moment était solennel, et il lui tardait que ce cérémonial prenne fin.

« Ma foi, dit Jean, puisque vous êtes d'accord tous deux, nous n'allons pas vous contrarier. N'est-ce pas ? »

Il se tournait vers sa femme qui opina en souriant. Alors il leva les yeux vers sa fille :

« Et toi, petite, tu ne dis rien ?

– Je n'ai rien à ajouter, père. Antonin a dit les choses comme il le fallait.

– Je l'espère bien !, dit Jean Raynaud en riant. Allons, va chercher la goutte que l'on trinque à vos accordailles. »

Les verres entrechoqués, on libéra les jeunes.

« Va donc faire visiter le domaine à Antonin. Nous les parents, nous bavarderons un peu. »

Marie dut retenir sa jeune sœur qui voulait emboîter le pas aux fiancés pour une promenade. Soulagée, Antonia avait pris le bras de son futur.

« Tout s'est bien passé, dit-elle, le plus dur est fait à présent. Venez, allons voir le verger et les ruches d'abord. Je vous présenterai aux abeilles de mon père.

– Et si je ne leur plais pas ?, fit Antonin, rieur.

– Ne riez pas, leur opinion est sans appel ! Mais je sais que vous leur plairez. »

A la Pentecôte, toute la famille proche arriva au Vernet pour les fiançailles. Les jeunes étaient regroupés dans l'une des chambres. Dans la salle commune, on avait rajouté deux grandes tables. Pour l'occasion, Noémie, Sidonie, sa mère et même la vieille Hortense avaient cuisiné trois jours durant.

Antonia étrennait une robe puce égayée d'un col et de poignets en dentelle du Puy. Pour la bénédiction à l'église, elle poserait sur ses épaules un mantelet gris-souris bordé de velours. Elle arborait un grand chapeau de paille orné d'un large ruban noir noué en coques sous son menton.

Dès son arrivée, Antonin lui avait remis une petite boîte renfermant son présent de fiançailles. Antonia portait les boucles d'oreilles qu'il avait choisies pour elle, des pendentifs d'or de forme carrée avec, en leur centre, une petite perle noire.

Après la demande en mariage, le fiancé était revenu au Vernet avec sa mère pour mettre au point le déroulement des noces. Elles auraient lieu en octobre seulement, mais les travaux d'été accaparaient trop les Raynaud qui n'auraient pas le loisir de s'occuper des préparatifs. En septembre, on prendrait les dernières dispositions.

Comme le jeune couple allait vivre quelques années chez la mère d'Antonin, il n'y eut pas de contrat de mariage. Antonia n'emporterait que son trousseau, linge et vêtements. Son père se réservait de lui verser sa dot un peu plus tard. Antonin lui avait confié qu'il espérait bien se mettre chez lui le plus tôt possible.

Quand on en vint à parler du menu, Jean fit part de sa décision de commander le repas à l'auberge. Eugénie n'en comprenait pas la raison.

« Enfin mon ami, nous ne sommes pas des bourgeois ! Que va-t-on penser ? Que nous voulons faire de l'épate ?

– Ce qu'on va penser m'importe bien peu. Je veux marier ma fille comme je l'entends. C'est moi qui paierai la noce, alors je suis libre de choisir. Eh bien je choisis l'auberge, voilà ! »

Les Raynaud allèrent donc trouver Louis Pouzadoux. Jean voulait des hors-d'œuvre, des relevés, des entrées, des rôts, des entremets et des desserts.

« Et surtout, recommanda-t-il à Ludovic que son père avait chargé de tout, — lui n'avait pas coutume de ce genre de repas qu'il appelait de la ville — surtout, je veux du bon vin et du champagne ! Avec le café et les liqueurs, cela va de soi ! »

Eugénie avait commandé au prêtre, en même temps que la messe de mariage, une messe pour les défunts des deux familles. C'était la coutume. Cet office était célébré la veille des noces ; les invités parents des mariés arrivaient tout exprès pour y assister. Les sœurs de la fiancée et ses demoiselles d'honneur se chargeraient de décorer l'église avant la bénédiction du mariage.

Vu la saison, de gros bouquets de marguerites, de dahlias blancs et roses, de corbeilles d'argent, de feuillages encore verts, orneraient l'édifice religieux. Traditionnellement, les garçons d'honneur fixeraient, de part et d'autre de la porte principale de la ferme, de grandes branches de sapin. Elles seraient semées de fleurs de papier et de flots de ruban. On désignait ainsi à tous la maison de la *novio**.

En aucun cas, le futur marié ne doit dormir sous le même toit que sa promise, aussi Antonin et sa famille seraient-ils logés à l'auberge. Amis du Valbeleix et voisins avaient accepté d'héberger les autres invités.

Marie, la sœur aînée d'Antonin, n'assisterait pas à la cérémonie. Elle avait un bébé de quelques mois, Jeanne, et ne pouvait entreprendre le voyage. Aurélien avait décliné l'invitation d'Antonia qui en avait été très déçue.

Après plusieurs jours de préparatifs dans la fièvre et l'agitation générale, le matin des noces arriva enfin. Antonia n'avait pas eu le temps de songer qu'elle était sur le point de quitter les siens. Les essayages chez la couturière du Valbeleix, pour toutes les femmes de la famille, avaient nécessité plusieurs allées et venues. La maison était pleine de monde et elle se sentait prise dans une sorte de perpétuel tourbillon. Eugénie craignait sans cesse d'avoir oublié quelque chose ; d'ordinaire si pondérée, elle avait perdu son calme.

La veille, devant tous, Antonin avait passé au cou de sa fiancée un sautoir, longue chaîne où pendait une petite montre

---

* La novio : la mariée.

ronde. L'envers s'ornait de fleurs ciselées et de feuillages d'émail noir.

Après le repas qui réunissait les proches à la ferme, deux baisers chastes avaient récompensé le donateur. Mais, dès que possible, les promis s'étaient isolés un moment.

« Vous avez fait des folies, je crois bien. Merci Antonin ! »

Les yeux d'Antonia brillaient de plaisir. Elle s'était serré tout contre lui.

« J'aurais aimé faire mieux encore, chuchota le jeune homme, pour la demoiselle dont j'apprécie le plus la compagnie... mais demoiselle, plus pour longtemps ! Demain, vous serez Madame ! »

Il avait ce regard enjôleur, irrésistible et malicieux que, sans le savoir, elle avait aimé dès leur première rencontre.

Des jeunes gens s'approchèrent et ils durent se séparer. Lorsqu'Antonia rentra dans la salle, Octavie, excitée par le remue-ménage inhabituel, réclama :

« Laisse-moi essayer ta montre, juste une minute, s'il te plaît ! »

Mariette intervint aussitôt :

« Un présent de noces, ça ne se prête pas ! D'ailleurs, Antonia fera bien de le ranger jusqu'à demain. Porter ses bijoux avant le jour de la bénédiction, ça porte malheur, on ne te l'a jamais dit ? »

Levée à l'aurore, Antonia fit sa toilette devant la psyché de la chambre de sa mère. Par-dessus la chemise de jour à fines bretelles et le jupon brodé à trois rangs de dentelle, elle revêtit la longue robe de taffetas bleu grisé, toute boutonnée dans le dos de minuscules boutons-perles. Le col haut, les manches gigot, la taille très serrée, la robe était splendide. Elle s'ornait d'un large plastron d'organdi tout plissé sur lequel brillaient le sautoir et la petite montre. Les boucles des fiançailles ornaient les oreilles d'Antonia. Pour la première fois de sa vie, elle enfila des bas de soie gris perle et des souliers de cuir fin de même couleur.

Bouche bée, Octavie et Marie, encore en chemise, assistaient à la toilette. Comme par magie, leur sœur se transformait sous leurs yeux fascinés. Une fois vêtue, Antonia ne voulut plus s'asseoir pour ne pas froisser une aussi belle parure.

Sa tante Octavie s'était proposée pour le rôle de coiffeuse. Sur un haut chignon épais à deux étages, elle fixa, comme le voulait la mode, un minuscule chapeau à voilette à l'aide de longues épingles à tête de nacre. Elle embrassa ensuite affectueusement sa nièce préférée.

« Tourne un peu !, commanda-t-elle. Là, c'est parfait ! Tu es la plus belle mariée que j'aie jamais vue. »

Des gants de filet noir, l'aumônière et une longue veste de satin rebrodée complétaient la toilette. La tante offrit à Antonia le petit bouquet rond acheté tout exprès pour elle à Issoire.

« Vous êtes encore là, vous deux !, dit-elle en apercevant les petites assises au bord du lit. Vite, habillez-vous, le fiancé ne va plus tarder maintenant ! »

Sur les huit heures et demi, tous les invités étaient regroupés dans la cour de la ferme. Par chance, il faisait beau et l'on avait dressé des tables où les servantes et voisines offraient café, cidre et brioche.

La veille au soir, Antonia avait scruté le ciel avec inquiétude.

« Pourvu qu'il ne pleuve pas demain !

– Pas de danger, petite, avait affirmé Marcelin. Regarde, le fond du ciel est rose. Tu peux dormir tranquille, il fera beau pour tes noces. »

Toujours prête à énoncer quelque vieux dicton, Mariette avait ajouté avec un peu de réprobation dans la voix :

« Tu as tort de vouloir du soleil à tout prix. Ne sais-tu pas ce que l'on dit chez nous : mariage pluvieux, mariage heureux ! »

Jean et Eugénie faisaient le tour des tables pour saluer leurs invités et faire connaissance de ceux de leur gendre. Une nuée de jeunes filles entourait Antonia. Les compliments fusaient de partout : robe, chapeau, souliers, bijoux, tout était passé en revue, admiré, envié aussi secrètement. Soudain, le son du violon et de la cabrette fit taire tout le monde. Bientôt, un petit cortège entrait dans la cour.

Derrière les deux musiciens en biaude noire, le chapeau et les instruments enrubannés aux couleurs de l'Auvergne — rouge, vert, jaune — venaient le promis et ses garçons d'honneur.

Antonin s'était fait tailler le costume « à la mode de Paris » que tout homme doit porter pour ses noces, avec gilet croisé et chapeau de feutre. Au revers de sa veste s'étalait un gros flot de large ruban blanc. Près de lui, tout guindés dans leurs vêtements neufs, se tenaient Michel et Joseph. Antonia reconnut aussi Charles Giraud. Un cousin du marié, Jean Servière, âgé d'environ seize ans, lui avait été présenté la veille. Un dernier garçon lui était inconnu. C'était Jacques Sautarel, l'un des bons amis d'Antonin, promu témoin ce jour-là.

Les fiancés s'embrassèrent pudiquement sous les vivats et les applaudissements. Antonin découvrait seulement la belle toilette de sa promise. Elle lut, dans le regard dont il l'enveloppa, de l'admiration et beaucoup de tendresse. Mais il leur fallut se séparer aussitôt ; après avoir trinqué rapidement, les garçons d'honneur formaient le cortège.

Etienne, Martial et Guillaume, cousins germains d'Antonia, distribuaient à chacun des hommes un petit dahlia blanc qu'ils fixaient à leur boutonnière. Les enfants s'avançaient en premier, derrière les musiciens, puis les couples de garçons et demoiselles d'honneur.

La mode était aux couleurs sombres. Les jeunes filles exhibaient des robes longues aux teintes prune, coq de roche, bleu paon, vert émeraude, gris tourterelle ou grenat.

Ensuite venaient les couples mariés, par rang d'âge, du plus jeune au plus vieux. Beaucoup de femmes ne portaient pas de chapeau mais le bonnet rond traditionnel de dentelle blanche, orné du large ruban de soie brochée aux couleurs assorties à la toilette. En dernier venaient les mariés et leurs parents, Antonin au bras de sa mère et sa fiancée menée fièrement par Jean Raynaud.

Pour entraîner le cortège jusqu'au Valbeleix, les musiciens jouaient des marches bien rythmées dont les jeunes entonnaient le refrain. La plus prisée, c'était *La Yoyette*, chanson de mariage incontournable en Haute Auvergne :

De bon matin, le grand Piarrou se lève,
Prend son chapeau dessous son bras,
Chez la Yoyette il s'en va...

Un petit vent mutin semblait vouloir être de la fête, lui aussi. De temps à autre, il faisait pleuvoir sur le cortège qui s'échelonnait le long de la petite route, quelques poignées de feuilles tachetées de soufre, d'orangé ou de rouge garance. En riant, les demoiselles époussetaient leur épaule où, par mégarde, l'une s'était posée, papillon égaré et fantasque.

Au village, tous les habitants étaient aux fenêtres ou sur le pas des portes. Aux abords de la mairie, les jeunes se dispersèrent dans les cabarets tandis que témoins et parents accompagnaient les fiancés pour une rapide cérémonie et la signature des registres. Malgré le oui prononcé à l'instant devant le maire, Antonia n'avait pas du tout conscience d'être mariée.

Seule la promesse solennelle exprimée dans l'église lui paraissait valable et définitive.

Les cloches se mirent en branle à toute volée. Jean Raynaud avait très grassement payé les sonneurs ; aussi ne ménageaient-ils pas leur peine pour avertir le monde qu'une enfant du pays prenait ce jour-là un époux. La perspective de la chopine de vin, déjà réglée pour eux à l'auberge, leur donnait plus d'ardeur encore.

Quand sonna l'entrée de la messe, on forma à nouveau le cortège sur la place où s'étaient assemblés amis et curieux. Cette fois, Antonin et sa mère venaient en premier, toute la noce derrière eux. Enfin, Antonia franchit le porche au bras de son père ; très émus l'un et l'autre, ils s'avançaient dans l'allée centrale, parmi les murmures et commentaires de la foule massée sur les bancs.

La jeune femme s'agenouilla sur le prie-Dieu resté vide près d'Antonin au milieu du chœur. Un peu étourdie, elle répondait machinalement, incommodée par la fumée âcre des nombreux cierges allumés tout autour de l'autel.

Quand vint l'échange des anneaux, elle leva les yeux vers Antonin et réalisa enfin le sens de la cérémonie : la messe achevée, ils seraient mari et femme pour le meilleur et pour le pire, devant Dieu et devant les hommes. La large alliance d'or rose qui brillait à son doigt le lui dirait chaque jour de sa vie.

Le registre des mariages signé, le long défilé des félicitations commença dans la sacristie. Poignées de mains, embrassades, presque tout le village vint congratuler les mariés. Bouleversée, la mère d'Abel serra la jeune femme contre elle, les yeux pleins de larmes.

Enfin, Antonia redescendit la nef au bras de son époux. Dès qu'ils parurent sous le porche, alors que les cloches se remettaient à carillonner joyeusement, tous les garçons de la noce crièrent à tue-tête :

« Vivent les mariés ! »

Ils jetaient autour du couple des poignées de dragées blanches que ramassaient une nuée de gamins, avec des rires et des bousculades.

Selon l'usage, Antonin embrassa sa jeune femme sous les applaudissements et les hourras. En un clin d'œil, des dizaines de femmes, jeunes et moins jeunes, s'approchèrent d'Antonia ; elles ne tarissaient pas d'éloges sur la splendeur de sa toilette et de toute la noce en général. La sœur d'Antonin en profita pour se glisser près de lui ; elle ne pouvait retenir une réflexion désagréable :

« Ta femme ne donne pas à penser qu'elle nage en plein bonheur, je l'ai vue essuyer des larmes dans la sacristie. A ta place, ça ne me plairait pas ! D'ici que certaines gens pensent qu'elle regrette déjà...

– Tu ne changeras donc jamais, répartit Antonin, furieux. Cette femme qui venait la féliciter et qui lui a tiré des larmes, c'est la mère du fiancé de sa sœur morte ! Mais qu'est-ce que tu peux comprendre à ça, sans cœur que tu es ! »

Un peu plus tard, Antonia s'aperçut que le frère et la sœur s'évitaient soigneusement.

« Vous êtes fâchés tous les deux ? Un jour comme aujourd'hui ? »

Antonin ne lui cacha pas l'incident. Piquée au vif, la jeune femme voulut se montrer conciliante.

« Mais ça ne vaut pas la peine d'une brouille ! Allons, faites le premier pas, j'en serai contente.

– Entendu. Mais, bien franchement, elle vous jalouse et je crains qu'elle n'essaie de vous empoisonner la vie. Soyez tranquille, je ne la laisserai pas faire !

– Elle me jalouse ?, demanda Antonia, consternée. Mais pourquoi Grand Dieu ?

– Le sais-je seulement ? Parce que vous êtes tout ce qu'elle n'est pas, parce qu'elle n'a jamais été courtisée... »

Antonin qui s'était assombri retrouva son air malicieux pour ajouter :

« Heureusement, entre nous, car le malheureux qui s'embarrassera d'elle ferait mieux de se pendre tout de suite ! »

Antonia réprima un sourire.

« Ne parlez pas ainsi, c'est votre sœur malgré tout ! »

La noce s'était égaillée dans les cabarets du village en attendant l'heure du banquet. Le marié et son beau-père, comme il se doit, avaient confié de l'argent aux garçons d'honneur pour régaler tout le monde : apéritif ou vin pour les hommes, limonade ou sirop pour les enfants.

Antonia n'avait pas sacrifié à la tradition qui veut que la mariée abandonne sa gerbe sur l'autel de la Vierge. C'est sur la tombe de Julienne qu'elle déposa son bouquet de petites roses blanches et d'asters finement ciselés. Elle se sentait presque honteuse : comment pouvait-elle éprouver tant de bonheur alors que son aînée n'avait pas connu le jour de ses noces ? Mais, peu à peu, s'imposèrent le visage rayonnant de Julienne, son sourire si doux, ses gestes si maternels pour la petite sœur turbulente et volontaire. Apaisée, elle prit la main de son mari. Tous deux s'éloignèrent en direction de l'auberge où les attendaient les rires et la musique.

A la table des mariés, on avait placé les témoins, les garçons et filles d'honneur. Antonia se réjouissait d'avoir près d'elle ses meilleures amies : Gertrude, Julie, Thérèse, Mélanie. Sa sœur Marie aurait de beaucoup préféré la table des enfants, avec Octavie et ses jeunes cousines. Aussi timide que son cavalier, Joseph, elle n'osait parler à quiconque. Les parents et les gens d'âge étaient bien plus loquaces. Attendris, la plupart évoquaient leurs noces à eux, parfois très lointaines mais jamais oubliées.

Le repas dura jusqu'à huit heures du soir, entrecoupé de chants et de danses bien avant que n'arrivent les desserts. A chaque plat, les convives s'extasiaient. Sans rien dire, Jean Raynaud jubilait. On se souviendrait longtemps des noces d'Antonia au village, il en était certain.

Vinrent d'abord les croustades de foie gras et la macédoine de petits légumes à la russe, puis les truites au lard et le pâté en croûte à la gelée. Suivaient le filet de bœuf, les poulardes, le civet de lapin au sang. Après les rôts, veau Marengo et pigeons farcis, on se rafraîchit de légumes : haricots verts et choux-fleurs en bouquets.

A partir de là, les chansons fusèrent : chants en patois, romances, et même airs d'opéra dont Jean, le cousin du marié, régala l'assistance.

Ensuite circulèrent les assiettes de fromage. On applaudit les croquembouches, hautes pyramides de petits choux à la crème cuite, enrobés d'un voile de caramel filé. Pour finir, on dégusta encore les îles flottantes, la pièce montée de Savoie et les fruits rafraîchis accompagnés de brioches en couronne.

Les musiciens s'étaient restaurés dans les cuisines. Pendant le découpage des croquembouches, Charles Giraud les persuada d'interrompre leur repas. On obligea alors les nouveaux époux à se lever pour tourner la valse qui ouvrit le bal sous les bravos.

Du vin de Madère et du Saint-Emilion avaient copieusement arrosé ce repas *pantagruélique*. Le bruit, les rires, le ton des conversations s'amplifiaient au fur et à mesure que défilaient les plats. Un tumulte assourdissant régnait dans la grande salle d'auberge. Beaucoup d'hommes, rouges et un peu avinés, avaient quitté leur veste et dégrafé le haut col dur de leur chemise, quand ils ne l'avaient pas tout simplement ôté.

Le café bu, on fit sauter les bouchons de champagne. La mousse coulait, débordant sur les nappes blanches. Enfin circulèrent les bouteilles de liqueurs, marc de raisin et alcool de prunes.

Très vite, les enfants avaient quitté la table pour aller jouer au dehors. Les beaux habits de fête pâtissaient bien un peu de leurs courses endiablées autour du village, mais, pour une fois, les mères ne songeaient pas à les gronder. Les gamins revenaient de temps à autre suivre le déroulement du repas, puis ils repartaient en criant de plus belle. Pourtant, les desserts ramenèrent la plupart d'entre eux à table. Tout en se régalant de sucreries, médusés, ils regardaient la danse que beaucoup n'avaient jamais eu l'occasion de voir.

Las de courir avec les autres, Jean-Charles, le fils de Justine, était venu s'asseoir près de son parrain. Autour d'eux, les convives qui ne l'avaient jamais vu s'émerveillaient de sa jolie figure, tout en le plaignant de son infirmité.

« Pauvre petit, dit tout bas la belle-sœur de Marguerite Espinasse, si avenant et un pied bot ! »

Lui n'en faisait aucun cas. Après deux années d'école, il promettait d'aller loin dans les études, comme disent les gens des campagnes.

« Nous en ferons un instituteur, ou même un notaire, dit Jean, tout fier de son filleul.

– Je vous demande pardon parrain, je ne sais pas ce qu'est un notaire, mais moi c'est médecin que je voudrais être. »

Cette réflexion fit rire autour de lui. Le petit se trouva un peu confus et le rouge lui vint aux joues. Il étrennait un costume de velours noir à col de guipûre avec la culotte aux genoux, les bas noirs et les bottines lacées. Malgré ses cheveux coupés très courts, des boucles retombaient sur son front et son parrain le trouvait attendrissant.

« Entendu, dit-il, tu seras médecin mais à une condition : que tu me soignes gratis !

– Vous avez ma parole, fit très sérieusement Jean-Charles, comme s'il allait dès le lendemain visiter les malades, sa trousse sous le bras. Je vous promets de venir vous soigner tous les jours. Et aussi la Maîtresse, il va sans dire ! »

XXXIII

Antonia, la boulangère

POUR FAIRE PLACE AUX DANSEURS, on avait repoussé les tables le long des murs. Entraînés par l'allant et la gaieté de la jeunesse, les anciens, eux aussi, tournaient une valse ou se lançaient dans la bourrée.

Jean et Eugénie, comme les autres, participaient à l'allégresse générale. Le bonheur visible de leur fille leur ôtait toute envie de regrets. La roue de la vie les emportait tous, étape par étape ; et puisqu'il fallait se résigner, autant faire bonne figure. Eugénie regardait danser Marie encore maladroite et empruntée. Antonia partie, ce serait elle la grande, déjà jeune fille, près de ses quinze ans.

Pour reposer les musiciens, pour reprendre souffle aussi, les garçons d'honneur organisaient des amusements : jeu du torchon, jeu des chaises, ronde du balai, colin-maillard... On racontait des histoires en patois, les hommes surtout, les mêmes toujours, ressassées dans toutes les noces, connues de tous et indéfiniment applaudies. On réclamait des chansons, des devinettes. Puis les réjouissances s'arrêtèrent et l'on remit les tables en place.

Il était minuit et demi lorsqu'on servit le souper. D'abord un bouillon de poule où la majorité des adultes fit *chabrot* *, puis les poules au pot avec leurs légumes. Enfin des restes du déjeuner, si nombreux qu'ils assureraient encore le repas du lendemain.

Après deux heures, les danses reprirent. Les enfants dormaient sur les chaises ou sur les genoux de leur mère, mais personne ne voulait abandonner la fête. La mariée avait dû accorder une danse à tous ceux qui venaient l'inviter.

Plein d'un contentement légitime, Jean Raynaud avait fait valser sa fille. Quelques mèches s'échappaient du haut chignon d'Antonia ; ses joues étaient roses, ses yeux brillants. Le vin de Madère lui faisait un peu tourner la tête, mais c'était très agréable.

« A part ta mère bien entendu, disait Jean, jamais je n'ai vu si belle mariée ni si belle noce !

– Mais c'est à vous que je le dois, père ! »

Le regard de la jeune femme révélait combien elle lui était reconnaissante, combien elle l'aimait, même si sa pudeur lui interdisait de le dire. Mais, tous deux, ils s'étaient toujours compris, les mots aujourd'hui encore étaient superflus.

Peu après trois heures, profitant de l'inattention générale, les mariés s'éclipsèrent. Prévenu, Ludovic Pouzadoux avait attelé le cabriolet qui attendait derrière l'auberge. Antonin alluma le fanal et prit les rênes. Ils partirent au pas pour ne pas alerter toute la noce.

Chez Justine, à Vauzelle, la chambre nuptiale accueillerait les jeunes époux. Elle avait été préparée en grand secret, mais, fatalement, elle serait découverte tôt ou tard ; il faudrait alors se plier à la coutume de la rôtie.

---

* Faire chabrot : ajouter du vin rouge dans le bouillon.

Charles avait averti Antonin :

« Je retiendrai les autres jusqu'à cinq heures, mais au-delà, attendez-vous à nous voir arriver. »

Dans la ferme déserte, Antonia alluma le bougeoir double laissé pour eux sur la table de cuisine. Pendant qu'Antonin conduisait le cheval à l'écurie et dételait la voiture, elle gagna la chambre inconnue, la seule d'ailleurs de la maison, préparée pour les *novi*.

Les vêtements de nuit étaient posés sur une chaise, la toilette du lendemain d'Antonia soigneusement suspendue à une patère. Son nécessaire attendait sur la table de toilette garnie par les soins de Justine.

Elle se retourna vers son mari qui entrait, une petite lanterne à la main. Il referma la porte et ils se sourirent. Sans un mot, il l'enlaça pour l'embrasser, puis il entreprit de déboutonner une à une les petites boules bleues qui fermaient le dos de la robe de sa femme.

Antonia n'éprouvait rien, respirait à peine. Quand la robe tomba à ses pieds, elle apparut en jupon et en chemise finement brodée de jours échelle et de guirlandes. Elle frissonnait. Mais les patientes cajoleries de son mari lui rendirent bientôt confiance et ardeur. Une à une, Antonin retira les longues épingles qui retenaient le chignon, et une vague de cheveux fins enveloppa la jeune femme jusqu'au bas des reins.

Lorsque des bruits de roues, des cris et des rires retentirent devant la maison, Antonia avait natté ses cheveux et revêtu la longue chemise de nuit aux poignets de dentelle. Elle jeta un châle fin sur ses épaules et ne bougea plus, assise dans le grand lit. Antonin se leva en chemise pour ouvrir la porte à la bande joyeuse qui scandait :

« La rôtie ! La rôtie ! Vivent les *novi* ! »

Tous les jeunes de la noce étaient là, un peu éméchés, criant et jubilant, décoiffés et la cravate de travers. Beaucoup de jeunes filles avaient suivi leurs cavaliers. Jacques portait un énorme pot de chambre de faïence acheté tout exprès, orné en son fond d'un œil immense.

A demi rempli de champagne — bien souvent encore il l'était de bouillon — il était destiné à « requinquer » les mariés.

« A vous l'honneur, Madame Espinasse ! », dit Charles en tendant le pot à la jeune femme.

Protester était inutile, on les aurait fait boire de force. Alors, de bonne grâce, Antonia but quelques gorgées ; Antonin fit de même et on les applaudit vivement. Le pot fit ensuite le tour de tous les invités présents. Enfin, on le leur laissa en souvenir avant de les quitter sur un :

« Bouona neu ! », un peu ironique.

Quand les derniers couples franchirent la porte de la chambre, Antonia s'aperçut que Charles tenait de près la taille de sa cavalière qui n'était autre que Mélanie. Elle sourit intérieurement tandis qu'Antonin soupirait :

« Nous voilà enfin tranquilles ! »

En même temps il lui enlevait son châle en la rejoignant dans la tiédeur des draps.

Il était midi passé le lendemain lorsque les nouveaux mariés regagnèrent le Vernet. En entendant le cabriolet, les jeunes qui avaient résisté à une nuit de bombance se précipitèrent pour les accueillir bruyamment.

Antonia avait revêtu une robe de faille noire. Sur le tissu mat couraient des feuillages brillants ton sur ton. Elle portait tous ses bijoux. C'était la toilette dite « du lendemain », offerte traditionnellement par la belle-mère de la mariée.

Après les embrassades, on s'attabla devant les reliefs du repas de noces. Les garçons avaient tout rapporté de l'auberge ; bien décidés à prolonger la fête ce jour-là encore, ils avaient persuadé les musiciens de les suivre.

Antonia fit honneur au repas. Assise en face d'elle, Gertrude faisait les yeux doux à son cavalier, Martial, cousin d'Antonia. Mais son manège ne l'empêchait pas d'observer son amie ; elle se réjouissait de lire sur son visage un bonheur sans nuages. Un peu plus loin, Mélanie se laissait visiblement courtiser par Charles Giraud.

Pour les mariés, l'après-midi était consacré aux visites, tandis que la jeunesse reprenait la danse dans la cour de la ferme, sous les regards admiratifs des gamins du village. Chaque voisin recevait les *novi* et leurs parents. Antonia offrait une brioche. On buvait la gnole ou le cassis en trinquant à la santé des nouveaux époux. Ce n'était partout que compliments et félicitations. Les Verdier, tout heureux, présentèrent à Antonia leur petit-fils Grégoire, le bébé d'Emilienne. On leur donnait souvent la garde du petit et, avec lui, le bonheur revenait chez les parents d'Abel.

L'un après l'autre, les invités faisaient leurs adieux et reprenaient leur voiture. Plusieurs couples pourtant dansaient encore, infatigables. Tout le hameau résonnait de rires et de musique. Jean avait mis en perce un tonneau de cidre et un autre de vin de Limagne. Cabaretier de son état, Jacques Sautarel se chargeait de remplir les verres ; il se gardait bien d'oublier les musiciens dont il fallait soutenir l'effort.

A la nuit tombée, toute cette jeunesse se replia dans la grange où l'on avait dressé quelques tables. Chants et danses continuèrent, entrecoupés de collations bien arrosées. Mais le lendemain au matin, il fallut bien regagner son chez-soi.

La famille Espinasse ne pouvait s'attarder davantage. Le boulanger retraité et le jeune mitron qui tenaient le fournil devaient attendre son retour. Antonin chargea les bagages d'Antonia dans sa voiture. Ses oncle, tante, cousins et ses amis se préparaient également au départ. Quatre voitures allaient repartir vers La Tour ; on attelait les chevaux, on remerciait les hôtes.

Antonia abrégea les adieux en promettant à tous de revenir dès que possible. Dans le remue-ménage du départ, elle réalisait à peine qu'elle partait pour toujours. Elle reviendrait certes, mais en visiteuse. Dès maintenant, son chez elle, ce n'était plus ici. Quand elle l'embrassa, sa mère luttait visiblement pour retenir ses larmes. Marie pleura beaucoup. Alors sa sœur l'entraîna au dehors en la tenant enlacée.

« Marie, écoute-moi ! J'ai à te dire une chose importante. Tous les nôtres, je te les confie. C'est toi l'aînée à présent, veille bien sur eux. Au besoin, console notre mère et gendarme-toi avec Octavie. Si je te manque un peu trop, écris-moi, je te répondrai. Allons, petite sœur, je ne vais pas au bout du monde, nous nous reverrons bientôt, c'est promis. »

Toutes deux s'embrassèrent avec affection une fois encore. En étreignant sa fille, Jean murmura à son oreille :

« N'en dis rien à personne, mais je viendrai te voir d'ici deux ou trois semaines. »

Du pouce, il traça sur son front une petite croix.

« Mène ta vie du mieux possible, et n'oublie jamais ton vieux père. Va maintenant, ton mari s'impatiente. »

Quand le bruit des roues de la dernière voiture s'évanouit au loin, les habitants de la ferme se retrouvèrent seuls et désemparés. Après l'effervescence des dernières semaines, de toutes ces journées consacrées aux préparatifs de la noce, ils étaient désœuvrés, démunis, et l'abattement les gagnait. Mariette exprima ce que tous ressentaient :

« Avec Antonia, c'est un rayon de notre soleil qui s'en est allé ! »

Un peu bourru parce qu'il avait de la peine, Jean Raynaud répliqua :

« Allons, il suffit de se dire qu'elle est repartie pour Chastreix. Nous avions l'habitude de la voir nous quitter, non ?

– Oui, dit innocemment Octavie, ce qui serra davantage encore le cœur de sa mère, mais là elle part pour de bon. C'est Antonin son mari qui nous la vole, et moi je sais qu'il ne nous la rendra pas ! »

Comme personne ne disait mot, elle ajouta en secouant ses nattes d'un air décidé :

« Mais je ne pleurerai pas, je lui ai promis de me montrer grande à présent. Et, c'était un secret mais j'ai trop envie de vous le dire : elle m'a promis que si j'avais mon certificat, à la fin du mois de juin j'irai passer quelques jours chez elle à La Tour avec Marie. »

Pendant ce temps, dans une envolée de crinière noire, le brave Pompon trottait gaillardement vers son écurie. La route de terre serpentait parmi les pâtures où les troupeaux broutaient une herbe nullement flétrie.

Ça et là, un arbre jaune vif ou rouge sang allumait le vert un peu fané des haies et des taillis. Le long des fossés dormait une large frange de feuilles rousses ; toutes bruissantes au moindre souffle de vent, elles couraient soudain follement au travers de la route jusque sous les pas du cheval.

Avec sa jeune femme, Antonin ramenait sa mère et sa sœur. Antonia songeait aux lointains jours de rentrée au pensionnat de Besse. Assise près de son père dans le cabriolet, elle se raidissait alors pour cacher sa peine. Et la campagne d'automne peinte de couleurs vives et gaies lui paraissait pleine de tristesse, à l'image de son cœur d'enfant.

A présent, la jeune femme était sereine. Sa nouvelle existence, elle l'avait délibérément choisie et, croyait-elle, en toute connaissance de ce qui l'attendait au fournil de son mari.

Lorsqu'apparurent les premières maisons du gros bourg qui donnaient l'assaut à la colline sous un ciel brouillé de bleu et de gris, Antonin se tourna vers elle en souriant :

« Nous voilà presque rendus. Tout va bien ? »

Elle approuva d'un signe de tête en lui rendant son sourire.

« Bienvenue à La Tour, dit affectueusement Marguerite. Puisses-tu y être heureuse longtemps, très longtemps.

– Merci, répondit simplement Antonia. »

La jeune fille de la ferme grise dans le petit vallon, la demoiselle de compagnie si gentiment raillée par Antonin allaient disparaître. Durant sa longue vie, pour tous désormais elle serait Antonia, la boulangère.

Table des matières